少女萨吾尔登

Shaonü
Sawu'erdeng

| 长篇小说 |

红柯 著

北京出版集团公司
北京十月文艺出版社

七月流火，

　　不是火，

　　　　是天上的大火星往西移了一点点。

上卷　故乡

第一章

1

　　每次接到电话，修理工周健总是十分钟之内赶到。搅拌机像坦克，更像一座地堡，修理工周健钻进去半个小时左右就能解决问题。修理工周健就慢慢腾腾从机器肚子里爬出来，慢悠悠地点一根烟，有滋有味地吸着。有时靠着机器一侧，斜着身子，仰着头，蓝色烟团跟锅里的热气一样冒出来。有时会坐在机器旁边，叉开腿，脑袋垂裤裆里，大口大口地吸，浓烟滚滚地喷出来。后一种情况是太累，折腾大半天，差不多一个小时，烟是一定要抽的，而且严格遵守企业的章程，不许在作业现场抽烟喝酒。机器外边不算作业现场嘛。

　　今天出现意外，修理工周健不到十分钟就从搅拌机里出来了，是蹿出来的，狂奔几十米。搅拌机真的成了坦克和地堡，被炮弹击中，被塞进了炸药手雷，里边的人就会狼狈逃窜，就像周健现在这个样子，狂奔几十米，掉头回望，一场虚惊嘛！机器没动静嘛！人羞愧得想钻到地缝里去。仰头看天，天地都变了，渭北市就夹在渭河谷地狭小地带，南边秦岭北边高原就像撅着的屁股，西北方言称之为狗子，渭北市就夹在狗子渠里，两瓣狗子一撮一撮拉稀屎，大大小小的房屋来来往往的车辆人流就成了屎橛子。周健气都喘不过来了，再也不敢仰头看天了。

后来周健对他女朋友张海燕讲，刚开始很顺利，比以往任何时候都利索，技术好嘛，任何毛病在他手里都是碎碎的一个事情，这次就更是一个碎事情了，两三分钟就解决问题，就很舒服地躺在里边，一动不动就像躺在热炕上准备歇上一会儿再动弹。也就放松了那么一会儿，周健第一次看自己躺在搅拌机里的样子，上半身在光线里，下半身在黑黝黝的叶片里，搅拌机就凭这一组结实的叶片翻搅沙土和水，还有水泥石头，血肉之躯简直就像一篮子鸡蛋，还不够给机器塞牙缝。周健头就大了，双手扳住叶片，垂死挣扎嘛，不自量力嘛，完全出于本能，不禁愣了那么一下，还把下半身抽出来，整个人从僵硬中变软和，咋爬出去的都不知道，反正拼命狂奔几十米，幸亏没喊叫，幸亏没人看见，自己吓自己嘛。给女朋友张海燕描述时也不那么利索，女朋友让他喝水喝水，打开一听健力宝，他总算把整个过程交代清楚了。女朋友张海燕不停地拍他后背，还轻轻地捶了几下，好像饮料卡住了，这是他小时候吃东西太急噎住了他娘拍他后背的动作，他很感动，就彻底放松了。他捏着喝空了的健力宝罐罐，可以大大方方对视他女朋友张海燕了。女朋友张海燕笑眯眯的，在他手上拍一下，说："你太累啦，不要那么累嘛。"他以为女朋友会说："你太紧张啦，放松一点嘛。"后来他想：女朋友张海燕真要说出"你太紧张啦"，他会抖成筛子。那天，他在女朋友的床上躺了一会儿。女朋友张海燕出去买饭。他真的累了，躺了三个多小时，女朋友张海燕下班回来他才醒来，他吃的是女朋友张海燕买的第二份饭，第一份饭女朋友和同宿舍的胖姑娘方静分吃了，男人一份饭得几个女人吃。

从女朋友张海燕上班的蓝天幼儿园到他上班的丰庆建筑材料有限公司，步行得四十分钟，骑自行车不到十分钟，打出租车五分钟。女朋友张海燕坚持要他打出租车回去，自行车放这里。周健就叫："我能骑过来就能骑回去，再不行就推着走回去。""你骑慢一点。"周健就骑得慢慢悠悠，拐来拐去。拐到丰庆建筑材料有限公司门口时，车子就更慢了，厂门口三个街口全是饭馆发廊杂货摊子。

周健没给女朋友张海燕说出心里的全部秘密。真实情况是，他在发廊理发时看了一张《渭北晨报》，这座城市发行量最大的娱乐报纸，几十个版面五花八门真真假假什么狗屁事情都有。等待理发的人就看看时尚杂志娱乐报纸。周健随手拿一张，上边全是凶杀车祸偷盗还有各种事故，真假难辨。有两则工伤事故的报道引起周健的注意，这种事情比较靠谱，没必要造这种假新闻嘛。一则消息来自西安，工人修理电梯时，电梯口放着警示牌，还是有人视而不见，按了电梯，修电梯的工人立马成了残废，一条腿没啦。据报道有两个工人，一个在下边修，一个守着电梯口，一个小时的活两个小时也没弄完，守的人不知有什么急事，出去一会儿，据说没走远，就在单元外边看一伙老头打麻将，里边传出惨叫声才惊醒了这个粗心大意的家伙。记者不可能找到他嘛。失去一条腿的工人在医院的病床上说到这位同事时都哭了。平时关系很好嘛，称兄道弟呀，肯定不是故意的。另一则消息来自西北某地，冬天长达半年，必须检修锅炉，同样是一个工人在里边修，一个在外边守着，这回守的人技痒难忍打牌去了。后边上班的人以为锅炉修好了，就拉闸点火，锅炉就成了火葬场，里边的工人连骨灰都没了，跟炉渣混在一起啦。这种新闻看也就看了，跟看恐怖片没啥两样，修理工周健一时半会儿联系不到自己。小伙子二十出头，生理心理都很健康，精神也很正常。又连续看了两张文体版，中国足球又输啦，周健拍了大腿，我们就知道周健是个球迷，某某电影明星又离婚待嫁，周健只撇撇嘴，理发师就叫他啦。洗头剪发刮脸，刮到眼皮时他惊叫了一下，理发师傅就笑："害怕了你就吱喝，喊破天都没关系，千万不敢抓我的手。"周健抓理发师傅的手抓得那么紧，理发师傅轻轻一撇就挣脱了："幸亏是个男的，你要是抓一下女理发师的手，你这只眼睛就莫（没）啦。"发廊理发师一半男一半女，女理发师就反击给周健理发的男理发师："莫人抓我的手，是你娃水平不行。"另一些人拿男理发师的发型开玩笑，男理发师后脑勺扎了又粗又长的马尾巴，跟艺术家一样，大家就开他的玩笑："后脑勺扎个丢丢就是个女人嘛，谁都想抓一哈（下）。""想抓就抓我没意见。""把你压到床上也能成？""能成吗？你娃想拼刀子你娃就来。"嘻嘻哈哈吵吵闹闹，周健抓理发师傅手腕的惊险一幕被冲得无影无踪。理了发吹吹风打上摩丝，出来往街上一站新崭崭一个帅小伙嘛。吃一大碗西红柿鸡蛋面，喝一碗面汤，上班走。

值班室每天会收到许多单子，三个修理工，周健的单子最少，活不少，单子是固定的，干完算完，随时出现的故障不用送单子，手机呼叫，一个电话打过来，十分钟之内必须赶到现场，上班第一天就定下的规矩。所谓临时故障其实就是工地上的大机器，搅拌机、卷扬机、打砖机，技术含量高。不出故障就比较清闲。机电专业本科毕业的周健显然比那两位部队转业兵受重用，那两位的强项是电工。单子上的故障对周健来说都是小儿科。突发性故障也没什么危险。修理工周健没发现险情就等于不存在危险。

这一天，理发时偶然从报纸上看到的工伤事故仅仅在脑子里滞留两分钟就一闪而过。不可能与自己有关系嘛。修理工周健心情不错，处理完工单上所有的活，看看表应该是蓝天幼儿园下课的时间，他就给女朋友张海燕发出短信："理发吃西红柿鸡蛋面。"女朋友张海燕马上回短信："心情不错嘛。"周健就回复："世界发生大问题？"女朋友回复："两个小坏蛋快把我气哭了。"周健回复："跟小孩怄气的人是世界上最幸福的人，你怕一岁小孩吗？"然后是漫长的等待。其实也就三分钟，应该说这三分钟是周健最坚强的时候。三分钟后手机响了，周健做深呼吸，反馈过来的不是短信是孩子们清脆水嫩的声音："大吊车跑得快，上边坐个老太太。"孩子们的声音中夹着女朋友的笑声。跟孩子一样喜怒无常，又跟孩子一样天真单纯可爱，幼儿教师到白发苍苍那一天也是这种童心未泯的样子。娶这样的女人做老婆还有什么不满足的。这个小插曲真让人开心。修理工周健完全是一个幸福的人。这种幸福的感觉延续了半小时之久。好多年后想起来都让人回味无穷唏嘘不已。半小时后手机响了，可以确定不是女朋友张海燕的，张海燕正领着孩子们唱歌跳舞呢，手机显然是个男人的声音，告诉周健：搅拌机坏了。连过来修都省略了。机器坏了，工人们可以休息了，该修理工出场了。

一号至五号搅拌机对着渭河北岸的黄土高原，把土和沙子煤渣石灰搅在一起传送到打砖机打出一排排空心砖。这家企业最初就是砖瓦厂，二十世纪七十年代初公社办的企业，后来私人承包，再后来公社变乡变镇生产队解散，再后来私人收购。农村开始兴建小洋房，瓦的用量越来越少，砖和预制板供不应求，从实心砖到空心砖，城市扩建，需要更多的空心砖和预制板水泥砖水泥墩子。这家企业很快就成了市区企业，产品也由空心砖扩大到沙石水泥制品，厂区从黄土高原扩大到渭河滩，添加设备，河北是黄土高原河南是秦岭，河滩新添的搅拌机跟巨兽一样日夜不停地吞吃秦岭山地冲下来的沙石。与此同时，渭河北岸的高原不断坍塌被卷走被打成砖，被烈火焚烧。砖瓦厂太土啦，几年前就改名为丰庆建筑材料有限公司。六号、七号两台新型搅拌机就安放在渭河滩上，吞吐量大，性能好，也很少出故障，一年就那么几次，这就是新机器的好处。黄土崖下的几台老机器，十天半月就会出故障，老掉牙了，连黄土都啃不动了。好处是里边干净，加水少，带点潮。河滩上的新机器加工的是沙石水泥石灰——打成浆，出了故障，修理工周健等于在泥浆里滚一回，幸好工作服跟水泥一个颜色，灰不拉唧，基本是个水泥桩子在移动。刚开始，他懒得洗工作服，下班换上休闲夹克。女朋友张海燕也不责备他，两三天来宿舍检查一次，简直就是个洗衣妇。修理工周健该讲讲卫生啦，坚持每天洗工作服，什么时候都是干干净净清清爽爽，女朋友张海燕脸上有了笑容。张海燕生气的最高状态就是脸上没有笑容，这可比骂你斥责你又哭又闹严重得多。每当报警电话响起来，修理工周健希望是那几台老机器。这一天，五号老机器出故障啦。修理工周健十分钟不到就赶到现场，工人们都走了，留下的那个班长老远看见修理工周健的自行车，就比画几下，匆匆离开。机器修好后给班长发短信就行了。

修理工周健该忙起来啦。自行车放在离机器五步远的地方，从班长的手势就知道哪里出故障啦，周健爬进去，盖子开着，里边半明半暗。前边说过，周健对女朋友张海燕有所隐瞒，真实情况是，中间放松歇息时他不由自主地联想到几个小时前在发廊报纸上读到的两则工伤事故的消息，石破天惊，电闪雷鸣，巨大的联想把遥远的工伤事故与自己"焊接"在一起，修理工周健当时就硬了，全身出水，双手本能地扳住搅拌机，并且发出嗯嗯哼哼的呻吟，好像谁在日他的狗子，好像在拉屎，粗壮的屎橛子得咬牙切齿才能拉出来，扑通一声整个人像屎橛子一样被机器屙出来了，这种狼狈相不可能告诉女朋友张海燕嘛。

离开张海燕返回丰庆建筑材料有限公司，处理完几张工单，就呆坐着，像个待审的嫌疑犯，头都不敢抬，同事问他他支支吾吾，给他烟他不知往嘴上插，同事断定他跟女朋友张海燕怄气啦。两个转业兵结婚好几年一副大哥的口气告诫这位小老弟："不要把女人太当回事，傻兄弟，嘴上紧张，心里要淡定。"烟抽不成，好心人就给他杯子里续上水，人家就出去了。他也不知道自己在等什么，水喝干了，也不知道续，紧紧地攥着保温杯。这个漂亮的不锈钢杯子是张海燕送他的生日礼物，什么时候攥手里都是热乎乎的。此时此刻，好像这个不锈钢杯子是这个世界上唯一温暖的东西，好像是在严寒的冬天，他攥在手里的不是水杯是手炉，里边有火炭。那正是黄土高原的夏末，热浪滚滚，修理工周健穿着短袖T恤衫。他在焦急的等待中喝了一下空杯子，一瓣茶叶沾在舌尖上，总算没有让他失望，他慢慢地嚼着泡嫩的茶叶，手机终于响了，在桌子上欢叫着都跳起来了，抓在手里，差点按错，手不抖了，总算打开了手机，很急切地问："几号机？几号机？"他没听出来张海燕的声音，甚至没听出来是女人的声音，还在问几号机，张海燕就很耐心地用中央电视台女主持人李修平海燕李瑞英那种优雅亲切娓娓动听的声音告诉他："周健先生，请听清楚，一百号、一百号。"供周健上学的叔叔婶子在新疆工作过，新疆国营农场种植做中药用的罂粟叫一百号。这个专门术语及时校正了周健的耳朵。张海燕马上告诉他："不要待在房子里，出去透透气，到河滩上去，到视野开阔的地方去。"

二十分钟后周健到河滩工地，两台大型搅拌机跟大象一样雄踞河滩，轰隆隆吼叫着，工人们朝修理工周健打手势：机器好着哩，没麻达，竖大拇指，抱拳摆摆手，谢谢谢谢！周健把自行车支在河堤上，走过去。从河堤伸下去一面斜坡，河床有两千多米宽，水流仅十几米宽，到了冬天不到一米，小孩可以跨过去，可每年汛期带来的沙石总能把挖掘机掏空了的河床填满。河滩风大，来自南岸秦岭的风潮湿清凉，来自北岸黄土高原的风火辣辣的，黄尘就像灰烬。修理工周健一直走到搅拌机跟前。大家就开他的玩笑："机器又不是你老婆，三天两头不折腾一哈憋得慌，得是？"单身汉周健就故作老成一副老江湖的口气："这挨尻的不撅狗子，狗子一撅下手就顺当嘛。"一个工人就顺手抢铁锨在搅拌机上咣了一下："狗日的皮实得很，大半年没出麻达。"另一个工人踹了机器一脚："富拉尔基制造，质量好得很，富拉尔基在欧洲还在美洲？"另一个工人就笑："中国东北黑龙江，你个瓜皮，卖国贼，总以为好东西都是外国人造哈的。"这种气氛还真激怒了修理工周健，周健还真有了胆，跟土匪掏手枪一样从工具袋里拔出扳手，扬手就在机器上咣了一下，快把机器敲晕了，机器轰隆隆吐出一摊泥浆，一个工人推着斗车赶紧接住，满满接了一车，一连五个斗车才接完。

不远处是七号搅拌机，修理工周健就不用掏家伙了，跟大人摸小孩后脑勺一样在机器上摸了摸，工人说好着哩。周健跟大领导一样点点头。这两台机器一直在老老实实工作，出点毛病也是正常事故，一年一两次事故，跟亲儿子一样了嘛，而且都是小毛病，顶多弄周健一身灰，也很正常。

修理工周健离开河滩工地往北原崖根赶，那是老厂区，五台搅拌机五台卷扬机五台打砖机跟一群大肥猪一样齐心协力在拱巍巍黄土高原，快二十年了，还真把黄土塬拱进去好几里，进了厂区才能看得见，从外边看，山岳般的黄土塬岿然不动，傲气十足，分明在告诉这个世界：那些砖瓦撒在地上跟撒一层灰没什么区别。去老厂区都是走上坡路，无论骑车还是步行，都得低着头，给人感觉心情很沉重，忧心忡忡。张海燕第一次来厂里看周健，周健就给人家这种感觉。张海燕单位离这不远，可以说对这家企业了如指掌。周健大学毕业找过许多工作，这家企业算是最有技术含量了，周健也是进了这个厂子才敢向暗恋多年的张海燕吐露心声，他们没有理由抱怨这个厂子。张海燕也一直没有告诉周健她第一次站在老厂区坡上见到周健时的最初印象。现在，修理工周健如有所悟，慢下来，抬头看坡上，在轰响的机器前边张海燕打着细花遮阳伞笑眯眯地看着他。接到周健的求爱信，张海燕没有去约会的地点河滨公园，她提前来到周健上班的工厂。那确实是一个让人难忘的惊喜，修理工周健不敢相信这是真的，揉了三次眼睛，直到张海燕喊他名字。张海燕当然不会告诉他忧心忡忡的样子，张海燕误以为周健为约会而担心呢。张海燕再也没来过工地，张海燕总是到他宿舍洗这洗那。周健现在看到的张海燕绝对是一个幻影，但这幻影是真实的存在，他们正式交往了，谁不知道张海燕是他的女朋友呢？这个美丽的影子这个时候出现目的就是把他从五号搅拌机前引开。事后证明所有的灾难都来自五号搅拌机。

修理工周健直接去了四号机、三号机、二号机、一号机，工人们都很尊重他。有人用铁锨拍了狗日的机器，这台老机器确实不像话，几乎每个月都出故障，用工人们话讲欠揍，修理工周健受到鼓励就拔手枪一样拔出扳手给狗日的一家伙。

现在，修理工周健可以理直气壮地走向五号搅拌机了。五号搅拌机的工人纷纷操起家伙，迎接大国总统一样鸣放二十一响礼炮，狗日的五号搅拌机结结实实挨了二十一下，修理工周健抽出扳手也是乒乒乓乓一顿乱揍。大家都知道这台机器一大早出毛病了，没人知道修理工周健狼狈逃窜的事情，更没人知道修理工周健此时此刻的复杂心理，修理工周健用扳手敲打机器后，还狠狠地踹了几脚。修理工周健离开后，大家一致认为机器老出故障干扰人家谈对象，修理工周健正热恋着哪。大家都见过那个漂亮的幼儿园老师张海燕，对大家都很客气，一口一个师傅，狗日的周健这么好运气。

这一天，修理工周健算是有惊无险。吃晚饭时彻底放松了，就多打了个菜，一荤一素，还有紫菜汤。张海燕发来短信："吃好点，两菜一汤，吃米饭不许吃馒头和饼子。"周健如实汇报，得到张海燕的表扬："真是好孩子，吃慢点。"完全把周健当幼儿园的小朋友。

修理工周健很听话，细嚼慢咽，正吃在兴头上，一阵喧哗，厂领导与民同乐，来职工食堂用餐，跟大家吃一样的饭菜。这也是这家企业一道美景，一年当中厂领导要光顾十几次职工食堂，不是来检查是用餐，提前不打招呼，跟进自家厨房一样随意，后勤管理就不敢造次，饭菜质量卫生在全市企业堪称一流，据说老板从南方取来的经验。老板一行每光顾一次，职工们会兴奋好长时间，比加薪还厉害。媒体做过报道，已经习以为常了。大学本科毕业生周健在这家企业当一名修理工也不觉得委屈自己。修理工周健把这个喜讯发给张海燕，张海燕很委屈地告诉周健："本姑娘跟我们园长连水都没喝过，好好享受吧！嗯哼。"领导就转到周健跟前了，问周健：为啥喝紫菜汤？周健实话实说：有营养。热衷于南方经验的领导就大声表扬修理工周健，亲自喝了一碗紫菜汤。说实话，大多数职工爱喝玉米糁子，再不行也是江米稀饭，喝紫菜汤的人不多。

晚上有一场专家讲座，当地大学一位副教授每年定期来厂里讲传统文化，从《朱子治家格言》《菜根谭》到《弟子规》。在西北五省区讲过。老板就请副教授参与企业文化建设。渭北是周秦龙兴之地，目不识丁的农民都懂一点传统文化，专家学者讲起来更是得心应手。老板重视，职工听讲座按正常上班对待，大家当然乐意去听讲座。专家口才极好，风趣幽默深入浅出，跟观赏赵本山演小品一样，笑声不断，比狗屁电视剧强多了。大家不明白专家为啥在电视台讲得不如厂子好，专家哈哈一笑："在乡党跟前不掺假，得高水平发挥。"大家觉得专家实在。真正的原因应该是语言，专家是当地土著，讲关中方言就神采飞扬，讲普通话就舌头发硬。专家每次讲座开场白就是："咱们今天唱秦腔。"言下之意他刚刚从学校讲台上唱京剧下来。

修理工周健把这一喜讯告诉张海燕，幼儿园晚上有孩子的演出，张海燕来不了。张海燕没有杂事打扰就一定来听专家讲座。张海燕短信里告诉周健："《菜根谭》《弟子规》听详细，明儿给我讲一遍。"修理工周健听得格外认真，专家讲道："势服人，人不然，理服人，方无言，同是人，类不齐。"听众一片欢呼，这家企业的管理原则是以德服人、以理服人，反对仗势欺人。下边的句子不待专家讲，员工们就能背诵："能亲人，无限好，德日进，过日少。"修理工周健最喜欢这几句："入则孝，出则悌。"专家这样解释：回家孝顺父母，进单位服从领导，出门不但敬爱兄长，还要敬爱同事，四海之内皆兄弟。当专家讲到"泛爱众，而亲仁"时修理工周健身子一震眼睛都湿了，这句话他听过十几次，从来没有像今天这么感人。他还清楚地记得，今天上午在五号搅拌机里巨大的联想把报纸上的工伤事故与他自己联系起来时他的身体就这么强烈地震了一下。那时他全身出水，一头冷汗，现在他流下的是热泪。四海之内皆兄弟，泛爱众而亲仁。可以想象专家讲座结束时修理工周健鼓掌的热烈程度，周围的人为之侧目。都有人抗议了："我们也很感动。""感动的又不是你一个。"他才不管这些闲言碎语呢，他拍得更热烈了，都张牙舞爪了，都得意忘形了。我们敢肯定，他是掌声结束时的最后一响。

晚上睡觉肯定踏实。刷牙洗脚哼两首小曲，给张海燕发短信，张海燕回信祝他睡个好觉，他就美滋滋地睡着了。同宿舍另外三个同事被折腾坏了，第二天一大早就吵翻天，"张海燕啊张海燕，你是菩萨娘娘，你可怜可怜周健兄弟吧，你腿夹那么紧，裤带扎那么结实，周健兄弟把天都日破啦把地球都戳成马蜂窝啦。"周健的反抗显得那么苍白无力，床板都快压塌了，被子枕头被狗熊蹂躏了似的，他都想不到自己这么能折腾。

这尴尬的一幕他不会告诉张海燕。张海燕关心的是专家讲座，修理工周健只要把专家讲座的内容牢记在心就行。这家企业《朱子治家格言》《菜根谭》《弟子规》员工人手一册。定期讲座，各级领导苦口婆心，天长日久，企业一片祥和景象，员工个个面带三分佛相，逞强斗狠各种纠纷很少发生，内部稳定，对外就底气十足，外聘法律顾问基本是摆设，企业效益在全市中等偏上，员工收入也居于中游，但食堂数一数二。老板祖上是大地主，家风好，过去关中地主对长工十分友善，尤其是伙食都是待贵客的标准，下苦力的人吃好喝好就会使出看家的本领报答东家的好心。好心盛在碗里。关中人实诚，给你一碗扯面，上边是面下边是大块臊子肉。老板把祖上的遗风发扬光大，受惠的是手下员工。专家讲座，员工们就套用当时的时髦说法，精神大餐，精神面包。有意思的是谁也不会扯到当地最有名气的美味佳肴面皮锅盔臊子面。有道是有人的地方就有矛盾就有纠纷就有冲突，有时还很尖锐，这是谁也无法回避的。但大家都遵从一个原则，再大的矛盾绝不公开，绝不撕破脸皮，私下解决，私下讲和，心不和面一定要和。实在解不开的疙瘩，咽不下的气，就辞职离开单位，出了厂门在外边打破头卸胳膊卸腿与厂子无关。也有一些二杆子二屄二百五，直肠子，撕破卵子淌黄水，实话实说，等于把天戳个窟窿，厂子不处理，大家冷言冷语，冷脸冷眼，自己立马感觉到天地之大却无法容身，无地自容，便悄悄离开。这种气氛不容你你怪谁去？《朱子治家格言》《菜根谭》《弟子规》就是刻在人人心里的戒律。

2

第二天是周末，修理工周健一大早就去见张海燕。他步行四十分钟赶到蓝天幼儿园，牛皮纸档案袋里装着《朱子治家格言》《菜根谭》《弟子规》《曾国藩教子书》《女儿经》，就像圣徒去教堂做礼拜，一身正气，庄重肃穆，一只胳膊前后摆动，拿牛皮纸袋的那只胳膊贴着身子一动不动。等待在幼儿园门口的张海燕也严肃起来了。

他们没有逛街没有去公园也没有去河边，他们上了北原。坡上全是树，原上全是庄稼地，视野开阔。台地平原一马平川，平原的尽头隐隐约约可以看见烟雾中的北山，原下是繁华嘈杂的渭河谷地，渭北市就在渭河两岸，河北是商业区，河南是工业区。周健大学毕业在外地折腾三年，最后还是叔叔婶子托人找关系在郊区这家企业找到一份体面的工作。张海燕不是第一次见识周健这副严肃认真的样子。张海燕第一次看到这种久违的严肃认真就很感动，张海燕当时就感叹：他要是在政府部门上班他会走出国旗班礼兵的风采。周健越走越近，这种感叹化为微笑。张海燕接住那个大号牛皮纸信封袋，递上饮料："欢迎周健教授给辽阔田野上的千万株玉米高粱讲授《菜根谭》《弟子规》。"修理工周健就绷不住了，就彻底放松了。喝完饮料吃一个水果，就坐在地头上复述专家讲过的内容。

不可能原样复述嘛，修理工周健总是不自觉地加进自己的理解，张海燕这点辨别能力还是有的。张海燕就喜欢听修理工周健的随意发挥，这些附加内容总是随着周健在厂子里的遭遇不断变化。这是周健没有想到的。当他随意发挥讲得神采飞扬时，肯定得到了奖励。百事不顺就会出现停顿语言枯燥无味，也会出现情绪失控，张海燕就刨根问底找到问题的关键，一起分担他的不幸。即使情绪失控，周健也不会说脏字，只是把自己气得半死。张海燕就认定周健是个好人。这跟周健给她的最初印象是一致的。他们是中学同学，周健出于义气替朋友背黑锅，老师批评为江湖义气，封建社会那一套，害人害己，反而让周健威信高涨，就引起了张海燕的注意。凭少女的直觉，引起女生注意的不是张海燕一个人，周健不是十分灵光的人，有点木头，很容易让人想到金庸小说里那个木头郭靖，这就更有吸引力了。好多年以后，张海燕从渭北市一所地方大学毕业当幼儿教师，在西安上大学的周健可怜巴巴到处打工找不到工作，他们在周原老家街头几次相遇，周健总是匆匆而别。大男人嘛，混得不如意就这样子，张海燕就耐心等待着。她相信周健会来找她的。三年后的夏天，张海燕收到周健的信，张海燕好半天才拆开信，差点把信瓢撕破，抖得厉害，全身都在抖。信是这样写的：

海燕你好！

　　自毕业后一直想跟你联系，找不到合适的工作，生活不稳定，现在总算安定下来了，在本市丰庆建筑材料有限公司上班。你有时间的话我们一起吃个饭看看电影，星期五下午六点半河滨公园东侧金渭湖边我等你。

周健
二〇〇五年五月二十七日

张海燕再也忍不住了，把装盒子里的纸鹤全倒床上，从中学到大学毕业，几百只纸鹤，各种颜色大小不等，满满一床，又一只一只收起来，就像老财主的百宝箱，少女张海燕自信多了。修饰打扮。她还是提前出门。她没有去河滨公园，她去了周健上班的地方，在五号搅拌机前她看见了从坡底下一点一点走上来的忧心忡忡的修理工周健。

此时此刻也就是二〇〇五年七月二十三日上午九点四十五分，在远离市区的北原田野上，修理工周健给张海燕复述专家讲座的《菜根谭》《朱子治家格言》和《弟子规》时情绪失控了。讲到一半时突然发作，以往这个时候周健都要自我发挥。此时此刻周健情绪陡然一变，一下子结巴了，这种情况以前从未出现过，修理工周健丢下圣经一样的《菜根谭》《朱子治家格言》《弟子规》，击打自己的胳膊和腿，边打边叫："《菜根谭》《菜根谭》你可不能砍我的胳膊腿，《朱子治家格言》《朱子治家格言》你可不能割我的胳膊腿，《弟子规》《弟子规》你可不能亏我的胳膊腿。"好像他的胳膊腿不在他身上了。张海燕反应过来了，周健就狂呼乱叫大半天，张海燕豹子一样扑上来连掐带捏，周健还在乱扑棱，张海燕就噙一口雪碧噗一下喷周健脸上，周健哆嗦一下，醒来了，也安静了。冷静下来的周健还是不放心自己的胳膊腿，不停地揣摸，张海燕就帮他揣摸。张海燕的手还真是灵丹妙药，周健恢复了感觉。事实无比雄辩地证明胳膊和腿好端端地长在他身上，他毫发无损，气氛就有些尴尬。打破僵局的办法很简单，张海燕开个玩笑："想占我便宜就明里来嘛。"周健就说："我真的不是故意的。""故意的又能咋？"张海燕直勾勾盯着周健，周健这个大木头瓷锤只会摸着后脑勺嘿嘿笑，张海燕就使劲掐了他一下，他就挨刀子一样叫唤："我再也不敢啦，我再也不敢啦。"张海燕心里骂了三遍瓷锤瓜皮，骂第四遍时心就软了。

"你是不是太劳累太紧张，找医生看看。"

"我好好的不用找医生。"

"要不咱换个单位？"

"再也找不下这么好的单位啦，以前那些单位没法比，我知足啦。"

周健从来没跟张海燕讲过他以前干的工作，张海燕也能想象出他以前干过的工作有多么糟糕，基本是没有任何技术含量的体力活，跟农民工没啥区别。事关一个大学毕业生的自尊，张海燕从不多问，张海燕就顺着他的话往下说："你以前累下的。"周健就频频点头。张海燕就说："有了好单位可不要再使牛力气，要悠着点。"周健就像个碎娃又点点头，接过张海燕剥开的香蕉吃得那么香那么乖。张海燕就说："以后多吃香蕉。"张海燕没说出的那半句话是："香蕉能稳定人的情绪。"

周日上午十点左右，张海燕提一兜香蕉一身T恤牛仔裤直奔周健宿舍，一看就是来给男朋友洗衣服的。他们交往不到两个月张海燕包揽了周健的家务，单身汉的家务就是充满汗臭的衣服被褥床单之类。大家对修理工周健刮目相看。不到两个月就调教出这能干懂事的女朋友。用当地人的话讲，好不到肉里头，女朋友绝不会当洗衣妇。就是好到肉里头，娶进门，生了娃，啥都不干的多得是。周健的老家就在渭北市北边一百多里地的周原县，从县城到他们村又得走几十里地。张海燕家在周原县城，父母虽说是县城一般小职员，却比周健家强多了。消息灵通的人还打听到，他们两人好成这样子，张海燕也没敢领周健去见自己的父母，也就是说没最后敲定。父母没点头的关系可是太脆弱了，不管张海燕多么积极，大家并不看好他们的未来。就事论事，这么好的姑娘太难得了。多少双眼睛在暗处虎视眈眈地盯着，我们敢肯定，一旦俩人停止交往，会有无数条饿狼猛犬扑上去。我们敢肯定这些枕戈待旦的猛人远远超出丰庆建筑材料有限公司，毫不夸张地讲，他们分布在渭北市的角角落落，这一对激情男女没有察觉到罢了。

　　张海燕显然不是来给周健洗衣服的，隔三岔五来洗，一个单身汉有几件脏衣服？不到四十分钟就收拾完了。张海燕要周健陪她在厂子里走走。以前都是去宿舍、食堂，专家讲座也是临时借食堂大厅，去的最远的地方就是北原黄土崖下的五号搅拌机。这回看得很仔细，从河滩到黄土崖，从砖窑到打砖机卷扬机搅拌机，一股神秘的力量把张海燕引到最终要出事的五号搅拌机跟前。张海燕明显地感觉到周健在这台机器跟前有些不自然，张海燕要钻进去看看，周健都叫起来了："你个猴女子你想弄啥？""我就是个猴女子我想弄啥就弄啥！"周健嘿！嘿！又是跺脚又是拍大腿，张海燕就猴不起来啦，张海燕没往里钻，扒在搅拌机口往里看了一眼就下来了。就那短短的一瞥，张海燕还是看清了搅拌机内部千手观音一样的叶片，血肉之躯在它们跟前是多么不堪一击！张海燕鼻腔发酸，还是忍住了，而且笑起来了，连她自己都想不到她会说出这么大气的话，她还拍了周健一下，那句让人吃惊的话是这样说的："机器有啥了不起，它还是听你的。"这颗定心丸绝对超过大力神丸，塞周健嘴里周健当下就放松了。

张海燕可没这么轻松。张海燕办公室有电脑，可以上网，张海燕很容易查到《渭北晨报》上那两条工伤事故的消息。类似的工伤事故报道不断跟进，张海燕匆匆浏览，半年之内国内这种工伤事故就有五六百，再看下去她会崩溃。可以肯定周健看到了这方面的报道，动物除外只要是人脑子，都会联想到自己。

张海燕躺床上还在想这件事，不由自主地摸自己的胳膊和腿。她一米七五，周健一米七二，她的腿就是各类作品里描绘女人时讲的修长的腿。她清楚地记得她的目光投向搅拌机的叶片时马上感觉到周健躺在里边工作时两条腿就夹在搅拌机的叶片里，如果发生工伤事故，受伤的肯定是腿。张海燕摸够了自己的腿。她努力回忆周健的身体。他们最动情的时候也仅仅是拥抱和接吻，周健的头发耳朵嘴巴胸膛还有双臂"焊接"在她的身上了，而关键性的腿她一点印象都没有。两人有性关系的话留在记忆里的肯定是腿，他们目前还没有进行到腿。某一个晚上，拥抱到高潮时周健的腿不安分了，开始靠过来了，她本能地拼死抵抗，周健没再坚持，还给自己找台阶下。"不急不急，急啥？馍馍不吃在笼里放着哩。"书里是这样写的，男人的智慧不在脑袋里在腿上。这本书买来好多年了，从来就没翻过，今晚存心报复她似的，她睡不着觉，就从床头小书架上随手抽出这么一本备受冷落的书，随便翻到一页就读到句砭人肌骨的话。今夜张海燕的脑子特别好使，从书中这句话她很自然地推断出这样的道理：女人只有拥有了男人的腿才能真正拥有这个男人。太精辟了！张海燕赶快把这句话写在书上。算是旁批呀！学者和伟人才有这种嗜好，张海燕要实际得多，她就想着周健那双处于危难中的腿，她要誓死保卫这双腿。她暗暗发誓，她关了床头灯咬着被角在黑暗中发誓。她滚下了热泪在梦中发誓，直到天亮。

蓝天幼儿园单身宿舍住两个人，跟张海燕同宿舍的姑娘叫方静，长相一般但性格好，温和开朗，很羡慕张海燕的身材和腿，这样的身材这样的腿不当模特亏死了。张海燕总是跟孩子一起蹦蹦跳跳跳儿童舞，给孩子们展示她的魔鬼身材，孩子们把女老师当妈妈的化身，压根就不懂人体美。方静不断地动员张海燕去跳国标去给成年男人展示女性魅力。张海燕我行我素无动于衷。昨天晚上又是摸腿又是喊腿，折腾得方静没睡好，方静也不生气。起床后第一句话就是"开窍了吧！知道自己的优势了吧"。张海燕懵懵懂懂，傻瓜一样望着方静，方静继续开导，旧话重提，一个关键词：跳舞，跳成人舞。张海燕就问了一个很没水平的问题："跳舞跟我有关系吗？跳舞对我这么重要吗？"方静就郑重地拍了一下她的腿，还真唤醒了张海燕，张海燕灵光起来了。别人没睡好，她也没睡好。她总算想到了折腾她一晚上的腿，不是她的腿，是周健的腿。还真得感谢人家方静，舞蹈说到底就是腿上功夫。

张海燕没有去市文化宫。全市的男女老少学跳舞都去文化宫。张海燕的儿童舞是在大学幼师班学的。周健那个来自新疆的蒙古族婶子看了她的儿童舞就不停地摇头，这种舞太刻板，娃娃们会跳成木头，这个叫金花的蒙古族少妇当场表演新疆卫拉特蒙古族古老的《萨吾尔登》舞，让张海燕大开眼界。《萨吾尔登》是蒙古人模拟雄鹰天鹅走马骆驼山羊各种动物的动作演化而来的草原舞蹈，生动传神富有生活气息。张海燕给蓝天幼儿园孩子们教的就是《萨吾尔登》，孩子天性喜欢动物，而且悟性极好发出嘚嘚嘚的马蹄声羊蹄声。金花婶婶就告诉张海燕萨吾尔登就是马蹄子声，萨吾尔登是马奔跑时马头上下蹿动的动作，登就是走马的细碎的蹄声，象声词，蒙古族歌舞伴奏的乐器托布秀尔弹拨起来就发出嘚嘚的马蹄声，孩子们蹦蹦跳跳就像一群小马驹。

张海燕给周健发短信：我们去看叔叔婶子。周健的父亲是老大，叔叔是老小，我们当地人就叫碎爸，婶婶就叫碎娘。回到村里就这么叫，进城就改口叫叔叔婶子。

叔叔周志杰在渭北市一家研究所搞考古，婶子金花在一所中学教英语，在少年宫兼职教舞蹈，节假日就在家里办短期舞蹈班。张海燕跟周健交往不久周健就带张海燕去见叔叔婶子，周健在城里的一切都听叔叔婶子安排，他的农民父母等于把他交给叔叔婶子，张海燕算是拜见周家长辈。叔叔婶子很喜欢幼儿教师张海燕。叔叔婶子从新疆回内地快十年了还改不了新疆人的豪爽坦率，就实话实说：我家周健算是高攀了，你可是城里娃。婶子金花更乐意教张海燕跳蒙古族舞蹈，第一次见张海燕就噢哟哟迎上去，这么好的身段，从张海燕的肩背一直摸到腿。"周家男人唠叨（厉害有能力）着呢，攥在手里的全是美女。"金花婶婶忍不住拧了一下张海燕的腮帮子，张海燕吓一跳，五六岁七八岁的时候奶奶外婆这些老人家疼爱孙孙才来这一手。叔叔周志杰就哈哈一笑，"她还以为在新疆在天山牧场。"金花婶婶笑得浑身发抖："我太喜欢这个丫头了，长得太好了。"第一次见面，金花婶子就唱了《天上的风》，跳了《萨吾尔登》，叔叔周志杰用蒙古乐器托布秀尔伴奏。托布秀尔状似马头琴，只有两根弦，琴头饰有马头、羊头、骆驼头，周志杰弹奏的这把托布秀尔是马头，客厅东侧墙上另几把托布秀尔有羊头骆驼头还有天鹅头。幼儿教师张海燕在金花婶子的鼓励下跳了大学时在幼师班学来的儿童舞，叔叔的两个孩子出来伴舞。叔叔的女儿正上小学十一二岁是前妻所生，儿子才四岁，上学前班，同父异母的姐弟俩关系很好，跳着跳着就跳成了《萨吾尔登》，金花婶子也操起托布秀尔伴奏，两把托布秀尔加上两个孩子就很有气势，幼儿教师张海燕有舞蹈天分很快就进入角色。《萨吾尔登》有几十种，金花婶子跳的是《哈努林萨吾尔登》，哈努林即袖子，风吹杨柳一样悠扬优美，成年妇女跳，多用跪坐弯腰的动作。两个小家伙跳的是动作简单的《锡外德里登萨吾尔登》，即《圆形萨吾尔登》，锡外是卫拉特方言，指城堡里的圆形场地，德里登指口风耳一样又圆又小，孩子们在又圆又小的场地模拟小动物像兔子一样蹦蹦跳跳跳圆形舞。张海燕很快就学会了。这是张海燕最先介绍给蓝天幼儿园小朋友的蒙古族舞蹈。张海燕已经学了五六种《萨吾尔登》，同事们快把她当蒙古族姑娘了。

今天张海燕目的很明确，有点急功近利，要金花婶子教她腿部动作为主的《萨吾尔登》。金花婶子看张海燕好半天："嗬，对腿感兴趣了。""男人的智慧在腿上。"金花婶子又一愣："海燕啊，婶子越来越喜欢你了，你简直就是我们草原上的姑娘嘛，知道男人的智慧在腿上。这是草原古老的格言。"张海燕一口咬定是在书上看的，还说出了那本书的名字，那是一本经典随笔选集，收集古今中外大师们的代表作品，张海燕连作者都说出来了，是一个如雷贯耳的大哲学家，金花婶子手一扬就像鹞鹰掠过天空："我们卫拉特蒙古人的史诗《江格尔》是这样开头的：

'在很久很久以前，佛宝弘扬的开始，众神崛起的年代，人世间出了一位英雄，一代孤儿江格尔。他三岁的时候跨上神驹阿仁赞，征服了凶狠的蟒古斯汗……'丫头明白了吗？地球还是个蛋的时候，男人的腿就伸出来了。哲学家出现在地球上还不到一万年嘛，六七千年吧。"金花婶子捏一下张海燕的肩膀，"盯上男人的腿算你眼睛有水，女人最大的缺点就是方向感差，尤其是现在这个吵吵闹闹乱哄哄的世界，空气透明度不到五米，不要说飞翔，走路都像麻雀跳。"金花婶子的手跟鹰爪一样抓着张海燕越抓越紧简直就是老鹰抓小鸡，老鹰还盛气凌人地问小鸡："爱上我们家周健啦？"小鸡点点头，老鹰就松开手，"喜欢上一个人是容易的，爱上一个人漫长而艰难。"小鸡翅膀一抖成了一只勇敢的斗鸡："我中学时就喜欢上他啦。"老鹰就告诉小鸡："现在你还喜欢着他。"后来张海燕才明白金花婶子不是激她，更不是欲擒故纵，蒙古人不会这一套。按我们当地人的习惯，男女双方情投意合，都要见双方父母，这是婚姻的前奏，这一曲奏不响，就很难发展下去了。张海燕见了周健的叔叔婶子，周家就等着张海燕父母的反应，说具体一点就是什么时候张海燕带周健去见未来的岳父岳母。直到现在没动静嘛。金花婶子的话已经很委婉很含蓄了。金花婶子还是受到了张海燕情绪的感染，金花婶子告诉张海燕，《萨吾尔登》另一种说法是手，相传《萨吾尔登》的手部动作有六十多种，传下来的有十几种，以手、肘、肩的动作为主，主要是抖肩，翻腕，硬肩，耸肩，压腕提腕，抖手，绕臂，绕肩，甩肩，金花婶子一一示范，一下子让人感受到开阔、舒展、端庄、挺拔的大草原气息。叔叔周志杰一声不吭地弹奏托布秀尔，金花婶子把同样的动作反复好几次，张海燕慢慢体会到上肢的弹压推拉揉绕的力量全来自下肢，来自双腿，舞蹈高潮时以腰为轴前俯后仰，肩前推则肘后顶，肩后顶则肘前推，脚慢手快，棱角分明，她的双膝开始颤动，带着弹性的屈伸颤动一股股暖流从腹腔涌起，女人的力量女人的智慧海浪一样开始高涨，她泪流满面。金花婶子扶住她："感受到生命的美好，才有资格去爱一个人，丫头你入门了，祝贺你。""谢谢谢谢。"张海燕哽哽咽咽说不出话。金花婶子附着张海燕的耳朵小声说："找到自己的腿才能找到男人的腿。"

《萨吾尔登》的顶峰是《少女萨吾尔登》，金花婶子一下子回到少女时代，巴音布鲁克草原的卫拉特土尔扈特少女，照镜，描眉，梳辫，挤奶……很快就变成了巴音布鲁克草原上的天鹅，温柔、端庄、委婉、恬静。每年都有大批天鹅聚集到天山腹地的巴音布鲁克草原，草原上有一个三十公里长的银练一样的天鹅湖，生长在那里的土尔扈特蒙古族少女就成了天鹅在人间的化身。张海燕第一次见识这么美好的舞蹈，张海燕都看傻了，金花婶子告诉她："这才是你要找的东西。"张海燕声音那么小："我什么时候能学到手？""你会学到手的，我真想做你的婶子，可爱的小丫头。"曾经在大学舞蹈班跳过《天鹅湖》的幼儿教师知道她离真正的舞蹈还很遥远，她还是不甘心地抓住金花婶子的手："你一定得教我，哪怕去死我也要跳一次《少女萨吾尔登》。"

"那就看男人们的本事了。"

金花婶子和她的女儿用托布秀尔弹奏一首悲壮的战歌，丈夫周志杰和儿子周巴图先唱起来，是用卫拉特蒙古语唱的，周健只能用曲调跟进，三个男子汉神情凝重坚毅跟辽阔草原的石人像一样，那苍凉低沉沙哑悲壮的曲调接近草原长调和呼麦。张海燕听不懂歌词却感受到了这首古歌的力量，毫无疑问这是一首战歌。

离开叔叔家很远了，张海燕都没有从那悲壮的气氛里摆脱出来。她和周健无话可说默默赶路。分手时他们破天荒地抱抱，互相拍对方的背。二〇〇五年夏天在渭北市街头热恋中的男女公开拥抱还很罕见，他们抱得那么自然大方，周围的人只是回头看看，跟看电影一样。

刚进宿舍，就互发短信，张海燕先发："你什么时候会这首歌的？""一九九八年春天。""那是个特殊的日子吗？""那年春天金花成了我婶子，那年夏天我考上了大学。""你一定是唱着那首歌考上大学的。""确实如此。""我的励志书是《平凡的世界》，你的励志歌来自大草原真有意思。""那不是励志歌，那是大月氏人面临灭顶之灾拼死一搏的战歌。"

稍有历史常识的人都知道西汉时生活在河西走廊的这个叫大月氏的古老民族，受匈奴的压迫背井离乡逃到西天山的伊犁河谷，还未站稳脚跟，就受到匈奴和乌孙的联合夹击，面临灭顶之灾。妇女儿童老人都拿起武器拼死相搏，杀出一条血路，少数幸存者逃到万里之外的兴都库什山才找到生存之地。后来张骞找到他们，他们已经不想回到遥远的伤心之地了。《大月氏歌》就是他们血战伊犁河谷抢占天山达坂时的战歌。

张海燕很急切地追问这首古歌的歌词。周健就回复道："女人听这种歌不合适。""金花婶子不是女人吗？""她是渥巴锡汗的后代。""我不是林黛玉，把我当王熙凤吧。"那首歌的歌词就过来了。

孩子，你要是渴了，不要饮河水，

河水里敌人下了毒，

你就喝敌人的血吧！

孩子，宁死也不要屈服，

死了，不要让我看到你睡在棺材里，

你的尸首一定要躺在盾牌上被抬回来。

　　这算是一首完整的《大月氏歌》了，方静不在，一个人独处很适合一首古歌在心里久久回荡。周健发出歌词后没再回信，是高原的风破窗而入把她吹醒的，床单都卷起来了，衣服跟充气的轮胎一样圆滚滚的，头发反复抽她的脸，眼睛都麻了，她一动不动，她把自己想象成阵亡的将士，战友们用盾牌把她抬下来，不是电影电视小说里常写的背下来或用担架抬下来，张海燕拍一下床板。小职员父母和当小科长的哥哥把她当宝贝，她的闺房就是童话世界，布娃娃电动玩具，明星照片，电脑什么都有，这间集体宿舍也是非常舒服的安乐窝，同宿舍的方静跟她相处很好。张海燕不再拍打床板了，拍不响的，这么舒服的床软乎乎的跟沙发一样，跟血与火的盾牌压根就不搭界，能想到盾牌已经是想象力的极限了，再也不需要高原的风了，张海燕拉起床单擦眼泪。

　　农村学生跟城镇学生考大学不一样，边远农村又跟城市周边的富裕农村不一样，周健他们那个村子张海燕从来没有去过，张海燕还专门找一张渭北市下属各县地图，那个村子在县城以北以东五六十里远的地方，那是高原台地与北方群山的交会之处。那么偏远的农村，对张海燕来说纯粹是个地理概念。周健上高中时才到了县城，那已经经过相当激烈的竞争，据周健说，他们村子到乡中学念初中的只有五六个人，到县高中就剩他一个人了。每次回家都要约附近几个村子的同学一起赶路。高考下来，就跟冲锋陷阵的士兵一样，横尸遍野，只有少数幸存者冲上山顶。周健考上了西安一所重点大学，在偏远农村明星一样让人羡慕，在县城也相当耀眼。张海燕考上的是渭北市的一所大学。考上大学的同学互留联系方式，互相拜访，一起去感谢老师。大学开学前的那段时间，小县城宴会不断，家庭条件好的大宴宾客，张海燕只在谢师宴上见过周健。周健他们几个农村同学凑份子包一桌饭，这笔钱也是叔叔周志杰出的。城里同学都是各家单独宴请老师，张海燕的父母早就宴请过老师了，亲戚朋友都宴请过了。同学之间互相宴请，正好跟这帮农村同学的宴会碰在一起，包厢相连，就过来互相敬酒，同学互赠纪念品，大家才发现周健是有准备的，张海燕更是有备而来。周健送张海燕一套喜多朗的CD，张海燕送周健一套路遥的《平凡的世界》。城里学生都把《平凡的世界》当励志书，条件好的家长还专门让孩子跟农村孩子结对子，寒暑假互访，城里孩子到贫困农村去磨炼意志，农村孩子到城市家庭来见世面，更有甚者，专门寻找甘肃宁夏那些全国有名的贫困地区，让孩子长期待在那里，苦其心志，劳其筋骨，以期将来出人头地。张海燕的家长没有那么宏伟的战略眼光，他们仅仅希望孩子不要受世俗影响，考什么大学无所谓，只要考上，将来有一份职业能过日子就行。张海燕初中时就拥有了一套《平凡的世界》，父母没想到花样年华的青春少女很容易在现实生活中寻找心目中的孙少平。来自边远农村的同班同学很容易进入少女张海燕的视野。那已经是一个少女从初二到高一好多年的酝酿与期待，高中三年，他们只是彼此有好感而已。农村同学在考上大学前轻易不会去"早恋",反而是那些没希望考上大学的同学随心所欲,热闹非凡。农村少年周健考大学的时候,国家已经不包分配了,几年前就双向自主选择了,大学生全被推向市场,就业形势越来越紧张,毕业即失业。农村学生拿到大学录取通知书只能强作欢颜,如芒在背。张海燕期待不到周健的任何承诺。大学四年,他们只以明信片贺年卡保持若即若离的关系。寒暑假周健会在县城待大半天,就是为了在街头跟张海燕相遇,聊一会儿,再匆匆赶车,返校时同样会出现这种情景。我们就知道小县城的汽车站附近是他们碰头的场所。不会一起吃饭或到家里去,那等于公开他们的关系。街头见面就随意得多。同班同学,都在上大学,打个招呼聊一会儿很正常。他们就这么正常到大学毕业。

张海燕的工作是她哥哥费尽九牛二虎之力办成的。哥哥二十世纪八十年代在西安上大学,那时大学生还是天之骄子,就业形势相当好,哥哥刻苦努力,成绩优异,又是名牌大学的热门专业,就留在了省城西安,娶了西安市的同班同学,算是给父母长脸啦。县城小职员的儿子,能在省城扎根很了不起啦,六七年下来,在一个部门当科长,也不是什么实权部门,过小日子正好,要给亲戚朋友办事相当困难。科长在县城算个官,在省城屁都不顶。亲妹妹的事情是绕不过去的,哥哥提早几年做长远准备,动用所有的人脉关系也只能在关中西部的渭北市一家幼儿园给妹妹找到一份工作。这已经很了不起啦。父母在小县城就是个小职员嘛,儿子在西安工作,女儿在渭北市工作,相当不错了。父母的唯一愿望就是女儿能找个好女婿,父母眼中的好女婿也仅仅是大学毕业有个正式工作,安安稳稳过日子就成。张海燕从父母嘴里很少听到达官贵人富豪大款这些家长们的热门话题,这些都是同事嘴里说出来的，生养着有学历有长相有身材的小公主的人家，不都热衷这些话题吗？张海燕就觉得自己的父母很了不起。哥哥嫂子为她付出那么多也从不在她跟前谈这些话题。话题还是有的，就是平平安安过日子。

可以想象周健大学毕业那几年过的什么日子。毕业后的第三年周健从西安回到渭北市，这份修理工的工作还是叔叔婶子找熟人托关系办进去的。城里长大的张海燕想象力受到极大的限制，她还是从渭北市的农民工身上看到周健的影子。节假日去西安哥哥嫂子家时，西安市的农民工更多，下岗工人，找不到工作的大学生租住在城中村简陋的房子里，从杨家村从瓦胡同经过时，嫂子指给她看那些出出进进的失业大学生，她的脚像焊在地上，她在人群中寻找周健的影子，这些戴着眼镜穿着从康复路批发市场买来的廉价服装苍白瘦弱斯斯文文的小伙子个个都像周健。嫂子拽她好几次她才反应过来。张海燕从来没有问过周健毕业后在西安的经历，现在她再也忍不住了，她还是发出这样的短信："你经常唱《大月氏歌》吗？"

"很少唱。"

"你还是唱了。"

"走投无路的时候就唱。"

"西安人不害怕吗？"

"他们听不到，夜深人静的时候我只在心里哼哼。"

"可那些词你一句都没忘。"

"这种歌词不用背诵，一遍就记住了。"

然后是停顿，张海燕惊异万分，此时此刻正是晚上十一点半，渭北市夜深人静的时候，同事方静没回来，张海燕独处一室，夜深人静，静得可以听到地底下的声音，那首古老的《大月氏歌》分明是从大漠深处传来的，那么深厚的男低音，如同泥石流，如同岩浆在缓慢而辽阔地翻滚……高原上再也没有风了，连一只野兔都没有，没有星星没有月亮，夜黑沉沉，不断地往下黑，都快黑成汪洋大海了。张海燕突然坐起来，用短信问周健："我送你的《平凡的世界》还在吗？"

"我一直带在身边。"

"你读了吗？"

"你要我说实话还是说假话？"

"你不读干吗还随身带着，三大卷不嫌沉吗？"

"上边有你的签名。"

"我还不如送你一本我的作业本呢。"

"孙少平不会读《平凡的世界》。"

这句话让张海燕琢磨了好半天。

3

好多年前，古老的《大月氏歌》就跟周健连在一起了。他们见面时，周健就问张海燕："你不会把送我的《平凡的世界》收回去吧？"张海燕说："我真要你好意思还回来吗？"这次吃饭张海燕可不想让周健当绅士，她坚持一定要她买单。上的菜很丰盛。有关《大月氏歌》的话题他们都是隔山打牛用手机交谈，突然面对面，张海燕的目光就跟水一样在周健的身上流动，周健马上不自在起来。"你不认识我啦？""我得再认认你。""我有这么神秘吗？""你比《神秘的大佛》还神秘。"那是他们一起看过的一部国产电影，内容早都忘了，电影名字倒成了他们互相打趣的话题。跟《大月氏歌》融为一体的这个人早都变了，张海燕现在才发现，张海燕就问周健："你受过伤吗？""我不明白你的意思。""我是说你看过医生吗？"周健就放下筷子，喝下半杯啤酒，用餐巾纸轻轻擦一下嘴，笑眯眯地说："谢谢你这么关心我，我没找过医生，到药店买过药。"周健一下子变得陌生起来，张海燕打个冷战，她宁愿周健有神秘感也不要沾一点点陌生感。她在周健眼里却一点也不陌生，周健开始吃水果，咽下一块菠萝，就告诉张海燕："不要以为我走投无路的时候才唱《大月氏歌》，我给你写那封信时也唱了这首歌。"张海燕应该想到这一点。周健刚刚在渭北市有了立脚点，就约她出来，她当时又惊又喜，既在意料之中又感到突如其来。"我有那么可怕吗？""不是谁都能有我这样的勇气。"周健恰如其分地表扬了自己。张海燕就大胆地盯着周健的眼睛，她在期待一个声音，跟那首古歌相匹配的声音，周健抓住她的手声音很轻但很清晰："也不是谁都有我这种好运气。"张海燕的声音更轻更小："谢谢你。"张海燕趁自己还没晕倒，就招呼服务员买单。

张海燕把周健隐秘的内心世界视为男人的自尊，不冒犯不等于不窥探。自从《大月氏歌》与周健连在一起那一刻起，周健在她眼里就是一个大难不死的幸存者，伤痕累累遍体鳞伤死里逃生，还有勇气向一位姑娘求爱。离开饭馆时，周健附在她耳边小声说："一个快要饿死的人用最后一点力气不去找救命的食物却伸长脖子去吃天鹅肉，竟然给吃到了。"张海燕愣住了，屏住呼吸等待那一刻，这个臭小子果然有胆，在她耳朵和脖子相连的极为敏感的部位亲了一下，那个地方从此以后就是一座火山口了，一座定期爆发的活火山。张海燕当时狠狠地抓了一下周健的手，松开。然后调动全身的力量向周健的生命深处挺进。其实是在分手后往回走的路上，大街小巷单位大门校园直到宿舍，大地上的一切都成了周健的化身，她的触角无处不在，她的目的很明确，周健不能再受一点点伤害。

张海燕的触角从大地回缩到渭河谷地里的渭北市，从市区回缩到周健上班的地方，丰庆建筑材料有限公司的每一个角落都跟电影画面一样在张海燕的脑子里反复回放，再说具体一点，简直就像一个刑侦专家在审视监控录像。

审视的目光应该是客观冷静的，这家公司一千多员工，固定资产、厂区环境、工作条件、企业文化、经营管理、福利待遇、安全设施、住宿伙食等都相当不错，甚至有统一的服装。其实不用这么冷静地审视，张海燕第一次光顾这家企业就看出这是正儿八经的好单位。她先不急着找周健，她不由自主地走进去，一直走到坡上的打砖机和搅拌机跟前，一身深蓝色工作服、斜挎工具袋骑着公用自行车的周健在长长的斜坡上绕八字往上赶，他确实是个技术人员，比拉沙搬砖的一线工人强多了。她为周健而自豪。

第二天中午下班时，张海燕已经踏进这个企业的大门，周健的同事跟她打招呼，并且告诉她周健现在所处的位置，大家说到周健时很自然地流露出一种自豪感，修理工在任何企业都是受人尊重的工种。绝不是自我安慰。很快见到了周健，很快到了职工食堂，伙食比蓝天幼儿园都要好。周健没有骗她。周健有了这么一份工作，应该向他心爱的姑娘表达心意。这是一个有责任心有担当的男人。最让张海燕感动的是那首悲壮苍凉的《大月氏歌》，在这里成了爱之歌。喝西红柿鸡蛋汤的匙子就停在嘴唇上，这个姿势正好观察周围大嚼大咽的工人们，女人在这个时候每根头发都成了雷达天线，每个毛孔都成了显微镜潜望镜和夜视仪，张海燕仅仅让汤匙在嘴唇边上停留五秒钟，脑子就超越了世界上最先进的巨无霸计算机，一千多员工以光的速度在她的脑海里进行了云计算，二〇〇五年人类还没有云计算的技术，二〇一二年冬天张海燕成为小说人物的时候云计算已经很普遍了，我们不妨提前这么设置一下，张海燕想到一首古老惨烈的草原战歌因她而成为恋歌时，她的热血无论怎样沸腾五脏六腑无论怎样翻江倒海大脑无论怎样超越计算机都不为过，反正她准确无误地圈定了十几个跟周健生活有关系的员工，他们分别是一号至五号搅拌机的工作人员，河滩上啃沙石的两台机器被排除在外。我们可以想象张海燕当时的样子，慢条斯理喝完最后一口汤、刮干净碗底的蛋花和西红柿片，还舔了舔碗边的汤汁。舔碗这种习惯在西北农村是一种古风一种美德，一位德高望重的老作家还专门写过一部书叫《舔碗》。幼儿教师张海燕这一举动吸引了众多的目光，大多都是中年人，而且有农村背景，他们在惊讶中透着敬佩和感叹。张海燕接下来的动作是把碗和匙子轻轻往饭桌上一放，用餐巾纸轻轻揾嘴唇，小纸团放在碗旁边，一副吃饱喝足的样子。周健肯定要连问几遍吃好了吗，她都用微笑来回答。后来周健才明白这是一种胸有成竹的表现，漂亮女人身上稍有点巾帼气，就会让人过目不忘。

张海燕开始忙起来啦。她给大家留下了美好的印象，她频频出现在厂子里大家都不觉得奇怪，当然乐意与她接触。好多事情都是绕开周健进行的。即使从周健嘴里问话，也很策略，关键问题埋藏在许多烦琐细节中，周健也一头雾水。张海燕目的很明确，一号至五号搅拌机的故障率是四十天左右，五号机刚刚出过故障，再次发作在一个多月以后了，周健就是在这台机器里理论联系实际时空大穿越把自己跟报纸上的工伤事故联系在一起的。马上要旧病复发的是一号至三号机，就在这几天，迫在眉睫不为过。五号机先搁置起来。每台机器五六个人算一个作业班，大多是农民工，家在市区的都是下岗工人，没有什么背景的技校毕业生，技术好但怕吃苦，比较懒散，有点流里流气，很难让人相信。张海燕把他们作为重点，人家误以为张海燕在摸周健的底，人家就实话实说：周健是位好同志，不喝酒不抽烟不赌钱，不找小姐不跟厂子里的女员工拉拉扯扯，技术好，脾气好。还有学历，不足之处不在他自己，我们是企业，你是幼儿教师长得这么好，周健绝不是你的最佳选择，城市姑娘没你这么傻。没人知道张海燕心里的秘密。有位老师傅观察张海燕很久了，也没有看出张海燕的真正目的。老师傅是大企业退休的老技师，厂子高薪聘请的技术专家，他虽然不知道张海燕的真实目的，但他的话很有意思，他也不追问张海燕什么，他只是大概介绍这家企业的情况：我们的老总是农村出身，厂子里的核心阶层全是他们县的人，乡土味很浓，中层的一般技术岗位才有我们这样的人。老师傅不等张海燕开口，自己就笑起来："我这可不是吃谁的饭砸谁的锅，我退休前的市机床厂也是这种模式，有时候是一帮同学，有时候是一个师傅带出来的，有时候就是一个地方出来的，能形成一股力量，能干出成绩，也挺好。平心而论，这家企业能办成这样子很不错了。"老师傅无意中的一句"乡土气息"让张海燕眼前一亮。姑娘的眼睛太亮了，大白天那么有神，老师傅误以为她给自己未来的丈夫谋前程，老师傅就指点迷津："周健虽然是个新人，混到中层不是没有可能，那可是万里长征啊女子，十年八年会有结果的，在这家企业干个中层很了不起了，据我所知，周健的背景很一般，勉强能进来谋个职位，他要在厂里大发展就得靠你的资源啦，我们领导层的娃娃也有上你们幼儿园的。"老师傅不知道张海燕也是隔山打牛进幼儿园的。但她还是赢得了老师傅的尊重，这么巴心巴肺为自己男人谋利益，真是个好女子。还没结婚呢。

不管怎么说老师傅把张海燕的目光引向了有农村背景的员工。张海燕爷爷那一辈是地道的农民，父母进城子女成了城里人，有许多农村亲戚。张海燕去农村就是跟着大人走亲戚，跟土地相当有隔膜了。爷爷奶奶外公外婆相继去世，故乡的概念相当模糊，故乡就是渭北高原那座小县城，房子经常变，一会儿东关一会儿西关一会儿北街又一会儿南街，父母快退休了，估计不会再搬房子了，南大街那片小区算是父母养老的地方。张海燕跟周健是一个县的乡党，但两人第一次见面时嘴上喊着乡党，心里却很别扭。乡党这个概念基本上属于乡村。张海燕细细算了一下，周健的乡党还不少呢，每个班组都有几个本县乡党，一个乡镇的也有，但一个村的没有。乡党乡党一个乡上还是能接上轨搭上关系的。但人家已经不把周健当农村人了。"他上大学了嘛。"就这么简单。也很干脆。噎得张海燕说不出话，解开领扣还觉着憋气。张海燕的情绪低到极点。后来她发现一个规律，城市人总是让你情绪高涨云里雾里成活神仙，农村人总是一针见血把你血放光血压低到零帕斯卡以下。

这一盆冷水泼下来，张海燕对周健唱着《大月氏歌》向她求爱有了新的理解，她竟然没想到一个农村出来的大学生毕业后找不到工作干各种体力活跟农民工没有任何差别的情况下，唱出的任何歌曲都是为生存而奋斗的战歌，《大月氏歌》本来就是战歌，周健落脚渭北市离她上班的地方步行四十分钟，打车十分钟，骑自行车十五分钟，近在咫尺，他很容易发起最后的冲锋，以此来证明他最后的大学生身份。张海燕毕业前半年工作就有了着落，张海燕还是体会到了周健当时的心情。张海燕就不难受了。她必须学会跟农民工打交道，她必须接受理解这种一针见血直杵杵的语言，这大概是周健目前最真实的生存状态，反而让她感到踏实。

周健没她想象的那么差。周健跟本市的员工打交道一口标准普通话，技术上的问题也都是标准专业术语，跟农村出来的员工就使用方言，频道换得很快，两边交叉如鱼得水。张海燕甚至产生疑问：我这么焦急是不是多余？直觉告诉她周健处于危难中，笼罩在巨大的阴影下，头顶悬着一把刀。这把刀不是机器而是人，跟机器打交道的人，报纸上网上那些工伤事故清清楚楚告诉你，不是技术上的原因，都是同事马虎大意不小心造成的恶果。两拨工人，两边都有嫌疑。又不能捅破这层纸。这是假设性忧虑，说不出口的。他们两人都在打哑谜，何况别人。平心而论，周健的人际关系相当不错，进厂才两个多月嘛。张海燕到蓝天幼儿园上班都三年啦，勉勉强强好像还没站稳，单位的水到底有多深她茫然不知。可她很安全这也是事实。周健用两种频道跟同事交谈，想证明自己在厂子里吃得开，反而加大了张海燕的忧虑。

张海燕再次想起《大月氏歌》，大月氏人当年就是在伊犁河谷立足未稳遭到灭顶之灾。周健目前的处境不就是这样子嘛。

有一点是肯定的，他们两个都在维人哩。用城里人说法是拉关系。大家还是感到有点奇怪，维人也不这么维，拉关系也不这么拉呀。应该去维领导，走领导的门子，从高层到中层，至少也是班组长主任这些管事的人嘛。这两个活宝，全跟一线工人打交道，这年头，工人算个屎，农民工连屎都算不上，这俩活宝想弄啥？很容易让人想到外国总统竞选，克林顿老布什小布什全国巡回演讲，讨好每一位选民，黑人也不放过。周健和张海燕在大家眼里就是这种形象，到处拉选票，选人大代表，大家都要投一票。大家在这方面想了好长时间。人大代表、政协委员都是有身份有地位的人干的。他们老总就是以企业家身份当选市政协常委省政协委员。大家都投过票。想到周健和张海燕的大学生学历，大家这么想不是没有道理。心大着呢。大家就这么看。有时会有善意的提示和疑问，更多的疑问呈现在神情和目光里。

周健和张海燕那段时间相当滑稽，他们被传得神乎其神，快成笑柄了。

张海燕压根就没意识到自己的所作所为都是欲盖弥彰，鬼都知道周健笼罩在阴影里。她让周健衣服穿亮一点，人就显得精神。周健还真不是个文弱书生，大学时的体育尖子，足球场一员健将。张海燕不了解周健的大学生活，张海燕记忆中的周健还是中学时代的那个开学拼命学习放假下田干活的农家子弟，张海燕不知道这些农家子弟到大学后会脱胎换骨，有强烈的补偿心理，把中学时欠的青春账加倍追讨，逼债似的，最佳方式就是文体活动，似乎这就是现代化的标志，毕业后有幸留在城市算是提前做准备。回到故乡是很倒霉的，那短暂的几年大学生活算是春春的美好回忆。另一种说不出口的理由，为毕业后过苦日子进行体能训练，特种兵生存极限训练一样。周健毕业后在西安那几年，像样的工作找不到，令人难以启齿的苦活累活很容易找，人家一看就脱口而出："小伙子真棒。"好像也是一部老电影里的经典语言，我说得不错的话应该是《渡江侦察记》，国军军官找劳力就这么说："小伙子真棒，扛木头去。"二十世纪九十年代边远农村，还能看到这部老片子，周健应该上小学四年级啦，应该看过这部电影。从西安归来，渭北市这家厂子人力资源部的人看了他的档案简历，跟眼前这个壮汉半天对不上号，人家还问他是不是到边远地区支过教，周健知道该怎么回答。那副结实的身体还是给人力资源部的人留下深刻的印象，人家都在感慨这么壮的劳力当修理工大材小用啦。三天前那场突如其来的意外事件所造成的心理阴影在这样健壮的人身上能起多大作用呢？张海燕给他买的花格子纯棉衬衫跟真正的五彩祥云一样遮住了他身上的晦气，眉宇间舒朗了，印堂也亮了，但我们还是从远处能看出小伙子步伐的蹒跚和身躯的倦怠。所谓旁观者清，亲近的人茫然不知。真是个瓜女子，自己对周健好，就希望大家都对周健好。我们这种同情和怜悯大概刺激了这个瓜女子。瓜女子就不瓜了。

在渭北市最繁华的大街经二路闲逛时张海燕望着茫茫人海，脑子里突然蹦出一个念头：世上这么多人为什么不像我一样对周健好！这个十分弱智的想法其保险系数应该是人类历史上最高的，等于给周健上万能保险嘛等于镀了金身刀枪不入嘛。张海燕被自己的大胆设想震撼了，感动了。渭北市最繁华的这条大街毫无悬念地变成了金光大道，行人个个安详如佛，车辆缓缓而行如同神话里给太阳赶车的义和。

4

张海燕快把父母忘了，老家人捎来母亲做的臊子肉，张海燕那种大吃一惊的样子，就给人留下了话柄，人家回去在父母跟前学说张海燕，都说儿子娶了媳妇忘了娘，女子也一样，女子瞅下俊女婿，照样能把娘忘干净，跟舔过的一样。张海燕就顺着人家这话把话往绝里说：要舔舔去，水洗了去。

张海燕回去看父母，父母没给她脸色看，也没追问她瞅下女婿了吗，女子不开口，父母绝对不会问。这在小县城很难得。父母最爱看的电视节目就是《秦之声》，张海燕就陪父母看《金沙滩》《李陵碑》《穆桂英挂帅》《十二寡妇征西》，看到热闹处，父亲还要慷慨激昂地来一段。生活中的父亲胆小怕事，为人谨慎，就是我们当地人说的老好人，沾上秦腔父亲就立马变了个人，父亲这种嗜好帮女儿开了窍。女儿问父亲："大宋朝那么多人，为啥死的全是杨家将？"父亲就说："从古到今讲的就是上阵父子兵，打仗亲兄弟。""那是古代跟今天有啥关系？""千古一理啊瓜女子。"母亲迎合父亲的观点，还发挥了一下："刘关张不是亲兄弟，就得去桃园里结拜一下，水浒里的好汉为啥上梁山，在单位待不住，没人帮衬，上了梁山好家伙一百单八将结义为兄弟，谁敢欺负？"小职员父母在女儿眼里第一次高大起来，大学里的那些教授也讲不出这种水平。女儿下边的话就有了很强的功利目的，话是这样说的："还是古代那一套嘛，现在拜把子的都是黑社会。"父亲喝了乖女儿捧上的热茶，又是一口一个瓜女子："黑社会都是些可怜人，走投无路才往那条道上走，稍有点办法谁不想待太阳底下晒暖暖，瓜女子，工作都三年啦，你就没看出来社会上吃得开的人都是扎堆堆的，不在明处扎，明处连话都不说，还装不认识哩，还骂哩，人家贴着心，用不着虚情假意那一套，瓜女子，人跟人处成那样的关系，一个娘肠子里爬出来的亲兄弟亲姐妹是比不上的，瓜女子问这问题说明瓜女子成熟啦，不瓜啦。"母亲又配合一下父亲："心贴着心，才会把你当人，娃呀，活人艰难得很。"老两口哪想得到女儿当着他们的面在心里发誓："周健呀周健，我张海燕和你心贴着心，我也要世上人都跟你心贴着心，我张海燕把你当人，我也要世上人把你当人，至少也要让厂子里的人跟你心贴心把你当成人，让咱北原上的乡党跟你心贴心把你当成人。"张海燕攥着拳头瘪着嘴，父亲就说："我娃这么灵醒个人用不着攥拳头咬牙给自己发誓，我娃你别忘了你比别人早两年上的小学。"张海燕五岁上小学一年级，她的同龄人大学才毕业，她已经工作三年啦。母亲这回站在了女儿一边："入党都发誓哩，我娃应该给自己发个誓，发个誓不吃亏。"

离开北原这个小县城时，张海燕脑子里突然冒出故乡这个词。农村同学最喜欢用这个词。渭北市就在原下的渭河滩，原上几个县就是历史上有名的周原，离新兴的工业城市渭北市都是几十里的距离，最远也就一百多里；下了原就等于到了异乡，眼睛都能看到的周原就成了故乡。全都是铁路的原因，抗战前夕，陇海铁路沿渭河到达关中平原西端，北原上的几个县就败落了，铁路沿线与古老的周原差距越来越大，这种巨大的落差基本上体现在周健这样的农家子弟身上。张海燕可是正宗的城里人，张海燕大学毕业堂而皇之进入渭北市，感受到这种落差都是爱上周健的缘故。我们也就知道张海燕对这种落差有点沾沾自喜，证明她对周健的爱分量很足。

她带的东西就更足了，这个县的凉皮锅盔挂面全国闻名，以前回家就带三四份，招待一下单位的同事，这回她专门准备了拉杆行李箱，带轮子，又方便又实惠，每样特产都是几十份。父母以为女儿要在单位大发展，全力支持。

周健拿上这些让人眼馋的好东西——拜访厂子里的本县乡党，能在城里吃上手工挂面手工凉皮手工锅盔，比上大酒楼吃山珍海味还解馋。城里人要吃正宗的凉皮锅盔挂面都要在节假日上北原到小县城周围的农村农家乐去。厂里的城市师傅对这些礼物赞不绝口。这就是中小城市的好处，尤其是大西北，城市深处都散发着浓烈的乡土气息。维人就得接地气。张海燕带来的一箱子土特产算是接上地气啦。周健明显感到跟大家的关系近了一大步。西安打工那几年，跟人交往就是到夜市上去吃烤肉喝啤酒，简单实惠。高雅一些就去喝茶。周健回到渭北市还是老样子，三天两头招呼大家去吃烤肉喝啤酒，再讲究一点就去洗个脚，渭北市洗脚才几十块钱，对他们来讲是很奢侈的享乐了。这一切都不如张海燕带来的凉皮锅盔挂面。按理说这应该是农村娃周健的强项，竟然让城里娃张海燕占了上风。张海燕就字正腔圆地告诉周健，咱俩可是周原乡党，周文王周武王兴起的地方也是我的故乡。张海燕把故乡两个字咬得很重，周健好像成了外乡人。张海燕继续开导农村娃周健："乡里乡亲才能心贴心，凉皮挂面锅盔能把咱周原人拴在一根绳绳上。"张海燕那口气就像把世界上的周原人全拴在一起了，至少把丰庆建筑材料有限公司里的周原人牢牢拴在了一起。你想嘛，凉皮叫御凉粉，当年周天子宴请群臣上的头一道菜，国宴哪，锅盔和挂面相当于野战部队的军粮，耐吃耐饱耐放，周武王当年率数万大军从周原西岐出发，长途奔袭纣王的国都朝歌，凭的就是当年最优质的关中小麦制作的挂面锅盔，里边拌有鸡蛋芝麻小茴香，所谓凤鸣岐山其实是最早饲养的下蛋母鸡，周人最早把鸡蛋加进面条，晾干，跟方便面一样长久贮存，锅盔就等于压缩饼干，优质军粮加上士气高昂的士兵，一口气就把殷纣王的江山给夺了，把殷纣王给日踏了，把殷纣王的活给做（zǔ）了。

吃了家乡美食的乡党就不把周健当外人，见了面不再客客气气地打招呼，而是亲热地捶一拳，一针见血地问周健："张海燕真对你好？""对着哩！""城门楼对戏楼哩，你把她的活做了没？"那口气就等于问乡党你吃了没，这可是对你最大的关心。周健老老实实告诉人家："快啦。""你得把她的活做了。"乡党急了，好像周健盖了一栋烂尾楼，这可是有损周原人职业道德的，乡党不能不急。周健就给乡党慢慢解释："张海燕不是农村婆娘，是上过大学的幼儿教师，做她的活咱得有个漫长的前期准备。""哈哈！"乡党对漫长的前期准备大惑不解而且充满无限鄙夷，"兄弟你这么准备下去，尻顺大腿根淌光啦，人就这么两马勺尻，经得起这么折腾？还漫长地准备？女人跟地一样过了节气就没机会啦。"周健就用另一套农村话语堵回去："还有个说法嘛，馍馍不吃在笼里放着哩。"周健到底是农村娃，一旦找到乡土话语就能发挥自如，周健乘胜追击再来一句："蒸馍要把汽捂紧捂圆，锅盖揭太早汽就跑了，就蒸不出石榴一样的开花馍。"对方被说得心服口服。大家就更敬重张海燕了。良家妇女应该这样，端庄贤淑，不轻易跟男人上床，进洞房那天揭锅盖才让男人品尝到石榴熟透后的滋味才让男人见识馒头开花的样子，也能赢得男人的敬重。那个开导周健的乡党怕周健吃亏，没把周健当外人。从头到尾，我们并不看好周健和张海燕的关系，我们总认为他们俩是没有未来的。

　　到目前为止，张海燕心目中的故乡就是小吃加乡党，等于给周健加了一把保护伞。这把保护伞出自她张海燕之手，张海燕很有成就感。张海燕破天荒地去大街上吃早餐。北原各县的风味小吃渭北市都有，对付城里人绰绰有余，在市区工作来打工的北原人一边抱怨味道不纯一边回想家乡的美好。张海燕在周原小县城都很少在大街上吃早餐。城里人是有区别的，省城有省城的讲究，地区一级的中等城市有中等城市的讲究，小县城有小县城的讲究，风味小吃土特产在大中城市是一道风景，在小县城就没有人那么大惊小怪了。张海燕从小就是牛奶面包鸡蛋这种很洋气的经典早餐，单独的小房间充满童趣的书柜书桌台灯洋娃娃，跟童话世界一样，乡下奶奶外婆亲手做的老虎枕头老虎鞋都让哥哥带到省城西安去了。哥哥不喜欢，西安长大的嫂子就很稀罕。偶尔吃豆腐脑面皮是尝个鲜换个口味，也就是一道风景，不能登堂入室。小县城的城里人处在城市与乡村的前沿阵地，张海燕的小职员父母刚开始都是农村的知识青年，"文革"前的老高中生，回乡劳动几年，很幸运地招工进城。张海燕还记得父母在乡下当农民的照片，早都收起来啦，搬家时整理旧物，有些当废品卖掉，有些一直保存，比如相册、老照片，妈妈说那是当年青春的回忆，肥大的棉袄棉裤大窝窝棉鞋，跟农民唯一的区别是胸前衣兜上别一支黑塑料钢笔。父亲在钢笔之外留一个小分头。当了一年农民的大伯二伯也别一支钢笔，大伯二伯只上过小学，没有父亲那么幸运。上到高中的父亲当几年农民就成为民办教师、大队会计、公社供销社办事员，进公社供销社就吃上皇粮啦。父亲即使当农民的时候都是意气风发，他的两位哥哥那么忧郁心事那么重，胸前的钢笔只能表明他们曾经读过书，他们是识字的农民，仅此而已。母亲的经历跟父亲差不多，母亲比父亲更顺利，回乡一年后就在大队当广播员，然后到公社当八大员，在县上开积极分子表彰大会时与高中时的同班同学重逢，就结了美好姻缘。母亲的少女时代同样是火红的青春，乐观自信，用母亲的话说，"文革"前全县读到高中的农村姑娘也没几个。我们当地人把未婚女子叫姐姐，张海燕的母亲从小就给张海燕灌输姑娘、大姑娘，姐姐就土啦。亲戚朋友在母亲面前不用这个词。母亲干净利落地清除一切与泥土有关的东西。她的孩子争气，都上了大学，一个留省城，一个留渭北市，离乡村越来越远，一切都在父母的设想中。子女从小就是很洋气的经典早餐，牛奶面包，鸡蛋，午饭花样就多了，不管米饭还是面条都是荤素搭配好几种菜，必须先喝汤，西红柿鸡蛋汤，紫菜汤，黑米小米粥，鱼肉丸子汤，饺子也是好几种馅，大肉、羊肉、三鲜，也是典型的城里人吃法，小碟里加酱油醋，绝不会吃农村奶奶外婆家那种叫煮角的大型饺子，浇上臊子汤那种。晚饭以汤为主。母亲苦心经营处心积虑彻底改变了子女的饮食结构，张海燕和哥哥就爱吃米饭，绝不贪恋狗屁面条，最典型的是在西安名牌大学读书的哥哥，一口纯正的普通话，白白净净，每天一定吃一次米饭，一定是荤素搭配两份菜，相当长时间大家以为他是南方人。在渭北上大学的张海燕也是这种吃法，一个馒头肯定吃半个，给同学让半个，女生敏感绝不吃那半个，就给男生吃，男生就容易产生错觉，想入非非，后来发现不是这回事，也就不接受那半个馍了。兄妹两个都是好皮肤，白净细腻，简直在开黄土高原的玩笑。据说妈妈怀孕期间，大量吃水果，二十世纪七八十年代，小县城的普通职工在温饱之余仅仅能奢侈那么一点点，改革开放的灿烂阳光开始照耀地平线，妈妈就给父亲下死命令，不是我馋是为下一代，夫妻俩就对乡下亲人的接济照顾大幅度缩减，前后生下的两个洋娃娃跟小天使一样，不要说回乡下走亲访友，在小县城里也让大家羡慕得不得了。老同事就感慨：人家在子女身上算是把黑乎乎的泥巴洗干净喽，咱们到孙子那一辈吧。母亲就这么高瞻远瞩，超越了整整一代人。母亲都计划好了，等老两口退休，儿子在省城可以熬到副处，就在西安买房，把小县城的房子卖掉，后半生他们一家子就来回穿梭在西安与渭北市之间，彻底告别小县城，没说出的那后半句话就是死了都不埋在小县城。城市时兴公墓、风水宝地，既文明又方便。老两口什么都想好了。给儿女捎去的臊子肉，挂面锅盔面条，完全是一种生活的点缀，父母绝对相信，儿女们心目中的故乡就是他们老两口，他们住哪儿，儿女的故乡情怀就在哪儿。就像超级大国极为先进地装在列车上的核弹发射架，可以到处移动，巨大的核反应可以随物赋形不择地而生。经济条件许可时，在西安置一处房产，在渭北市置一处房产，也算是给子女留一笔遗产吧。房地产恶性膨胀前几年，张海燕父母就开始做这打算了，尤其是母亲，总是走在时代的前边。

这位了不起的母亲做梦也没有想到二○○五年七月三十日早

晨，她的宝贝女儿到大街上去吃早餐，一碗豆浆一碗豆腐脑一碗擀面皮，胃口极好。明天早晨张海燕打算吃豆花泡锅盔。这些美味小吃以前吃过，都联系不到什么狗屁故乡家园，乡土乡情。我们可以想象张海燕一勺子一勺子喝豆腐脑的样子，小肥猪似的嗯嗯哼哼，眯着眼睛，脑袋跟麻雀一样一点一点地蹦啊蹦，加上几勺白豆和鲜红的辣子，小嘴长长地啊一下吹喇叭一样，周围的人不都这样享受美味小吃吗？不都这样进入孩童状态吗？餐巾纸擦擦嘴往回走的时候也不再匆匆忙忙，而是慢慢腾腾地在小吃街上流连忘返。一个肥壮的大师傅守着一只热气腾腾的大铁锅，锅里翻滚的是豆浆，锅边方桌上摆几十个黑亮的大老碗，碗里是切成条的锅盔，石头一样坚硬的锅盔，要在大铁锅里涮好几次，泡软和了，覆上酥软溜滑的豆腐脑加上油泼辣子，最后是一大勺滚烫的豆浆，张海燕十多年前在周原凤翔吃过，母亲就不让她吃了，说是对嗓子不好。那时她正练电子琴学唱歌呢，各种辅导班她从不落下，母亲严格训练的结果就是后来张海燕轻轻松松考上渭北这所大学招收首届本科学历的幼师班。此时此刻，母亲的宝贝女儿张海燕完全跟个乡下女人一样站在豆花泡锅盔的大铁锅前馋得两眼放光，竟然摸了一下胀鼓鼓的胃囊，脑子里蹦出我们当地人吃饭时常用的咥，咥上一碗，张海燕肯定在心里喊了，肥壮的大师傅肯定也窥破了她的心思，也不用窥探，那副馋相摆在脸上社火脸谱似的，大师傅笑眯眯地问："女子，来上一碗咋相（样）？"张海燕就给人家下了保证："明天，明天一定来咥。"大师傅肯定相信这个誓言，喊号子似的叫一声："明天早晨一老碗，提早订下了，仓里有粮心里不慌，一觉睡到大天亮。"胖师傅的话跟神仙一样灵验，张海燕一个礼拜没睡过踏实觉了，我们当地人心目中的踏实觉跟杠子压锅盔一样跟壮汉打夯一样跟土行孙钻地洞一样，一直钻到大地深处钻到心窝窝里蜷缩成胎儿的形状，天地人合为一体纯粹天然状态，只有在母腹里才有这么踏踏实实的觉，农村人用老皇历按一年四季十二个月二十四节气计算人的年龄，一定要算上母亲十月怀胎的美好时光，童年的金色摇篮就是母亲的肚子。

此时此刻陷入爱情的张海燕把母亲忘得光光的，美美一觉醒来首先想到的是王八蛋周健，发出的短信肯定是："醒了吗？"俗气透顶的心灵感应。周健的回电是："刚刚睁开眼睛，好多年没睡这么高质量的觉了，在我娘肚子里都没睡过这么好的觉。""还想睡吗？"周健就是一头猪也该想起来说一声谢谢！手机屏幕上这两个简单的字真把张海燕感动了，她摸了摸然后不自觉地重复奥运会获奖运动员咬金牌的经典动作啃了一下手机上的两个字，就把这声谢谢咽下去了。

又到专家讲座的时候了，我们可以想象周健和张海燕有多么激动。周健首先把《朱子治家格言》《菜根谭》《弟子规》跟故乡连在一起，张海燕的故乡意识家园意识显然没有周健那么实在那么具体，但张海燕有女性的细腻与敏锐，张海燕一下子把《朱子治家格言》《菜根谭》《弟子规》跟面皮拌在一起跟锅盔挂面压在一起，不由得让人满口喷香回味无穷。看到海报俩人就成了这样子。周健已经恢复了消失已久的幽默与风趣，可以跟张海燕开玩笑了，他就以退为进逗张海燕：你把《菜根谭》《弟子规》都消化到这种程度，没必要听专家讲座，咱们看电影去。不是张海燕不禁逗，张海燕活泼开朗，比周健更有幽默感，跟周健相处久了这些美好品质就退化了，就当真了，就抡起小提包砸周健，边砸边认真地告诫周健："你这傻瓜你好不容易让人家把你当人看待，你知道《菜根谭》《弟子规》的真正含义吗？《菜根谭》《弟子规》就是不吃亏。"周健见好就收，马上应和这头愤怒的金钱豹："活人就要让人把咱当个人，不然的话就成可怜人了，可怜人不当（可怜）得很，我这么不当当的人你说我咋办呀。"张海燕就收起小提包，追问他："看电影呀还是听《菜根谭》《弟子规》呀？"周健一连回答五六遍《菜根谭》《弟子规》，张海燕才松口气："你亏还没吃够得是？你还想不当当一辈子得是？"

那是个星期六上午，专家讲得很成功，专家肯定看见了头排认真听讲的张海燕，张海燕穿戴朴素，可那张女人脸在那里摆着，还有那么一股子不可抑制的鲜活的生命气息青春气息很吸引人，专家讲到"泛爱众，而亲仁""入则孝，出则悌"时，这个美丽女子那么热烈地鼓掌。在张海燕看来，专家的每一个字无疑在给周健安装战略防御系统，等于加了一道宙斯盾。讲完以后，张海燕还让专家给她和周健的《菜根谭》《朱子治家格言》《弟子规》上签了名，还跟专家合了影，那一定是专家成就感最高的时刻。

也就在会场上，一位从北原老家返回工厂的工人给周健和张海燕送了一份礼物，礼尚往来，这位乡党几天前享受过周健的礼物，其实是张海燕带来的。这都不要紧，要紧的是乡情，把周健当乡党当自己人了嘛。周健再也不是不当当的可怜人了。又是在专家讲座刚结束的时候，等于给伟大而不朽的《朱子治家格言》《菜根谭》《弟子规》锦上添花，经典加上故乡情，嫽得太太美扎咧。两个狗男女连感谢话都不会说了，就会咧大嘴笑。

第二章

1

　　乡党送的礼物：老三样面皮锅盔挂面，周原的岐山凤翔扶风都是这乡俗。两个幸福的人舍不得吃，当天下午就带上这份家乡小吃去看望叔叔周志杰一家。

　　来自天山草原的金花婶子每周至少要炖一次羊肉。关中西部渭北高原与甘肃、宁夏相连，可以吃到塞上美味的羊肉，一点也不比西域的羊肉差。秦岭与黄土高原相交的陇县还有典型的草原关山牧场，与河西走廊的山丹军马场齐名，都是几千年来政府养军马的地方。关山牧场就成为叔叔一家的旅游胜地，那里有骏马有帐篷有大肥羊，吃饱喝足回来时再带半拉子肥羊塞冰箱里，平时拌菜，周末就炖手抓羊肉。周健和张海燕带来的面皮锅盔挂面再次充当了锦上添花的角色。

　　两个幸福的人自然而然把面皮锅盔挂面与故乡与家园与乡土情怀扯到一起，又恰如其分地浇一大勺子浓郁的《朱子治家格言》《菜根谭》《弟子规》，还真让周志杰和金花夫妇大开眼界。

叔叔周志杰回故乡快十年了，故乡对他来讲还是一个相当抽象的概念。

一九九六年冬天，叔叔周志杰一家从遥远的新疆伊犁回到关中老家时，金花还不是他的妻子，金花还在北京师范大学外语系读大四，那时叔叔周志杰的妻子还是田晓蕾。

刚开始叔叔周志杰和婶子田晓蕾落脚渭北市下边一个县中学，这个县与故乡相邻，都是关中西部周原地区的平原县，离老家很近，照顾父母很方便，老人和亲友们都很高兴。用周志杰前妻田晓蕾的话讲，我们又回到了原点。在新疆伊犁，他们俩先在新源县一所中学教书，费好大劲调进伊犁州所在地伊宁市一所大学，又举家迁回陕西老家。原来说好进渭北市一所大学，中途受挫，新疆这边已经大张旗鼓举办一系列告别宴会，调函都发出去了，收不回来了。反悔也不是没有可能。周志杰的叔叔几年前回老家陕西不习惯，又好马大吃回头草举家返回伊犁霍城，叔叔就告诫周志杰：故乡水很深，情况不妙就回伊犁，无非就是给老单位说声软话，新疆人大气，不计较，会让你们顺顺当当回来的。周志杰与当年的妻子田晓蕾可不想步叔叔的后尘，田晓蕾态度坚决，死都要死在老家。田晓蕾父母几年前已迁回陕西老家，刚开始也不顺，田晓蕾父母咬紧牙关"在沙家浜住下啦"。而且在关键时候助了女儿女婿一臂之力，在家乡的邻县一所中学找到落脚点。这就是田晓蕾说的回到了原点，又当上中学教师啦，一切从头开始。

田晓蕾很快就跟丈夫周志杰拉开了距离，刚进县中学半学期，同一个教研室的一位同事突然病倒，去西安某大学进修一年的机会就落到田晓蕾头上，一年后进修期满，田晓蕾留在了那所大学，并且当了导师的续弦。周志杰成了前夫。这种轰动小县城的爆炸性事件在省城西安连毛毛雨都算不上，大学老师换老婆都用女学生，三十多岁的少妇没有多少优势，千万不要把田晓蕾和她的后夫妖魔化。

周家人都不恨田晓蕾，而且对这个背叛周家的女人有美好的回忆。周健告诉张海燕，刚从新疆回来的那两年我叔叔很狼狈。这种说法太给周志杰面子啦，正确的说法应该是叔叔周志杰很失败。不要说老婆看不起他，故乡的亲人们都鄙视他。大家对他有很高的期待很正常嘛。他们这个县属于周秦故地，历史悠久、人才辈出，可他们这个村离县城五六十里，靠近山区的边远乡村历史上连个秀才都没有，理所当然也没有地主，新中国成立后也很平静，"文革"前邻村出过一个中专生。出人头地的途径就是参军，好歹能当个国家干部至少也是吃皇粮的工人，这些公家人回家时都是大包小包全村人夹道欢迎，英雄凯旋一样，也给在外工作的人带来很大的压力，恶性攀比嘛。周健叔叔的叔叔也就是周志杰的叔叔，在新疆当兵，就地转业，从小职员混到科长，衣锦还乡过好几回，给父母长脸，给家族长志气，即使铩羽而归，又返回新疆霍城那一回，人家是满满一大卡车家当。这个叔叔当年只念过小学，参军不到三年就入党提干娶当地县城一个城里姑娘为妻，转业后在县政府当科长，调回老家不适应又杀回西域，进不了政府就在下边一个局当副局长。周志杰一家就是在这种背景下回故乡的。

周志杰是村子有史以来第一个状元，新疆师范大学中文系汉语言文学专业毕业。周氏家族为出这个头名状元是做了长远打算的。一九七七年恢复高考到一九八〇年，周原偏远乡村开始零星出现中专生，一九八一年靠近山区的一个村子出了一个大专生，咸阳某机械制造专科学校，铁道部直属，已经离省城西安不远啦。自遥远的西周，人才都出在平原地区，沉寂已久的边远地区开始星火燎原啦。有雄心壮志的人家开始把娃娃送到县城中学，在县城租房子，砸锅卖铁也要供一个状元。邻村那个考上咸阳某机械制造专科学校的大专生，相当于古代的举人，本科生相当于状元，穷秀才富举人，举人可以当后备官员，这本账大家算得很清。远在新疆伊犁霍城县政府当科长的叔叔给战友办过几个高考移民，大西北包括文化比较发达的陕西还没开窍，东部地区的考生已经先行一步，想方设法利用西部资源，东西部高考录取分数相差几十分，这么大的空间等于一种无形的人才资源嘛。霍城县当科长的叔叔给东南省区的战友成功地解了燃眉之急，也算是战友们给他开了眼界，西北人死脑筋是肯定的，关中冷娃十个里头九个愣，需要木头上钻眼眼。叔叔首先想到自己的亲侄子周志杰。周志杰刚升初中，上边一个哥两个姐，霍城中学的教学质量在伊犁州数一数二，一点也不比内地差，高考录取分数线又比陕西低。叔叔拍大腿连声叫好，立马给老家写信，挂号信保险。一九八二年陕西农村开始包产到户，公社变乡，大队变村，生产队成为村民小组，家里有条件供小儿子考状元。一个月后初中生周志杰就来到新疆伊犁霍城县，叔叔一位来内地出差的同事接周志杰，叔叔把一切安排得井井有条。比高考移民还要保险。周志杰的户口直接落到叔叔一家的户口本上，变成了城镇户口，即使将来考不上大学，只要读到高中就能就地安排工作，叔叔把后路安排好了，实在不行就参军，出路多得很。这都不能给周志杰公开谈，周志杰在霍城县上学时听人家议论的。叔叔一番苦心没有白费，侄子周志杰考上了新疆师范大学，整个假期就是周氏家族的节日，庆功宴从新疆伊犁霍城县一直摆到陕西关中周原老家，大学录取通知书供在先人的供桌上，上香叩头，还捧到祖坟上显摆一番。周志杰的父亲，在这一天才掏出亲兄弟那个霍城县政府科长拍来的电报，电报是半个月前收到的，农民父亲把这个喜讯捂到怀里，三天后才告诉老伴，一周后才告诉儿女们，半个月后，老大去县城接叔叔和周志杰，战友的车把叔侄三人送进村，周氏家族的人在村口放炮，几万头炮，放了一个多小时，戏班子都进村了，周围村庄的人全来了，亲朋好友纷纷祝贺热闹了半个月。三年后，村里才出个中专生，十几年后周家又出一个大学生，就是考上西安名牌大学的周健。先不讲周健，先说叔叔周志杰。

　　一九九六年冬天周志杰回到故乡关中周原，大学没进成，落到原上一个县中学，不管怎么说，县城里有周家人啦，不管这个人在县城有没有根基，屁股坐热了没有，有没有权力，中学教师也是公家人嘛，不在本县，邻县很近嘛，远在新疆的叔叔能把胳膊从天山深处伸到关中渭北高原，相邻两个县肩膀靠肩膀推三推四，太不像话了。更严重的是姐姐的孩子，周志杰的亲外甥想到舅舅执教的县中学来念书舅舅都办不成，姐夫姐姐先小看了这个亲弟弟。外甥就更看不起舅舅了。另一个姐姐肯定跟这个姐姐站在一起，同仇敌忾。至于堂兄堂弟堂姐堂妹，表兄弟们表姐妹们，姨姨姑姑家孩子上学转学在县城做生意、找工作、告状打官司，总之涉及民生的一切事务都沿着亲戚这条高压线和无轨电车轰轰烈烈开过来了，任何一个关节不顺畅，等于家族体系这个巨大躯体的脉络不畅内分泌紊乱，罪魁祸首都是胜利归来的中学教师周志杰。现在的时髦说法是凤凰男。一九九六年年底到一九九七年年初，曾经凤鸣岐山兴起八百年大周王朝的周原故地，周家的后人们就这么眼睁睁看着神圣而伟大的凤凰败落成一只灰头灰脑的草鸡。周志杰再次成为家乡的热门话题，其热烈程度远远超过当年叔侄两人七剑下天山威风凛凛入关中上周原的情景。当年跟新婚妻子田晓蕾衣锦还乡那一段理所当然成了这出滑稽剧的边角料。周原地区远古就是产生神话传说的沃土，周文王生养一百个儿子，姜子牙钓鱼台钓周文王，一部《封神榜》便是周原人秉性的集中表现，他们要编排起落魄秀才周志杰，可是太容易了，已经用秀才称呼他了，他已经不配享有状元、进士这些崇高而庄严的词汇了。毫不夸张地说，犯罪分子也没有受过如此戏弄。我们当地人对罪犯基本上采取不理不睬的态度，对周志杰这种前程远大而一事无成的人毫不宽容，一个都不放过。历史悠久的地方就这么势利，成者王侯败者贼，你一点办法都没有。

　　一九九七年春节对周志杰来讲可以说是刻骨铭心。他有生以来在两个姐姐家品尝到了我们老家最恶心的臊子面。臊子面最远可以追溯到凤鸣岐山周文王访贤周武王剪商那个伟大而英雄的时代。周人大锅煮汤大锅下面，以示同心同德荣辱与共，周原故地这个传统几千年不变，过年过节更是如此。吃臊子面就有讲究，长辈，最尊贵的客人坐上席，先动筷子，全国都一样，岐山臊子面就不一样了，差别在汤里，头一批臊子面浇的都是新鲜汤，一大盘端上来几十碗，先让长辈与贵客吃，后边的人只能吃第二茬汤了，汤是要回锅的。一般说来，几次回锅问题不大，还能保持汤的鲜美。过年过节都是流水席，最后坐席的人吃的臊子面就很勉强了，谁都知道，这种汤浇到最后都熬煮得近乎中药和咖啡了，最终要倒进泔水桶喂猪的。周志杰在姐姐家算贵客，娃他舅嘛，农村分家舅舅扮演法官角色，家族长辈与父母都不如舅舅的权威，话又说回来了，舅舅在外甥家受辱，就把人丢大啦。周志杰没有任何心理准备，人家笑嘻嘻地双手递上热腾腾的岐山臊子面，周志杰就不假思索地呼噜吸一口面条，面条很新鲜，煮得不太过，有些硬，会吃面的人都喜欢这种恰到好处的硬，刚从新疆回来的周志杰马上想到的是煮得半生不熟的牛羊肉，发黑坚硬但口感好，保持肉的原味。周志杰呼噜第二口时，就尝出了汤水的馊味，汤水上层漂浮的辣子油蒜苗漂菜已经散开了，下边中药一样浑浊发黑的汤水原形毕露。周志杰手发抖，汤差点抖出来，在我们那里洒落汤水就是丢人的标志，周志杰告诫自己不能把人丢在这里。周志杰甚至存了一点点侥幸心理，老家的风俗他太熟悉了，也许目标不是他，他离开老家二十多年了，没得罪过谁呀，这种恶毒的报复手段都是积怨很深所致，周志杰没有联想到外甥上学的事，他认为这是小事，也就一件事情没办成嘛，远远达不到积怨的程度。七八个亲戚坐在热炕上，围着方桌，他替某位亲戚挨黑枪了，周志杰又从陕西人变成豪迈大气的新疆人，新疆人就是这种大咧咧不拘小节的脾气，十三四岁离开老家，三十四岁才回来，二十多年哪，新疆的一切都渗到骨头里啦，这个混血的人就这么轻易地抹去了蒙在心头的耻辱，很大气地放下泔水般的热汤，人家问他：他碎舅，调和（味道）咋相？碎舅周志杰傻不兮兮地回答："格味得很。"大家都说格味得很，他碎舅多咥（吃）几碗，他碎舅新疆天天咥牛羊肉喝牛奶把臊子面都忘啦，臊子面可不敢忘啊，周文王周武王传哈来的，老祖先赏给咱周原人的，除非你不是周原人。他碎舅周志杰手里又塞了一碗热腾腾的臊子面，大家就给他碎舅周志杰鼓劲，"今儿个你要咥他个一肚子两肋，松三次裤带"。我们当地人吃臊子面时吃得松裤带就是对主人最大的赞美。第二碗臊子面还没动筷子，他碎舅周志杰就信誓旦旦吃他个二三十碗松三次裤带。这个吃了二十年牛羊肉喝了二十年奶茶啃了二十年拉条子抓饭烤包子的西北汉子甚至对刚咽到肚子里的泔水一样的臊子面产生异样的感觉，误以为那是姐姐家日子紧巴，给客人美食，自己吃剩饭，不小心把虐待自己的那一碗端上来了，周志杰就抱着一脸忏悔之心吃第二碗臊子面。又中埋伏啦，递给他这碗臊子面的外甥若无其事地出出进进，也不怵碎舅惊诧的目光。这个中学生肯定知道刘伯承元帅在同一个地方三设埋伏圈伏击日本鬼子的故事，又端上来一碗，双手捧着，恭恭敬敬递给碎舅："舅舅你吃，吃好！"碎舅周志杰接过第三碗臊子面，意味深长地盯中学生一眼，中学生外甥单纯无邪天使一般，嘴那么甜："舅舅你吃好，你一定要吃好。"碎舅周志杰那样子就像大侦探福尔摩斯，更像怀疑一切的西方哲学家，确切地说更接近不畏艰险勇攀科学高峰的科学家，毅然决然伸筷子拨开笼罩在真理之上的迷雾一样拨开油汪汪一片火红的臊子面汤，从汤底下捞出长长的面条，面条四周翻滚的中药一样咖啡一样回了八十次锅的泔水只有近在咫尺的周志杰能看见真相，也只有舀汤的姐姐和端饭的外甥知道真相。我们当地人吃饭的规矩，任何食物动了筷子就得咽下去，碎舅周志杰可是伸进了筷子挑起了面，不吃也得吃。这已经超出受惩罚的限度了，在我们那里，第一碗对方就咳嗽不断，只喝水坚决不吃第二碗，一连三碗破了纪录，人家一定是抓住周志杰身上那种陕西人不像陕西人新疆人不像新疆人的四不像特征打他个出其不意。他还不好发作，稍有不慎，更大的反击一环套一环就把人丢大了，回故乡才两个多月，大过年的。这一切人家都想到了。周志杰的妻子田晓蕾和女儿周晶晶在另一个房子里，我们当地习惯，男席女席分得很清，女席那里一切正常。三碗泔水臊子面让周志杰哑口无言，水都不喝，光抽烟，把自己严严实实罩在烟雾里，中学生外甥还在一盘一盘地上面，一盘一盘地撤汤，臊子面汤宽，捞尽面条后的汤跟刚端上来的汤不注意还真看不出来，吃个十几碗很正常。周志杰三碗就停，大家劝两声就埋头吃也不理他。周志杰一口一口吐着烟团，死盯着中学生外甥，中学生刚开始还那么不卑不亢不绿不红，时间不大，就垂下了目光，脑袋都缩下一截子。姐夫终于出面了："他碎舅，没吃好？""吃好啦吃好啦，我就这饭量。"周志杰已经冷静下来了，姐夫话里有话："碎娃都吃五六碗，三碗能吃饱？谁信哩，还是嫌你姐的手艺不好，新疆牛羊肉把他碎舅的嘴吃刁啦，咽不下咱岐山臊子面啦。"周志杰完全恢复了陕西人的本性，哈哈一笑，给姐夫点一根红雪莲香烟，一板一眼地告诉姐夫："等咱外甥考上大学我这没本事的他碎舅吃三十碗，咋相？"姐夫就吆喝一声："娃，把你碎舅的话记哈，记牢。"中学生在院子里应了一声。

　　出乎周志杰意料的是，这场鸿门宴第二天又在二姐家重新上演，两个姐姐团结一致，对付这个没本事的弟弟。周志杰只吃了一碗，动筷子了，就得吃完。这一碗泔水臊子面吃得相当艰难，好多年以后周志杰看见臊子面就想吐，走亲访友总是提醒人家先给我来碗干面，就是不浇汤的面，干拌，一碗吃饱，干拌面无懈可击，没有搞阴谋诡计的空间。

妻子田晓蕾和女儿周晶晶对老家的臊子面赞不绝口，母女俩对周志杰受到的煎熬一无所知，对他复杂的神情也毫无察觉，哪壶不开提哪壶追问周志杰吃了几碗，周志杰支支吾吾，田晓蕾报出十二碗，学前班儿童四岁的周晶晶报出五碗，周志杰蚊子一样的声音吐出三碗，母女俩就大叫十三碗，比田晓蕾多出一碗，田晓蕾还责备了丈夫周志杰："男子汉大丈夫应该多吃两碗。"

当初在新疆伊犁，就是老家的岐山面把周志杰跟田晓蕾连在了一起。伊犁的陕西乡党定期聚会，田晓蕾家最热闹。田晓蕾的父亲跟周志杰的叔叔都是当兵进新疆，转业到地方，周志杰的叔叔娶了伊犁当地的姑娘，就意味着再也吃不到家乡饭了，田晓蕾的父亲从陕西周原老家带来一位姑娘，等于搬来了老家所有的美味佳肴，把伊犁地区的陕西乡党馋死了，到田晓蕾父母家等于回了一趟关中西府老家，正宗的岐山臊子面，还是手擀面，宽的细的，还有中宽，自己酿的醋，伊犁河谷赛江南，物产之丰富不亚于关中平原，这些陕西老乡老远闻见醋香，就恍如回到故乡，眼睛都湿了，就开始吼秦腔。陕西有几十种臊子面，最正宗的还要数岐山臊子面，这些陕西乡党都要松好几次腰带，走时还要带上醋和臊子肉。我们可以想象田晓蕾父母的人缘有多么好。这些陕西乡党的新疆老婆就骂丈夫手抓羊肉拉条子抓饭烤包子揪片子喂得肥肥的狗，闻到臊子面的酸辣味就六亲不认啦，这些新疆女人甚至认为陕西男人当地下党叫敌人抓住不用严刑拷打一顿酸辣香薄筋道的岐山臊子面他们立马叛变，这些新疆女人刻苦努力地学过，田晓蕾的妈妈诚心诚意地教呀，这种面食只有陕西关中西部周原的女人能做，一方水土养着一方人，出一方美味，没办法，只能眼睁睁看着自己的男人抽鸦片烟一样上田晓蕾家去过瘾。这群人当中包括周志杰的叔叔，包括周志杰。

周志杰跟田晓蕾同校不同班，周志杰到新疆第三年才成为学习尖子，才引起少女田晓蕾的注意。我们也就知道每次乡党聚会，大人们带去的小孩不止一两个。这些大大小小的男孩很容易把家乡的美味跟眼前这位少女连在一起。这帮小屁孩以伊犁的方式打过架。知道伊犁小屁孩怎么打架吗？正确的说法应该叫儿子娃娃，天山南北，长鸡巴的男性都叫儿子娃娃，有一篇文章这样写过，西域大漠没有男人男性土匪小人一说，男性即英雄好汉即儿子娃娃，对应的是草原古老的巴图鲁巴特尔，通俗叫法就是儿子娃娃。这帮情窦初开的儿子娃娃就按伊犁的方式进行淘汰赛，省略掉外地的搏斗方式，告诉你最有特色的一招，难解难分的时候伊犁儿子娃娃会用脑袋啄木鸟一样磕对方一下，只一下，对方就晕了，两强相遇就意味着两颗铁头黄钟大吕般轰鸣，肯定是同时倒地，但不一定能同时起来，先起来的那一个是优胜者，理都不理趴在地上的对手，他要凭最后一口气，摇摇晃晃走到高大杨树下的水渠边，用伊犁河水洗涤一新，再慢慢地走到心爱姑娘的小巷子里，他已经有资格唱《百灵鸟》唱《黑眼睛》唱《阿瓦尔古丽》了。

周志杰十四岁来到伊犁，十七岁经过伊犁儿子娃娃的洗礼走进了伊犁姑娘田晓蕾的心里。十多年以后，在故乡的土地上周志杰吃到了臊子面的另一种味道。毫不知情的田晓蕾甚至称赞周志杰姐姐做的臊子面超过了自己的母亲，女儿周晶晶也说比外婆做得好。周志杰笑得很勉强，妻子田晓蕾就挖苦周志杰回老家不到三个月就开始虚情假意，新疆牛羊肉白吃了，真诚坦率这些美好品质全都没影了。周志杰差点喊出来："再这么坦诚下去就得滚回伊犁。"

原来联系好的渭北那所大学突然变卦，原因很简单，周志杰的学术成果、讲课都没问题，商调函都发了，都拿上调令从新疆调离了，到学校报到时卡住了，叔叔的一位战友给办的，底下一打听，周志杰一句话没说好。一切都很顺利嘛，周志杰请新单位相关人员吃饭，饭后跟系上领导闲聊时泄露了他马上要在《中国社会科学》发表论文的事情，他刚接到用稿通知，他想给新单位报个喜讯，他压根没想到这所三流大学自建校以来还没有一篇论文上这么高档次的权威刊物，他自己都察觉到几位系领导极为复杂的表情。男人们对美好的事情视而不见，装聋作哑，嫉妒心做怪时会流露出被鸡奸的神态，我们当地人叫日狗子。西域大漠没有这种现象。刚刚从西域归来的周志杰就很麻木。提前几年回故乡的岳父费九牛二虎之力在周原一个县中学给女儿女婿找到落脚地方。田晓蕾原本进那所大学附中，反正是中学也无所谓，从中等城市落到小县城还是让人不舒服。失落最大的是周志杰，从大学到中学落差相当大。更要命的是没把外甥办进县中学，就遭到这么恶心的报复，等于剪断了食物链嘛，魂缠梦绕的岐山臊子面从叔叔周志杰的肠胃里就这么消失了。说他失魂落魄一点也不为过。

叔叔周志杰一点也没有意识到他马上要妻离子散。妻子田晓蕾也没有想到。田晓蕾在县中学上班不到两个月就得到去西安一所大学进修学习的机会，这种机遇对初来乍到的人来说太难得了。更难得的是田晓蕾在那所大学图书馆的报刊阅览室看到丈夫周志杰刚刚发表的论文，田晓蕾取那本杂志时就引起众多目光的注视。中学老师在这里有专门的进修班，他们借阅的资料都围绕着中学教育，很少有人去动那些权威学术期刊，田晓蕾伸手拿一本《中国社会科学》，人家就以为她是来进修学习的大学老师，就有人与她商讨学术问题，她肯定答不出来，她就告诉人家这是朋友的论文，完全出于友情。人家正好是这个专业的，就称赞了这篇论文，并且让她转达自己的钦佩之情。这个好心人是这所著名大学的青年教师，诸多赞美词中有这么一句："我们专业的学科带头人五年前发表过这种水准的论文，争取在退休前再发表这么一篇，就算给自己画上圆满的句号。"丈夫周志杰在伊犁的那所大学只是一所纯本科院校，当时连硕士点都没有，硕导、博导都是遥远的梦，全校仅有几个教授，评副教授都很艰难，周志杰能评上讲师都是大造化了。此时此刻田晓蕾就觉得这所大学才是丈夫周志杰的用武之地。田晓蕾比较冲动，拿起杂志就往外走，工作人员马上拉住她，她下楼去复印五份。

田晓蕾开始行动了，折腾了好几个月，课都没好好上，大家都知道有一位刚从新疆回来的中学进修女教师在为丈夫上天揽月下海捉鳖似的折腾，在陕西，在省城西安很少有女人为丈夫这么拼命。最后一关卡在学历上，都上校党委会了，学术成果相当显著，至少也应该硕士毕业嘛，周志杰毕业于西北边陲一所普通大学，本科学历让西安这所重点大学的领导扼腕叹息，一九九七年内地大学看重博士学位，特殊人才可以放宽学历限制，周志杰离特殊人才还有相当距离。对田晓蕾来说算是虽败犹荣，大家都见识了她的能力。她调动起所有的人为她奔走，跟打仗似的。为她效力的人当中最出色的那位完全是个志愿者，连感谢都不要。田晓蕾以新疆人的方式——感谢大家鼎力相助。帮忙的人都是这所大学的人，有教师有行政人员。

这位连感谢都不要的老师每周给进修班上两次课，跟大家接触不多，这么热心而无私就有点让人不可思议。田晓蕾就听见这种议论："同病相怜。"田晓蕾的耳朵就变成了雷达，捕捉到了更深层的含义：这位老师的妻子出国两年后拿到绿卡站稳脚跟就跟国内的丈夫提出离婚。同事们都见证了他们当年甜蜜恩爱的好日子，也见证了丈夫如何为妻子出国尽心尽力，给自己一点后路都不留，对别人的忠告置之不理，死心塌地尽丈夫的义务与职责。大家也见证了这位丈夫办完离婚手续后的郁郁寡欢。大学老师的苦恼是有分寸的，埋得很深，给人印象就是不热情比较冷漠，包括好心人给他介绍对象，包括诸多女性主动进攻，我们这位受伤害的大学老师心如止水。这状态延续好几年直到田晓蕾出现。成年人的对话不掩饰直截了当。大学老师先开口："这是男人为女人效犬马之劳的时代，像你这样为自己丈夫不顾一切的女人太难得了。"田晓蕾就以新疆人的方式开玩笑："我们效的都是犬马之劳。"大学老师就笑了，他三年没笑过，脸上的肉都硬了。田晓蕾在大学附近一个饭馆请大学老师吃饭，田晓蕾马上提议为莲花般盛开的笑容干杯，田晓蕾自己也干一大杯白酒。一九九七年新疆伊犁特曲横扫大西北，包括陕西包括省城西安。当时二十五块钱就能喝到正宗的伊犁特曲，传统名牌西凤酒当时一落千丈。伊犁归来的田晓蕾用伊犁特曲敬一个大男人就显得比男人还男人，滴酒不沾的省城大学老师破天荒地喝下一小杯真正的西域名酒；脸上的晦气一扫而空，用一个很俗的词容光焕发再好不过，因为这位先生属于那种千杯美酒不上头不脸红脖子粗，再用一个俗词面白如玉，润朗至极；西域瀚海都是粗犷豪爽的壮汉，哪见过这么精致的男人，田晓蕾连连称奇："王老师你是南方人吧？"这位王老师就告诉她："在下祖祖辈辈长安人，唐朝的时候就在朱雀大街啦，那时候可是八水绕长安，气候湿润，一点也不比江南差。"田晓蕾就给这座十三朝古都锦上添花："现在西安也很好呀，我给我先生做一件碎碎的事情又没做成在西安都这么惊天动地。"碎碎的事情是典型的西安话，王老师就笑："你说得这么轻巧，还碎碎的一个事情，你不知道你当时的样子，那简直就是黄继光堵枪眼，王进喜钻石油的架势。""我有那么恐怖吗？""不是恐怖，是舍生忘死不顾一切。"王老师又哈哈一笑，"我第一次近距离接触新疆人，新疆人都是你这样子？""在我们那里很正常，不值得大惊小怪。"王老师就得出这样一个结论：边疆地区普普通通的常识到中心地带都会成为一种罕见的美德。

更罕见的是王老师恢复了笑这种生命最基本的功能。第二天面带笑容的王老师出现在大家面前时，大家的表情都十分夸张，王老师的笑声响起来时，整座教学楼都静下来，让出空间让这久违的笑声在每个教室和房间久久回荡。我们可以想象得到，王老师最喜欢接近的人就是田晓蕾。田晓蕾同样在义不容辞地保持王老师的笑容和笑声。王老师自然而然年轻了精神了。领导见了王老师都主动打招呼，王老师旧貌变新颜属于学校新气象嘛，校园一道风景嘛。

田晓蕾更没想到的是王老师是这所大学的钻石王老五，三十多岁，副教授，一九九七年大学的大部分教师三十多岁才熬到讲师，西安这所大学的王老师专业水平中等，也不是那种特别能社交的人，但在学校里根扎得很深却是显而易见的。当初远在美国的妻子拿到绿卡，接孩子出去，接着就接丈夫，全家相聚于大洋彼岸，他们当初就是这样规划家庭建设的宏伟蓝图，蓝图马上成为现实的时候王老师退却了。王老师这时才意识到在故乡如鱼得水把根扎得很深，深到地球的肚脐眼里了，到大洋彼岸完全是个未知数，王老师破天荒地对自己的能力产生怀疑，相当冷静客观地对自己能力进行了科学的评估，结论是做一个守望家园的人，不惜妻离子散守望家园故土。我们可以推测出王老师从那以后开始热衷于国学，沉浸于传统文化。想当初妻子的一切他都大包大揽，挤公共汽车他都要呵护着，买菜都让菜贩子连坑带蒙，学校里的深水区浅水区种种暗流与惊涛骇浪都要靠他这个大力水手，那时候妻子真是小鸟依人，一时半刻都离不开他那坚硬厚实的肩膀，就这么一只弱不禁风的小鸽子小燕子金丝雀竟然在大洋彼岸异国他乡扎下了根。这种深刻的反思足以使风华正茂的王老师变得满脸沧桑，对那些纷纷扰扰的异性也无动于衷。毫不客气地讲这些异性都是冲王老师的扎根能力而来，这等于捅王老师的肺管子，也等于雪上加霜，王老师脸上连笑容都没有了。田晓蕾从遥远的西域闯入西安这所平静的大学，紧接着就五马长枪为丈夫谋前程，用王老师的观念就是扎根。王老师就身不由己地帮田晓蕾，好像在帮他自己。田晓蕾先生的事情成功不成功无所谓，王老师成功得救了，笑容笑声还有勃勃生机。

　　田晓蕾肯定受到了感染，而且是巨大的成就感。更要命的是在田晓蕾的世界从来没有出现过王老师这样的男人，呵护女人且有超强的扎根能力，随着与王老师的频繁接触，这些优秀品质一一闪现，田晓蕾一次次扪心自问：周志杰哪怕有王老师那么一点点能力也不至于混到现在这个样子。在新疆的时候，周志杰把在单位混得如鱼得水的人叫被窝猫，典型的陕西农村方式，农民把那种窝里横外边尿的男人叫被窝猫。夫妻关系再僵，彼此的观念都要受影响，田晓蕾一直对社交能力强的人保持高度警惕，总认为人家业务能力差，周志杰给她灌输的这种思想嘛。社交能力与业务能力成反比啦，嘴甜腰软骨头软啦，有太监基因啦，种种说法都不如被窝猫。田晓蕾仔细观察王老师，王老师比较孤傲，也不善言辞，周志杰的被窝猫理论受到严重挑战。新疆出生新疆长大的田晓蕾第一次见识王老师这种男人，业务能力一般般，还比较傲慢，不善于社交更不会巧言令色却在单位如鱼得水，绝对是深水鱼，绝对是一条蓝色的大鲸鱼。好多年后田晓蕾看一部新西兰电影《骑鲸的人》，田晓蕾马上就想到一九九七年夏天的自己。

一九九七年夏天，刚刚三十岁的少妇田晓蕾身不由己地爱上了西安这所大学年轻的副教授王老师。王老师要比她大几岁，他们都很成熟了。田晓蕾记得周末她正准备回小县城去跟丈夫女儿团聚，她都把车票买好了，她不知为什么迟迟不动身。一起来进修的中学教师都要回到各地去；有小县城的，有地级市县级市的，也有边远山区的，大家都不想离开西安，不知下一次什么时候能有机会再来西安，大家都羡慕那些应届毕业生，大家甚至赌气下一代进军西安，扎根西安，咱们有生之年还有机会来西安带孙子，孙子上学那天他奶奶的又得从西安滚蛋。对进修学习的中小学教师来讲，大家没有任何留在西安的机会。也就是在那一刻，田晓蕾的脑子蹦出王老师的一句话：边疆地区任何一个普普通通的常识在内地大城市都是一种罕见的美德。田晓蕾就不打算赶班车了，去看看王老师，算告别吧。

他们肯定是在校园相遇，有意思的是俩人都选择了行人稀少的角落，要绕一个大圈，好处是树多幽静，俩人老远就看见了对方，都有些不自然，这是不可救药的二次青春，还以为自己是少男少女呢，走到跟前时一下子就成熟了，王老师告诉田晓蕾："附中要招几个老师，五年以上教龄的优先考虑，三十五岁以下。"王老师那口气完全是在谈一桩公事，尽管他眼睛亮得让太阳黯然失色，眉宇间那么强烈的期待，田晓蕾就有点慌乱："我马上去报名。"

后边的事情就简单多了。

一九九七年夏天叔叔周志杰灾难不断。亲人们的恶意报复，单位领导不停地警告他不要不务正业，他现在是中学语文教师，那些原始岩画属于历史学属于大学研究所专家教授们去研究，中学老师就是教书育人过高考关，领导就这么大会小会地敲打他。他的那些研究只能转入地下。他都能意识到几年后他的研究能力将丧失殆尽，当一辈子教书匠吧。这时候妻子田晓蕾提出离婚，他完全一副死猪不怕开水烫的样子，立马签字，眼睛都不眨一下。田晓蕾都有点受不了，太快了嘛，出人意料嘛。

周志杰的哥哥也就是周健的父亲亲自去西安找田晓蕾，田晓蕾跟丈夫家关系很好，大家都想挽救这段婚姻。周健的父亲说到伤心处连弟弟在姐姐家受辱的事都抖出来了。这一招适得其反，田晓蕾处处以王老师为参照物，前夫周志杰已经坠入无底洞，任何一桩倒霉事只能给王老师加分给周志杰跌份儿，周健的父亲土包子一个哪能洞察知识女性缜密的心思呢。周志杰和田晓蕾的婚姻如大厦将倾无可挽回地轰然坍塌。

那段时间叔叔周志杰成为小县城的笑话，亲戚们不但没好话反而拿田晓蕾来证明周志杰的无能。同事们的冷言冷语就更厉害了。周志杰心灰意冷，甚至打算回伊犁原单位。周志杰的叔叔当初就走了回头路吃了回头草，在伊犁霍城县过得挺好嘛。周健的父亲，周志杰的亲哥哥打断兄弟这个念头：婶子是伊犁人，她娘家全在伊犁，你老婆娃老丈人一家全回陕西啦，你跟人家不一样。

在我们老家，人们走投无路的时候会到黄土高坡没人的地方吼秦腔，《李陵碑》《下河东》《五典坡》，都是血泪斑斑的悲情戏。西域归来的周志杰从箱子里取出蒙古人的托布秀尔，坐在渭河北岸古老的周原崖畔弹奏起《大月氏歌》。中学生周健第一次听这首古歌，没有歌词，全是这把古老的乐器发出的急促细碎的马蹄声，还有男人悲壮低沉沙哑苍凉的喉音，在黄土高原的深沟大壑里跌宕起伏苍凉悲壮陌生奇特。第七天那个叫金花的蒙古族姑娘从遥远的北京来到叔叔周志杰的身边，一路风尘仆仆，连村子都没进，直奔烈日下的黄土崖，那苍凉悲壮低沉沙哑的男低音中加入了无限深情的女中音。这位异乡来的美丽女子也带了一把托布秀尔，叔叔周志杰的托布秀尔装饰着马头，美丽女子的琴上装饰着天鹅头，他们看见对方时那古歌就有了词。黄土崖对面洋槐树林里的中学生周健默默地记下了这首古歌：

孩子，你要是渴了，不要饮河水，
河水里敌人下了毒，
你就喝敌人的血吧！
孩子，宁死也不要屈服，
死了，不要让我看到你睡在棺材里，
你的尸首一定要躺在盾牌上被抬回来。

那一天，中学生周健相信人间有真正的爱情，那一天，中学生周健发誓要爱那个叫张海燕的姑娘。

好多年以后周健回忆这一幕时，张海燕紧紧地抓住周健的手。他们看望了叔叔周志杰和金花婶子。回家路上张海燕不想坐车，他们就沿着渭河大堤，走回去要两个多小时，张海燕就喜欢在柳树成荫的大堤听周健讲叔叔周志杰和金花婶子。

周健再次唱起《大月氏歌》，已经没有歌曲本身的魅力了，用张海燕的话说："你小子有了安定的工作，有了我这么好的女朋友，你小子在渭北市扎下了根，你小子再也不可能像大月氏人那样亡命天涯了，你怎么可能唱出大月氏人当年的味道？"在一连串反问之后，张海燕好像自问自答："用战歌表达爱慕之情太让人不可思议了。"周健告诉张海燕："战歌只是个引子，大月氏人想活命，而且要活得很好，有家园有女人。"张海燕就鼓励周健说下去，周健下了河堤到河滩的沙石丘上对着泥汤一样哗哗翻滚的河水唱起那支古歌，这次张海燕听出了一股热烈的东西，大概就是人们说的埋藏很深的情歌吧，张海燕相信周健大学毕业后四处流浪那些年不止一次唱过这首古歌，就用这种十分罕见的调子，在低沉压抑中翻滚泥石流一样的满腔热忱。一种不安的情绪闪过张海燕的心头，搅拌机带来的阴影并没有完全从周健心里消失，这回张海燕抓周健的手凉飕飕的，冰柜里边抽出来的一样。

2

一九九一年春天，新疆师范大学中文系学生周志杰在新疆巴音郭楞蒙古族自治州和静县中学实习，金花是这所中学高二的学生，周志杰担任这个班的临时班主任和语文老师，周志杰的搭档是同班同学田晓蕾。一共来了十二名实习生，两个人一组分管一个班级，从高中相恋到大学，自然而然成为搭档。几个月后就毕业了，系上找他们谈过话，负责学生工作的系总支书记暗示他们，俩人不想分开想待一个单位的话就不能留在城市，你们就回伊犁吧，新源县怎么样？新源是伊犁河谷美丽富饶的地方，有巩乃斯河、巩乃斯草原、那拉提草原、伊犁钢铁厂、伊犁酒厂，跟和静县相邻。他们都计划好了，办完毕业手续就从乌鲁木齐出发，横穿天山腹地，由东而西，从巴州的和静到伊犁州的新源，连在一起的是地球上最美丽的草原，和静县的大小尤都鲁斯盆地，巴音布鲁克草原，天鹅湖，开都河，进入新源县迎接他们的就是那拉提草原和巩乃斯草原，婚宴肯定少不了伊犁特曲，伊犁酒厂就在跟前。一切都是那么美好。老师对他们的美好姻缘做了变相祝福。和静县中学的少男少女们把这对大学实习生当成了生活中的白马王子与美丽公主。这个叫金花的蒙古族少女就以班干部的名义提议，五四青年节我们去巴音布鲁克草原春游。五月初的天山腹地还有点冷，但鲜花已经盛开。这个调皮的中学生也敢开老师的玩笑，笑呵呵地问周志杰："这可是你向心上人求婚的最佳时刻，赶快做准备吧，那一天，我们的田老师就成白天鹅啦。"副班长金花的提议得到全班蒙古汉回各民族同学的热烈响应。

那次春游，高一高二全出动了，只剩下迎接高考的高三学生。一名副校长带队，也不用包车，当地驻军与学校军民共建，派了十几辆蒙着帆布的大卡车，连部队野营拉练的锅灶都用上了，安全可靠嘛。天鹅湖位于巴音布鲁克区乡政府所在地乌兰恩根镇北两公里处，海拔二千五百米，三十多公里的练状湖带，形成几个"之"字形，博大，辽远，与天相连，湖心宽广、明媚。

那真是一次草原盛会，大家把草原各种鲜花插在田晓蕾头上。五月初正是天鹅孵蛋的时候，天鹅很警觉，天鹅巢都筑在湖中孤洲或离岸较远的深草区，大家都远远散开，头戴鲜花的田晓蕾走近土丘一样的天鹅巢时，雌天鹅漂亮的脑袋和长长的颈伸出来对着田晓蕾咿咿呀呀地叫，雄天鹅飞起来在田晓蕾头顶盘旋。自古以来巴音布鲁克草原的蒙古人视天鹅为幸福鸟，春天第一批天鹅飞来时牧民都要顶礼膜拜。蒙古族少女金花小声提醒她的老师周志杰："阿米尔冲啊！还愣着干什么？"周志杰完全按照草原的习惯，双手伸向天空，慢慢走过去，雌天鹅依然咿咿呀呀地吟唱苍天之歌，雄天鹅依然在旋上旋下，直到这对恋人走在一起，同时向天鹅行礼，雄天鹅缓缓落到雌天鹅身边，它们的家就是那个带着泥的枯草搭起来的二米宽一米高的鸟巢。大家在远处跟天鹅一起祝福这对恋人。照相机抓拍了这个经典镜头。

这次春游最精彩的一幕应该结束了。这次活动最热心的鼓动者金花也心满意足了。好好睡一觉，明天就可以返回了。十几辆大卡车就是临时帐篷，每人一件军大衣大家挤在一起跟羊圈里的绵羊一样，嘻嘻哈哈就是一晚上。有人把脑袋伸出帆布篷失声大叫。天山深处的星星跟海底的蓝色鲸鱼一样，夜晚的巴音布鲁克草原就成了海底世界，有海龟有各色鱼群，有珊瑚有海生植物。你说的是天鹅湖里的水葱吧？阵阵狼嗥，大家不再恐惧，就当它是大海的波涛吧。狼群逼近时，十几辆卡车的大灯齐射，有点苏联二战时喀秋莎火箭万炮齐射的架势，狼群大乱，左奔右突，狼狈不堪，真正的狼狈不堪呀。一车少男一车少女火爆地嘲笑哄笑，狼羞得无地自容，逃离天山也洗刷不掉恐慌与耻辱。穿越大戈壁到西伯利亚去，那里有真正的狼窝，天山不是，大小尤都鲁斯不是，巴音布鲁克不是。这里是天鹅的故乡，明白吗？狼弟弟。真有人这么喊了，肯定是那个叫金花的蒙古族少女，一声狼弟弟，狼就成了戈壁滩上一跳一蹦的兔子。黑夜嘭一声破裂，太阳就像传说中的小哪吒，脚踩风火轮，手持火尖枪，戴着红兜兜冲上天空。

离开草原时要跟当地的牧民联欢，这正是接羔季节，草原上最繁忙的时候，学生们等于一次义务劳动，中午大吃一顿，放松放松就可以告别草原了。大块吃肉大碗喝酒，很容易热闹起来，男生们就起哄周志杰和田晓蕾，谁也不想放过这对幸福的人。幸福的人喝了美酒就该干点什么，不可能重复天鹅的故事了。周志杰向山上奔去。聚会的地方在草原边上，紧挨着一座高峰，谁都能看见千尺悬崖顶上的雪莲，应该在五千多米，真正的冰雪世界。他们所处的位置就在二千五百米左右，周志杰还要攀登的二千五百多米，不是缓坡是悬崖峭壁，没有一个小时上不去。谁都知道上山容易下山难。带队老师急了大喊，田晓蕾也喊。田晓蕾跟周志杰交往那么多年也是头一次见识这小子猿猴一样的爬山功夫。大家都不吭声了，电视里经常播放欧美探险家的攀岩纪实镜头。有人怀疑周志杰家祖祖辈辈挖过药，挖药人才有这功夫。够险的，不时有石头滚落，周志杰跟壁虎一样贴在石壁上，更像苔藓与地衣，不是爬上去的，而是跟真正的高寒植物一样一点点长过去的，一直生长到雪莲跟前。雪莲生长的地方都是苔藓地衣经过几百万年时间侵蚀岩石形成那么一点点高山土壤，真正的采药人不会连根拔下，而是小心翼翼跟接生婆接生小宝宝一样掏取雪莲，不损伤土壤。雪莲从种子发芽到抽薹成形八个月可以完成，但开花要在五六年以后，在七八月间。现在还不是开花季节。周志杰大概只想表现英雄气概，留下美好的镜头。照相机对准悬崖顶上的雪莲与周志杰，二千五百多米的悬崖与地面的垂直距离也就几百米，就在大家头顶，长镜头很清晰，周志杰做出了一个令人吃惊的举动，他轻轻地抚摸雪莲密密的叶子，叶子状如绵毛，绵毛交织形成无数蜂巢一样的小室，平时这些密匝匝的小室里的气体难以与外界交换，此时此刻周志杰的手伸进去，接通了天山上的太阳，周志杰的手上已经不是火焰而是盛开的天山雪莲，从发芽到开花漫长的六七年，正是他们从高中到大学毕业的时间。刚刚成为白天鹅的田晓蕾又成了天山雪莲。女生们感动得流下泪。田晓蕾羞涩难耐垂下头，不停地揉另一个女同学的长辫子，这个女生只能忍着。

高山之巅悬崖峭壁从来都是雄鹰的栖身之地，一只天山雄鹰从另一座山顶直冲这边而来，掠过周志杰头顶时，周志杰纵身一跃抓住鹰爪，鹰就成了降落伞，吊着一个大活人快速滑向草原深处，车队两小时后才能赶过去，周志杰把大家远远抛到后边。

整个草原都目睹了这惊心动魄的一幕，蒙古族牧民告诉周志杰："你肯定是我们蒙古人，蒙古人才有这种英雄气概。"转场的哈萨克牧民一口咬定周志杰是"我们哈萨克人"，伊犁州的嘛，哈萨克人是有翅膀的嘛。车队赶过来了。我们可以想象回到乌鲁木齐，维吾尔人会把周志杰当成维吾尔人。在西域大漠，男人最豪迈的举动就是成为一只鹰，常常有人追着一只鹰离开故乡，再也不回来了，也常常有人追着一只鹰跌入山谷粉身碎骨。

那个叫金花的蒙古族高中生回去的路上一言不发，眼睛一闪一闪就像白天里的星星。

　　周志杰十三岁离开陕西老家到新疆伊犁霍城县时还是个懵懂少年，吃公家饭的叔叔就告诉他："你是城里人啦，头扬高高的。"婶子和两个堂兄一个堂姐只回过陕西老家两三次，对老家对农民没什么印象，他们只把周志杰当自家人。跟陕西老家有千丝万缕联系的叔叔对亲侄子还有更大的期待。他的三个子女，老大从小调皮捣蛋爱打架爱当孩子王，中学毕业去当兵，赶上了中越边境反击战，主动请缨上前线，立了战功，以英雄的身份回到新疆，后来转业在伊宁市工作，算给叔叔长了脸，女儿只上了技校，也在伊宁市工作，小儿子崇拜老大，以拳头为荣，可惜没有上战场的机会，当兵三年回到霍城县在公安局当刑警，给父母养老吧。按理说叔叔一家很美满嘛，可叔叔心有遗憾哪，知识越来越吃香，整个家族没出过一个大学生，自己的孩子指望不上，就把目光投向遥远的故乡，亲侄子也是自己人嘛，手里还有那么点权力，不能给亲侄子说得太透，城里人的身份是明摆的，一定要强调，考大学光宗耀祖，只能点到为止。

　　最初几年，周志杰好像生活在云端，好多年以后在大学中文系读到古诗里的一句"飘如飞蓬"，就是他初到新疆时的状态。伊犁霍城县虽然是边陲小城，现代化的气息一点不比内地差，与苏联相邻，历史上受欧洲文明影响很大，反而比西北其他地区更开放更洋气，跟关中西部渭北黄土高原的边远乡村相比，反差就更大了。这里有一个古老的习俗，从不在意一个人的出身背景，各民族杂居，汉族本身又很庞杂，西出阳关无故人，大家统统以老乡称呼。农村少年周志杰在这里要转变身份不是很难，最初一段时间他自己心里不自在罢了，没有任何外界刺激。叔叔没多少文化，初中生侄子迁到新疆还是很有眼光的。一年后，周志杰就融入了这座边陲小城，有了自己的朋友圈，标志之一就是打架，不断有家长来告状。初三时，不再是懵懂少年，给老家父母写信时不用婶子提醒主动夹进照片，让父母看看自己长什么样子了，再后来就在深夜写信，流泪，强忍着不哭出声。再后来，就跟着回族同学去挖贝母。叔叔家不缺钱，就把卖贝母的钱寄回老家。实话实说，节假日挖药卖的钱，劳动所得。

周志杰考上了霍城县重点高中，那是自治区最好的高中，进入这所中学，大学近在眼前。叔叔很骄傲地带着亲侄子去参加伊犁各地的朋友聚会，大家听到霍城一中的，都频频点头，叔叔最自豪的就是陕西乡党聚会，引见的可是未来的大学生呀，二十世纪八十年代大学生绝对是一块金字招牌。老大当年凯旋，胸前挂着二等功勋章，叔叔就这么自豪过。

高一第二学期，叔叔带亲侄子去拜访伊宁市关系最铁的一位乡党，关中西部渭北原上邻县的乡党，这个乡党有一个宝贝女儿就是田晓蕾，在伊宁四中也上高一，伊宁四中与霍城一中都是旗鼓相当的重点中学。田晓蕾的父亲已有一个王牌，结发妻子是从陕西老家带来的，做一手正宗的家乡饭：岐山臊子面，整个伊犁河谷都飘满了他们家的臊子面的酸辣香。周志杰还清楚地记得当臊子面的香味从厨房飘过来时，他的眼泪就下来了，来做客的叔叔阿姨们都经历过这么一段，稍劝几句就不管他了，用他们的话说：多来田叔叔家几次就莫事啦。思乡病只能用家乡饭医治。给客人端菜倒水的是田晓蕾的嫂子。用家乡那种红漆刷的大木盘端臊子面的肯定是他们的宝贝女儿田晓蕾。周志杰辈分最小，接的最后一碗臊子面，周志杰就有时间欣赏大人们埋头大干稀里呼噜的种种吃相，还有那在肠胃间反复回旋翻转的酸辣香味，狠狠地抓挠人的肠胃啊，狼啃骨头一样，蝎子蜇一样，这种近距离强刺激让人浑身发抖，当真正的一碗臊子面到手时反而不忍心吞食了，眼泪汪汪地看啊看啊，田晓蕾小声问："这碗凉了，再浇一次汤吧。"周志杰双手捧着碗往后一闪，像有人来抢："不用不用，香，香得很。"田晓蕾笑："你还没动筷子就说香，香个辣子。"田晓蕾一口地道的关中方言，这家人不改口音，这也是陕西乡党感到亲切的地方。

吃饱喝足，田晓蕾的妈妈出来劝大家再来一碗稀的，特别关照一下周志杰："我娃慢慢吃，不急，跟你屋里一样。"周志杰鼻腔再次发酸，田晓蕾的妈妈就摸一下周志杰的后脑勺："娃乖得很，圆头实脑，方脸圆额颅，一看就是咱周原人。"

周志杰离开田晓蕾家很远了，还以为在陕西关中老家，那是周志杰平生第一次产生幻觉。有关故乡的所有记忆全被臊子面浇醒了。高中生周志杰不再是懵懂少年，给父母的信中报喜不报忧，周志杰学会了把忧伤埋在心里。

两周后，全州中学考试竞赛，周志杰拿到不错的名次，去州上领奖，霍城县到伊宁市坐班车一个多小时，很方便。周志杰领奖时碰到田晓蕾，田晓蕾获得另一门课的奖项，田晓蕾邀请周志杰去参观她们学校。这一天周志杰才发现田晓蕾是一位美丽的伊犁姑娘，周志杰还发现伊宁四中那么多优秀的男生喜欢田晓蕾，从那些男生远远跑过来打招呼的神情里可以看出来，当田晓蕾给伊宁四中的男生介绍霍城县一中的周志杰时，周志杰马上就感觉到那些男生们挑衅的目光。周志杰不再是陕西关中黄土原上内向木讷的乡村少年了，周志杰已经吃了四五年牛羊肉了，更重要的是他终于把少女田晓蕾从浓烈的思乡情中剥离出来了。

霍城县那个带他挖贝母的回族同学告诉他，儿子娃娃最勇敢的举动就是成为一只鹰。这个来自青海的回族尕少年带着周志杰去西天山海拔五千米的高山之巅与雄鹰搏斗。回族少年做示范，当雄鹰掠过头顶时纵身一跃，双手攥住鹰爪，还来一下引体向上，脑袋顶住鹰腹，鹰一下子被顶高几十米，然后下滑，不断地下滑，鹰什么时候低于三千米？这个尕少年高声大笑，笑声响彻整个天山大峡谷。鹰很委屈地降到海拔二千米的缓坡上。尕少年落地一刹那松开手，鹰跟大地的一股怒气一样直冲云霄。周志杰攀上五千米高的悬崖时有跳崖自杀的感觉，他不止一次在这个高度采过雪莲，纵身一跃去抓迅如闪电一样的雄鹰不就等于自杀吗？当鹰掠过头顶时周志杰心里呐喊着田晓蕾就扑上去了，然后是巨大的眩晕，醒来时已经半跪在草滩上了。

后边的事情就简单了，无非是以伊犁方式——摆平竞争对手，然后带着累累伤痕去姑娘家的小巷子里唱《黑眼睛》《百灵鸟》和《阿瓦尔古丽》。

跟田晓蕾的关系确定下来以后，周志杰忍不住又爬到天山顶上，这回他从容多了，蹲在雄鹰必经之地一动不动，平视前方，脚下就是万丈深渊，只要不往下看就不会发晕，雄鹰掠过时伸出双手攥住鹰爪上方的脚腕子就行。疾驰的鹰突然加了一百多斤的人会突然下沉，这时就要收腹双臂引体向上，全身的力量全给雄鹰人自身就会变轻，鹰就会上升几十米甚至上百米，鹰不再下滑，而是保持五千米左右的高度平行向前，这时候你就可以背负青天朝下看，你看到的不仅仅是天山不仅仅是伊犁河谷，不仅仅是新疆大地，而是整个地球，地球就是你的家园，故乡不再限于陕西不再限于关中西部古老的周原，整个大地都是家园，到处都是故乡。然后你轻轻落下，回到大地的怀抱，你松开的不是双手你放走的不是鹰，你只是收起了你的双翼。人是可以飞翔的，生命是有翅膀的。

青海来的那个回族同学就以这种方式遥望青海化隆县群山褶皱里的故乡。

几乎每个月周志杰就要去抓鹰遥望故乡。他不会告诉田晓蕾，但每次山中归来与田晓蕾相会，田晓蕾都有一种奇异的感觉。女性的直觉太厉害了。田晓蕾的一位维吾尔族同学世代是走达瓦孜的艺人，学校附近广场上有达瓦孜表演，手持长竿不要保险绳保护，在三十多米高空走几十米，这个同学技痒难忍也上去走了一趟，当他从高空下来回到同学们中间时，大家纷纷往后退，好像他身上带了电，跟他连手都不敢握了。女同学还摸他的脑袋，确定是凡身肉胎，不是神仙下凡。被雄鹰提携了好几千米的周志杰再次出现在田晓蕾跟前时，田晓蕾就想验证一下他的真实存在。我确实是我，我没有替身。田晓蕾告诉他那个维吾尔族同学走达瓦孜的事情后，周志杰就打算永远也不会告诉她与鹰同行的故事。

好多年以后在巴音布鲁克草原周志杰重现他与鹰同行的那一幕时，田晓蕾发现周志杰跟马戏团的演员一样做这些惊险动作时那么娴熟老练。往事历历在目，伊犁发生的一切全都是巴音布鲁克草原向心上人求爱的预演。五千多米高的悬崖冰峰上的大雪莲就能证明这一切。结婚后田晓蕾开丈夫的玩笑说："现在还想不想抓鹰？"丈夫周志杰就告诉她："我们每天晚上也没闲着呀？""你这么流氓，说点正经的。""已经很正经啦，还要怎么样？"仔细想想就是这么回事。

事实要比这复杂得多。田晓蕾相信她最初的疑惑。耐下心还是能让周志杰吐真言的，周志杰就实话实说："故乡，明白吗？背负青天朝下看，到处是故乡。"后来他们有机会坐飞机，飞机比鹰飞得高多了，但飞机太封闭，是一个行走的房子，没有与鹰同行那种开阔的视野，没有耀眼的阳光与大气穿身而过的切肤之痛。我告诉你那一刻我就是一只鸟，我获得了短暂的飞翔功能，我暂时有了翅膀。当田晓蕾无限敬仰地看着丈夫周志杰时，周志杰没有告诉她高处不胜寒的恐惧与孤独，就这么简单。

他们结婚那年，田晓蕾在西安上大学的弟弟毕业留在西安，田晓蕾的父母就回老家陕西去了。周志杰的叔叔再也吃不到正宗的岐山臊子面了，失魂落魄的样子十分可笑。全家上下都在嘲笑。叔叔就理直气壮告诉他们：阎锡山当年从太原坐飞机逃往台湾的时候五姨太三妹子都没带，一定要带上几麻袋山西小米一定要带上山西厨师，等于把山西搬走了嘛。叔叔的老首长当年参加过解放太原的战役，这段史料应该真实可靠。婶子是霍城县土著汉人，历史上最动荡的年代霍城县的汉人都没事。婶子的拿手好戏只能是拉条子揪片子饺子包子抓饭这些新疆家常饭，你还想吃天鹅肉呀。田晓蕾的父母调回老家陕西不久，叔叔就开始折腾，半年后也回到陕西老家，屁股没坐稳，就灰头灰脑回到伊犁霍城县老单位，唯一的收获就是新疆土著妻子在陕西大半年呕心沥血学会了岐山臊子面的风味了，老头子嗷嗷待哺时可以穷对付。算是跟故乡极其微弱的联系吧。故乡远非叔叔所想象的那么美妙。

诸多杂事败叔叔的胃口。婶子有先见之明，举家大迁移时婶子没有变卖家当，而是存放在亲戚家里。大败而归等于举家回内地旅游一趟，新疆女人从来都这么大气，有啥了不起嘛。叔叔就这么回来了，故乡成为叔叔的心头之痛，一时半会儿难以痊愈。

伊犁那几年周志杰和田晓蕾还是很幸福的，结婚第二年他们有了女儿周晶晶。小两口在一个教研室，从高一到高二，很快就接高三的课，中学带高三都是骨干教师。新源县有新疆最有名的伊犁酒厂，有伊犁州钢铁厂，全球最好的优质牧场，财政状况好，福利待遇就好，县中学的老师还有机会去酒厂钢铁厂代课。富饶美丽的伊犁河谷上总有苍鹰飞过，总能听到鹰的长啸和马群的嘶鸣，宝贝女儿在院子里把父亲当大马骑的时候，处于奔马状态的父亲听见鹰的长啸会突然停顿下来。小城的生活太安逸了。学校只有一栋教学大楼，教职工都住独家小院子。每家院子里有花有菜园子有果树有葡萄架，有自来水，有小山一样的大块煤和木柴。宝贝女儿仿佛窥破了大人的心思："爸爸，老鹰叫你啦。"

周志杰就到山里去了，他不再挖贝母采雪莲花，更不会攀上悬崖去与鹰同行。他还是个无知少年时就在高空发现了天山大峡谷悬崖峭壁上奇形怪状的图案，回族少年告诉他那是放羊人画的，赶一群羊待深山老林，唱几个月情歌也唱不来一个尕妹子，干啥呢？拔出刀子把心里的尕妹子画石头上嘛。这就是对岩画的民间解释。当雄鹰拖着少年靠近岩画时，有一幅岩画让少年血脉贲张，一个壮汉赤身裸体，绷直的鸡巴就像一条腿，这个雄壮豪迈的男人周围一群裸女在狂舞。回族少年就赞美这个男人是个真正的儿子娃娃，这么多妹子，个个像仙女。回族少年唱了一首花儿，地道的青海花儿《花儿与少年》，然后哈哈大笑："咱们就是老鹰的第三条腿，世界上最好的妹子等着咱们。"回族少年高中毕业就做生意去了，青海化隆有个尕妹子等着他。周志杰如愿以偿娶回了自己的尕妹子。周志杰还迷恋着天山深处那些稀奇古怪的原始岩画。

周志杰做了充分准备，野外活动的各种设备包括相机考古工具等。边学边考察，一年后有关伊犁河谷西天山原始岩画的论文在乌鲁木齐《西域研究》发表，周志杰还应邀到乌鲁木齐参加学术会议。两年后全家进伊宁市，周志杰成为大学老师，田晓蕾在伊宁市一所中学教书。那真是一段幸福时光。也就是那个时候周志杰给那些在单位什么本事都没有什么工作都不干所有的好处都不少还能讨领导欢心的人起一个型号相同的绰号"被窝猫"，猫是抓老鼠的，可有一种猫抓老鼠的本能慢慢地丧失了，另一种本能畸形发展，哪里暖和就往哪里钻，就钻被窝里再也不出来了，它们钻被窝的本领天下无敌，在被窝里任何对手都无法与它们抗衡。从新源县中学到伊宁市那所大学，包括田晓蕾所在的伊宁市某中学，具有猫性的同事统统被他们两口子命名为被窝猫大被窝，跟黑话一样仅限于他们夫妻俩之间。在校园或大街上碰到猫性同事，客气礼貌一番，人家还没走远，夫妻俩就开怀大笑，搞得人家莫名其妙，人家业务能力差，生存能量无限大，对任何嘲笑和讽刺的感悟相当敏锐，但又抓不到把柄，就让这两口子尽情地污辱吧。关键是心态要好，这是个讲实惠的年代，还不许人家撒气呀！我们就知道周志杰有点恃才傲物。伊犁这地方，当年来过傲视奸佞小人的洪亮吉来过傲视大英帝国的林则徐，那个讽刺幽默大王阿凡提从天山南北到波斯土耳其阿拉伯更是人人皆知，周志杰就很自然地把陕西农村讽刺对自己人凶狠对外软弱无能之辈常用的被窝猫挪用到西域大地。首先得到了妻子田晓蕾的热烈响应。这种人到处有，就是找不到合适的词。"你这家伙太有才啦！"妻子田晓蕾太理解丈夫的愤怒了，一个外乡人在异乡总要付出比本地人大好几倍的代价才能勉强得到公平待遇。从新源县到伊宁市，几小时汽车就能赶到，就在伊犁河谷嘛，挪一个单位，就得从头开始，等于在岩石处培土。在雪线以上采过雪莲的周志杰给田晓蕾讲过雪莲，新疆人不一定都知道雪莲的秘密，雪莲扎根的土壤非常脆弱，采雪莲就跟考古队挖文物一样小心翼翼轻轻地取出整株雪莲而不破坏根部的土壤，那一点点土壤都是地衣细菌苔藓几百万年在岩石上积累起来的。十三岁就离开故土的周志杰适应能力极强同时又很敏感，到一个新单位总是拼命工作，那时新婚妻子田晓蕾就忍不住脱口而出："你这是干吗呀？总有一天你会活活累死。"周志杰对每一项工作的认真执着一丝不苟已经宗教仪式化了。好多年以后已经成为前妻的田晓蕾回忆这段往事时还伤心不已，她会很自然地把周志杰的一举一动跟天山顶上用几百万年时间辛辛苦苦培植雪莲生长土壤的地衣苔藓联系起来。

　　到伊宁市这所大学的第三年，周志杰就很难去内地参加全国性的学术会议了，他的学术影响最远只能辐射到乌鲁木齐。大学里的猫比中学里的猫更有智慧，不再是年终奖不再是分福利时多一两只大肥羊，而是项目和经费，总是落到不如自己的人手里，这一点就不如大自然那么公平了，海拔三千米以上的石缝里，地衣苔藓和细菌坚持不懈总有所得。万物之灵长的人常常会一无所获一场空。

　　几年后他们回故乡陕西关中，妻子田晓蕾提出离婚，丈夫不假思索就签了字。丈夫刚刚被故乡的臊子面伤透了心，面临巨大的精神危机，对任何一个周原子弟来说，臊子面关乎灵魂和精神。夫妻相对无言，有点"夫妻本是同林鸟，大难临头各自飞"的气氛，眼神平静而心跳如鼓，都能听到对方的心声，一个在问：你找到了热被窝？一个回答道：你干脆说我找到了大被窝，你不是我老公了，你还是钻进大被窝吧，否则你会被冻死的。这年头谁不想活得轻松舒服？幸福指数都提出来了，还是喜马拉雅山大峡谷里那个指甲盖大的不丹小国提出来的，你要不相信你可以让老鹰把你吊过去，背负青天朝下看，看看那个山中小国的人民怎么安详如佛地给全人类创造日益高涨的轻松与舒服。这都是我们后来猜的，包括他们自己也都瞎猜对方的心思。心里想的不作数，说出来的话是这样的，田晓蕾说："我太累了。"周志杰说："你多保重。"他们握了手，就分手了。

那是叔叔周志杰最痛苦的日子。最痛苦的莫过于他的价值体系在崩溃，他亲眼目睹那些疯狂采挖雪莲的家伙，抓住雪莲总是连根拔起，几百万年培植起来的那么一点点土壤全都毁掉了，他跟人家打过架拼过刀子，差点出人命，后来他就不采雪莲了，七八月他会上山去摸一摸雪莲花，饮花叶上的水珠。在天山草原，牧民遇到雪莲花就意味着吉祥如意，喝了雪莲花叶上的水珠就能驱寒延寿。痛苦中的叔叔嘴上都起泡了，心里清楚不会有甘霖滋润，他还奢望啥呢？他现在面临的是做一只抓老鼠的猫，还是做一只不抓老鼠的猫？问题是他做不了那种不抓老鼠的猫。人家田晓蕾只说她太累了，跟着拼命干活的猫会累死一家人。回到故乡寻找温暖却被连根拔起，就这么简单。

3

张海燕看不到真正的雪莲，就在网上搜，就看到了新疆雪莲、青海雪莲和西藏雪莲。新疆又分阿尔泰雪莲和天山雪莲，人们常说的都是天山雪莲。张海燕就定格在天山雪莲上。

二〇〇五年已经很难见到野生雪莲了。二十世纪七十年代，天山冰川附近还能看到满山遍野的雪莲花，叔叔周志杰在伊犁霍城县求学的那几年还能采到野生雪莲，不但能卖好价钱，还寄回老家给乡人们治病，雪莲能祛寒强筋壮骨活血，尤其是治妇女病，老家人见到的都是干透的雪莲，人们会误以为是荷花，雪莲另一个叫法就是雪荷花。二十世纪九十年代，金庸的武侠小说风靡华人世界，书中多次写到天山雪莲的神奇功效，各种滋补药品更少不了雪莲，成千上万渴望发财的人们奔向天山，疯狂采挖，都是极其野蛮地连根拔起，专家们大呼：不到三十年，雪莲就从地球上消失了。

叔叔周志杰用忏悔的语言讲他当年的劣迹。张海燕就说："你没有野蛮采摘嘛，你还跟人家拼刀子。"叔叔周志杰就苦笑："目的是卖钱，破坏生态呀。"叔叔周志杰就比画采雪莲的技巧，是那个青海回族同学传授的，也是采药人的行规，保护好原来的土壤，落下的种子又会在原来的地方长出雪莲，六七年后再来就会看到雪莲的下一代。采药人常年出没于群山，每一条峡谷每一条冰川，每一道雪线每一个悬崖，甚至每一株雪莲生长的地方他们都牢记在心。雪莲不会长在其他地方，生命吸引生命，种子跟水土的结合是一种缘分，跟人一样，缘分到了，瓜熟蒂落，缘分散了，烟消云散。叔叔周志杰有幸在同一个地方与六年前开始发芽的雪莲相逢，他只摸了摸，算是与雪莲花告别。要去上大学了，与雪莲花相遇多么吉祥！大学毕业那年在巴音布鲁克草原，他触摸雪莲的动作那么娴熟老练，人家以为他是采药人的后代。

此时此刻张海燕关注的焦点转移到雪莲的根部，那些脆弱的几百万年形成的那么一点点土壤，岩石裂缝的地方，积雪终年不化，细菌地衣和苔藓的微薄之力比蜗牛还要微弱。少女张海燕在竭力体会蜗牛爬过去的感觉，她还是个孩子的时候抓过蜗牛，还把蜗牛放在手心，酥痒痒让人浑身发抖，咬紧牙关让蜗牛爬到胳膊上，爬到肩膀时她就受不了啦，连取蜗牛的力气都没有啦，哇哇大叫，大人过来救她。蜗牛留在她身上的感觉又回来了，却无法延伸到天山顶上，那些生长过雪莲的严寒地带。蜗牛会冻死的。二〇〇一年后新疆开始封山严禁上山采挖雪莲。被毁掉的雪莲的家园就是那么一点点高山苔藓地衣土壤，抓在手里就是一小把，几百万年才筑起的小小家园，要毁掉太容易了。张海燕望着电脑发呆，屏幕上一会儿是盛开的雪莲花，一会儿是雪莲根部的土壤。

张海燕随便往窗外看一眼，就看到了苍茫的黄土高原，那么多土，真正的厚土。渭北市处在关中平原西端，夹在群山与高原之间，实际也是夹在石头与土之间，北边的高原向市区突出一排山岳般的陵塬，塬之间是典型的深沟大壑，丰庆建筑材料有限公司的前身郊区砖瓦厂二十世纪七十年代初就开始挖土烧砖烧瓦，连塬的一个角都没有啃掉，那些土崖随时会坍塌泥石流一样埋掉整个厂子，甚至会吞噬渭北市。高原如猛虎，如大海的波涛，而周健的真实状况比雪莲根上的土还脆弱。

张海燕跟周健反复交谈的话题就是天山雪莲，重点就是高寒地带金子般珍贵的土壤。周健就说：黄土高原全是土，这么厚的土，都挖窑洞住哩，拉上几车土拉到天山顶就能把事情弄成，一把土养一棵雪莲，一车土能养几万棵。张海燕就说："你没听你叔叔说嘛，雪莲人工栽培不成，几百万年才形成那么一点点土，那是雪莲的窝。"终于说到故乡和家园了。这些话手机上说不清，短信更不靠谱。周健却感慨："咱就上原下原，离家一百多里路，跟我叔叔相比就在家门口，还一口一个老家，一口一个故乡一口一个家园，好像到了月球上。"张海燕就说："你这么想就对啦，你现在在渭北市，你就是在周原小县城，你都要在心里树立这样的观念，离开父母走出家门，你就是个异乡人。""你比我聪明，脑子比我清。""你跟你叔不一样，你有乡党。"张海燕越说越清楚，张海燕自己都没想到自己的脑子这么好使，灵感跟电焊机一样火花一闪一闪："乡党就是故乡的一把土，一个乡党一把土，你算算离你最近的乡党。"周健一口气算了五个，其中有三个离他家不到十里路，中间只隔两个村子。按张海燕的计算公式这三个乡党等于三把土，搁天山顶上就能长三棵雪莲花。这三个乡党跟周健关系相当密切了，就不是沙土，不是生土，而是肥力墒情极好的熟土。说到乡土，张海燕只能甘拜下风，虚心听周健大谈乡土。没有乡土的家园是荒凉的冰冷的。叔叔周志杰回故乡好几年了，好像还没有根基，没有根基等于没有土壤。张海燕就有了说话的机会，"在叔叔婶子跟前多说咱的成绩"。

4

相爱的人心是相通的。叔叔在渭北高原的深沟大壑用托布秀尔弹奏《大月氏歌》时，远在北京上大学的金花正面临毕业，她一定听到远方的古歌，她就改变主意不回乌鲁木齐了，论文答辩结束就匆匆赶到陕西，直上北原，直奔那个绝望的人身边。中学生周健隔着大沟亲眼目睹了这感人的场面。

后边发生的事情完全出乎人们意料。一九九七年北京师范大学外语系毕业的高才生要落脚西北一个中等城市的重点中学是很容易的事情，理由是夫妻团聚。然后拿着叔叔周志杰的论文去自费参加国内一个大型学术会议，宣读周志杰最新的学术成果，后续反映在这年年底，相关的学术年鉴收入这篇论文。周志杰所在的那个小县城中学全蒙在鼓里，周志杰请不到假的，人家都知道他是被本地一所大学拒绝才落难到中学的，老婆都离婚了嘛，给亲戚的事没办成就没人理了。那个漂亮的女大学生大概是来安慰落难的老师，新疆人厚道，人家是同情你，怕你想不开走极端。那段时间，有人跟着叔叔周志杰，怕他自杀。外地传来学术会议的消息，校长就质问他不好好教书有想法就走人。这话太伤人了。那个北师大女学生就激校长："话是你说的，你有种写纸上。"校长大笔一挥唰几下，还不忘挖苦一下周志杰："你们周家有吃回头草的传统，你二爸杀个回马枪回到新疆了嘛，你要是后悔还能回来，咱是乡党嘛，还是老话，回来就好好教书，不务正业万万不行。"周志杰的手续返回人事局，年底就到了渭北市一家科研单位，名正言顺搞科研。这个叫金花的北师大高才生进渭北市的条件就是把爱人调到市上，公开办手续已经是论文发表受到表彰的时候。这种方式在内地很少见，不显山不露水，把丈夫推到最前边。

婚礼上新娘金花给大家来了一段《少女萨吾尔登》，告别了她的少女时代。新郎周志杰用饰有天鹅的托布秀尔伴奏，《少女萨吾尔登》尽显草原女性的风采与魅力，也是对心上人的一片挚爱之情。周志杰的那些知识分子同事很自然地欣赏蒙古族舞蹈。农村上年纪的人从中看出古老的祈福仪式。前妻田晓蕾受到邀请，金花是他们家的常客，她一直把金花当妹妹看待，金花每次来他们家都要跳《萨吾尔登》，十二种《萨吾尔登》他们家人人会跳，包括女儿周晶晶，一口一个金花姐姐，有时跟金花去和静县待一个暑假。接到周志杰和金花的婚柬，田晓蕾呆坐了一夜，一切都出人意料又都在情理之中。当金花在婚礼上跳起《少女萨吾尔登》时，田晓蕾百感交集，草原上的人都知道，一群人跳《少女萨吾尔登》是表达对天地宇宙对草原群山山川河流的爱，一个人独舞那就是献给心上人的，宇宙天地草原群山山川河流日月星辰水火风雷电全都化作万般柔情，内地已经很难看到女人对男人如此炽热的感情了，一举一动敬神一样敬她的丈夫。两个女人目光对接的时候都明白彼此心里的话，都在发誓热爱自己的丈夫，这正是《少女萨吾尔登》的精髓所在。

田晓蕾就用眼神告诉金花：这里不是伊犁河谷不是巩乃斯大草原不是巴音布鲁克大草原，无论是《萨吾尔登》还是《少女萨吾尔登》在内地不合适。沉醉在《少女萨吾尔登》里的金花开始旋转，迅如疾风，一动不动的只有挺拔的脑袋，只有黑亮有神的眼睛，眼睛告诉眼睛：《少女萨吾尔登》在大地上无处不在无时不有。

返回西安的途中田晓蕾脑子里全是十二种最有名的《萨吾尔登》和那唯一的《少女萨吾尔登》。伊犁河谷长大的田晓蕾认识金花之前，能跳几个维吾尔舞蹈和哈萨克舞蹈，能唱几首内地人都知道的新疆民歌，大学毕业前去和静县实习时才接触到巴音郭楞蒙古自治州卫拉特蒙古人的《萨吾尔登》，金花成为他们家的常客后，《萨吾尔登》成为他们生活的一部分，那时候金花也没有跳过《少女萨吾尔登》。金花热衷于卫拉特人常跳的十二种《萨吾尔登》。四岁的女儿周晶晶就让《萨吾尔登》迷住了，孩子们都喜欢这种与动物融为一体的舞蹈。田晓蕾答应前夫周志杰，一个月后送女儿周晶晶回父亲身边，金花做后妈周晶晶不会吃亏，还是《萨吾尔登》的作用。卫拉特蒙古人古老的舞蹈早就把女儿周晶晶与金花连在一起了。

孩子通鬼神，都是鬼精灵，周晶晶开始捅亲生母亲的肺管子了，四岁小屁孩周晶晶告诉田晓蕾："今晚上金花姐姐还要给爸爸跳《萨吾尔登》。""她已经跳过啦。""十二个舞蹈呢，每天跳一个得跳两个礼拜，我爸爸就有救啦。"田晓蕾就说不出话了，乖乖地听小屁孩周晶晶大放厥词："你们离婚了我爸爸还骗我说你到西安学习去啦过年会回来，学校的小朋友都知道你们离婚啦，爸爸都蔫了嘛，胡子拉碴，两眼无神，能骗得了我吗？半夜三更一个人抽烟，不上班的时间一个人跑荒郊野外鬼哭狼嚎，他的一举一动都有人告诉我。"小县城没秘密，田晓蕾相信孩子说的都是真的。田晓蕾离开周志杰后开始了另一种生活，就很少想前夫了。即使想也是一个闪念，理智告诉她，前夫很艰难，但她无能为力，这种念头也就两三秒钟。所谓痛定思痛，丈夫的痛苦过去了，怎么想这种痛苦都不过分，周晶晶呱呱鸡一样吐苦水的时候，亲生母亲田晓蕾一会儿把周晶晶搂怀里一会儿亲周晶晶的额头一会儿又抚摸周晶晶毛茸茸的小脑袋。

到西安妈妈的新家周晶晶也不怯生，大大方方地叫妈妈的新丈夫叔叔。叔叔叫王长安，很大众化的名字，周晶晶又叫一声王叔叔。王叔叔给她小礼物，她仔细看一下，是瑞士巧克力，就说声谢谢。吃完饭做完作业，周晶晶就在小房间里跳舞。该田晓蕾吃惊了。周晶晶跳的第一个舞蹈是《爱来德比里格萨吾尔登》，爱来是鹘鹰，德比里格是鹘鹰振翅。这是《萨吾尔登》的入门动作，鹘鹰来自苍穹之顶连接整个天空，从鹰开始便是所有飞禽的动作，天空越来越近。这一天，周晶晶的小房子成了苍天的缩影，草原上的帐篷原本就是天空在大地的投影，草原人从远古就把毡房帐篷叫穹庐。

第二天周晶晶跳《交热哈尔萨吾尔登》，即《黑马走马萨吾尔登》，交热是走马的一种步伐，哈尔是马的颜色，黑色，时快时慢，一整一蹶，种种步法应有尽有，但马背平稳如床，骑走马很舒服，甚至可以在马背上睡觉。这种《萨吾尔登》用马蹄连接了大地。苍鹰和骏马就是草原的整个天地。

第三天周晶晶就放心大胆地跳《拖布肯萨吾尔登》，拖布肯即稳重安稳。孩子真是鬼精灵，你可以理解为孩子在亲生母亲身边有了安稳的家，也可以理解为孩子有了新妈妈，一个完整的家重新崛起。周晶晶跳得那么自信，田晓蕾在另一个房间暗暗流泪，离婚这几个月，孩子就懂事了，长这么快，不是她这个年龄所能承受的。田晓蕾很清楚她的亲生女儿会离她越来越远。

第四天周晶晶跳《乌如克特可萨吾尔登》，乌如克是灰褐色的意思，特可是公山羊，灰褐色公山羊的出现相当于中原汉人家里养了猪，汉字的家就是房子下边一个豕，家业兴旺发达的标志。牧人离不开羊，《乌如克特可萨吾尔登》有了真正的家庭生活的气息。四岁小孩周晶晶跳这个舞蹈时亲生母亲已经没有泪了，亲生母亲也不用走进孩子的小房间，在另一间房子里静静地听就是了。每一个《萨吾尔登》都有一长串故事。《公山羊萨吾尔登》的故事流传最广。相传很久以前，有一个残暴的可汗带亲兵打猎途中碰见一群黄羊，可汗和亲兵精疲力竭连一只黄羊都没有射中，黄羊就不怕可汗和他的亲兵了，黄羊不但不逃命还跳起舞。可汗大怒下令："你们没有射中这些黄羊就学它们跳舞，谁不会跳就杀头，谁跳得好就得到牲畜金钱的奖赏。"亲兵们就学黄羊跳舞，可汗更生气了，失去了理智，一连杀了好几个人。这时一个牧羊少年弹起托布秀尔，地上的木刻小羊都跟着音乐的节奏跳起来，比人还跳得好，可汗恢复了理智，说话算数，奖励了牧羊少年。从此草原上就有了这种拍手称快唱歌狂奔的《乌如克特可萨吾尔登》舞蹈。精灵鬼周晶晶就这样恢复了元气。

第五天周晶晶跳《乌热里动萨吾尔登》，即《解绳萨吾尔登》。手像解绳索一样上下环绕，左右交错，脚步变化不多，整个舞蹈节奏缓慢。周晶晶在给父亲排忧解难。田晓蕾知道，此时此刻周志杰也在做同样的事情，都在为对方着想。在西天山伊犁河谷巩乃斯大草原的暴风雪之夜，一家人就用《乌热里动萨吾尔登》渡过一个个难关。此时此刻田晓蕾也受到了《解绳萨吾尔登》的感染，她不可能跳这个舞蹈，她的手不由自主地搓揉床单，拧成绳又绽开再拧起来，衣服的下摆也备受蹂躏。那是最沉闷难熬的时候。

第六天阳光灿烂，周晶晶开始跳《呼尔登萨吾尔登》，呼尔登就是快的意思，即《快步萨吾尔登》，迅如疾风，变幻莫测，自由奔放，舞者满脸灿烂的笑容。

田晓蕾已经知道第七天第八天女儿要跳哪一种《萨吾尔登》了。田晓蕾细心地修饰打扮，一身正装，早早坐在客厅。第七天，女儿周晶晶跳《乌邓萨吾尔登》，乌邓指蒙古包的门，人们欢聚于蒙古包边吃边唱就产生了这种舞蹈。草原人的习惯，天黑前不能放一个陌生人从蒙古包前走过，茫茫大草原，几百里不见人烟，蒙古包既是牧民的家也是天下人的家，路过者都有权利进去吃喝休息过夜，蒙古包的门是向全世界敞开的，草原人就是这种胸怀。产生于蒙古包里的《乌邓萨吾尔登》每个动作都那么大气豪放热诚真挚。田晓蕾还记得她从西安赶来参加前夫的婚礼时，老家的人都看大猩猩一样看她，当新娘金花过来迎接她时，所有的人都凝固成了雕像一动不动，大家都等着看笑话，蒙古族姑娘金花意识不到，田晓蕾全看出来了，伊犁河谷长大的田晓蕾回故乡陕西不到一年就接上了地气，骨子里还是陕西人，而西天山给她生命打上的另一层底色又让她产生巨大的羞愧，她就不像金花那么自然大方，她的热情里就有许多做作虚假的成分。不可能出现人们期待的唇枪舌剑绵里藏针语中带刺，田晓蕾羞愧的就是这个，她已经有这种意识了嘛。具备这些特点也只是时间问题。

第八天女儿周晶晶跳《锡外德里登萨吾尔登》，就是《圆形萨吾尔登》，圆形堡垒场地小，大地上的小动物聚在一起，全都像小孩一样蹦蹦跳跳，那一刻大人全都成了小孩子，那一刻人跟动物没有了差别，人真正成为动物的一部分，人与飞禽走兽为伍，天地间最神圣的唯有生命。《锡外德里登萨吾尔登》演绎的是诺亚方舟的故事，上帝在诺亚方舟上安顿了亚伯拉罕一家人还有各种动物，生命吸引生命，天地间唯有生命，就这么简单。客厅里的田晓蕾捂住了胸口。此时此刻田晓蕾渴望拥抱更渴望被拥抱。搂过马脖子骆驼脖子的草原经历，才能产生如此强烈的皮肤饥渴。田晓蕾都走到女儿小房间的门口了，隔着房门她都能感觉到女儿身边有那么多小动物，老虎、旱獭、跳鼠、松鼠连小老鼠都过来了，连小羊羔小马驹小驼羔小牛犊都过来了，最好不要打扰这个快乐的世界。

　　第九天周晶晶跳《索伦萨吾尔登》。索伦指达斡尔人和鄂温克人，从大兴安岭松花江畔到西天山，跟卫拉特蒙古人有同样的经历。北方草原这样的民族很多，匈奴、鲜卑、契丹、回鹘、乌孙、大月氏，还有高车丁零柔然吐谷浑纵横草原几百年又悄然消失。征战中有融合，所谓消失也就是融合到其他民族当中，或者众多民族混合熔炼出一个新的民族。自古以来这些逐水草而居的马背民族就养成了这种开放的生命形态，你中有我，我中有你，各取所长，天之下地之上唯有生命是唯一的存在，婴儿就跟羊羔一起吃奶，一岁小孩就拽小牛尾巴，两岁小孩就扳小马驹的脑袋，三岁小孩就开始骑光背马到远方去。周晶晶二岁时就开始跳《萨吾尔登》了，周晶晶四岁离开天山回老家时已经记住了草原上的一切。周晶晶比其他汉族小孩更了解草原，金花每年暑假都要来她家做客，等于把整个天山搬他们家了。《索伦萨吾尔登》的精髓就是多民族之间的渗透。田晓蕾心里清楚：跳过《索伦萨吾尔登》的孩子会接受任何一个女人做她的新妈妈，除非这个女人是传说中的那种后妈，陕西人说的窑婆子。周晶晶就用这种舞蹈安慰她的亲生母亲，好多年后亲生母亲田晓蕾还要满怀感激之情回忆这感人的一幕。

第十天周晶晶跳《乌孙乃多里干萨吾尔登》，乌孙乃多里干是水浪的意思，草原民族大多都信萨满教，萨满教认为万物有灵，万物皆有生命，水充满无限生机，孕育生命，周晶晶就跳出了水的各种姿态，江河湖海直到小溪和骆驼眼一样美妙的泉水。每年暑假，金花来她家总是跳《乌孙乃多里干萨吾尔登》，女人与水融为一体就是最好的生命状态。金花总是把最后展示女人魅力的两个舞蹈留给田晓蕾，最后这两个舞蹈需要男人配合，属于男女双人舞，总是他们夫妻双双起舞来收场。金花在他们家总是待两周，欣赏完周志杰、田晓蕾夫妇的双人舞当天就返回和静。

第十一天女儿周晶晶果然出现在客厅充当热心的观众，田晓蕾开始跳《哈努林萨吾尔登》。哈努林即袖子，风吹杨柳一样舒展双臂，马上感觉一双男人的眼睛在注视着她，这个男人就是前夫周志杰，这个舞就是跳给周志杰的。金花每次来伊犁河谷其目的就是要观赏田晓蕾如何给前夫周志杰展示女人的魅力，四岁的女儿周晶晶也是这个意思。整个舞蹈不但双臂风摆杨柳，整个身体都柔媚如荒原上的绵柳，西北辽阔的原野愈荒凉，长于沟壑峡谷间的柳树愈细腻绵软，当整个人里里外外柔软到无骨状态时就会不由自主地弯腰坐跪以颤抖来展示女人发自内心深处的优雅与高贵。那一刻，丈夫就像星星一样升到天山顶上，炯炯有神地赞美妻子。已经分手了，田晓蕾还是听到了周志杰遥远而真诚的赞美。

第十二天就是《萨吾尔登》的高潮《杜尔冬萨吾尔登》，即《绸巾萨吾尔登》。这是男女双人舞。田晓蕾很快进入状态，其标志就是周志杰如影相随，真正的双人舞。在伊犁的时候，田晓蕾和周志杰跳起《杜尔冬萨吾尔登》，金花和周晶晶就拍着双手唱起歌。现在只有周晶晶的童声伴唱了，歌中唱道：

> 头巾就是头巾，
> 中间有花儿的头巾呀。
> 若有爱心，
> 那么好的那米吉力呀！
> 把头巾举到天窗看一看，
> 曙光一样好看呀！
> 并坐身旁，
> 那么好的那米吉力呀！
> 把头巾举到门槛前看一看，
> 镜子一样发光的头巾呀！
> 坐近看一看，
> 那么好的那米吉力呀！

这简直等于跟周志杰的告别仪式，田晓蕾跳得那么深情而悲壮。此时此刻在渭北市周志杰跟新婚妻子金花也在跳《杜尔冬萨吾尔登》，金花再也不充当观众了，金花再也不用那么无限神往地拍手唱歌了，金花终于从《爱来德比里格萨吾尔登》跳到了《哈努林萨吾尔登》和《杜尔冬萨吾尔登》，金花不用把那美丽的绸缎头巾唱出来，金花一边跟丈夫周志杰跳舞一边在心里回荡美妙歌声的旋律就可以了。

田晓蕾不知道自己怎么回到卧室的，田晓蕾也不知道自己躺了多长时间，田晓蕾是被电话铃惊醒的，田晓蕾连接电话的力气都没有了，可她听电话的力气还是有的。周晶晶接的电话，是前夫周志杰打过来的，周晶晶爸爸长爸爸短喊够了，竟然来了一句叫妈妈听电话，田晓蕾以为叫她，她一下子就有了力气，天神一般下床来不及趿鞋光脚丫子奔到卧室门口就愣住了，女儿周晶晶一口一个金花妈妈，金花从姐姐上升到妈妈就这么两个礼拜十二支《萨吾尔登》完成了。半小时后女儿周晶晶跟亲生母亲田晓蕾告别，田晓蕾已经相当镇静了，女儿周晶晶坚持不让大人送，送她到长途汽车站就行了。新丈夫王长安惊讶得浑身乱抖，王长安打算亲自驾车送周晶晶回渭北市，西安到渭北市高速公路也就两个小时，私家车一个半小时嘛，田晓蕾就告诉王长安，我们在新疆都这样，大人在终点站接就行了。女儿周晶晶上了长途班车，跟妈妈挥手告别。好多年以后周晶晶出嫁，田晓蕾去送周晶晶时就是这种感觉。

王长安充分尊重妻子田晓蕾，给田晓蕾与女儿周晶晶提供很宽松的环境。那两周他只回家吃饭过夜。他还是感觉到家里发生了十分惊奇的事情。他碰见过周晶晶跳新疆舞，内地人眼里新疆就是歌舞之地，从那里出来的人跳舞唱歌太正常了嘛。他还是觉察到妻子的不正常。他也不想打听，他相当成熟了，他只需要打开山水音响，欧美经典名曲梦幻般奔泻而出，再给妻子田晓蕾一个标准的欧洲绅士的邀请动作，他们就开始双双起舞。妻子的前夫新婚度蜜月，他们也新婚不久，他们就每天一曲，最后一周全是意大利歌剧经典选段。田晓蕾身上的《萨吾尔登》渐渐消退。

消失了吗？

田晓蕾反复问自己。结论是丈夫王长安在医治她。我受到伤害了吗？结论是那个叫金花的蒙古族姑娘在医治前夫周志杰。这个结论比较靠谱。田晓蕾眼前出现了当年在巴音布鲁克草原天山悬崖上周志杰采摘雪莲的经典镜头，周志杰与鹰同行都不重要了，被删除掉了，镜头里只剩下天山雪莲，周志杰用手抚摸雪莲。他们结婚那天，金花就送来了盛开的雪莲花。雪莲花中间有无数个白色长绵毛织成的小房子，室内气体难以与外界交换，白天阳光下它比周围土壤和空气吸收热量大，夜间又除温慢，能保温御寒防止水分蒸发，还能免遭强光辐射。金花把周志杰当宝贝一样安置在这样的小房子里。王长安再有本事也不能跟金花相比。

内行都知道争取科研经费名堂很多，光有科研能力远远不够。取巧的办法就是拉一两个领导一起搞研究，领导煞有介事地看看大纲提几条意见，算是参与进来啦，后边的事情就好办了。周志杰干过这样的事。大多数领导知道分寸，从中得到什么绝不过分。大家彼此皆大欢喜。常常会碰到不懂事的领导，要吃独食，使出牛马力一点好处都没有，也只能认栽了。

可气的是没有一官半职的同事也能巧取豪夺。有这几种方式。一是拉皮条。这类同事消息灵通，能以最快速度捕捉到业务尖子们的研究动向。他们会把这种情况提供给某个中层领导，当然要换个方式，把自己摆进去，算是创意吧。内行都知道创意只是个方向和蓝图；实现蓝图很艰难，那咱们就把某某同志接进来。为了不打草惊蛇，业务会议上讨论的话题绝不涉及已被圈定的业务尖子的内心秘密，只是把业务尖子划进新课题的人选就行，又不让他挑大梁而且好处多多，这些好处干私活也不错嘛。第二次业务会议也是风平浪静，仅仅淘汰几个同志，这是惯例，不用大惊小怪。程序开始启动，第三次业务会议，让大家最后再改一改看看有没新的设想。拉皮条的同事该显山露水了，跟领导一唱一和，把会议推向高潮，大家争着发言，被圈定的业务尖子也在热烈发言，拉皮条的同事借力发力；轻轻一晃就抖出新设想，整个会场会出现短暂的停顿，静得可怕，那个中埋伏的业务尖子像被人挖了心脏一样一下子就僵硬了。也只能僵那么七八秒，半分钟都不到，知识分子嘛，都有一颗硕大无比的脑袋，晃动安装着理智，脑袋无限地扩大到一定限度就会重新运转，而且是高速运转，比人类最大的计算机还要快，权衡利弊呀！十面埋伏呀，垓下之围呀，但不至于让良马跳水也不至于让美人自刎，过乌江的要船还是有的，没有埋葬你的意思。一个人辛辛苦苦快要出成果了，果子被切成八瓣，使出牛马力的人只能得到其中一瓣。这在行内就叫误入白虎堂。这样的人老得很快，四十岁不到头发就白了，牙齿开始脱落，有的人刚过四十就死掉了，活到五十六十算是高寿。第二种方式是收买学生。研究所与渭北大学合作，研究所的人同时兼任大学的教学与科研，也都有教授副教授的职称。本科生的课一般很少涉及学术研究，带研究生就不一样了，其他人的研究生也能选你的课，你的研究生也能选其他导师的课。只有那些有一官半职的导师、有经费的导师才对学生有号召力。给研究生上课就十分小心，没有公开发表的学术成果就不要透露。有心人还会通过学生搞到同行的成果，认真做笔记甚至用录音笔，要么是真心好学要么就是当卧底。有时搞戏剧研究的，突然会在古典文学宗教学人类学方面出成果，学术视野无耻地开阔了。当卧底的学生不但毕业论文能拿到优，平时还能报销许多费用参加好多学术会议。这两方面如鱼得水的人就活得很滋润，五六十岁头发还黑黑的，牙口极好，不小心弄大女学生的肚子也能轻松过关。吃哑巴亏的业务尖子们不会揭老底，首先对自己不利，领导不愿出来，这种事等于给单位抹黑嘛，跟上媒体有什么区别？其次，会遭人耻笑，大家都会来招惹你，事实雄辩地证明你是可以招惹的，你是可以吃亏的，没吃到肉的人会不约而同冲向你。其实大家都心知肚明，就看你的态度，你矢口否认或一言不发损失最小。只是这口闷气窝在心里很郁闷很纠结。

西域归来的周志杰肯定被故乡这几种被窝猫吓坏了，这才是真正的大被窝，比房子还大，装了暖气，不用遮遮掩掩藏着掖着，内地的被窝猫大被窝个个理直气壮冠冕堂皇道貌岸然大义凛然神圣不可侵犯。相比之下，新疆的被窝猫大被窝太老土了，还有廉耻心，大家叫他们被窝猫他们就浑身不自在，脸发红，出气很粗，匆匆走开。女人们吵架会抖出谁家男人是被窝猫大被窝，女人们嘴损，会把被窝说成屁窝，钻在被窝里的男人有啥出息呀，男人们闯世界呀，被窝里可都是屁呀，一个晚上的屁，哎呀呀熏死人啦。受刺激的女人马上回家晒被子，西部的太阳火球一样，被子很快就发面一样膨胀起来了，也暄起来了，暖烘烘的散发阳光的芳香。可进了脑子里的屁味是晒不干净的，太恶心人了嘛。新疆那些年，周志杰和田晓蕾肆无忌惮毫不留情地挖苦讽刺打击过形形色色的被窝猫大被窝，回到内地，到处都是被窝猫，人人都钻大被窝，被窝里的屁全被净化处理得无影无踪，根本不用放太阳底下去晒，不是授人以柄吗？加工处理后的大被窝整洁干净超过五星级宾馆，堪比风景胜地度假村。

那是他们最初几个月的感受，俩人躲在房子里悄悄地议论，新疆的被窝猫大被窝没法跟内地比，这种恶劣行径周志杰斥之为拔别人屄毛给自己下巴栽胡子。但他们很快就闭上了嘴。田晓蕾去西安进修以后，他们连讽刺挖苦人家的兴趣都没有了。小县城全是熟人社会，家族势力自然形成各种被窝猫与大被窝，渭北市的被窝猫和大被窝都是各种利益集团和乡土家族关系的延伸。拔别人屄毛给自己下巴栽胡子的人个个都像美髯公牛皮哄哄的。

金花很幽默地把西域带来的全套《萨吾尔登》当作他们小家庭的大被窝，"可我们不做被窝猫，大被窝应该有的。"大被窝在他们眼里成了中性词。金花还有天山雪莲中间细密的小房子，金花反复告诫自己："这是我们的防空洞，可以防核武器。"

周志杰几次差点误入白虎堂，都是在金花的帮助下成功脱身。脱身的办法很简单，不要科研经费，自费去考察，去参加学术会议。金花课余兼任文化宫的舞蹈老师，还在家里办辅导班，三十平方米的旧房子打算住到退休。很快有了儿子巴图。他们的生活很紧张。周志杰躲过了皮条同事的白虎堂，却躲不过同事打进来的学生卧底，金花劝他，学生这么干有他们的难处，你这个副教授都惹不起，学生能怎么样？八十万禁军教头林冲都摆不平，武大郎只能大把吃砒霜了。周志杰原谅了那些带有使命的学生，他的目光带着同情和怜悯，有的学生会不自在，到底是孩子，有羞耻心，另一些学生就变本加厉得寸进尺。金花还是能理解，金花告诉周志杰："你是一只鹰，不要在乎鸡和麻雀。"这时候周志杰才明白田晓蕾为什么离他而去。金花跟他去领结婚证那天就告诉他不要恨田晓蕾，也是这个意思。金花谈论被窝猫和大被窝时的口气也很平淡。记得当年在伊犁的时候，金花是他们家的常客，周志杰和田晓蕾谈单位的事情也不避讳金花，金花听得津津有味，就像听有趣的故事，听到高兴处就会说："是这样吗？怎么能这样？"完全没有田晓蕾那么怒火熊熊义愤难平。金花甚至原谅了周志杰姐姐家给他难堪的往事。金花主动要主人上臊子面，周志杰吃干拌臊子面，绝不吃浇汤面。金花就不为难丈夫周志杰。金花人缘好，金花出面给外甥帮了忙，吃姐姐家的臊子面理直气壮；同时也当着姐姐一家人赞美了丈夫："男人嘛应该有点骨头有点脾气。"从那以后过年走亲戚，给舅舅周志杰只上干拌臊子面，年年如此，臊子面也可以这样吃嘛，用金花的话讲：跟新疆的拉条子拌面一样嘛。

周志杰离开小县城调进渭北市在家乡人眼里等于东山再起，大哥也就是周健的父亲要给周志杰出这口气。过年时，大哥端起架子，外甥端上臊子面，大哥不吃面，喝了一口汤，扬手就给外甥一耳光，另一只手里的碗飞到院子里，大家都听到大哥的大嗓门："调的啥汤吗？给人吃哩嘛？喂猪哩？啊？"大哥就扬长而去。姐夫姐姐就成了全村人的笑料。接下来就继续修理儿子嘛。这口气必须出，否则周家二兄弟在家乡抬不起头。用大哥的话讲："不能叫他碎爸断了臊子面，臊子面是周文王周武王传给咱周原人的。"碎爸就是小叔，最小的叔，周健回到塬上就叫周志杰碎爸，到了渭北市就叫叔。叔叔周志杰吃臊子面时就不噎了。算是接上地气啦。

金花改造了岐山臊子面，加进了新疆拉条子的工艺、不擀面，金花学会了烂肉臊子，就是学不好擀面条，金花就拉扯面一样拉出筷子那么粗的正宗的新疆拉条子，再浇上加了红萝卜丁的肉臊子，还有木耳豆腐黄花菜蒜苗，周原人爱吃蒜苗，都是一大捆一大捆买回家，每次都加一大堆，比新疆人吃皮芽子（洋葱）还厉害，新疆的黄萝卜在陕西成了红萝卜，脆生生水嫩跟红宝石一样透亮透亮，金花一下子就喜欢上了红萝卜，黄萝卜太粗糙啦。金花改造过的干拌臊子面让周志杰胃口大开，也让亲友们赞不绝口。汤饭完全照搬新疆的揪片子，冬天羊肉夏天牛肉，满足一家人肚子里的汤汤水水。岐山臊子面油汪汪酸辣香的汤汁被羊牛肉熬出的肉汤代替了，这是没办法的事情。先熬骨头，再加肉，最后天女散花一样往沸腾的汤锅里丢手指盖大小的碎面片，骨头提前捞出来让孩子们吸骨髓，孩子们从小就长得骨高肉满英气逼人。

5

张海燕告诉周健："臊子面伤了叔叔，叔叔才吃干拌面，我们一定要吃浇汤面。"张海燕不需要周健回答，张海燕在给自己发誓。张海燕就跟妈妈学烂肉臊子，炝汤，这是臊子面技术含量最高的两招。炝汤的时候手上烫了一个泡，妈妈心疼得要命，周原古老的习俗中，哪个母亲也不会反对女儿学做臊子面，大人由此判断女儿喜欢上了一个人，这个人是本地土著，也就是说饭勺能搅在一个锅里。全中国的父母都有这样的愿望，本乡本土嫁女娶媳妇，古代还兴表亲成婚亲上加亲呢，出不出五服都拧不过这个亲呀亲。新时代了，本乡本土的意识还是很强烈的。女儿忍痛学艺，妈妈高兴啊。大人相当开明，不追问，问多了麻烦。

张海燕最大的举动莫过于去周健父母家，那个离城五六十里路的偏远乡村，他们两个人只能算私订终身，双方家长都不知情，绕过县城的女方父母直接到男方家去，是需要一点勇气的。目的仅仅是周氏家族的腺子面。真难为城里长大的张海燕了。十年二十年前聪慧的农村姑娘才有这种本领，定亲时去未来婆家一次就把婆家老老少少的口味摸清楚了，礼尚往来，下次男方来女方家做客，男方就会吃到跟自己家一个口味的腺子面，男方甚至不用动筷子，闻到扑鼻的香味就两眼放光，吸溜一口面，会停一下，频频点头，主人会问："汤咋样？"客人连声称好，会不由自主地把目光投向厨房，客人知道今天掌勺的是自己未来的儿媳妇，未来的女婿满心欢喜也只能喜上眉梢不敢太放肆。好媳妇未进婆家门就已经赢了一大半。大学毕业的城里娃张海燕就要学这种本领。学到学不到我们不知道，周健全家上下肯定乐坏了，这个洋娃娃一样的乖女子，不停地往厨房里跑，忙这忙那就是个好兆头。现在农村媳妇大都懒馋爱钱，进厨房跟进监狱一样，城里长大的女大学生这么勤快大家都有做梦的感觉。大家很自然地联想到叔叔周志杰，当地人的叫法就是周健他碎爸，他碎爸周志杰连娶两个城里长大的大学生媳妇，一个比一个漂亮一个比一个能干，当地人把能干的女人叫立镰女人，胳膊腕上能立起锋利的镰刀，农村把离婚又娶黄花闺女看成一个男人的本事和资本，一口一个两房太太，这是没办法的事情。张海燕的出现，等于给村里人一个信号，周家男人有女人缘，一个比一个攒劲。

丰庆建筑材料有限公司周健那些来自周原的同事很快就吃到

了张海燕亲手做的岐山肉臊子。渭北市到处都有岐山臊子面馆，这种冒牌饭馆一直开到西安，跟正宗的岐山风味没法比，渭北市紧挨着周原，周原人在渭北市每次吃到老家人亲手做的岐山肉臊子，就等于回了一趟家。在张海燕设想的未来生活中，她成了周健的媳妇，他们在渭北市有了自己的家，她就可以三天两头请周健的周原乡党来吃正宗的岐山臊子面，臊子肉只能解个馋，正宗岐山臊子面还得有汤，就一定得在厨房里做，汤做得宽宽的，一次上十几碗，轮番上七八次，每人就能吃几十碗，这才叫岐山臊子面。我们周原人的讲究，一起吃过臊子面，一锅汤反复轮回，就等于脾胃相投的亲兄弟。据说当年渭河有一条巨大的鲛鱼，周文王派人捕杀后烂成肉臊子，支起几十口大锅做成鲛汤，周地所有的人都吃到了鲛汤面，吃完鲛就改吃猪肉，用猪肉烂臊子做汤，鲛汤面就成了浇汤面，大量加醋加辣子，加蒜苗，蒜苗比山东的大葱生猛，周原产的线辣椒堪比川椒和湘椒，还要加花椒，做好的汤覆盖一层厚厚的辣椒油一口吹不开，最后撒上生蒜苗。周人吃了血水一样的臊子面，吃到周武王时，周人个个血气贲张，周武王就带四万五千虎贲猛士，带上能贮存一年的臊子肉，从西北高原向黄河以东的殷商国都朝歌杀去。过黄河时，将士们吃了最后一顿臊子面，黄河边上吃几十碗火辣辣的浇汤面，每一碗酸辣汤都是沸腾咆哮的黄河水，比烈酒还厉害，吃饱喝足，嘴一抹过黄河就把殷纣王给日踏了。臊子面的酸辣汤把周人吃成了亲兄弟，吃成了一家人，血浓于水，臊子面的汤不是水是一个娘生养亲兄弟的血。

张海燕就用这种心劲装烂肉臊子。张海燕往搪瓷钵里装热气腾腾的肉臊子时，朝西北方向瞥了一眼，就看见了一片苍茫的丰庆建筑材料有限公司标志性的大烟囱和水塔。张海燕住六楼，从窗口上可以饱览大半个渭北市和郊区，要远眺就得有望远镜，张海燕就买了一架望远镜，张海燕就看见了土崖下边那几台搅拌机，张海燕另一只手摸了摸装满肉臊子的白搪瓷钵，滚烫滚烫，跟火炉一样，张海燕就喜欢这种火炉一样熊熊燃烧的滚烫。

周健很快就把满满一钵肉臊子带走了，半小时后肉臊子会被周健和他的周原乡党一扫而空，他们的肚子吃得饱饱的。等于那些搅拌机变成了温暖的火炉。周健和他的周原乡党大嚼大咽的时候，张海燕正趴在蓝天幼儿园教工宿舍楼六楼的窗口端着望远镜一动不动地看着渭北市西北角丰庆建筑材料有限公司土崖下边那几台搅拌机，望远镜就停留在五号搅拌机上，这个冷冰冰的铁疙瘩此时此刻装满了香喷喷热乎乎的肉臊子，成火炉子啦，操作这台机器的工人和维修它的技术员此时此刻被这台火炉一样的机器拉扯在一起成了亲兄弟，就像一娘所生的亲兄弟。周健提着白搪瓷钵下楼的时候，张海燕告诉他不要说是我做的，谁问也不要说出是我。"他们尽管吃，吃了鸡蛋就不要问是哪只鸡下的蛋。"幼儿教师借用了大学者钱锺书的话。周健的同事会想到叔叔周志杰和金花婶婶，他们就在市上工作，刚出锅的热臊子肯定是金花婶婶的手艺。

这么想就对啦，金花婶婶那套《萨吾尔登》张海燕全学会了。学会一套就给蓝天幼儿园的孩子教一套，教到一半时张海燕就告诉周健："草原人的这套舞蹈正好是叔叔厌恶至极的被窝猫和大被窝的反面，辽阔开放，大胸怀大胸襟，天地宇宙万物山川河流飞禽走兽都跟人连在一起，比贝多芬席勒的《欢乐颂》还要伟大，全人类是兄弟，动物也是我们人类的兄弟。"

张海燕想到那台可怕的搅拌机就会自言自语：为了让周健渡过难关，能钻大被窝就钻进去吧。

叔叔周志杰和金花婶婶肯定觉察到了周健的不安，叔叔周志杰安慰侄子周健："你一直在老家，上大学也没离开陕西，不像我到处打游击，扎不下根，没有根很难受也很危险。"金花婶婶就笑："他这个汉人变成我们蒙古人啦，逐水草而居。"叔叔婶子一致认为：你刚进公司不到半年，一年以后就会好起来。已经上初中二年级的周晶晶一本正经地告诉堂兄周健："到那时你就会有自己的大被窝，海燕姐姐天天得给你晒被子。"初中生都知道大被窝有多重要，初中生周晶晶给大家背了一段杜甫的《茅屋为秋风所破歌》："八月秋高风怒号，卷我屋上三重茅。……安得广厦千万间，大庇天下寒士俱欢颜，风雪不动安如山！呜呼！何时眼前突兀见此屋？吾庐独破受冻死亦足！哥哥，没大被窝你会冻死的。"大人们目瞪口呆。

路上，周健脸色很难看，张海燕就劝他："我们不做不抓老鼠的被窝猫，我们逢鼠必抓，连蟑螂臭虫苍蝇蚊子都不放过，我们没有自己的大被窝，我们只想钻别人的被窝暖暖脚。"周健还是那副死样子，张海燕就把嘴巴贴到他耳根问他："你做得了被窝猫吗？"周健摇摇头。张海燕又问："你钻进大被窝了吗？"周健还是摇头。张海燕就告诉周健："你跟叔叔不一样，人家是生活质量问题，咱是生存问题。"

晚上睡不着，张海燕就在日记中说心里话："我只想让人家把你当贴心的兄弟。"写完这一句张海燕心里就回响起《萨吾尔登》的旋律，张海燕就感觉到了飞禽走兽的心跳，感受到对方的心跳就等于心贴上了心，心连着心，天地万物的心跳她都感受到了，她就接着往下写："人跟动物都能心贴心心连心，人跟天地万物都能心贴心心连心，人跟人就能贴着心就能连着心。"写到这里，《萨吾尔登》的旋律再次响起，这时出现的不光有音乐还有金花婶婶的翩翩舞姿，特别是她那双眼睛，明亮中有一股罕见的沉静之气，夜深人静的时候，那眼神中的静气特别清晰，让人联想到清澈的湖水。张海燕打开电脑，很快就查到巴音布鲁克草原的视频，湖水映照着蓝天白云还有如歌如泣高贵无比的天鹅，天鹅的神态完美地出现在金花婶婶的身上。《萨吾尔登》的旋律一直伴随着张海燕的思绪，也因为夜深人静张海燕脑子特别清楚，湖水洗过了一样，事实清楚地告诉张海燕，金花婶婶迷恋的《萨吾尔登》所表达的那种超乎寻常的大爱跟《萨吾尔登》的诞生地巴音布鲁克草原与天鹅湖一样是需要高度的。金花婶婶明亮沉静的眼睛里既包容着世界也拒绝着世界，金花婶婶只在舞蹈里倾注她的人生理想，并不想从这个世界得到什么，张海燕一下子就想到自己，张海燕的目光就投向镜子，镜子里的张海燕眸子里有一团冉冉升起的火焰，一个声音告诉她，叔叔的前妻田晓蕾也有这么一双火辣辣的眼睛。

第三章

田晓蕾到渭北市看女儿周晶晶来了。田晓蕾每年都要来渭北市好几次。寒暑假女儿到西安去看田晓蕾。田晓蕾来渭北市一般都是早晨到，当天晚上返回，带女儿逛遍渭北市，包括周围的旅游景点，这是女儿成长的地方，一定要留下亲生母亲的痕迹。返回西安前的那顿饭肯定在前夫家里吃，她跟前夫周志杰的妻子金花友情还在，大家高高兴兴，仿佛回到伊犁，两个女人一起做手把羊肉或者抓饭或者拉条子揪片子，有时也会出现金花加工改造过的干拌臊子面。

这次田晓蕾来渭北市不光是来看女儿周晶晶，前夫周志杰有麻烦了，就是前边讲过的学术界流行的充满陷阱的"白虎堂"，一句话周志杰误入白虎堂啦，周志杰还蒙在鼓里，田晓蕾必须赶在周志杰出发前把他截住。提供情报的人是田晓蕾的现任丈夫王长安，王长安一定要田晓蕾亲自去一趟，这种事情电话里一两句话说不清，王长安还开玩笑："一两句能说清的话你也不会离开他。"这倒是句大实话，专心于业务的人在许多方面很弱智，跟王长安生活在一起等于一个新大陆新世界新生活，跟周志杰完全不同的另一种人。田晓蕾就笑纳了新丈夫的调侃，并且代前夫周志杰表示感谢，王长安就说："就是个陌生人我也会帮的。""你绅士你君子。""我还真需要你这种夸奖。"

王长安确实有君子风范，田晓蕾接到前夫周志杰和金花发来的结婚请柬，王长安第一句话就是："他过得好，我们才活得踏实。"周志杰和金花来西安玩，王长安和田晓蕾就在西安饭庄请他们吃饭。完全不同的两个男人，彼此都承认对方是好人。金花不知道是出于新疆阿凡提式的幽默，还是蒙古民族天性中的坦荡率直，当两个男人互相敬酒互相赞美时，金花就告诉田晓蕾你应该看一本小说《弗洛尔和她的两个丈夫》。中文系毕业的田晓蕾对这本书一无所知，但她知道金花绝没有恶意，她就实话实说，一定要找来看看。田晓蕾很快找来巴西作家亚马多的《弗洛尔和她的两个丈夫》，弗洛尔的第一个丈夫生性风流给弗洛尔带来欢乐的同时也让弗洛尔伤透了心，丈夫绯闻不断情人如同鲜花处处盛开，自己也早早玩死了，弗洛尔决心过安静的生活。第二任丈夫专一忠诚但古板得要命，弗洛尔就想起前任丈夫的种种好处，可怕的是她刚有这个念头，前夫的鬼魂就来纠缠她，她又处在动荡不安中。田晓蕾的前夫后夫都是知识分子都不风流嘛，前夫不善交际但也不古板嘛，给那些会来事不会干事的人起绰号挖苦嘲讽让人捧腹大笑，后夫王长安会来事但绝不是谄媚之徒嘛，金花什么意思吗？有几次田晓蕾差点把书扔到炉子里，幸好用暖气，要烧得到厨房用煤气灶。她还真把煤气灶打开了，她正要撕的那一页一段文字又把她吸引住了，她就这么没出息地回到客厅，继续往下看。看完最后一页她就不恨金花了。弗洛尔其实很幸福很快乐，前后两个丈夫都待她很好。幸亏她在新疆待过，知道草原人没有那么多心眼，而她已经跟内地人一样心眼变小啦。她就把这本书收起来，时不时地翻开看看，重温一下过去的美好生活。前夫周志杰完全成了一片风景。这个时候她又不觉一惊：这个蒙古女人单纯中有一种可怕的洞察力。这已经不重要了，重要的是现在的生活。

父母最初对王长安很排斥，父母还是老观念离婚不光彩，父母几乎看着周志杰长大，在周志杰最倒霉的时候女儿先提出离婚，太势利了嘛。相当长时间父母几乎闭门不出。后来发现啥事没有，周志杰只是工作不顺，又不是什么天灾人祸，大家都觉得离婚很正常。更重要的一条，他们发现王长安更适合女儿，从女儿的言谈举止神态中看出一种幸福满足和安宁。女儿跟周志杰在一起没有安全感。就这么简单。两个女婿给女儿的是两种生活，父母一下子就释然了。他们还是有些放心不下周志杰，他们印象里还是那个伊犁时上中学的周志杰，十三岁离家谋生，比同龄人懂事，女儿嫁给周志杰等于拉近了跟故乡的距离。回到陕西，两位老人发现周志杰跟故乡很隔膜，当王长安进入这个家庭时老人明白这才是地地道道的陕西娃。他们的排斥就显得有点自不量力了。他们开始跟新女婿正常交往，新女婿发出由衷的赞叹，岳父岳母在新疆生活那么多年家乡习惯一点没变嘛。田晓蕾就很自豪地告诉王长安：当年在伊犁我们家是陕西乡党们聚会的场所，到我们家就等于回到故乡。不光臊子面、面皮、玉米糁子、老虎枕头老虎鞋，陕西关中女人的传统手艺田晓蕾的母亲样样精通，就是到了巴黎伦敦纽约，田晓蕾的母亲也能把故乡随身带过去。田晓蕾的母亲做家乡饭跟做新疆饭的神态是不一样的，做家乡饭眉眼都闪射光彩，做新疆饭就很随意，绝对地道但却像一个饭馆老板娘在招待客人。他们一家确实是伊犁的匆匆过客。周志杰的叔叔二返长安回到伊犁霍城县，就因为周志杰的叔叔娶了当地女人做老婆。就是在当地，许多民族杂居在一起，大多人都各取所需绝对多元化，但也有个别人在恪守某种东西，多民族交汇的地方也容易产生一种坚硬的壳把自己紧紧包裹起来。在西域你会见到比内地更传统的汉人，仿佛回到周秦汉唐，回到明朝清朝，甚至保持了古老的汉语发音和词汇，成为语言学的活化石和田野考察基地。我们可以想象，田晓蕾父母与王长安父母相见时的情景，西域归来的田晓蕾父母给亲家的印象就是"礼失求诸野""古风犹存"。田晓蕾父母退休后就在西安买了房子，离王长安父母住的地方很近。田晓蕾父母太喜欢西安了，周原老家太洋气，尤其是渭北市，西北高原的地级市嘛，抗日战争才兴起的一座新城，外来人口太多，全市流行河南话，许多大企业来自东北和上海，土著居民消失得无影无踪，省城西安反而古风犹存。西域古风与西安古风相聚，有气场呀有大气象呀。两家老人常常相约于早晨古城墙下，拎小塑料桶，握长杆毛笔，蘸清水在水泥地板上写毛笔字，全是唐诗，绝不写宋词，宋词太软太甜太腻，然后唱秦腔，俩老头板胡伴奏、俩老太太唱《寒窑》唱《穆桂英挂帅》，接着俩老头轮流上场唱《包公赔情》《周仁回府》《李陵碑》《下河东》《老杨业舍子》。大家以为两家是世交。王长安前妻欧洲归来误以为田晓蕾与王长安是青梅竹马，摇篮时就躺一个大吊篮里。田晓蕾没想到自己找到满意的丈夫还给父母找到了这么好的归宿，田晓蕾就得意忘形了，连大被窝都喊出来了，她肯定被自己的声音吓坏了，她中周志杰的毒太深啦。她发誓彻底清除周志杰的污染，她和父母在老家扎下根啦，不是什么狗屁大被窝。王长安的父母对田晓蕾就更满意了。孝顺孝顺，要顺老人的心哪。田晓蕾就迷上了《红楼梦》，田晓蕾真正理解了古代中国人民所向往的姑表亲、亲上加亲，田家和王家怎么着都是血脉相连的千年老亲戚，别人这样看他们自己更喜欢这样看。《红楼梦》就成为他们家的"圣经"，放在床头枕边，出差旅游都随身携带，飞机上列车上都要翻看几页，安放心灵的一方净土，真正的精神家园。

　　田晓蕾听到过许多婆婆家的故事，最感人的是"文革"期间一家人的和睦相处，心心相印。王长安的父母是西安市重点中学的教师，业务好、人缘也好，就是家庭成分高，这种家庭在"文革"中很容易受冲击。没完没了的学习班，下放劳动，有时还被关押殴打。妻子受难的机会稍少一些，就给受难中的丈夫以最大的支持。那是物质匮乏的年代，很少的营养品都会送给受难中的丈夫，监管人员常常见到这家的四个子女、两儿两女轮流来看爸爸，带几块饼干，甚至一块月饼一块水晶饼一块黑糖，最奢侈的是热乎乎香喷喷的肉夹馍，兄弟姐妹四个一起送给爸爸。最小的弟弟捉了一只蝴蝶装在火柴盒里送给爸爸，爸爸当面打开，蝴蝶就飞出去了，一直飞到太阳底下。妻子看望丈夫时会送她亲手织的手套、袜子，监管人员不好对孩子发作，对女人可以大吼大叫大声呵斥，女人就不言不语，女人的身上有一种罕见的平静，她只要看丈夫一眼，就会把这种平静传达给丈夫，等大吼大叫的人不叫了，准许她离开她就离开。最艰难的时候，夫妻被同时关押，四个孩子互相照应。生活在继续，街坊邻居都感动了，整他们的人都感到难为情。这家的孩子太懂事了，兄弟姐妹总有一种默契，连商量都不商量，彼此间就把问题解决了。知识青年开始上山下乡，姐姐和哥哥同时抢报了最艰苦的地方，最后两人抓阄儿定输赢，根本不让父母插手。环境越恶劣这家人的亲情越浓厚。老师发现这家四个子女写作文时引用最多的是雷锋日记中的那句："对待同志要像春天般温暖"，其他就没有了，老师问他们为什么不写夏天秋天冬天，他们就沉默不语，他们的意识里只有温暖的春天，四季如春。相传"文革"最凶的时候，批判会批斗坏分子，许多人冲上去打坏分子，这家四个子女会远远躲开。有同学举报他们革命意志不坚定，一定要用行动来证明，把洋镐把塞哥哥手里，哥哥哇哇大哭也不动手打人，自己挨了一镐把。姐姐抱住弟弟妹妹在一起哭，打人的人不好意思，丢下凶器走开。"文革"后期比较宽松正常了，这家人那种和睦相处心心相印的生活成为街区一景，调解家庭矛盾就拿这一家当典型。全家人受到尊重。父母人到中年，就有点德高望重地方长老的气象了。"文革"结束平反昭雪只是组织和公家下文件给个说法。高考恢复后第一批大学生，他们家考中两个，两个姐姐直接从她们下乡的农村考上大学。大姐考到西安，要一辈子照顾父母和两个弟弟，二姐就考到南京大学，几年后成为第一批公派留学生，最小的弟弟王长安在西安上大学，毕业留校。

　　美中不足唯一的遗憾就是四个子女的婚姻生活都遇到了同样的问题，娶了两个女儿的女婿，嫁了两个儿子的儿媳总觉得跟丈夫或妻子隔了一层，达不到夫妻间的心心相印，总觉得自己是外人，而他们兄妹姐弟之间，父母跟子女之间那种牢不可破的默契与心心相印，让女婿儿媳们羡慕嫉妒恨。婚后最初几年，多多少少都出点问题，孩子上小学了，也就不闹了，女婿儿媳妇都习惯了这种生活。想想也是，一般家庭都是经济纠纷，这家人互相买单从不为钱财闹矛盾；感情问题吧，也不是一般人家那种移情别恋，红杏出墙，不是那种饮食男女欲望放纵的时尚病，而是文学经典里才有的精神贵族们才有的那种不开心，这种不开心延续不了多久，很快就过去了。唯一过不去的是小弟王长安。王长安娶的是大学教授的女儿，对精神生活要求很高，就闹出了大动静离婚。

田晓蕾来渭北市前一天见到了王长安的前妻。王长安的女儿跟前妻生活在一起。前妻从国外回西安看父母时会带女儿见王长安，打出租车到楼下，女儿自己上楼，几天后王长安以同样方式送女儿到前妻父母家楼下。有时也会上去坐坐，聊上几句。前妻第一次见田晓蕾就频频点头，那意思是王长安这回找对人啦。彼此就很客气。第二次见面时前妻就问田晓蕾："新疆人是不是很像欧洲人？"田晓蕾就实话实说："我没去过欧洲不好做比较，新疆人就这样子，我也不全是新疆人。"田晓蕾差点说出前夫周志杰更像新疆人。

这回王长安的前妻待的时间较长，谈了孩子的情况。一家人从美国移居英国。无论是美国还是英国，社区里还有更特殊的社区，叫作社区里的社区，有相当多的要求，比如不许吃东西，不许闲逛不许照相，这种"封闭式小区"症候从美国蔓延到欧洲，伦敦也传染上了。王长安的前妻家在西安南郊，南郊是大学区，文明干净受人尊敬。北郊贫民区，犯罪率高，东郊纺织城西郊重工业区，下岗工人多。西安北郊人见面就问出来（监狱）了没有？西郊东郊人见面问下（岗）了没有？南郊人见面问上（大学）了没有？田晓蕾刚要安慰王长安的前妻，不料人家很坦然地告诉田晓蕾：这种封闭式小区最大好处就是充分尊重了私人空间。田晓蕾就以阿凡提的口气表示了祝贺。田晓蕾差点说出前夫周志杰那张臭嘴发明的被窝猫和大被窝，欧美国家也有洋猫洋被窝呀！田晓蕾笑得很怪诞，王长安的前妻却以更坦率的口气告诉田晓蕾："这种私人空间实际上分裂隔离了整个社会空间，损害每个人的个人经验。"田晓蕾突然想起这个女人因为受不了王长安一家人牢不可破的封闭空间才离婚的。田晓蕾连同情这个女人的话都没说出来这个女人就悄然离开了。

田晓蕾愣了大半天，她曾听周志杰抱怨过：在新疆你常常会碰到一点新疆特征都没有的新疆人，他们的狭隘和小心眼跟这里辽阔雄伟的大自然形成极大的反差。排斥周志杰这个异乡人的不是当地的哈萨克人维吾尔人蒙古人，也不是汉唐时就定居西域的土著汉人，而是来新疆几十年最远远不过清朝光绪年间的当地汉族人，也不是一般老百姓，而是喝了几点墨水的文化人。上高中的时候周志杰已经跟真正的新疆人一样可以跟任何一个陌生人立马成为知己。这是典型的新疆方式。茫茫大草原，千里大戈壁，荒村野店，陌生人见面几杯酒一根莫合烟就能敞开心扉。多少年后周志杰把这种习惯带回陕西老家就很狼狈，有时去拜访亲友，过了十点人家明显话少了，知趣一点赶快告辞，不像在新疆可以聊到半夜十二点甚至天亮也无所谓，内地已经是农业区了，友情交情知己都有一个漫长的生长过程，少一个节气就长不实。好多年以后回到故乡的周志杰才琢磨透这个简单的道理。前妻田晓蕾少走弯路是她遇到了王长安。王长安典型的待人方式就是点一根烟或端一把拳头大的小茶壶，面无表情，从容淡定，也不看对方，就瞅着地面，不管对方说什么，他都是好着哩好着哩对着哩对着哩嫽得很嫽得太太，整整一上午过来过去就这几句话，田晓蕾几次都要冲到客厅让王长安给人家干脆利落一句话嘛，田晓蕾拉门的一瞬间停住了，前夫周志杰狼狈不堪的样子制止了她，她慢慢退回去，慢慢冷静下来，她开始欣赏王长安这种蔫不唧唧的西安方式。关键问题上王长安一点也不含糊，快狠准毫不手软。有一次王长安去拜见一位有实权的中层领导，王长安是这位领导对立面的人，这种刀尖上行走的功夫让田晓蕾惊出一身身冷汗，田晓蕾提醒王长安这种拜见让人发现可就惨了。王长安笑她大惊小怪。事情办成后王长安告诉妻子，这件事难度太大，放弃了终身后悔，就不要前怕狼后怕虎，我是谁的人就不重要了，都会理解我的难处，如果不理解就不要去管它，活人最要紧。王长安告诉妻子这就是大城市的好处，在中小城市就行不通，在小县城非挨骂不可，在乡村会有人朝你扔砖头。王长安一定猜到田晓蕾与前夫不止一次遇到过这种进退两难的事情，王长安甚至猜到田晓蕾的前夫周志杰每一次都充当了英雄而自己心里流血不止，自己替人背黑锅，这种仗义最终一钱不值甚至成为笑料。王长安就尽可能地在不伤周志杰面子的情况下很策略地帮他一下。

　　田晓蕾到渭北市先找金花，再让周健和张海燕接走周晶晶和周巴图两个小屁孩，就空出时间在前夫周志杰家待了整整一上午。前妻后妻一唱一和总算让周志杰放弃了明天那个重要的学术会议，周志杰第一次对不起别人对得起自己。幸好提交给会议的只是几百字的论文提要，两万多字的论文已经在另外一家学报发排了，举办方很生气，首先认定这是个轰动性的文章，其次某学报花了大价钱，这种事常常发生，发生在周志杰身上顶多惹主办方不高兴罢了，而暗设白虎堂陷阱的人基本上气疯了，一场精心设计的战役，从筹划到运作到实施差不多两三年哪，临门一脚让这小子胜利大逃亡了。设局的人认定：有高人背后指点，这个高人是谁？得由狄仁杰或福尔摩斯来侦破。有一点是肯定的，周志杰这狗东西不好招惹啦。我们可以肯定周志杰会安定一段时间。

吃饭的时候周健、张海燕带着周晶晶和周巴图回来了。田晓蕾又看到了久违的《萨吾尔登》，周晶晶和周巴图这两个同父异母姐弟跳得这么好这么快乐这么密切，金花上去了，周志杰上去了，张海燕也上去了，田晓蕾和周健是最后上去的，笨手笨脚到处乱撞，田晓蕾很快就进入状态，周健硬胳膊硬腿没有半年掌握不了。周晶晶和周巴图两个小孩手把手教周健，周健有几次摔倒了，引起大家哄笑，狗熊一样爬起来，满头大汗，张海燕一脸得意，那神情告诉周健平时教你跳你不跳现在出丑了吧，周健就做出屈服的手势，张海燕点点头收下了这个大笨蛋徒弟。《萨吾尔登》进入高潮时，田晓蕾也完全进入西天山群山与草原的世界，田晓蕾就想起三天前王长安的前妻带女儿回西安的情景。

王长安每次见女儿都是西方式的拥抱，场面很感人，这次父女相见田晓蕾忽然发现缺少什么。王长安前妻提前半小时来接女儿，实际上留出时间想跟田晓蕾聊聊，聊到欧美国家那种封闭式小区时田晓蕾心中又咯噔一下。王长安带女儿回来了，短短的告别仪式肯定是西方式的拥抱亲亲额头加上中国式的哭哭泣泣依依惜别，田晓蕾就想起了《萨吾尔登》，这种连接人与宇宙天地万物生灵的舞蹈正是王长安前妻和女儿所需要的。前妻和女儿离开后田晓蕾就给王长安谈到天山腹地卫拉特蒙古人的《萨吾尔登》，王长安马上就想到田晓蕾每次见到女儿周晶晶的情景，首先是欧洲式的热烈拥抱，然后是仔细而漫长的亲昵，只能用亲昵这个词，又不完全是亲昵，而是从额头开始亲一亲，闻一闻，嗅一嗅，一会儿像狗一会儿像猫一会儿像老鼠打洞，把女儿上上下下从头到脚从头发到后背仔细咂摸一通。王长安脑子里不止一次地闪出"气味相投"这个词，王长安就淡淡一笑：你说的就是闻一闻，嗅一嗅，连一个气息都不放过的草原舞蹈？你们母女每次见面都是熊猫打滚。仔细一想还真是王长安说的这样。田晓蕾就告诉王长安下次你女儿回西安你也试一试。王长安满口答应，并且立竿见影拿田晓蕾做试验，田晓蕾半推半就很快变成积极引导，王长安很享受，田晓蕾就嘲笑王长安虚伪透顶，几年前就喜欢这种亲热方式还装出一副无所谓的样子。田晓蕾告诉王长安真正的《萨吾尔登》有十二种，"每一种都是一条大江大河，你才品尝到河源泉眼里的一小口清水。"田晓蕾一下子就伤感起来："我好多年都没跳《萨吾尔登》了，我快要忘光了，我跟新疆唯一的联系就是见宝贝女儿时的新疆式拥抱。"王长安就用古老的铁血定律血浓于水安慰田晓蕾，田晓蕾痛苦地摇摇头。"你不了解草原你不了解草原女人强大的母性，当我知道金花成为我女儿的后妈时我悲喜交加，喜的是我女儿跟着金花不会吃亏，悲的是女儿会一点点远离我，我甚至自私地想如果女儿的后妈就是传说中那种虐待丈夫前妻孩子的后妈，女儿就会更依赖我这个亲妈，可她的后妈来自巴音布鲁克草原，卫拉特蒙古人的《萨吾尔登》和草原式的拥抱会让金花成为我女儿真正的母亲。"王长安还是不信："难道会比亲妈还亲？"王长安就以自己的观念讲自己女儿在美国在英国封闭式小区的生活。"中国人从踏上异国他乡那天起就坚信血浓于水就建起一条条唐人街。比唐人街更早的封闭式小区应该是没有祖国流散世界各地的犹太人，犹太民族历史上屡遭外敌征服和奴役，每当失去自由时，宗教信仰就成为他们唯

119

一的精神支柱，只能在上帝那里求安慰。中国人的宗教信仰就是世俗生活，相信血缘关系相信血浓于水，我相信我女儿跟她亲生母亲在封闭式小区的生活，日常生活的私有化和这种自我保护行为正是现代文明的价值所在。我前妻总是杞人忧天，都是她那个白人丈夫传染给她的，总担心封闭式小区分裂隔离社会空间，会分散消解个人生活经验，总想让女儿跟白人养父做贴心贴肺的亲人，总想改变血浓于水的铁血定律，怎么可能呢？怎么可能呢？怎么可能呢？"王长安一连做出三个铿锵有力的手势，仿佛大律师在法庭上以正义的化身挥斥方遒，然后很绅士地按住田晓蕾的肩膀："金花怎么可能代替你在女儿心中的位置呢？"田晓蕾就告诉王长安："在西域大漠，有水就有生命，水比命还贵重，没有水的血是干的死的；在西域大漠养子跟亲子没有任何区别，人们都相信生亲不如养亲。"田晓蕾还告诉王长安："耶稣基督降临就意味着犹太人不再是上帝唯一的选民，普天之下都是上帝的子民。"

　　此时此刻在渭北市渭滨区靠近渭河北岸周志杰家里，最后一支《萨吾尔登》正在收尾，田晓蕾跟金花舞在一起，田晓蕾告诉金花："《萨吾尔登》是草原人的精神家园。"金花微微一笑："也是你的家园，你要是想我们你就跳《萨吾尔登》，我们全家人的魂魄就与你同行，当然包括我们的宝贝女儿小晶晶。"这回田晓蕾听到金花一口一个我们的宝贝女儿就不再难受了。

中卷　母亲

第四章

1

　　回故乡之路就是看望母亲之路，寻找母亲之路。用当地方言说就是鸡上架，娃娃醒（寻）他娘。这个娘在我们当地人叫尼阿压，这么发声就对啦，你就成了个娃，碎碎一个娃，不管你在外边弄多大个事做多大个官，哪怕做了皇帝回到故乡你就是屎把高个娃，卵蛋大个娃，老远地你会听见你娘在黄土高原的深沟大壑里长一声短一声地喊叫：狗娃回来！狗娃回来！回来喝豆豆米汤。你的眼泪就大颗大颗地滚下来，就像你娘在锅里煮的米汤里的大颗白豆。

　　古老的周原包括岐山凤翔扶风，岐山是周原的白菜心心核桃瓢瓢，凤翔扶风耽一点边边。周健家就在岐山与扶风的交界处，一会儿划归岐山一会儿划归扶风，用当地人话说，拨拉来拨拉去反正都在大腿根根上，文明一点说法反正离不开周原。回故乡周原的路有两种走法，不管从西安来还是从关中平原最西端的渭北市来，一路坐火车到蔡家坡改乘汽车上北原到县城再往乡镇赶。

相当长时间周健回故乡都有一种钻地洞的感觉，就像《封神榜》里的土行孙，从西安一头扎下去，从周原老家的村子里钻出来，甚至连村子都抛开，直接出现在家里，出现在娘跟前，甚至连父亲哥嫂亲人们都抛开，回老家回故乡就是为看娘，娘一声狗娃我娃旗旗（小名周旗后改名周健）我娃，娘儿俩就长一声短一声地这么嘟囔，紧接着是满脸的泪水，紧接着是一大老碗臊子干面。

钻地洞的感觉是从大学毕业找不到工作开始的。每次回老家，村里人本家族亲人都不厌其烦地问在阿达工作，他很不自然地给大家编造并不存在的单位。这种谎话很快就被大家识破。老家人到底不是外人，不会戳破这个秘密，可他们的眼神都是X光都是B超CT，B超连女人肚子里的胎儿是男是女都能分辨出来，周健娃在外混得咋样大家能不知道？知道又装不知道的眼神太伤人啦。那一刻，故乡遥如山河。从自家院子开始，房屋、树木、猪圈、鸡舍，田野沟壑，河流，天空一一消失，就像得了白内障，走在一条盲人专用道上，完全凭直觉往返于异乡与故乡之间。

一个在异乡混得不如意的人是没有故乡的，即使回到故乡也只能看见自己的亲娘。

周健还记得那些年他总是赶最后一趟班车，天黑时进村，有点像古代的侠客，帽子遮脸，戴一副墨镜又像现代黑社会，反正没人认出他。幸好他们家在村子西头。这种关闭各种感官的方式几乎等于地下核试验。久而久之就成了习惯，只要踏上回故乡之路，他身上的各种器官就自动关闭，只有到了娘跟前才自动恢复各种功能。不能让娘看见一个木头儿子，一个活死人，一个木乃伊，那会让娘伤心死的。

相当长时间周健甚至把自己设想成一个大邮包，直接寄到娘手里，万万不能让别人插手，父亲和哥哥都不行。只有娘懂儿子的心思，娘会在夜深人静的时候，在油灯下或者点一根蜡烛，亲手打开邮包，她的儿子周健从邮包里苏醒过来，睁眼就能看见娘。一个在异乡的失败者多么喜欢夜幕呀！多么喜欢做一个夜行人，跟特务一样悄悄进村又悄悄离开。

相当长时间周健在异乡混得再不如意也不会空手而归，不管娘说多少遍不要带东西人回来就行，他能空手回来吗？他带给亲娘那些不值钱的糖果饼干娘一个不剩全散给村里人了。周健能想象出娘一家一户串门子的情景，周健能想象出娘把这些礼物递给乡亲们时一口一个我娃周健，人家当然会赞美娘养了一个有出息的儿子，乡亲们这些礼数还是有的。周健也曾南下广州深圳，那些地方太遥远了，连土行孙钻地洞的感觉都没有了，连想象中由娘亲手接收亲手打开的邮包都没有了。更让人受不了的是春运，拼命往故乡赶哪，必须在除夕夜赶回家吃年夜饭。吃不上年夜饭一年都晦气，那可是圣餐哪。短暂的南方打工经历给周健唯一的成果就是故乡成为他心中的圣殿。从那以后他再也没有离开陕西，他一直往返于故乡与西安之间。他可以在西安四处打工，但故乡周原是固定不变的。也就在他从南方返回西安的路上，故乡成为圣殿。他在西安稍作休整，拿到一笔钱到康复路批发市场购买廉价的饼干糖果衣服鞋袜，拎一大包，匆匆赶回故乡周原。出西安那一瞬间世界就消失了。这回不再是土行孙钻地洞，而是整个世界的消失，连车轮声都没有了，村庄的房屋全成了庙宇和殿堂，村子里的人全成了神职人员，他甚至没有使用和尚道士这些旧观念当然也不是洋神父。他见了大世面，脑子才会有这种似是而非怪诞可笑的神职人员形象。

家园和故乡的守望者往往会评判远方游子的一片诚心，孝敬给父母的礼物父母都要散到整个村庄，任何一个村民的议论都至关重要，不要说周健这样的失败者，叔叔那样的人、比叔叔更出色的人也常常遭到嘲笑戏弄甚至编造许多小说家言成为故乡和家园的笑料一代一代流传下去。流言蜚语会产生滚雪球效应甚至产生蝴蝶效应。这是离开故乡的人必须付出的代价。

回故乡之路就是朝圣之路。每当受到故乡亲人和乡亲的嘲弄时他们就觉得藏族同胞比他们幸运，佛爷不会嘲弄一个圣徒，寺庙也不在乎朝圣者贡献多少，一步一叩头的艰辛与虔诚是值得的。金花婶婶破天荒地嘲笑故乡守望者的无礼要求是"有恃无恐"。二〇〇〇年许多村子都荒凉破败了，出县城不到三四里地就出现空村子，偌大个村庄被土匪洗劫了一般，许多人家都大门挂锁，野草长满庭院野兔野狐乱窜，天没黑大家就早早关门。周健他们家离县城五六十里路就更荒凉了。再荒败的村庄，那些留下来的人照样有恃无恐，大家都心里明白都不说破，金花婶婶以蒙古人的坦率和豪爽毫不客气地提出警告：不要以为守望家园守着故乡守着父母就"有恃无恐"。据说犹太人的先知耶利米就这样警告过耶路撒冷守护亚卫圣殿的同胞：不说谎不欺诈才有尊严，有尊严的地方才是真正的故乡。叔叔周志杰和金花婶婶被亲人们骗得够呛，大家对这些忠告置若罔闻，大家都知道金花婶婶会看在丈夫面子上做出让步，金花婶婶嫁给叔叔那天起故乡的人们就把她当善人，善人的警告是没有力量的。

周健无数次想象过叔叔周志杰的落魄岁月，叔侄两个交谈时叔叔一口一个娘就暗示了侄子未来的生活。周健大学四年是叔叔供出来的，周健信誓旦旦要报答叔叔时，叔叔只淡淡一句：常回家看看你娘。好多年后周健才明白故乡就是娘。

在地洞与邮包之外周健甚至有过魂归故乡的经历，按理说这是死人回家的方式，周健这个大活人都用上了。不用说那是周健最惨的时候，连行头都没有了，遮羞布都没有了。人越潦倒思乡情就越浓烈，灵魂就出窍了，电波一样辐射到娘跟前，娘不停地叫着狗娃，不停地给他喂豆豆米汤，一勺子一勺子舀起又落下，娘还是不停手地舀啊舀，娘相信这不是梦，周健娃就在她跟前。异乡的儿子在梦中梦见他在喝豆豆米汤，娘问他啥时回来，他就说了大实话：儿要衣锦还乡。娘在梦中说了大实话：不管穿啥衣服你都要回来，光身子也要回来。另一个声音告诉娘儿俩："那是痴心妄想。"娘儿俩大梦初醒，彼此都能看见对方惊愕的样子。梦的消失更接近霜雪融化，全化成了泪水。

叔叔周志杰最悲惨的时候是在故乡的深沟大壑里唱《大月氏歌》和《我的母亲》。中学生周健暗中监视叔叔怕叔叔想不开，整整一个月叔叔就鬼念咒一样又是吼叫又是哼哼这么简单的两首西域民歌。《大月氏歌》还好理解，《我的母亲》就有点莫名其妙，叔叔的母亲就在身边嘛。一个人在故乡在娘身边念叨娘确实令人费解。在异乡唱《我的母亲》才有意义。这是卫拉特蒙古民歌，跟《萨吾尔登》一样伴随他们从伏尔加河回到天山母亲的怀抱。《我的母亲》是这样唱的。

用那清清的泉水，

清洗我的衣裳；

清洗我的衣裳，

我想起了我的母亲。

　　用那酸苦的泉水，

　　清洗我的双手；

　　清洗我的双手，

　　我想起了我的母亲。

　　到渭北市丰庆建筑材料有限公司报到的第一天周健就去蓝天幼儿园找他心爱的姑娘张海燕，这个举动后来被金花婶婶称为完成了从麻雀到鹰的进化。金花婶婶认为内地的男人离真正的男人至少有三千年的距离，也就是麻雀到鹰的距离。周健当年亲眼目睹了金花婶婶从遥远的北京来到周原老家叔叔的身边时叔叔怎样从绝望沮丧走向新生。那时中学生周健就明白了张海燕在他生命中的位置，不管后来他有多么坎坷有多么倒霉，他在内心深处都没有放弃过张海燕。我们可以想象好多年以后回到渭北市的周健出现在蓝天幼儿园时，正在教孩子们唱歌跳舞的张海燕有多么从容镇定自信，那眼神分明在告诉周健我知道会有这一天！周健从紧张激动慌乱中静了下来。接着就去逛街，从经二路逛到马道巷自由市场逛到华通商厦，在向阳阁吃包子喝稀饭。分手的时候周健已经是个充满自信的男子汉了。

　　周末周健回家看父母。班车启动的那一刻周健看见了蓝天白云太阳，渭河两岸市区的大街小巷高楼大厦车流和色彩斑斓的人群，接着是暗青色的秦岭和金黄色的高原。色彩出现在眼瞳里，跟刚刚出生的婴儿一样，首先辨认红气球。他记得清清楚楚，他看见张海燕的笑容一点一点绽开时，他的眼睛也亮起来了，张海燕身边的孩子们都举着五颜六色的气球，他只看见红气球，他跟孩子们待了半小时从红气球到白气球蓝气球紫红气球花气球全都认出来了。那天张海燕一身红裙子像一团火最先照亮了周健的眼睛，周健抬头看天就看见了太阳。阳光开始在他身上蔓延，手里就像攥着火焰。世界开始苏醒。

汽车上了北原，故乡不再是黑暗中的地洞和隧道，故乡如同油画，庄稼树木村庄河流山脉高原，然后是深沟大壑。娘的周围就是这些美好的东西。娘的周围还有父亲哥嫂侄儿侄女，还有众乡亲，娘的周围有天空大地日月星辰。这才是完整的生机勃勃的娘啊。娘看到的儿子也是完整的充满生机的世界。娘都顾不得儿子带回来的礼物，娘抓住儿子的手，挨家挨户去串门子，让全村人看看这个精精神神生气勃勃的儿子。那一天周健真正体会到什么叫浴火重生脱胎换骨，那一天周健亲眼目睹娘发自内心的喜悦和轻松，儿行千里母担忧，这些年娘的心一直悬在空里。带着一个姑娘的爱回到故乡回到娘身边，这才叫衣锦还乡。周健这么想的时候心里对张海燕充满无限感激。

昨天，张海燕带他从经二路到马道巷到华通商厦忙了一上午。自从有了张海燕他带回家的礼物就变了样，细心的娘心里就有底了。不管是乡村的集市庙会还是城市的大小商场超市，女人们天生就是购物天才，男人们可以说一窍不通，未成家的小伙子们就更不懂了。

这回张海燕准备了两份大礼。不用儿子解释娘就知道另一份是给人家行情的。儿子说的地方离他们家十几里，隔两个村子。同事的哥哥结婚，娘就知道这个同事对儿子很重要。那个村子出了许多干大事的人，有县长有局长有厅长有副市长，是全县有名的干部村，儿子能到那个村去参加婚宴是一个很大的荣耀。儿子完全可以直接去那个村赴婚宴，儿子先看娘再去赴婚宴绝对是那个细心的姑娘安排的。半个月前儿子带那个叫张海燕的姑娘回来让全村人对儿子刮目相看。叔叔周志杰身边前后出现过田晓蕾和金花，一个比一个漂亮能干。这回周健又带回一个洋娃娃一样的张海燕，大家就说周家叔侄有女人缘。这个叫张海燕的姑娘一点也不像城里娃，抢着干活，对臊子面特别上心，一学就会，一点就通，婶婶嫂子们都以为这个未过门的乖媳妇专门来巴结孝顺婆婆的。娘心里清楚，这个城里娃没这么简单；简单也好复杂也好都是为儿子周健在忙活，这一点娘很清楚，娘就更喜欢这个城里娃。

周健借了邻居的摩托半小时就到。临走前娘叮咛了一句：生人多管住嘴。农村人把亲戚都分成生亲戚与熟亲戚，去舅家可以放开胆子由着性子，舅家以外的亲戚就讲礼了，稍不慎就被人笑话。同事这种关系在乡村是个新概念，很生分的一种人情交往。多一个朋友多一条路，多一份交情等于打出一片新天地，农村母亲与城市女友配合默契高度统一。谁也不敢告诉娘那个定时炸弹一样的搅拌机。

同事刘军在村口接周健，周健带了红包又带礼物，两个人就摔跤一样纠缠一番，周健一口一个我娘嘱咐哈的事情，送给你娘，还有你婆（奶），孝敬老人嘛。同事刘军就住了手。城里人把老婆当娘，农村才把娘当娘，在农村提到娘对方就得退让。刘军就先带周健去看奶奶和娘。刘军奶奶九十多岁了，行动自如，刘军的娘七十不到却是个半瘫子，受过大苦大难。张海燕的大礼包里又分三个包，有给老人的营养品，有给碎娃的各种糕点糖果玩具，一帮碎娃跟高祖奶分享了食物和玩具，老小孩老小孩九十高龄的老太太跟孩子一样兴高采烈大嚼大咽，真正的返老还童。

刘军半瘫的亲娘是这个家的主心骨，一边轰赶碎娃一边哄劝老太太慢点吃慢点吃小心噎着没人跟你抢，给你抬（留）着哩。刘军的娘满心欢喜："你婆这么高兴比今儿个娶孙媳妇还高兴。"刘军他娘就问周健哪个村子的，三言两语周健他娘跟刘军他娘几十年前一起参加过公社种棉培训班，"学打喷雾器，给棉花打1059敌敌畏，你姨我穿粉红的确良，你娘穿豆绿色的确良，你娘白清豆绿色衬皮肤，你姨我黑得跟唠唠（猪）一样，跟非洲人一样。"屋里人全都笑了。周原人骨子里都有这么一股幽默劲，常常嘲讽自己编排自己挖苦自己，其实心里很高兴。

刘军难得见亲娘这么开心，不停用拳头砸周健脊背，这都是乡村亲兄弟才有的举动。刘军他娘就把周健当自家人了，以长辈的口气告诉他们："你俩要跟亲兄弟一样，上了原是兄弟下了原到了生地方还是兄弟。"刘军跟周健就跟电影里的外国人一样拥抱了一下，互相拍拍后背。刘军娘再次嘱咐他们："你俩要互相照应互相帮衬。"他们两个就跟碎娃一样给老人鞠躬，憨憨地嘿了一声笑眯丝丝离开老人。

跟张海燕预计的一模一样，酒席上热热闹闹，大家互相问好；有好几个乡党同事，他们直接纳了礼入席。婚礼开始前大家就是喝茶嗑瓜子吃花生谝闲传。周健抽空给张海燕发个短信："刘军他娘跟我娘认识，刘军娘把我当自己的娃一样看待，千叮咛万嘱咐要我俩跟亲兄弟一样互相帮衬互相照应。"张海燕果然喜出望外，回信的第一句话就是："哇，你太棒啦！你太有才啦！搅拌机成火炉子啦！"接到请柬的那天，张海燕就告诉周健："搅拌机的危险就要解除了，搅拌机就要变成火炉了。"刘军负责操纵五号搅拌机，跟刘军结成兄弟就等于跟搅拌机结成兄弟了。张海燕第二个短信告诫他："少喝酒，多吃菜；少吃肉，多吃臊子面。"娘还是老观念，张海燕就灵活多了。周原农村待客都是两顿饭，上午面下午酒宴。周健放开肚子吃了二十碗臊子面。臊子面能把生人吃成熟人，把熟人吃成兄弟。周健这么一碗接一碗，大家就知道周健跟刘军在单位关系不一般。刘军也高兴啊，还劝周健再来两碗稀的。周健没推托，站起来松松裤带，这是对厨师的最大赞美，大家都笑，都觉得周健是个实在人。中午吃酒宴时周健就收敛多了，劝别人吃吃吃喝喝喝，硬菜让别人，自己只吃跟前的素菜，大家就觉得周健不贪，懂礼数。周健回单位前在家里待了一会儿，他要让娘分享他的成功，他跟出色的演员一样模仿刘军他娘如何回忆自己当年跟周健他娘在公社种棉能手培训的情景。娘高兴地一边摸周健后脑勺一边嚷嚷："我娃乖的，我娃蛮的，我娃灵醒的，过两天娘就到刘家寨子找她去，娘也想起这么个人，黑瘦黑瘦，跟唠唠一样跟非洲黑人一样，好找得很，她娃就叫刘军，我就吆喝军军他娘，她就跟跳蚤一样蹦出来啦。"正说着，张海燕就来了短信："先不要急着去见刘军他娘，年底再去。"周健就把张海燕的话变成自己的话，这点小心眼还是被娘看出来了，娘满脸不高兴，"我娃福大命大成城里人啦，城里人把媳妇当娘，张海燕还没进门哩，婚都没订哩就成我娃他碎（小）娘啦，我娃电（贱）得闪哩，比闪电还快，把老天爷眼睛都照花啦。"农村母亲总是用这种方式戳进城娶了洋媳妇的儿子的心窝窝，每一句都能把亲生儿子戳得鲜血淋漓龇牙咧嘴喘不过气。

周健落荒而逃，一路不停地出粗气不停地解纽扣，半个胸膛都露出来了，车上人把他当流氓无赖了，都远远躲开。见到张海燕时他脸上怒气还一团一团地飘着。张海燕就像他肚子里的蛔虫，知道他犯的什么病，递给他一缸子水，不等他喝完水一句话就把他摆得平平的："刘军就是一个农民工，你大学毕业属于技术人员，两个娘见面拉家常肯定要拿儿子说话，刘军他娘肯定连吃败仗。"周健做了垂死挣扎："我娘没那么浅薄。""那不叫浅薄，哪个母亲有你这么一个儿子都会忍不住要自豪一番要骄傲一番，你娘怎么赞美你都不为过，即使不说话她的神情会告诉世人我的儿子有多么优秀。"周健就张不开口了。张海燕笑眯眯地刮周健的鼻子："你娘对你的好我是代替不了的，这点自知之明我还是有的，看把你紧张的，你放心，你就把心放到肚子里。"

刘军也开始跟周健谈自己的娘，关系不一般的人才谈这种贴心贴肺的话题，既庄严又神圣，就像洋人彼此交谈宗教话题。中国男人谈信仰谈女人，甚至谈到妻子和情人都很随便，谈到娘，即使恶棍也会认真起来。刘军并不想在渭北市安家，刘军的理想就是在周原老家县城买一处两室一厅的商品房，把娘接到县上，村子里有房，县城也有房，几个哥在西安和渭北市吃公家饭，还不是一般的公家饭，都是干出名堂的人，刘军没细说两个哥哥的名堂有多大，反正他这个只念过初中的农民工能进渭北市这么好的单位全凭哥哥张罗。农村母亲都喜欢住在乡下老屋，不管子女在外边干多大的事在城里置多大的房子，农村母亲跟赶集逛庙会一样图个稀罕，住上个十天半个月就心慌得不行，就闹着要回乡下老屋去。刘军刚结婚的三哥比刘军情况好，大哥二哥大学毕业在西安市渭北市长成了参天大树，三哥念完高中连续五年考大学，越考越惨，只上了自费大专，还是大哥费好大劲办成的。三哥人不笨，先在渭北市干几年，又进军西安，有老大老二帮衬，在西安把房都买下啦。好心人就给刘军指点迷津，你娃的发展方向应该与三个兄弟相反，你娃要往老家发展，老家是你娃的根据地。刘军就开窍了，刘军不惜与前任女朋友分手。刘军来了一句："道不同不相与谋。"前女友这一页就被翻过去啦。现在这个女朋友跟刘军志同道合。"我屋这情况，在西安市渭北市不咋样，在咱周原眼热得很，关键问题女人要有脑子，长副猪脑子能把你气死。"刘军对现在这个女朋友很满意，关键是能谈得来，能充分理解刘军的战略意图，而且理解得很透。刘军在渭北市挣钱，她在周原小县城帮亲戚打点一个商店，他们都看好一处房子，三四万块钱就能拿下，到时把娘接到县城，全中国的县城不就是个大农村嘛，从县长到乡镇长一满乡棒，满街方言土语，县中学的老师讲普通话压力都很大，农民要么就听中央电视台主持人邢质斌李瑞英海霞那种高水准普通话，要么就听土得掉渣的方言土语，半生不熟的普通话农民全都斥之为醋熘普通话。小县城里更大的好处就是可口的家乡饭，臊子面锅盔面皮醪糟瓜果蔬菜都是自产自销，县城大街上的水泥路再宽再厚还是能让人感觉到乡村土路的潮润柔软舒适。女朋友比村里的好心人更高出一筹，刘军的大哥二哥都是独生女，三哥娶的这个媳妇是个西安长大的城里娃，苗条白净漂亮；年轻人都把新娘子当电影明星，上年纪的人可不这么看，都在议论老三娶了个豆芽菜，还不是厚墩墩的白豆芽，麦秆一样的绿豆芽嘛，中看不中用。刘军女朋友的优势就显出来啦，要狗子有狗子要胸脯有胸脯，凭农村户口，可以生两个娃娃。刘军女朋友已经提前进入角色，开始设想他们未来的生活：咱只要生养一个儿子娃，咱就是刘家的活菩萨，刘家香火唯一的继承人嘛。刘军告诉她要给我当媳妇就得孝顺我娘，她满口答应。刘军第二个条件就是要在县城安家，她就抢了刘军的话头："不为你娘你也不会在县城安家。"她进一步指出："把娘抓在手里等于把你三个哥的卵子捏住啦。"两个狗男女就这么尿在一个壶里。刘军开始抽烟，听周健的十二五规划。周健的想法就简单多了，在渭北市买房安家，把父母接到市上。

"你大哥你二哥愿意？"

"我从中学到大学是我三爸（三叔）供的学费，我三爸我三婶的话比我爸还管用。"

"你的问题就在张海燕身上啦，张海燕可是咱周原县城的人，她爸她妈这一关你兄弟不好过。"

周健和张海燕交往几个月，张海燕去过周健家，周健还没去过张海燕家，这个情况大家都知道。刘军长长吸一口烟，又慢慢吐出来："兄弟，听老哥一句话，你把张海燕的活做了，生米做成熟饭，她爸她妈就没办法啦。"周健的头摇得像拨浪鼓："不行不行，这种事咱做不来。""你是个实在人，心好，你还是个大学生，书念多就把人念细发啦就把人念软和啦。"两个人光抽烟不说话，沉默了几分钟，刘军就说："城里女人比较复杂，霸王硬上弓也不是办法，不像农村姐姐（姑娘），把活做了她就死心塌地跟你啦，就不会再有啥想法。"刘军在周健腿上拍一把："念过书的跟没念过书的就是不一样。"刘军真把周健当兄弟，刘军把心里话都说出来啦："我跟我女朋友认识不到两个月就把她的活给做了，她还伤心地哭哩，我就告诉她我第一个女朋友交往二年啦我都没做她，我这么快做你是跟你诚心过日子呀，她当下就不哭了，只问我一句真的？我二话不说把她压倒又做了一回，这下她信了；男人嘛凭嘴弄不成事。"刘军绕个大圈子又绕回来："听老哥一句话，瞅准机会把张海燕的活做了，这么好的女人你把她的活做了你才知道活人是个啥滋味。"

正说着张海燕就过来了。刘军猛嘬两口烟，慢慢吐出的烟雾把整个脸罩住了。张海燕笑眯眯地打量着这两个大活宝，把他们两个都看毛了，都把烟丢掉了，跟碎娃娃一样双手撑地不知所措，张海燕弯下腰凑近他们的脸："你们两个脑袋顶着脑袋跟亲兄弟一样真让人高兴。"刘军说了一句："你俩慢慢高兴吧。"就溜了。张海燕继续逗周健："说什么话呢？这么神秘这么亲热？"

"胡编闲传呢没啥秘密。"

"不想让我分享一下？"

"村子里的事情说了你也不懂。"

"村子里的事我不懂，可我懂得你不能在农民工跟前摆大学生架子，刘军没念过多少书，可他比你有经验，他肯定给你说心里话，你可要认真对待。"

"我还得慢慢消化。"

"刘军给你灌了啥洋米汤把大学生的脾胃给伤啦？"

周健的神情已经相当怪诞了。张海燕吸了口冷气："两个坏蛋肯定没干好事，肯定心里有鬼。"周健不会把这个鬼说出来的，张海燕转怒为喜："男人在一起捣鬼肯定关系不一般，咱们要的就是这种效果，本姑娘原谅你啦，你不要紧张，放松放松再放松。你开始在厂子里扎根啦，你有哥们儿啦，有关系啦，叔叔和婶子用那种口气说大被窝，谁不知道被窝里暖和被窝舒服，我可不想让人家把你堵在大被窝外边挨冻。"

张海燕跟呱呱鸡一样叽里呱啦的时候周健按着她的肩膀洗耳恭听，待她呱啦完就把她揽在怀里好像他的胸口是个鸟窝，鸟儿入巢又会飞走。两人分手时周健站在原地直到张海燕消失，快消失的时候这只鸟儿转身摆手微笑，周健的目光就一直紧随那粲然一笑。

相当长时间他们拥抱抚摸亲吻都摆脱不了他思念她的时候所产生的美妙的幻影，现在这个幻影成了活生生的胴体，他真真切切地感受到了。

相当长时间周健都是舞蹈的旁观者。高中生周健曾亲眼目睹金花婶婶在渭北高原的深沟里如何用歌声与舞蹈重新点燃叔叔周志杰对生活的希望，周健也不止一次在叔叔家里有滋有味地欣赏叔叔一家人的歌舞表演，周健跟亲朋好友把这一切都看作是叔叔一家人的新疆习惯，甚至认为这是金花婶婶有意识地融合跟前妻女儿周晶晶的关系。舞蹈中的一家人那么密切那么默契，连村里的老人都认为金花这个后娘比亲娘还亲，周晶晶总是跟后娘搂搂抱抱，动不动就扑到后娘的怀里，动不动就脸贴着脸，亲娘田晓蕾在场也不避讳，有人甚至认为这个蒙古女人前生是个巫婆，要不是她毕业于北京师大人家真把她当巫女，金花婶婶就得意扬扬地宣称我是萨满，草原上的红衣大主教，哈哈哈哈！这个美丽的草原女人笑弯了腰。

跟张海燕交往不久，张海燕的同室室友方静告诉周健："海燕为了你都不跳成人舞了，整天跳娃娃舞快成大白兔了。"方静把话都挑明了，还不快陪张海燕跳舞！他就告诉方静："我还真不会跳舞。""你该不会告诉我你没念过大学吧？都什么年代啦大学每个周末都有舞会啊。""也有从来不参加舞会的学生。"周健说这句话的时候笑眯眯的，那么灿烂的笑容在黄土高原的夏天，在渭北市蓝天幼儿园的教工宿舍里从窗户射进来的阳光都黯然失色，张海燕的这位同室密友方静第一次在灿烂的阳光与笑容的背后看到了某种冰凉的东西，方静的脑子里飞快地闪现出大学时代的几个特写镜头：食堂有学校提供的免费菜汤，总有学生提前赶到食堂买一份米饭或两个馒头，赶在大家就餐前已喝下一碗菜汤，第二碗菜汤就可以从容不迫地对付了，免费汤就是全部的副食了；每到周末各种舞会聚会开始热闹起来的时候，总有学生匆匆离开校园去打工，节假日常常会把这些学生累成一个农民工，步履蹒跚疲惫不堪赶回来上课。眼前这个笑眯眯的家伙曾经在大学校园里上演过无数次这样的镜头，大学毕业后又延续了三年直到几个月前回到渭北市回到张海燕身边。这个笑眯眯的家伙心平气和地告诉方静："那时候我心里装着张海燕就对别的女生视若无睹。"方静就告诉他："你要跳舞张海燕会很高兴的，你看那些男女搭档的舞蹈演员和滑冰运动员都成了夫妻。"

张海燕从来没逼过周健跳舞，直到上一个周末，在叔叔家，前婶婶田晓蕾来看女儿周晶晶，后婶婶叔叔两个孩子和张海燕全都投入地跳《萨吾尔登》，旁观者周健再也坐不住了，笨手笨脚地上去了，一下子就中魔了，雷电穿身一样。金花婶婶边教他边告诉他："傻小子，好好跳，海燕就有信心跳《少女萨吾尔登》了。"金花婶婶一把把他推给张海燕，张海燕喜极而泣，不停地说："我没事我没事，我太高兴了。"

路上张海燕告诉周健："你太幸运了，第一次跳舞就跳这么好的舞，我以前跳的那些舞纯粹是为了表演，《萨吾尔登》才让我找到了感觉，你知道我费了多大劲才摆脱那些程式化的很肤浅的舞蹈。"

"《萨吾尔登》有这么神奇吗？"

"十二种《萨吾尔登》都是模拟雄鹰骏马牛羊骆驼狡兔的动作，全都包容了飞禽走兽花草鱼虫天地万物的生命，整个生命都打开了，跟天地万物接通了，人与人，人与万物的生命集于一身，这是一种最亲密的接触，细腻温柔又激情奔放大气磅礴，这才是最美的时刻，金花婶婶来你们家这么多年你这个木头今天才开窍。"

"我一直在等你嘛。"

"回答正确，本姑娘奖你一朵小红花。"

周健额头上就吧唧落了一个吻，就像一条矫健的鱼跃到岸上又跳回水里，张海燕鱼一样跑开了，消失在人群中时还没忘了那经典的回头一笑。

2

金花结婚的时候父母哥嫂弟弟来陕西参加她的婚礼，金花的父母把周志杰的父母当成周志杰的爷爷奶奶了，金花跟父母一起生活在牧区，后来在和静县城工作的哥嫂把金花接到县城中学，在牧区生活的父母饱经风霜，但与陕西农村的亲家相比跟两代人一样。金花的父母跟亲家告别时说好过几年一定来看看亲家。公公婆婆把这些话当客气话，只有金花心里清楚这话的分量。

周原老家离原下西南角的渭北市七十多公里一百多里地，在周原人眼里就是相当遥远的异乡，在新疆人眼里近在咫尺嘛，眼皮子底下嘛，别说一百多里地，几百公里也近在眼前。每到周末金花婶婶就把家托付给学生，跟叔叔周志杰回周原老家。他们在老家安装了洗澡设备，周末回家就给老人洗澡，叔叔周志杰侍候老父亲，金花婶婶侍候老母亲，当天下午就赶回渭北市，周日是给孩子们的。寒暑假就把老人接到渭北市。

两个嫂子在村子里算孝顺媳妇，也没有这样孝顺过老人。嫂子也是念过中学的，农村已经很少有文盲了，嫂子问金花："你父母在牧区不可能每周都洗澡呀。"金花就告诉嫂子："跟婆婆互相搓背，就有切肤之亲，你们汉人又不跳舞，我们草原人不跳舞会死掉的，我也是想好久才想出洗澡这个好办法，既讲卫生又保健又能贴老人的心。"嫂子以为金花会动员她参与给婆婆洗澡，嫂子把迎头痛击的话都准备好了，金花只说自己并不涉及别人，嫂子干咽两口唾沫。关中农村相当开放了，好多年前镇上就有了游戏厅歌舞厅，公路边的村庄都有歌舞厅和游戏厅，大姑娘小媳妇们都会跳舞唱歌，这种歌舞几乎是淫乱的前奏，庙会上还会看到草台班子的野模表演，真让金花大开眼界："我的天哪，大地上还有这种歌舞。"金花的两个嫂子都为跳舞引起过打架斗殴，金花不知道嫂子们的伤痕，无意中撞得人家龇牙咧嘴，好在平时妯娌关系不错也就没引起乱子。

老人的气色越来越好，两个哥哥绷不住了，开始轮换给老父亲洗澡，周志杰就可以去大伯二伯家串门子。两个嫂子撑了好久。媳妇给婆婆洗澡都是女儿干的事，除非婆婆病了瘫了媳妇才会洗呀涮呀端屎接尿，这都要上地方志上报纸电台大力表彰的。公公婆婆很健康嘛，至于嘛。金花婶婶让村子里的媳妇们小看了相当长时间，女人们的团结不可能持久，得拿各种好处去维持，再发生些小摩擦两个嫂子就绷不住了，开始给婆婆轮流洗澡，质量绝对很差，很勉强嘛。婆婆是个厚道人，相当满意了，不可能把两个农村媳妇跟金花婶婶比嘛，婆婆还是在村子里说媳妇们的好话。半年以后，两个女儿明显感到亲娘离她们疏远了，不怎么需要小棉袄了，女儿回娘家，从来都是苏秦张仪这样的纵横家角色，连丈夫都烦老婆回娘家煽风点火当奸臣，父母们总是在无意中充当封建小皇帝，哪怕是傀儡皇帝，乡土滋养万物也滋长皇帝意识，奸佞小人从来都是皇帝必不可少的行头和装备。金花婶婶无意中把老人屁股底下的龙椅变成了沙发和地毯，大姑子小姑子回娘家当不成搅姑只能坐小板凳了，回娘家的时候就越来越少，丈夫家就有了安宁日子。女人出嫁有了娃仅仅是水过地皮湿，从小媳妇熬成娃他娘熬成老媳妇熬到老婆婆那一天至少也得个八至十年，甚至二三十年，有些女人熬到老也没熬成婆家人，终其一生都是身在曹营心在汉。像金花婶婶这种进婆家那天起就立马成婆家人的方式村里人很难理解，渭北市的人更不会理解。

　　随着老人年迈，又是咳嗽又是吐痰，都给老人另备碗筷，连锅都是分开的，跟对待乙肝病人一样。金花婶婶当年离开新疆来内地上大学，就发现内地的老人从城市到乡村真是老态龙钟，鼻涕眼泪汪洋一片，跟西域大漠的老人形成极大的反差，西域各民族的老人老成胡杨树也都那么健康干净整洁，直到死亡来临也跟一件艺术品一样保持着生命的高贵和尊严。金花婶婶从改变公公婆婆的卫生习惯开始，慢慢改变老人的饮食习惯，同桌吃饭，吃一锅饭。冬天羊肉夏天牛肉，大肉越来越少，一年四季喝三炮台茶，跟回民一样。金花婶婶还把清真食谱引进家来，常常到回民街去买羊眼睛，再加进西域的生活习惯，水果各种干果果脯滋补品加进来。两三年后，公公婆婆快成新疆人了，健壮红润眼睛亮，气度不凡，不管是在渭北市还是在周原老家农村，还以为是告老还乡的退休老干部。金花婶婶就像完成了一项伟大工程，可以放心地给远在天山深处的父母发电报了："阿布（父亲）、额吉（母亲）来陕西看女儿吧。"金花婶婶的父母这回跟亲家站在一起就没多大差别了，金花婶婶的父母告诉亲家："这才像个样子，否则我们就没脸见亲家，更没脸回天山。"公公婆婆赞美儿媳时，金花婶婶的父母就淡淡地说："这是她的本分，连这些事情都做不好，她还配活在世上吗？"这是金花婶婶的父母第二次来内地，三年前第一次来内地时两位老人惊诧不已，内地不管男女老少脸色蜡黄苍白，眼神浑浊不堪，个个都病恹恹的，跟亲家近距离接触，就更受不了啦，他们就给女儿留下那么一句话。女儿真是个好女儿，没有辱没自己的父母。离开陕西时父母告诉女儿："我们草原人只有帐篷和牲畜，我们不图金银珠宝不图高大的房子，只图老人健康孩子懂事，你有一个很不错的家我们就放心啦。"父母就离开了，再也没来陕西看女儿，他们彻底放心了嘛，就这么简单。

那正是学生放假的时候，大学生周健在周原老家的深沟里又听到金花婶婶的歌声，叔叔周志杰用托布秀尔伴奏，《大月氏歌》之后，金花婶婶唱起另一首古歌《我的母亲》。大学生周健以为金花婶婶想念亲人了，从新疆嫁到陕西想念父母很正常嘛。三年前回到故乡的叔叔成了异乡人，金花婶婶用《大月氏歌》和《我的母亲》给叔叔周志杰找到了归宿，现在金花婶婶给自己唱《我的母亲》，再也没有苍凉和悲壮，更多的是喜悦和感激，歌中的母亲从天山移到了陕西，婆婆成了亲娘，还真是草原人的习惯。明年周健就要大学毕业了，他没有回故乡的打算，他要去外地闯荡，把异乡当故乡，他的未来将很艰难，他更乐意接受热血沸腾的《大月氏歌》，他难以理解《我的母亲》，他将会在异乡想念自己的亲娘，他会用悲伤的调子唱《我的母亲》，他无法理解金花婶婶此时此刻用喜悦与感激之情唱这首古歌，可他还是被这种喜悦和感激打动了，他就在沟对面的槐树林子里默记下这首古歌。

> 用那清清的泉水，
> 清洗我的衣裳；
> 清洗我的衣裳，
> 我想起了我的母亲。
> 用那酸苦的泉水，
> 清洗我的双手；
> 清洗我的双手，
> 我想起了我的母亲。

周健在深圳和广州不到半年就回来了，他实在没办法也没能力把异乡当故乡，毕业那年年底从深圳往回赶，可怕的春运，仿佛进入战争状态，除夕夜还是没赶回老家，年夜饭是在火车上吃热腾腾香喷喷的饺子，一边感激人家列车员一边在心里抱怨自己这么倒霉。大年初一早晨回到家，娘一个劲问我娃吃了吗？我娃吃的啥？不管他把公家无偿提供的大肉饺子说得多么天花乱坠，娘还是一口一个我娃不当当的（可怜的）。在故乡人眼里公家提供的饺子不就是舍饭嘛，还有什么比除夕夜吃闹饥荒一样的舍饭更倒霉的事情？过年后他再也没有返回南方，他把西安当落脚点，毕竟在这里念过四年大学，既熟悉又陌生，回周原老家除火车外还有两条公路，只要挤上车，两三个小时就能回到周原，从周原到村子五六十里路走都要走回去。

在省城西安他干过各种工作，从写字楼到建筑工地到商场超市，还开过出租车，把西安的大街小巷都跑遍了，这座城市却越来越陌生，道理很简单，他没有能力在西安成家立业，他只是个打工者，比农民工强不了多少，不同的是他戴一副眼镜，有冬夏两套礼服，回周原老家时可以用一下这身行头，面对乡亲们侦探式的问候可以从容不迫虚构许多公司或企业。令人苦恼的是还没走开人家就乱发议论。最伤心的是把他跟叔叔周志杰扯到一起，不是那个曾经风光过的周志杰，是被妻子抛弃在单位混得不如意的周志杰。

在异乡总想回故乡，回到故乡不到一礼拜就匆匆逃离。

三年后，叔叔的生活安定下来了，金花婶婶成功地让公公婆婆旧貌换新颜通过了亲生父母的评估验收，有精力也有能力关心侄子周健了。周健回到渭北市，叔叔周志杰见面就说：回来就好回来就好。周原老家的父母也说回来好回来好啊。周原老实的乡亲们出外打工下了原就算到了异乡，上了大学的人离开渭北地区才算有故乡，大家异口同声给周健用了一个回的概念，周健也有一种回故乡的感觉。

叔叔周志杰跟侄子周健聊天的时候发感慨："你回来啦，碎爸（小叔）还漂着呢。""你和婶子要调西安吗？""我的凉侄儿，"叔叔摸着侄儿的后脑勺轻轻拍了拍，"在渭北市都觉着累都扎不下根还能去西安？实话实说，碎爸就是一个身在故乡的异乡人，你这份工作还是你婶子托人办成的。""婶子办成的就等于你办成的嘛，你还跟我婶子分这么清？""碎爸不是这个意思，碎爸在自己的家乡混成这个样子碎爸能不发点感慨吗？""就是嘛，婶子是新疆人，碎爸你才是地地道道咱陕西周原人，你就是没有婶子活泛，碎爸你要想开呢，婶子可是咱周家的活菩萨。""活菩萨不假，还是个蒙古族菩萨，草原民族自古逐水草而居，天生就有把异乡变故乡的本领。"这大概就是前妻田晓蕾跟叔叔周志杰离婚的原因，田晓蕾回到陕西那天起也成了故乡的异乡人，女人更敏感更脆弱，周志杰对前妻的怨恨很短暂。

也是从那个时候开始周志杰的研究方向从原始岩画改为中国北方草原民族史，重点是草原民族的迁徙和生活方式。也许是为了表示对金花的感激之情，也许是金花能如此迅速地融入故乡刺激了他，他首先研究卫拉特土尔扈特蒙古族的东归史。他自费考察，从俄罗斯卡梅克共和国到哈萨克斯坦吉尔吉斯斯坦，直到中国新疆的伊犁和巴音郭楞甘肃河西走廊的额济纳直到青海海西蒙古族藏族自治州，沿着卫拉特蒙古人的东归路线进行一次罕见的万里长征。国外全凭他个人硬拼，国内就方便多了，可以带上研究生搞考察，那点可怜的经费也只能在国内进行。当他独自从伏尔加河回到金花的故乡巴音布鲁克草原拜见岳丈岳母时，草原一片欢呼，大家把他当成了真正的蒙古人，托布秀尔的音色都变了，唱出的《大月氏歌》和西蒙古古歌《我的母亲》让人们仿佛回到渥巴锡汗那个英雄的年代。

蒙古民族崛起以后就纵马驰骋在从大兴安岭到维也纳城下的辽阔地带，明清时期，西蒙古卫拉特人成为这一辽阔地域的主人，蒙古骑手甚至翻越帕米尔高原兴都库什山和喜马拉雅山在古老的印度大陆建立莫卧儿帝国，即蒙兀儿人的帝国，莫卧儿帝国的皇帝为了纪念他心爱的妃子建造了人间仙境一样的泰姬陵。欧洲列强开始征服世界，莫卧儿帝国阿拉伯帝国波斯帝国全都衰落了，大清帝国是欧洲列强最后啃下的一块骨头。大清帝国衰落前，土耳其帝国和蒙古人的一系列汗国在沙俄帝国的打击下也都衰落了。卫拉特蒙古人的一支土尔扈特人十七世纪初从天山西迁伏尔加流域在那里生活了一百五十多年，伏尔加河在蒙古语里叫亦勒的河，美妙无比的蒙古语跟草原骏马一样从大兴安岭到维也纳城下辽阔地域的森林草原群山湖泊河流留下了星光灿烂的地名，包括沙皇的皇宫克里姆林也是蒙古语城堡的意思。面对沙俄帝国扩张的铁蹄，土尔扈特蒙古人奋起抗争。土尔扈特人热爱自由，他们从来没有在任何人那里做过奴隶，除神明外，他们不怕任何人，他们认为草原人逐水草而居天经地义，因为土地和水是神的。他们善待被征服的部落，与之共享游牧生活中的财富。沙俄帝国的出现对他们来说是大地上第一次出现了恶魔。阿玉奇汗，策棱，敦多卜汗，敦多卜·鄂木布汗，敦多卜·达什汗几代汗王奋力抗争，沙皇的绞索越套越紧，土尔扈特人面临灭顶之灾，生存还是毁灭？到渥巴锡汗时土尔扈特人做出了东归天山母亲的选择，离开生活了一百五十多年的亦勒的河（伏尔加河）家园，千百年来草原人就这样在大地上不停地建造美丽家园又放弃这些家园去寻找新的家园，那都是来去自由，都不像这次这么屈辱，也只有一千多年前从祁连山落脚伊犁河谷立足未稳又杀出重围翻越天山最险恶最壮美的托木尔达坂和汗腾格里达坂，沿南天山越过帕米尔高原在兴都库什山找到新家园的大月氏人遇到过这种灾难。大月氏人在伊犁河谷留下的《大月氏歌》成为草原人最隐秘的伤痛，那是游牧民族的一段秘史，坠入万劫不复的深渊进入地狱之门时这首古歌就会从心底油然而生。

　　　孩子，你要是渴了，不要饮河水，
　　　河水里敌人下了毒，
　　　你就喝敌人的血吧！
　　　孩子，宁死也不要屈服，
　　　死了，不要让我看到你睡在棺材里，
　　　你的尸首一定要躺在盾牌上被抬回来。

　　一七七一年一月五日土尔扈特人赛跑似的一下子离开亦勒的河（伏尔加河）岸向东奔去，跟随渥巴锡汗走的有三万零九百零九帐二十多万人，因为河上开始结冰，河对岸一万一千一百九十几帐七八万人无法从高地渡河留在了对岸草原，这部分土尔扈特人就是后来的加尔梅克蒙古人，加尔梅克就是留下来的人。跟随渥巴锡汗的二十多万土尔扈特人渡过乌拉尔河，经恩巴荒漠，穆戈扎尔山脉到伊尔吉兹，萨莱·托尔戈伊和捷尔萨康。从捷尔萨康绕过西伯利亚林莽，急转向东南，越过喀喇库姆黑沙漠奔向巴尔喀什湖，经克采斯—尤汗斯克大草原和哈喇托尔荒原进入伊犁河谷时二十多万人只剩七八万，三分之二的人失去了生命。七个月的征途，走遍了大半个地球，穿越了大地上最辽阔的森林草原沙漠荒原湖泊河流。后有沙俄的追兵，沿途有草原部落的袭击，他们心目中只有天堂般的草原，他们奔向草原，从沙漠瀚海里的草原到万里荒漠中的草原，战争和天灾不断在强化大地上的草原，天堂草原最后在天山母亲的怀抱里得到证实。一百五十年前，他们的祖先就是从西天山海拔三千米的天上草原西迁亦勒的河（伏尔加河）畔。七个多月的万里征程在不断地唤醒天山草原的民族记忆。天山草原已经成为草原人最后的家园了，山下的草原将会一一消失，自古以来逐水草而居的自由生活将要结束，草原人没有边境线和国界意识，他们对西方列强的国家民族观念一无所知，但他们能意识到这是一条可怕的窒息生命的绳索，人类将坠入万劫不复的深渊，恶魔将充斥世界，土尔扈特人的使命就是守护大地上最后的天上草原，他们赛跑一样从伏尔加河狂奔几万里，沙皇的追兵目睹这一奇观，以第三罗马自居，以希腊正教为神灵的俄国官兵一定想到了古代雅典的奥林匹克运动会，一定想到了四十多公里的马拉松长跑与温泉关战役。愤怒的土尔扈特人狂奔几万里一路连败俄国军队和草原部落的围攻，并且征服一个又一个沙漠戈壁荒漠和大林莽。俄国军队里的欧洲雇佣兵留下了这样的记录：蒙古人奔向草原的劲头让人想到英国海军军歌：大不列颠统治海洋，大不列颠人民永不做奴隶。这首海军军歌可以用在蒙古人身上，奔向草原就意味着自由就不会成为奴隶，草原就是海洋。俄国人是最早接触中国人的欧洲人，俄国人告诉这些西欧人，中国人两千年前就把亚洲腹地的戈壁沙漠草原统统称为瀚海，无边无际的大海。

刚开始土尔扈特人以《大月氏歌》来鼓舞士气，阵亡的将士越来越多，已经无法用盾牌抬回来了，大多都抛尸荒野。倒毙的牲畜更多，这都是活下去的命根子。这首古歌的原创大月氏人在帕米尔高原以南的兴都库什山找到新家园，就乐不思蜀拒绝了汉使张骞夹击匈奴重返祁连山的请求，高山草原不就是家吗？大月氏人兴旺发达以后扩展到印度大陆建立了贵霜王朝，弘扬佛法，成为佛教向西域向中原传送的枢纽，老家祁连山下的敦煌千佛洞与贵霜王朝在兴都库什山和印度大陆修建的寺庙金顶交相辉映，一片佛天胜地的吉祥景象。信奉佛教的土尔扈特人被沙皇奴役得喘不过气来，几万将士为沙皇卖命死在战场上，沙皇还要征几百名土尔扈特王公贵族子弟去莫斯科做人质，还要全体土尔扈特人改信东正教放弃对佛的信仰，东归中国的壮举就这样成为全民族的愿望。土尔扈特人面临的灾难是整个东方民族的是全人类的，远远超越当年的大月氏人，《大月氏歌》已经对付不了眼前的灾难了。这时候一位美丽的土尔扈特少女跳起了《萨吾尔登》，女人们大梦初醒全都跳起《萨吾尔登》。连续征战的日子里，女人负责照顾老弱病残饲养牲畜，牲畜是活命的粮食。《萨吾尔登》本来就是赞美牛羊马驼飞禽走兽的，也就是人与动物的融合，古老的《萨吾尔登》有五六十种，危难中的土尔扈特女人挑选出最有代表性的十二种。第一个跳《萨吾尔登》的少女完全是为了一只刚刚倒毙的羊羔，她只想救活那羊羔，再有几个月就可以挤奶供养前线的战士了。可以肯定最初几天女人们都是为了拯救倒毙的牲畜，它们死去的是肉身，它们的灵魂还在，它们活在《萨吾尔登》舞蹈中与女人们如影相随。跳过《萨吾尔登》之后，大地上果然出现大群的牲畜，鹰也飞来了，来保佑灾难中的人们。接着就发生了奇妙的现象，阵亡将士的身影出现在《萨吾尔登》舞蹈中，跟牛羊马驼飞禽走兽不分彼此；生命互相吸引互相转化，完全符合佛的精神；生命生生不息，没有减少反而增多，《萨吾尔登》就有了一种神灵附体的感觉，几十个少女起舞会让人感到千百万生命相随。灾难中的土尔扈特人在勇猛中显得沉静从容，十二支舞曲开始以鹰打头，天上的鹰闻曲而至，与鹰相随的是大片大片的云朵；云纹从来都是牧人服饰与帐篷最基本的装饰图案，是长生天的标志，与鹰相随的云朵就像牧人放养的洁白的羊群，天上草原再次得到验证。到达伊犁河谷时，《萨吾尔登》舞蹈已经锤炼得炉火纯青，在人与动物的框架上加入了独具女性魅力的《袖子萨吾尔登》《波浪萨吾尔登》和《绸巾萨吾尔登》。《萨吾尔登》形成了与以往不同的风格：剽悍与温婉，迅猛与从容，豪放与沉静奇妙地融为一体，深沉苍凉悲壮。

> 用那清清的泉水，
>
> 清洗我的衣裳；
>
> 清洗我的衣裳，
>
> 我想起了我的母亲。
>
> 用那酸苦的泉水，
>
> 清洗我的双手；
>
> 清洗我的双手，
>
> 我想起了我的母亲。

这么歌唱的时候天上的白云就消失了，只剩下孤零零的鹰，男人们还在唱，鹰在天上一动不动，鹰是百鸟中唯一可以高悬苍穹一动不动的王者，鹰更接近男人那颗高傲孤独永不屈服的雄心。天地都屏住了呼吸，从天山腹地飞来大群的白天鹅，土尔扈特少女中魔一般纷纷起舞。十二支《萨吾尔登》已经不能满足少女与天鹅的愿望了，歌声中的少女轻盈温柔端庄，委婉恬静，完全成了天鹅的化身。那一天，天空大地全是天鹅，伊犁河谷开天辟地以来从未有过的人间胜景。《萨吾尔登》最具魅力的《少女萨吾尔登》诞生了。天鹅象征爱情，东归之路就是超越苦难的爱之路。伊犁草原仅仅是开始，土尔扈特人继续东进，在伊犁河谷与尤都鲁斯盆地交界的天山达坂出现大片大片的雪莲，八月正是雪莲盛开的时候，雪莲全都生长在三千米雪线以上，很容易与白天鹅混在一起，劫后余生的土尔扈特人就以为那是白天鹅落下来啦，那些创造了《少女萨吾尔登》的少女们在那一天不但成了天鹅也成了雪莲花。那一天土尔扈特少女有了一个崭新的名字金花，直到今天卫拉特蒙古族女孩都喜欢以金花做自己的名字，就像维吾尔族女子有那么多人叫古丽一样。金花这个名字完全是神灵所赐。

叔叔周志杰很早就了解土尔扈特人东归的历史，上大学后就开始搜集有关卫拉特蒙古人的资料，选择去卫拉特土尔扈特蒙古族为主的和静县实习也有实地考察的意思。中学生金花姑娘就进入了他的生活，后来还成为他的妻子。多少年以后，叔叔沿着当年土尔扈特人的东归路线走了一遍，回家见到妻子金花时就有点刮目相看的意思了。金花婶婶都感到奇怪，问他是不是外出一趟换了眼睛啦怪怪的啊。他拥抱着妻子贴着妻子的耳朵醉酒一样小声嘀咕翻来覆去就两个词：雪莲花，金花，金花，雪莲花……金花就笑："都生养一大群孩子了你才知道金花就是雪莲花，雪莲花就是金花。"

金花只生了一个儿子周巴图，女儿周晶晶是前妻所生，金花给人感觉有一大群孩子，学校学生还有文化宫舞蹈班那些孩子全都归她了，她真把学生当自己的孩子，即使处罚孩子，孩子家长都能接受。孩子们回到家里一口一个金花老师，小一点的孩子改不过口全叫金花妈妈，把亲生母亲搞得跟继母似的。在大街上孩子们老远看见金花一家人，就喊巴图的妈妈，晶晶的妈妈，又喊又跳，跟喊亲妈一样。金花告诉丈夫她生养了一大群孩子是有道理的。她还告诉丈夫雪莲花中间那些小房子就是你的故乡，在西天山与鹰同行的时候你就有故乡了。于是就出现了这样的局面，每当叔叔周志杰从周原老家从单位垂头丧气地回来时，金花婶婶就以《萨吾尔登》相迎，两个可爱的孩子热烈响应，妻子用眼神告诉丈夫，《萨吾尔登》是草原人的家园，也是你的家园，丈夫就会在《萨吾尔登》中喘一口气，然后跟真正的草原人一样唱起《我的母亲》。那一定是妻子最伤心的时候。还有什么能比一个人在故乡寻找家园更难受的事情？还有什么能比一个人刚刚离开亲生母亲又寻找母亲更难受的事情？我们可以想象，金花婶婶把《少女萨吾尔登》跳到了何等境界！已经成为天下所有孩子母亲的金花婶婶依然保持着草原少女的风采和魅力。张海燕第一次见到金花婶婶就被那罕见的美所震撼，离开叔叔家好半天才对周健说："谁能相信她是做妈妈的人？完全是个少女呀！女人做到这种境界幸福死了。她怎么做到这种境界？"周健只知道金花婶婶爱跳舞。"我也跳呀，我六岁就跳啦，我的大学老师都跳几十年了，都拿过全国国标舞冠军，跟金花婶婶相比简直是云泥之别。"张海燕就拜金花婶婶为师，边学边探询《萨吾尔登》的秘密，金花婶婶告诉张海燕："爱你所爱。"就这么简单。

金花婶婶跟张海燕很投缘，跳舞之外就说女人的心里话。周健都不知道她们谈了什么。张海燕高兴的时候会告诉周健：金花婶婶说了，你们周家男人要么娶草原女人要么娶城市女人，娶农村女人过不下去。张海燕冰雪聪明，不等周健追问就告诉周健：草原人的生活更接近现代文明。现代文明不就是城市文明吗？草原人跟城市人一样更注重精神家园。周健瞠目结舌的时候，张海燕继续发挥：精神家园在心里装着在脑子里存着，随身携带，大地上到处是家园，不必赶春运赶除夕年夜饭。周健眼睛已经湿了，张海燕就摇他肩膀："你不要这样嘛，我不想毁掉你的故乡，更不想毁掉你的家园，叔叔还以为只有他是故乡的异乡人，叔叔把你当幸运者，金花婶婶已察觉到你会沦落到叔叔这一步，金花婶婶这么热心地教我《萨吾尔登》是给你打预防针。"周健就不停地说我没事我没事。张海燕扳住周健的脑袋死盯周健的眼睛："你别装！"周健的眼睛和声音都没有骗张海燕，周健告诉张海燕，"金花婶婶来我们家这么多年，直到今天我才明白她受了多少委屈。""她爱你叔叔嘛，女人的爱能把天地包容进去，你们家那些破事情算什么。"

　　叔叔当年去新疆谋生路的时候周健才两三岁，没有任何印象，懂事以后听到的都是有关叔叔的传说，叔叔上大学那年才回老家探亲，周健快小学毕业了。叔叔把小侄子抱怀里向大家宣告：周家还会出一个大学生。整个家族都对周健刮目相看。叔叔是周家第一个大学生，理所当然成为周氏家族孩子们的榜样。叔叔人生最辉煌的事情就是带新婚妻子田晓蕾衣锦还乡；虽然只在老家待一个礼拜，上大学吃公家饭娶城里姑娘做媳妇，叔叔可谓梦想成真。后来叔叔就走下坡路了，远在西域边陲小城，混得不如意再也没回过老家，亲朋好友慢慢淡忘了叔叔周志杰，只有周健惦记叔叔周志杰。就在叔叔调回老家跌入人生低谷，结发妻子离他而去，亲朋好友冷嘲热讽的时候，周健总是挺身而出捍卫叔叔周志杰，鞍前马后为叔叔奔走。金花婶婶来到叔叔身边，很快就喜欢上侄子周健，金花婶婶告诉叔叔这孩子是你们周家最诚实的人。金花婶婶因为草原人的朴实厚道常常受婆婆家亲朋好友的戏弄嘲笑，周健就站在金花婶婶一边，也只有周健埋怨自己家人奸猾不诚实。家里人就咒他跟叔叔周志杰一样没出息。周健就反唇相讥：我要能混到碎爸的分上是我的造化，你们要想过一天碎爸那样的生活，你们开始烧八辈子磨盘那么粗的高香吧！这种狠话引来大家一阵哄笑："凉娃娃，好馍馍费菜，俊媳妇费汉，眼馋你碎爸的桃花运吧？没看见你碎爸活得多累。"他们竟然把美好的爱情视为累赘，猪狗不如的东西。中学生周健对他们表示了极大的蔑视。中学生周健已经有了意中人张海燕，他们彼此没有深交，只是互相问候，甚至点头示意。人家挖苦嘲笑叔叔周志杰和金花婶婶还把他扯在一起，这些难听话此时此刻就成为一种赞美。周健乐滋滋的。金花婶婶用诚实来称赞他，他就把诚实当作人生最可贵的品质，周健大学毕业后干过许多工作，活得很累都与这种诚实有关，这种累一直延续到现在，已经让他处在危难当中了。

金花婶婶这么要求他是有道理的，他上大学的时候已经没有公费了，叔叔和婶婶供他念大学。叔叔和婶婶从来不这样要求家族的其他子弟，尽管叔叔和婶婶都供过他们学费，他们也就念到中学，最高念到自费大专。说到底是周健自愿接受婶婶对他的要求。做一个诚实的人就这么简单。

跟叔叔交谈的时候周健知道草原人对语言的珍惜，不说谎话，不油嘴滑舌，更不巧言令色，厌恶任何投机取巧，对取巧达到仇恨的地步。好多时候金花婶婶都沉默寡言，在村子里在单位都是微微一笑，面露诧异之色时都是金花婶婶遇到了十分意外超出想象超出人性底线的事情，如果离底线太远金花婶婶会受不了的。

周原是西周故地，历史悠久，传统文化积淀丰厚，厚到极点就出现报喜不报忧的皇宫气息，草民百姓也是如此，不管在外边吃多大亏受多大委屈甚至冤屈也不敢声张；声张或泄露就会出现这种情况，大家更看不起你还会想方设法欺负你，所以大家外出归来都是一片吉祥如意和为贵。小农经济还罢了，市场经济全民皆商，在乡镇企业、私营企业里打工的人受什么罪就可想而知了；老板一点也不用担心，老板知道员工声张出去会是什么后果。老板只坚持一条底线，不要出人命，不要惊动公安。周氏家族一个童工实在忍不住了，回村子时都能忍着都能强作欢颜跟大家打招呼，见了亲娘就忍不住了，到底是个孩子，一顿哭诉说了实话，也说了千百年来周原人死要面子活受罪的事实的真相，亲娘一边陪孩子流泪一边给孩子打麻药安慰孩子。金花婶婶就在跟前，金花婶婶来看望家族长辈，屋里就孩子他娘和金花婶婶，没有外人，都这样隐瞒真相，金花婶婶怎么受得了哇！金花把孩子拉过来，详细询问，十四五岁的孩子正是上中学的年龄，农村像这么大的失学孩子太多了，中学教师金花只能关心眼前这个孩子。

金花婶婶没有写举报信，直接找到报社，就是我所在的《渭北晨报》。我曾经采访报道过金花的《萨吾尔登》舞蹈培训班的事，我很乐意去暗访这些黑工厂。我做了一次卧底，当然得保护那个提供情报的孩子。报纸不可能公开报道，上了内参，那家工厂受到处罚整顿。孩子没有暴露。工作条件得到改善。最大的变化就是干净卫生了，还请渭北大学人文学院的教授来讲《菜根谭》《朱子治家格言》《弟子规》，给全体员工包括大老板二老板三老板们灌输一些"入则孝，出则悌""泛爱众，而亲仁""势服人，人不然，理服人，方无言"等至理名言。这一套新的管理模式是从渭北市丰庆建筑材料有限公司学来的，上了原到了偏远乡村是要打折扣的，但企业文化的那层金粉算是抹到佛面上了。

那个打工的孩子不再哭泣，而是疲惫不堪苍白瘦弱，无论亲娘还是金花婶婶再也问不出什么了。金花婶婶一脸迷惘，婆婆就告诉她传统文化的精髓；婆婆不懂三坟五典四书五经连《千字文》《三字经》《弟子规》都不懂，婆婆用了老百姓的通俗说法：日鬼甬叫鬼叫唤。字面意思明白如话，里边蕴含的玄机金花婶婶就琢磨不透了。金花婶婶还是找到了理论上的说法：让受刑者放弃呻吟的权利，我的天哪！

周健回渭北市的时候，金花婶婶反复考察最终选择丰庆建筑材料有限公司。在内地上学工作生活好多年，金花婶婶明白一个简单的道理，越是大城市就越文明越公平，最低也要待在地级城市，比如渭北市。到了县城或乡镇就是另一回事了。

金花婶婶对周健的状况相当满意，尤其是周健有了张海燕这样的女朋友，幸福的生活就在眼前。"你们以后的日子会比我们好。"张海燕脸红得快出血了，张海燕还是说了心里话："我们都羡慕你跟叔叔的生活，接近这种生活我都幸福死了。"金花婶婶就叹息："不错，我们很幸福，我是草原的女儿，血液里有我们草原人逐水草而居的天性，就是到了月球上都能搭帐篷点篝火摘下星星烤着吃，你叔叔有浪迹天涯的经历心里还惦记着家园故乡，回到了故乡却成了故乡的异乡人，回到了家园却在家园里安不下心。你们就好多了，出生成长工作生活都在故乡，安下身就安下了心。"

金花婶婶一点也感觉不到那台要命的搅拌机给周健带来的危机，金花婶婶觉察到了周健和张海燕心里的不安，金花婶婶误以为他们的关系遇到了张海燕家里的阻拦，跟城里姑娘结婚是有难度的，意料中的事情嘛，金花婶婶就让周健当着张海燕的面谈谈自己未来生活的打算。显然受到了金花婶婶的指导点拨，在周健的宏伟蓝图中，用二三年时间获得实际工作经验的技能，考取建筑师资格证书，就有条件争取中层管理岗位了，争不到中层岗位，也有条件跳槽到更好的单位去。那都是几年以后的事情；搅拌机的危险近在眼前，这颗定时炸弹一二年后就会失效。一二年后会有很好的人际关系，冰冷的机器会变成火炉，成为火炉之前它就是一颗炸弹。这种深水炸弹没法给金花婶婶说清楚，金花婶婶明显对内地错综复杂的生活方式和人际关系半生不熟，发生过不少误会，闹过不少笑话，也难为了这个草原女人。

在张海燕张罗下搅拌机的危机快要解除了，好像已经解除了，需要再强化一下，下礼拜周健要上原给刘军的奶奶做寿，等于给炉子里边加了一把火，刘军把周健真当成兄弟了。《菜根谭》《朱子治家格言》《弟子规》里边的大道理开始显灵啦。周健脸上罕见地出现了恬静安详的神态，有道是相由心生，那是周健最放松的一段日子。金花婶婶就说："周健是个诚实的孩子，诚实的人应该过上好日子。"

金花婶婶说这话是有道理的。

周氏家族那个打工的孩子几经折腾，金花婶婶无能为力。在渭北市大街上，我这个《渭北晨报》大记者跟金花婶婶闲聊的时候，谈到那个可怜的孩子，不是读书的料，只能进家门口那种黑工厂，我就明白是怎么回事了。我去了一趟周原，动用私人关系让那个孩子到离家稍远一点的镇上去上班。离开村子那家原始作坊式的私人企业时我跟孩子演了一场戏，县电视台的朋友扛着"大炮"对准我和那孩子，孩子小小年纪相当懂事了，大谈这家厂子有多好多好，老板多好多好。老板在场老板都不好意思了，新版《好了歌》嘛，天好地好你好我好他好人人好，就会有好日子过。这孩子就很轻松地到镇上一家企业干了一份轻松活。我们可以想象金花婶婶看到报纸上的报道和孩子的大特写有多么惊讶！金花婶婶当即把电话打到报社，我就告诉金花婶婶："《菜根谭》《朱子治家格言》《弟子规》有许多种读法，我这种比较管用，咱只有一个目的让孩子不吃亏有好日子过就行。"我听见电话那头金花长长的叹息，我无法面对这个美丽女人的质疑，也无法立刻放下无话可说时的话筒，那是我听到的最无奈最伤心的女人的叹息，直到她轻轻放下话筒，那简直就是天鹅之死，缓缓落下那美丽的翅膀。从那以后我再也无法欣赏圣桑的大提琴曲《天鹅之死》，更无法去观赏巴甫洛娃经典的芭蕾舞。

好多年前周氏家族的长辈就以这种方式开导过金花婶婶。周家辈分最高的老奶奶每年过寿都是一次家族大聚会，也是教育子孙们的一次好机会。老奶奶九十岁了，神志清晰，身子硬朗，能吃能喝能打麻将，确实是周氏家族的老寿星，福星高照，家族兴旺，老人家对孙子辈的不管嫡亲还是旁系全都一视同仁。孙子辈的大多都工作了，要孝敬老人家，当然跟子辈不一样。孙辈重在软化。老人家的方式很有玄机，已经工作的孙子们给老人家献的寿礼就很有名堂，大多都是营养品滋补品保健品，周健坚持送西洋参或深海鱼油卵磷脂。这些寿礼老人家看一看笑一笑，就放下了，过完寿慢慢享用。只有一个孙子每次寿礼都是几样小吃，今年一碗豆花，明年就是豆花泡锅盔，有一年还上过一碟炒凉粉，盛在不锈钢保温杯里，老远打开盖子，热腾腾香喷喷，边往老人家跟前奔边喊叫："婆，婆，孙子给你端一碟热凉粉。"就像战士举着冒烟的手榴弹冲向山顶，老人家那颗心就炸开了花，脸上的核桃纹都是笑容。第二年有人效仿，效果不佳，老人家尝一口就递给别人。只有这个孙子乖巧，送的礼巧，嘴巴更巧。要打动一颗九十岁老人的心实打实硬来是不行的。寿宴的高潮就是老人家的几句话，老人家庄严宣布这才是我的乖孙孙。老人家的赞美词绝不会落到周健身上。每一次周健都会看到金花婶婶在人群中向他竖起大拇指。有一次让老人家看见了，老人都有孩子心理，就很孩子气地加倍赞美献她一碟面皮的乖巧孙子，说得天花乱坠啊，快把一块钱一份的岐山面皮说成长白山百年老参了。寿礼中就有一盒长白山百年老山参，子女们掏血本孝敬老人家的。

叔叔周志杰看得透彻，就给金花婶婶上一课："《论语》里说，君子迩之事父，远之事君，现在没有君，君分散成大大小小的领导，老人家给孙子传授的是如何钻进领导的大被窝。""这不是空手套白狼空手道吗？"金花婶婶急了。叔叔周志杰就告诉她："我们的生存之道讲的就是以虚化实，化重为轻，四两拨千斤，以少胜多。""以不干胜苦干大干拼命干往死里干。"金花婶婶开始冰雪聪明了："周志杰你小子要这么干一回我就废了你。"

不听老人言吃亏在眼前，周健娃吃大亏是肯定的。

那个乖巧的孙子职校毕业几年就混到总经理助理，无非就是不断演绎给老奶奶的那一套把戏。

金花婶婶眼睛都看麻了。揉一揉还是要睁开的。那是金花婶婶眼睛睁得最大的一次。那一年叔叔周志杰的堂兄跌到了人生的低谷，跟叔叔周志杰一样败走麦城时首先受到自己人的伤害。堂兄最早在村子里办手工作坊，艰苦创业扩展到镇上，进军到县城时栽个大跟斗，几乎全盘皆输，堂兄都没脸见父老乡亲了，躲在外边，过年都不敢回家。金花婶婶就看到了恐怖的一幕，所谓恐怖也是对金花婶婶而言，在我们当地都是司空见惯的事情，乡亲们包括亲朋好友这些天就忙一件事，迎接败走麦城归来的堂兄；大家一边准备年货一边准备如何救济周家这位曾经叱咤风云的大能人。刚开始金花婶婶还很感动，脑子里蹦出一连串同情怜悯厚道温情乡情友情亲情这样的大词，金花婶婶理所当然也准备了一份大礼。金花婶婶跟婆婆情同母女，婆婆就说了大实话："大家都等着看笑话，他要是体体面面回来，大家也就跟他打个招呼，他要是像一条狗一样摇着尾巴叫花子一样回来，满街的人拥上去问寒问暖。前几次他就是昂昂气壮回来的，架倒啦势不倒哇，这才是周家好男儿，头发抿光光的，衣服棱是棱角是角，皮鞋亮得像老鸦翅膀，见人就散烟，年节近了，他就绷不住了，有人看见他在县城喝得大醉，一脸倒霉相，估计这两天会带着一脸晦气回家，大家就想看他这个样子。"金花婶婶就噎住了满脸惊讶说不出话。婆婆告诉儿媳妇草原上绝无可能的只有内地才有的生存法则：恨生不恨死。草原的女儿还是似懂非懂，汉族婆婆就说大白话：大家都希望你死不了活不旺。草原的女儿终于喘出一口气："活不旺还叫活吗？""娃呀，就得这么活，好死不如赖活着，癞皮狗一样活着不是叫你活成老虎豹子活成鹞子活成一匹马。"汉族婆婆深受草原儿媳妇的影响，脑子里有了雄鹰和骏马的概念，而且能兑换成黄土高原上凶猛的鹞子和驾车拉货的高头大马。婆婆就去劝农民企业家的媳妇，也就是叔叔的堂嫂。堂嫂和堂嫂的娘家人一直在等时机想拿堂兄一把，他们眼睁睁看着这个普通农民过五关斩六将成为有头有脸的农民企业家，这个企业家其实很低调很本分但那种气势出来啦，有点不怒自威的意思，是个人物啦，把人活出来啦，这么活下去怎么得了哇！别人怎么活！女婿和丈人家的关系从古以来就充满此消彼长的玄机。农民企业家坠入人生低谷的这段日子里，妻子细心照顾公婆和孩子，丈夫回家就精心服侍，但绝不热情更不贴心，拿捏得很有分寸，无可挑剔。娘家人也万事俱备只等那场东风，只等压倒骆驼的最后那根稻草，女婿落水很深了，淹得翻白眼快没气了，还得等一等，等肚子里灌满水，漂起来，亮着大肚皮，跟一头死猪一样尊严全无，再拖上岸人工呼吸，从死亡线上拽回来才是高明的举动。这个机会近在眼前。

金花陪婆婆去见农民企业家的媳妇，应该是婆婆的侄媳妇，婆婆开门见山："娃，快去城里接你男人，发理了，澡洗了，超市商场买一身好行头，年货买齐雇一辆车，咱架倒势不倒，体体面面回家过年。"侄媳妇就说："人家就没倒过势嘛，人家啥时候都是体体面面的，县城又不是美国德国，打个出租车立马就到家，我服侍老的还要服侍小的，我抽不开身嘛。"院子里已经挤满了人，窗户上都是人，婆婆又呱呱呱劝这个女人，不该说的话都说出来啦："娃呀，陪你到老的是你男人不是娘家人，娘家人的话要掂量掂量，说啥听啥吃了屙不哈。"这个女人就反戈一击："我娘家人又没害他，我娘家把他吃屎的路挡住啦？啊？"老太太被侄媳妇直杵杵戳在心窝窝里，噎住了，抓挠心口说不出话。金花婶婶就冲上去揪住这个女人的领子嗓门大得像天上打雷："你男人身上比你多一块肉，没有这块肉你就是一块石头，丢了男人的尊严，你这个妻子连一条狗都不如，当婊子都没人上。"金花扶着婆婆昂首气壮从人群中穿过。结局不用多想，金花婶婶的那句名言传遍了整个周原，渭北市叔叔和婶婶单位的人都知道了。好家伙，男人比女人多一块肉，等于原子弹爆炸嘛。

有人就开玩笑：这么维护男人的女人快要濒临灭绝了。

时尚文化流行的都是把大男人变成小男人，让男人变流氓阿飞恶棍也不愿意让其成为有血性的顶天立地的英雄。叔叔跟他那些历史专业的同行或研究生争论得不可开交时，在一旁端茶倒水的金花婶婶会插上一二句让大家目瞪口呆。金花婶婶会把新女性的偶像武则天跟长孙皇后萧太后孝庄文皇太后相比，武则天的成功给中国女人带来宋以后的整体衰落。金花婶婶会把西太后跟袁世凯孙中山放在一起，里应外合灭了大清王朝。单位的女同事从康定归来，拿出与藏獒一样的康巴汉子合影向人夸耀，甚至传播小道消息，说什么欧美女人不远万里来到中国就是为跟康巴汉子"廊桥遗梦"，怀上孩子生下优良品种。金花婶婶不用去康定，金花婶婶就告诉女同事们草原男人的生活方式：骑马摔跤唱歌跳舞干男人的事情。"做饭洗衣服带孩子拖地板会凿掉男人的锐气，会让男人变得婆婆妈妈磨磨叽叽。"金花婶婶甚至开警察的玩笑："改造暴力犯罪的良方就是让罪犯干家务，最好当裁缝。"金花婶婶嘲笑这些女同事："一边攥着男人睾丸把他们废成太监，一边又无限神往藏獒和狮子一样的康巴汉子，这就注定你们一生不得安宁，精神分裂歇斯底里。"女同事们流行仰望天空可以使女人美丽，金花婶婶就告诉她们天空望久了，眼睛就会空洞迷惘凄凉，凝望你所爱的人，你的眼睛就会深情明亮温暖。金花婶婶工作之余的最大享受就是坐在台下无限神往听叔叔周志杰做学术讲座，每天上班下班接送孩子，彼此都凝望着对方直到亲人消失在视野中。那都是草原人的习惯，目光被所爱的人拉得很长很长与天地一体也不会消失。

第五章

1

安逸的日子从来不长久，叔叔周志杰这样的人肯定还要误入"白虎堂"，这回谁也救不了他。事先没有任何征兆，极为隐秘，一张大网悄悄落下来，了无痕迹，疼在筋骨不伤皮肉，内紧外松。叔叔周志杰只记得这次学术会议完全是一帮学术界朋友的休闲式聚会，都是朋友间一个电话一个短信，到太白山疗养游玩，洗温泉，穿原始森林登太白山顶看大爷海，两三天才一次座谈会，也都是沙龙式的闲聊，看似即兴发挥，实则是厚积薄发，自由放松，自然而然，往往有真知灼见。一帮研究生做记录，个个受过速记训练，一字不落，整理出来，还要送当事人审阅签字。流连于青山绿水间又是一场即兴发挥增加新的思想火花。

这些年大家开始怀念二十世纪八十年代，有道是八十年代有思想没学术，现在太学院化太讲学术规范，以至于多少论文专著皮包公司一样空壳上市，有学术而无思想。该思想的火花闪耀一下啦。会议放在秦岭最高峰太白山谷美丽的汤峪疗养胜地是有充分考虑的。李白当年在此写了"西当太白有鸟道，可以横绝峨眉巅"，太白山下眉县横渠镇是当年北宋大儒张载"为天地立心，为生民立命，为往圣继绝学，为万世开太平"的地方，渭河对岸与之呼应的是东汉大儒马融讲"春秋"大义的扶风绛帐。汤峪温泉西边岐山五丈原便是诸葛亮"鞠躬尽瘁死而后已"的地方，岳飞曾用手中长矛在五丈原诸葛亮升天的石壁上刻下书法杰作前后《出师表》。太白山下就是另一个人物秦大将白起。西秦大地既有希腊的文明，又有罗马的军功，文化人置身于此地，仿佛回到了周秦汉唐，一边缅怀希腊罗马式的辉煌，一边回味中国古代书院之遗风，同时兼有古希腊苏格拉底柏拉图亚里士多德在爱琴海边与众弟子赤足交谈的雅兴。大家全都超常发挥，淋漓尽致达到了极致。

记得不错的话叔叔周志杰做了五次发言，每次发言的记录都在三四千字，主要的学术观点方法参考文献都有，稍作补充就是一篇高质量的论文。最精彩的当然是对张载"民胞物与"思想的发挥，这是张载《西铭》的精髓。《西铭》全文仅三百字，给人类设计了"民胞物与"的"大同"世界。天父地母，人人都是我的同胞，连君主也是天地之子中的一员，宇宙天地间的万物都是我们人类自己的同类伙伴。叔叔周志杰就很容易把"民胞物与"思想与卫拉特土尔扈特人的《萨吾尔登》舞蹈联系起来，体现出东方民族视万物为一体的仁爱思想。张载的巨著《正蒙》在叔叔的阐述里就有了新的含义，蒙古最初的含义有柔弱的意思，也有火焰的意思。张载《正蒙》取自《周易》"蒙以养正，圣功也。""蒙者，蒙也，物之稚也。"由柔弱走向强壮，正蒙就有启蒙的意思。蒙古人建立王朝就取《周易》首句："大哉乾元。"蒙古更一层含义火焰，走出黑暗走向光明，穷神知化，达到精神的最高境界神化。草原民族的神话与叔叔的神话融为一体。

不到半个月就闪耀出如此醒目如此繁多的思想火花太令人兴奋了。有人开始离会了，乘兴而来尽兴而归嘛，完全是一次新世纪的"世说新语"，魏晋风度嘛。叔叔周志杰也提前离会，据说还有一个礼拜就要结束。

问题就出在最后一个礼拜。叔叔周志杰离开的第二天，单位五位同事前来赶会尾巴。赶末班车的不止这五位，各地来宾好几十位呢。太白山会议的盛况传出去了嘛，渭北市近在眼前近水楼台嘛，据说会议又延长了一周，前后开了一个月，后期那两周据说也高潮迭起，远远超出主办方的预料，真正的一次盛会嘛。

叔叔周志杰倍感荣幸，回家的样子可谓如沐春风。金花婶婶高兴坏了，多少年，很少见叔叔周志杰这么开心，还有了点仙风道骨。叔叔周志杰告诉妻子：真让你说对了，忘情于山水间，一句话，静，松，自然！

会议本身没有任何猫腻。会议结束后不久，大家都收到了纪念文集。叔叔单位对这套纪念文集做了大手术，抽出本单位六位同志的发言要点纳入单位未来五年的科研规划。那五位同事的发言几乎是叔叔发言的延伸，也就是说叔叔在太白山超常发挥的时候，这五位同事很快就知道了内容，两周后有备而来。回单位后设置天罗地网。叔叔拿到单位的科研规划，后背凉飕飕的驮了一块冰。太白山会议纪念文集中那五位同事的发言每人不到一千字，基本上是个梗概，既无方法又无文献参考，出现在单位科研规划里的内容都在四五千字，跟叔叔周志杰持平，叔叔五篇，人家每人一篇，只有叔叔明白未来五年他驾辕人家敲边鼓，更多的时候坐在车上舞鞭子喊号子。以前是巧取豪夺，这次把他拉进来，他退都没法退，也没法去给妻子吐苦水，妻子看到的是从太白山会议春风得意归来的丈夫，两个礼拜以后就变脸啦，实在没法给妻子说。不但误入白虎堂，五个人拔他屌毛给自己下巴栽胡子，森林一样茂密，屌毛也会被拔光的，水土流失成荒原了嘛！

更重要的是叔叔周志杰参加太白山会议前不久刚刚完成从伏尔加河到西天山对土尔扈特蒙古人东归路线的考察，基本上也成了劫后余生的土尔扈特人了，对这个世界充满感激敬畏怜悯之情，包括以前他很厌恶的人。细心的妻子发现丈夫谈论单位人和事时很少使用被窝猫大被窝拔屌毛栽胡子这些词了，妻子甚至发现丈夫慈眉善目有了几分佛相。对方也抓住了这个千载难逢的机会，尽最大努力排除"白虎堂"的凶煞之气，把陷阱搞得近于佛堂庙宇，把阴谋诡计搞得祥瑞平和，拔屌毛的时候上点麻药，同时充分照顾叔叔的面子，五年规划里给叔叔相当重要的位置。金花婶婶都没看出来，以为叔叔在单位混出了名堂，金花婶婶甚至开叔叔的玩笑："你也钻进大被窝了嘛，你也成被窝猫了嘛。"那一刻叔叔的表情很怪诞。金花婶婶再次误读了丈夫这张充满玄机的脸："受侮辱受迫害时间太长啦，适应不了温暖的大被窝啦，鹰钻进去会把大被窝变成帐篷的，哈哈哈哈。"看着妻子开心的样子，叔叔一定在想：这也许是这场阴谋唯一的收获。妻子为他担惊受怕太久了，再坚强的女人这么下去也不是个办法，关键是这不是真正的生活，整天生活在恐惧中，没有安全感。这是叔叔周志杰多少年来第一次受到虚假的尊重后得到的结果。

金花婶婶还是觉察到什么。叔叔单位的人见了金花婶婶那么亲热，领导见她都问长问短，生活有什么困难，等等。金花婶婶首先带丈夫去医院全面检查，啥事没有。没病就好，活在这个世界上健康第一嘛。得了绝症大家就会对你关怀备至，领导更是如此。金花婶婶接着就审查叔叔的工作，误入白虎堂的记录太多，教训也太惨痛了。一个教英语的中学老师面对隐藏很深的学术阴谋等于盲人摸象，除非丈夫亲口告诉她。她检查丈夫书房的每一份资料，单位的五年科研规划收录丈夫五篇文章，还有什么好怀疑的。那种不安和恐惧从何而来？面对镇定自若的丈夫，妻子无话可说。彼此心里都怀着疑问都无法诉说，就像鱼肚子里的鱼鳔可以让鱼成为永不沉没的潜水艇。

有一天，在办公室里，叔叔伏案两小时后活动活动手脚，看看窗外风景就看到了那几位在院子里谈笑风生的同事，他们笑得那么开心，又毫不手软地给人挖坑下套拔人家屄毛，现在这个被无形绳索套住的人无限同情地看着他们，他们都比叔叔年龄大，叔叔四十多岁了，他们也都奔五奔六的人了，叔叔突然觉得这是一群没长大的碎娃，叔叔就给金花婶婶发短信："他们都是些碎娃，就像我儿子一样。"金花婶婶回信告诉丈夫："这就对了，他们苦心经营大被窝他们怕冷，他们拔你屄毛不是当胡子是当菜吃，他们不惜成为被窝猫就得有人可怜他们怜悯他们同情他们，爷爷奶奶父亲母亲一样娇惯他们。"金花婶婶曾说过内地都是男孩，内地没有血性男儿没有新疆人说的长屄的儿子娃娃。金花婶婶说这话的时候是在渭北市经二路马道巷阻止一群流氓打架，十几个满身黑黑毛、刺满青蛇纹的壮汉围打一个女人，蒙古女人哪见过这架势，仗义执言两句就被壮汉们推趴下，这蒙古女人没有破口大骂，慢慢爬起来看碎娃一样看他们半天，然后打手机报警，然后面对着壮汉们的刀子一步一步走过去，直到刀子落地对方撒腿跑掉，警察赶来时蒙古女人劝警察别追啦他们逃掉啦，她接到丈夫的短信首先为丈夫的气度感到高兴，接着就从眼前的街头小流氓想到丈夫单位的无赖知识分子，跟街头行凶有啥区别嘛，原谅他们吧，理解他们吧，金花婶婶这种草原式豪迈再次忽略了勒进丈夫骨头缝里的绳索。几年以后，当成果出来时，这五位同事会变脸不认账，会提前把叔叔周志杰搞臭，那时他们会比街头无赖更无耻可恨。叔叔周志杰能想到这个结局，金花婶婶想不到，她的蒙古同胞中很少产生这种无赖，她的草原天性也许会再次原谅知识分子败类。叔叔周志杰就不难受了。

　　几天后叔叔全家上太白山去玩，大热天见到有名的太白积雪，金花婶婶好像重归天山，太白山的雪峰森林峡谷太像天山了。太白山是秦岭的主峰，秦岭跟祁连山天山一脉相承，没想到在内地还能体验到天山之美，而且就在渭北市附近。在关山牧场以外，他们一家又有了新的后花园。金花婶婶把这两个地方称为他们家后花园。金花婶婶更迷恋海拔近四千米的太白雪峰，叔叔周志杰认为美中不足就是没有雪莲花，金花语出惊人，她告诉女儿周晶晶和儿子周巴图："你们的爸爸在这里如同神灵附体，两个礼拜就完成了未来五年的工作，你们的爸爸才华横溢，灵感一个接一个，一口气完成了五篇论文的大纲，就像李白降生。"儿女们无限神往地看着他们的父亲，在高山之巅这样看伟岸的父亲他们的眼睛就成了白天里的星星。夫妻两人独处时，金花告诉丈夫："给人下套挖坑设陷阱是因为捕捉到你身上的善，人们之间的交流非常困难，地球都变老了。"那一刻叔叔和婶婶就以这样的方式洞察了彼此的内心，勒在叔叔筋骨里的绳索悄然滑落。金花婶婶并不知道丈夫身上有道绳索，金花婶婶更不知道叔叔就是在太白山误入白虎堂被人拔屄毛。可金花婶婶知道丈夫这种人吃亏是迟早的事情，大热天的高山雪峰照亮彼此的内心。叔叔周志杰答应妻子，每年都来太白山观雪，金花婶婶就表扬他：这才叫冰雪聪明。

下山后叔叔马上就冷静下来，妻子心里的恐惧与不安难以消除，而这恐惧和不安完全是出于对丈夫的担心，完全是为所爱人的操心而起。叔叔常常远望着妻子跟孩子跳《萨吾尔登》，叔叔的眼睛就湿了，好像妻子走过来了，那潮湿的眼睛又带上了微笑。含泪的微笑后来又出现在梦中，妻子发现了，就问他梦见了什么？他就告诉妻子天山的雪莲花快被毁光了。妻子告诉他：二〇〇二年新疆维吾尔自治区政府就封山不让采雪莲了。丈夫告诉妻子："我为我的过去赎罪，我在伊犁霍城上学时年年都上山采雪莲，西天山的雪莲都快被我采光了。"妻子告诉他："我见过你采雪莲，你跟采药人一样小心翼翼没有连根拔起，你没有伤雪莲根上的土壤，土壤里有种子，雪莲还会长出来，你没必要这么伤心。""我伤心了吗？"丈夫摸着自己的眼睛摸到了眼泪，丈夫就愣住了，妻子告诉他："你太爱我了是不是？你好好看看我你就不伤心了。"他们相拥而眠，这回他彻底睡着了，他不知道妻子后半夜醒了好几次。他依然远远地凝望妻子和孩子一起跳《萨吾尔登》，他依然那么情不自禁地流下泪，后来泪中带笑，再后来抑制住了那泪和带泪的笑容，晚上梦中出现没出现含泪的笑他就不知道了，因为妻子再也不这么问他了。

冷静下来后他明白不能再这么躲在暗处看妻子跳《萨吾尔登》了，要么直接上去跳，要么就一个人抱着托布秀尔用低沉的喉音唱《我的母亲》。这时候他就成了卫拉特勇士，驰骋大地成为大地之子，这种样子出现在梦中妻子会把他当成一只鹰，就让鹰在梦中飞翔吧长啸吧。清醒以后一切都是沉默的。一只沉默的收敛起翅膀的鹰不就是一块石头吗？如果你觉得石头太硬太有棱角就长一层厚厚的青苔或蒙一层灰尘，大西北绝不缺少尘土。

尘土飞扬的日子叔叔周志杰独自爬到塬顶，黄土高原的狂风绝不弱于西域大漠的沙尘暴，只是没有沙石罢了，飞翔中的黄土基本上是带翅膀的泥浆，一层一层往身上贴，比狗皮膏药还黏糊，比牛皮还结实，尘土飞扬的黄土高原基本上是一张密不透风的刚刚剥下来的大牛皮，严严实实地把叔叔裹起来了，叔叔快要憋死了，很快就被堵在狭窄的空间里，一点氧气都没有了，叔叔大口呼吸，鼻子嘴巴跟鱼鳃一样张开了，还是没有氧气，缺氧状态不超过两分钟他就没命了。求生的本能引导叔叔在一片黑暗中拼命挣扎，向上爬行，跟蜗牛一样，专找潮湿的地方，所到之处不仅潮湿而且有一种幽光。从那光中他感觉到他所穿越的是一双温暖的眼睛，他在那黑亮的眼瞳里蠕动，就像一只虫子。后来那虫子长了腿脚长了翅膀奋力一飞，那温暖的眼睛就成了妻子草原一样辽阔的怀抱，还有金光灿烂的微笑，好像把那漫天飞扬的尘土全都融化掉了。

妻子从来不阻拦他，无论他到哪里，那双眼睛都能变成大地上的路在他脚下延伸，扩展成为大地本身。后来他告诉一位远方的朋友：了解一个女人必须从她的眼睛进入心灵。那位朋友总是把阴道当作进入女人心灵的通道，倾其一生钻山豹一样钻过无数女人的阴道，女人们都离他而去，作为一个造诣很深的学者他从来不强迫女人，他钻的大多数都是他的女弟子，从崇拜到有平常心到小看他然后蝴蝶一样翩然而去，两鬓斑白再也折腾不起的时候跟叔叔周志杰进行过一次长谈，中心话题又回到当初的老问题：进入女人心灵的通道是阴道还是眼瞳？这回的重点，当然是如何进入女人的视野，连女人的视线都吸引不过来一切就无从谈起。老先生又回到少年时代，两性吸引的最原始最基本问题他从来就没搞清楚，他也不可能进入过去的时光，更不可能重现那美好的时光。叔叔周志杰就陪他唱了那首有名的外国歌曲《昨日重现》。

重现昨日时光的有效手段唯有小说。叔叔周志杰很容易在书中返回好多年前的黄土高原，蜗牛一样的妻子的眼睛黑亮幽静温暖，这种细腻温柔的接触才是最美的事情。

前妻田晓蕾一定是发现了什么动静，看完孩子没急着走，还有好几个小时可以跟金花好好聊聊。不出金花所料，前妻田晓蕾担心周志杰的状况。金花就告诉她："谢谢你上次的提醒，他躲过了一劫，以后不会再发生这种事情啦。"金花这么自信底气这么足，看来不是装的。田晓蕾绕来绕去还是绕到两礼拜前的太白山会议，金花就带她到书房仔细检查会议纪念文集和单位编印的五年科研规划。从表面上不但看不出陷阱，还给人一种印象，周志杰钻进大被窝了。被拔光的屄毛不但长起来了，而且长势喜人不再存在水土流失的问题了。其实这两套资料田晓蕾的现任丈夫王长安早已看到，王长安当时就告诉田晓蕾，这是给周志杰搭的临时帐篷，搭在大被窝外边不仔细看还真看不出来，五年后大功告成人家就会拆掉帐篷把他踢出局，那时候他置身野外就很狼狈了。王长安建议：消极怠工，最好是逆向发展。田晓蕾不明白逆向发展，王长安就用大白话告诉她：把文章写臭写烂，弄一堆破烂交上去，顶多也就半年时间，给自己腾出四年半时间干私活，这是明哲保身的最好办法。

"人家吃定他啦,知道他不会这么干,更知道他不是这号人,他要扛不住的时候这馊主意就能救他。"

金花就死死地盯田晓蕾半天:"你明明知道他是一只鹰却让他变成麻雀,物种退化也只能是同一个品种。"田晓蕾声音很小:"好死不如赖活着总不能让人家把他折腾死呀。""死没有我们想象的那么可怕。"金花就把话题转到周志杰对土尔扈特人东归路线的考察上,有几十张照片全是西伯利亚狼,有一张自动拍摄的周志杰与狼的合影,金花用眼睛告诉田晓蕾:与狼共舞的人死亡会绕道而行。金花还用眼睛告诉田晓蕾:土尔扈特人的东归之路就是死里逃生之路就是死而复生之路就是浴火重生之路。

这种从眼睛到心灵的交流方式对田晓蕾来说已经很陌生了。在西安人眼里田晓蕾与王长安是幸福美满的一对,亲朋好友更是如此,半路夫妻能如此默契实在难得,一个眼神一个微笑,甚至一个微小的动作,把一切都表达了,大家甚至开他们玩笑:快人到中年了还以目传情还含情脉脉跟少男少女一样。在天山度过青春年华的田晓蕾还是能区别以目传情以目传意与真正的心灵感应的区别,辽阔草原上空的蓝色闪电穿身而过,把苍天大地与彼此相爱的人融合一体的美妙一瞬,鹰把相爱人的目光带向远方比风还迅猛,全身的血成了激流,心就像激流中的鱼,这些美妙的瞬间已经相当遥远了,偶尔出现在脑海里也是为了衬托刚刚发生的一幕。她与王长安配合默契心心相印再次成为大家的热门话题,天山往事会猛禽一样来败她的兴致,她想抹都抹不掉,她甚至发狠,能否把这颗脑袋改装成电视机,完全受制于遥控器,按哪个键就出现哪个节目;或者改装成电脑,先设置好程序。发完狠之后，老天爷开玩笑似的把她跟王长安的互相默契电脑化模式化程式化了，她再次跟王长安心心相印互相默契时基本上在反复操练一种固定的模式，离开这种模式马上失效，沮丧与失望一浪接一浪，她不再是青春少女，她是一个成熟少妇，任何消极情绪只能深藏于心底，波澜不兴。还有什么比平静安宁的生活更重要的？她和王长安相当幸福了。这点自知之明她还是有的。

王长安的前妻又回来了，王长安带亲生女儿去逛街，前妻后妻闺密一样聊起话来没完没了。肯定是哪壶不开提哪壶，前妻先提自己这一壶。前妻离开王长安时跟一位海外华人结婚，婚后不久发现新丈夫一家几乎是前夫王长安家族的翻版，一家人亲情浓得化不开，血浓于水，这家人的血快成红宝石金刚钻了，嫁出去的娶进来的没有血缘关系的很难融进这个温暖如春的大家庭。这段短暂的婚姻给她血的教训，独自带着女儿在异国他乡苦熬，最艰难的时候都没想到把女儿送到亲生父亲身边。后来一位苏格兰人走进她的生活，她把那美妙过程形容为"随风潜入夜，润物细无声"。她吟诵杜甫的诗，苏格兰人就以彭斯来应和。她搬出李商隐，苏格兰人就吟诵邓恩。当她告诉田晓蕾男人进入女人心灵最美妙的通道是幽深而明亮的眼瞳时，田晓蕾就想到了金花那双骆驼眼。田晓蕾也曾经有过这么一双骆驼眼，田晓蕾差点喊起来："你在嘲弄我吗？"田晓蕾自己喊自己，从外表看只是走神了。王长安的前妻会准确地判断出刚才的话刺激到田晓蕾。王长安的前妻亲眼目睹了眼前这个女人的变化。好多年前天山归来的田晓蕾那双深沉而黑亮的骆驼眼让她情不自禁地发出一声赞叹，那一瞬间，女人间的妒忌心都没有了，她曾问田晓蕾是不是混血儿？田晓蕾就告诉她：生活在新疆的汉族人第二代就长得像胡人。几年后，王长安一家人把田晓蕾这双动人心魄的骆驼眼打磨成了妩媚动人的猫眼，还是那么美丽动人，但已经失去了震撼人心的光焰。田晓蕾就问王长安的前妻："你究竟想要说什么？你两次都没有走进丈夫的家庭没有走进丈夫的内心，你就断定我也没走进去？"王长安的前妻告诉田晓蕾："对我们女人来说家园与故乡都不重要，重要的是走进所爱的人的内心，所爱的人也走进你的内心，我拥有这种美好的生活，就想把这种美好告诉你。"丈夫前妻的手落在田晓蕾的手上田晓蕾在发抖，说出的话就带着颤音："你说的那种生活高不可攀，地球上有没有那种高度都让人怀疑。"她这么质问人家的时候她一下子就回到了天山母亲的怀抱，被人类侵蚀的雪莲从海拔三千米撤退到四千米都超过五千米了，雪莲就生长在苔藓地衣细菌用几百万年时间在岩石上打磨出来的土壤里，每一朵雪莲花都在花瓣中间用白绵绒毛织出一座座蜂巢一样的小房子。那是一颗容纳天地精气的心。田晓蕾这么长一段独白赢得了丈夫前妻的尊重："到底是天山母亲的女儿，王长安再不努力就枉披这张人皮啦。"王长安的前妻跟她的苏格兰丈夫生活在爱丁堡，爱丁堡跟西安很早就是友好城市，王长安的前妻在爱丁堡街头看到大幅的宣传画上写着："爱丁堡——长安"时就彻底认命了。田晓蕾曾送过她一套《红楼梦》，这次长谈后她就回赠田晓蕾一套《简·奥斯丁全集》，还特别强调："这可是英国版的《红楼梦》。"

此时此刻在渭北市前夫家里，田晓蕾跟金花提到《红楼梦》，金花好像跟王长安前妻串通好似的搬出了简·奥斯丁，根本不用《简·奥斯丁全集》，只拿出一本《傲慢与偏见》就把田晓蕾挡回去了。田晓蕾显然忽略了金花北京师范大学外语系英国文学专业的这段学历，金花对简·奥斯丁的了解绝不比王长安的前妻少，金花的毕业论文就是《傲慢与偏见》与《红楼梦》人物形象之比较。论文关键词：爱情、婚姻、家庭；论文概要：两部小说的核心内容都是围绕男女青年追求爱情，有情人终成眷属走向婚姻建立家庭，不同的是奥斯丁的主人公们都是平等相处爱情成功婚姻美满，曹雪芹的主人公各有所长，林黛玉只求爱情对婚姻和家庭不抱希望，薛宝钗只求婚姻和家庭只求做贾家大奶奶，但两人都以失败告终，婚姻和家庭都归于毁灭，与简·奥斯丁笔下的人物相比，曹雪芹有难以克服的悖论，一方面赞美男女青年追求爱情与自由，另一方面男女双方是不平等的，无论林黛玉还是薛宝钗面对贾宝玉一冷一热地"谄媚"，曹雪芹并没有摆脱封建社会女性取悦男性的基本生存方式，林黛玉与薛宝钗把贾宝玉视为命根子，没有现代人的平等意识，与简·奥斯丁笔下的人物对比就一目了然。林黛玉诗中所言："一年三百六十日，风刀霜剑严相逼。"这种度日如年的风刀霜剑既包括寄人篱下的贾府环境也包括所爱之人贾宝玉。难能可贵的是林黛玉在那个时代就意识到家族家庭婚姻的不可靠，最终连所爱的人也不可靠，林黛玉与贾宝玉彼此走进了对方的内心，但对林黛玉是不公平的。田晓蕾被金花结结实实上了一课。"天山母亲不光有《萨吾尔登》，有雪莲花有白天鹅，还有《江格尔》。"卫拉特人的史诗《江格尔》就比较偏僻比较专业了，一般人只知道这是一部可以与荷马史诗相媲美的英雄史诗，里边的具体内容就不知道了。金花不可能重述浩如烟海的全部内容，金花只抽出其中一个片段：日落的西方有个强大的库鲁门可汗，曾打败过江格尔的父亲，是江格尔的一块心病，美男子明彦，愿意去活捉库鲁门可汗为江格尔消除灾难。江格尔的智囊阿拉谭策吉给美男勇士明彦面授机宜。明彦骑上神速无比的银合马一路战胜女妖、恶魔，在库鲁门可汗的使女帮助下活捉了库鲁门可汗。这位使女英勇战斗，消灭了许多库鲁门的卫兵，她跳上明彦的银合马立刻变作一块黄手帕。明彦将她掖进腰带里，跨着银合马驮着库鲁门可汗奔向宝木巴圣地，众多敌人从后追赶，使女与明彦并肩作战，打败追兵，胜利返回宝木巴。强大的库鲁门可汗向江格尔臣服，祝愿宝木巴圣地幸福吉祥。阿拉谭策吉叫明彦快拿出幸福的黄手帕，明彦拿出黄手帕，黄手帕立马变成一位美丽的姑娘，她坐在江格尔的夫人旁边，大家看着这位美丽的姑娘都说她和美男子明彦是天造地设的一对，美男子明彦却说："她帮助我战胜困难，她为国建立功勋，她拯救了我的生命，我怎能跟自己的救星结成姻缘。"谋士阿拉谭策吉的儿子双合尔就勇敢地追求这位美丽的姑娘，两人结为伴侣。交情归交情，感情归感情，这就是基本的人性。给有交情的才讲人性，人情味太浓人性的因素就淡了。金花手里的简·奥斯丁是英文原版，她还是送给田晓蕾一本王科一译的《傲慢与偏见》。"我只能读不能翻译，译不出专家的水平。"田晓蕾两周前刚刚收下王长安前妻送她的《简·奥斯丁全集》，她还是收下了金花的赠书，看来她得好好读读简·奥斯丁了。

金花来内地不久就发现内地男人大多都有三分流气三分无赖相，内地女人的口头禅就是男人不坏女人不爱，这种坏的确切内涵其实就是流氓气，那种没有原则没有正义感以及渗到骨子里的不负责任都是女性为之心旌摇荡的基本素质。现在丈夫的前妻也如此开导丈夫，金花就开丈夫的玩笑："你当流氓我更爱你。"叔叔周志杰告诉金花婶婶："我离开故乡的时候才十三岁，还是懵懂少年，我要是在内地多待几年我绝对能成为一个流氓一个无赖。"金花婶婶就从书架上抽出一摞草原大漠幽默人物阿凡提、毛拉则丁、巴拉根仓、沙格德尔、和加纳斯尔故事集，连藏族的米拉日巴，阿古登巴故事集都不放过，全抱到叔叔周志杰跟前："还专家呢？还学者呢？好好研究研究这些草原大漠的幽默大师吧，学上这么一点点幽默感，就不会沦落为流氓了。"好多年以后金花婶婶告诉丈夫周志杰："那一刻我比你更紧张，草原大漠千百年来出英雄豪杰巴图鲁出强盗，也很少出无赖流氓，你要沦落成无赖流氓会伤透我的心，那就等于世界末日。"妻子抱来一大摞草原大漠幽默大师故事集还真救了他。

妻子把这些中国少数民族幽默大师的作品跟安徒生童话格林童话豪夫童话贝洛童话伊索寓言拉·封丹寓言贝雷洛夫寓言一起介绍给自己的孩子和学校的孩子。她是天山的女儿嘛，她肯定让外国大师给中国大师当配角，而内地的汉族孩子只知道阿凡提，他们听都没听过毛拉则丁、巴拉根仓、沙格德尔、和加纳斯尔，米拉日巴和阿古登巴。《西游记》里的猪八戒纯粹搞笑，济公多少就有点无赖相。金花的草原大漠故事让内地的孩子们大开眼界。

叔叔周志杰则是灯下黑，一直把这些草原大漠幽默大师当成儿童读物，放在妻子专用书柜里，从购进家那天起他就再也没动过。妻子给孩子读这些故事，他会开心一笑，笑过了就不再放心上。放不到心上的东西等于不存在嘛。妻子让他回到儿童世界浴火重生，妻子可不想让他当孩子，外国童话都是鼓励孩子去冒险去勇敢地面对生活的苦难，心智渐渐成熟。妻子发现内地女人最终都把丈夫当儿子养，成为丈夫他娘的那一天似乎就是女人生命的高峰，似乎体验到了生命的辉煌。男人都处于心智不健全不成熟的儿童状态。一辈子都在胡闹。这些草原大漠幽默大师的故事充满智慧理性自信和健康。叔叔周志杰不缺少这些素质，只是暂时受挫，妻子雪中送炭，他就技痒难忍，想客串一下这些草原大漠幽默大师们的角色，做一做内地的阿凡提、毛拉则丁、巴拉根仓、沙格德尔、和加纳斯尔、米拉日巴、阿古登巴。翻完最后一页，叔叔周志杰就告诉妻子他要揭开大被窝，揭开一道缝都行，妻子用微笑鼓励了他。

其实办法很简单，就是给这些没有本领或本领很差的大被窝们长一点点本领，他们就不会老躲在大被窝里依附某个主子过寄生虫的生活，钻别人裤裆里拔人家屄毛还以为收割麦子。给寄生虫长点本领，应该不很困难。叔叔周志杰给自己定的目标很低，只要改造好一个大被窝就等于给大被窝揭开一道缝放进去一股新鲜空气。

叔叔周志杰平生第一次心情愉快地去上班。

叔叔周志杰上班不是愁眉苦脸就是万分警惕，最近开始耍赖，主任谈什么都满口答应，这些话全都大而不当，似是而非，尤其是太白山会议以后，叔叔这副懒洋洋的无赖相谁都能看出实属无奈之举，坠入陷阱的讯号嘛。科研单位本来就是松散式管理，外松内紧，立了项，报了课题，不怕你不干活。白天乱逛，晚上苦干，干到关键处连节假日都没有了。文化人嘛，天生就是不用扬鞭自奋蹄的料，尤其是这些业务尖子，连动员的话都不用给他们讲。叔叔耍赖没有任何杀伤力，使小性子罢了。我们也就知道今天叔叔不但心情愉快，而且来得比较早，门卫都感到吃惊，老远就喊周老师好。门卫和收发没多少文化，却有文化人的素质，如果喊周老师早啊，就等于挖苦讽刺人家周老师没早来过。但门卫和收发都知道叔叔周志杰离开单位的时间都在晚上十点以后，文化人都是夜猫子，能干活的都熬夜，干不了活的整天围着领导转，都熬白天，门卫和收发把他们叫白猫，夜猫子叫黑猫，算是民间版的白猫黑猫论。叔叔周志杰的愉快心情只有门卫和收发看到了。单位院子里空荡荡，上楼进办公室都没碰到一位同事。叔叔周志杰一边喝茶一边看报。业务人员订的也都是业务类报纸，最多加一份娱乐报刊算是调剂生活，不是《华商报》就是《渭北晨报》。叔叔周志杰通常只看个大标题，今天就看得很仔细，而且破天荒地一心两用，边看真真假假的娱乐新闻边想事儿，这种心情天大的事情都会简单化，叔叔就冒出一个念头：不管哪一个大被窝，今天谁先出现在我之后谁就是我要调教的大被窝。

楼道里有声音了，有人上楼，咳嗽，进办公室，叔叔就知道这是五个大被窝中叫苏炜的那个大被窝，就是他了。就像抓阄儿就像抛骰子就像抽签，偶然中带有必然。二十分钟里另四个大被窝全都到了。再过十几分钟主任姗姗来迟。

每周一次的业务会改在小会议室了，主任再次强调五年科研规划的重要性，秘书记录。前三次会议都是五个大被窝抢先发言，刚开始主任觉得暖烘烘，五个大被窝围着你呱呱呱你能不舒服嘛，后来主任觉得不对劲，真正能干活的周志杰蔫蔫的闭目养神，一次两次可以，一直这样下去可不行。贴心贴肺的五个大被窝的发言请专家看了，一般般嘛，大学本科生的毕业答辩都比这强。必须采取措施了。也有人劝主任不用急，到时候周志杰会有动静；周志杰稍有动静，这五个大被窝就会现炒现卖跟风扬碌碡，这点本事他们还是有的，也是他们的强项，更是他们的看家本领和立身之道。主任就不急了。主任对大被窝的放纵和娇惯是有回报的，大被窝们比儿子还孝顺，从古到今父母娇惯的孩子哪一个不是败家子哪一个能干活？孝顺这个词用在管理学上效果极好。主任比这五个大被窝年轻，四十出头跟周志杰年龄相仿，一群年龄比你大的人把你当亲爹一样敬着，那种成就感自豪感正在上中学的亲儿子是无法代替的。也不能太冷落周志杰，真正干活还得靠他，必要的安抚表扬生活上的照顾一定要到位。人性化管理嘛。周志杰那张嘴，当场就纠正主任的讲话，把人性化管理定位为人情化管理；人情化不是更好嘛，世事洞明皆学问，人情练达即文章，人情更实在，更有亲和力。主任科班出身，博士学位，以文化对文化化险为夷的手段十分了得。周志杰再发挥下去就不像话啦，他跟逻辑学家一样严格地区分了人情与人性的不同，人情只对自己人，人性不但对自己人，还对陌生人，甚至包括敌人。周志杰差点说出大被窝，挤在大被窝里的全都是自己人嘛。主任耐着性子问："周老师谈点业务问题。"叔叔周志杰就顺坡下驴，说了短短几句，不到五分钟。大家都很吃惊，句句都在点子上。自太白山会议以后项目进展一直原地打转，狗日的周志杰短短几句话就把大家的思路推进了一大截。

这么大的收获既出乎意料又在意料之中。已经上套了嘛，干不干活是迟早的事情，具体在什么时间就不好确定了。五年规划，第二周就有了不小的动静，主任和五个大被窝喜出望外。如果有一点意外，那就是叔叔周志杰的发言只针对五个大被窝中的苏炜，也就是说受惠者只有苏炜一个。其他四个大被窝相信很快就会轮到他们，谁先谁后无所谓。这就叫各得其所。相比之下，苏炜比其他几位要强一些，也年轻一些，只比叔叔周志杰大两三岁，那几位都五十岁左右了，典型老油条老江湖老无耻。叔叔周志杰得了大便宜似的。主任高兴哇，有人建议，像这样的业务会每周应该开两次，主任当即拍板，就这么弄。

大被窝苏炜认为这是叔叔周志杰的无奈之举，说白了就是大被窝效应。大被窝原本就带有盘剥与巧取豪夺的性质，大被窝苏炜只是表面上对叔叔周志杰示以善意，心里并不以为然。除叔叔以外大家都这么看。

下周开始业务会议每周两次，叔叔周志杰开始主动发言，所谓主动也是最后一个发言，主任没点他的名罢了。叔叔周志杰只对准大被窝苏炜，而且越来越具体。就是在这个时候那四个大被窝也没什么不良反应，反正迟早会轮到他们的，坐享其成就是了。接下来的事情大家感觉到不大对劲，叔叔周志杰跟指导研究生一样交给大被窝苏炜一个书目单，是在楼道没人的地方给的，大被窝苏炜问叔叔周志杰一个问题，这个问题显然在叔叔周志杰的意料之内，叔叔周志杰都做好准备了嘛，大被窝苏炜询问叔叔周志杰时，叔叔周志杰微微一笑，轻轻拉开手提包外层拉链取出一张纸递过去，大被窝苏炜扫一下就两眼放光。当年上研究生时导师才如此指导自己的弟子，同事是什么？竞争对手嘛。苏炜就像一个间谍获取了情报一样惊喜。叔叔周志杰轻轻摆摆手，不值一提嘛，没必要声张嘛，也暗示了这份资料确实有着机密情报的价值。不知是碰巧还是有意，斜对面的办公室开了一道缝。真实情况是屋子的主人一直就有这种习惯，总是让门留一道缝，自己背着门，外边的人就不会有任何防备，而屋里的人只需瞟一眼书柜上的玻璃就把外边的一切尽收眼底，多少年来屋子的主人跟警察看监控录像一样观察着每一个进入视野的同事，包括此时此刻叔叔周志杰递给大被窝苏炜书目单的这个经典镜头。顺便说一句，屋子的主人就是单位五大被窝之一。情况严重了吧？

本周第二次业务会议，大被窝苏炜与叔叔周志杰提前四十五分钟到单位，叔叔周志杰刚进办公室大被窝苏炜就进来了。肯定在叔叔周志杰意料之中，俩人不用客气，抓紧时间你问我答，差不多一节课时间叔叔周志杰交出去的都是干货。五分钟后，俩人一起去会议室，俩人就没怎么发言。另外四个大被窝互相看一眼。目前为止，主任还蒙在鼓里。

五个大被窝中苏炜有年龄上的优势，更要命的是他对自己还有更高的期待，应该是某种虚幻状态吧，许多成为大被窝的人都有这么一个阶段，两边好处都想沾，获得实际好处还想兼顾真才实学的美誉。我们也就知道大被窝苏炜脑子不太冷静，适应期太长了嘛。说他不冷静也有失公允，积极主动成为大被窝本身就是极端现实主义者极端冷静，说通了苏炜不忍心丧失业务能力。我们也就知道他原本是有能力的，进入大被窝，温室效应使其能力严重退化，就像男人的蛋，长在体外适当的低温有利于精子的生成，高温甚至封闭环境能杀死精子以致丧失生育功能。苏炜挺聪明嘛。叔叔周志杰并不太了解苏炜，完全是瞎猫碰死老鼠，一次性试探，就一一对上号了。

大被窝被撬开一道缝，放进一缕清风，苏炜正有这种心理期待。苏炜仿佛回到学生时代。读本科读研究生时都是学习尖子，导师对他有很高的期待。话说回来，能进入陕西第二大城市科研机构的人最初哪一个不是优中之优？

苏炜的女朋友是渭北市人，俩人一起进这家单位，女朋友发现有一位远房亲戚是单位的中层领导，就攀亲戚，越攀越亲，两年后他们的婚礼就很风光，亲戚很给面子，小两口很容易在单位扎下根。关系一旦建立，就要经常走动。好处太明显了，苏炜稍有点成绩马上产生蝴蝶效应。一同进单位的年轻人就没这么幸运了，距离越来越大。三十多岁苏炜就拿到了副研究员，四十不到就拿到正高，国内大型学术会议都能见到他矫健的身影，国际学术会议这种难得的机会也常出常进。大多情况都是拿到课题理清思路或一个创意，让研究生去干，或者课题组成员去做，自己把个关就行。自己整天飞来飞去。更要命的是单位是根据地；这块热土要不断加水施肥，说通了就是三天两头的各种聚会，完全是乡村家族关系的翻版，越走越亲，不走动就疏远，跟土地一样犁耙耧翻一刻都不能耽误。在这种漫长的维持关系中，昔日的业务尖子不知不觉丧失了研究能力，都是单位著名专家，出了单位大门就什么都不是了，业内各种会议完全是给单位一个说法，编入各种会议的论文几乎等于同类课题的复制，一点原创性都没有。自己都懒得去翻。大被窝把猫捂成了蛹捂成了蛆。相当长时间，大家聚在一起吃火锅的时候，那种兄弟情谊亲如一家的感觉常常让苏炜回味无穷。

苏炜爷爷那一辈才落户陕西，根基不深，苏家一直向往与本地土著联姻，苏炜读大学时对妻子有好感很大程度就是妻子很少说普通话，一口字正腔圆的关中西府口音，对外地人才讲普通话。妻子从认识苏炜第一天起就一口一个乡党没把苏炜当外地人，跟陕西土著结亲苏炜就有一种回归家园故乡的感觉，好像父母给他的那个家不是家是一个客栈。爷爷奶奶从小老给孙子讲当年抗战全家逃难的流民图，孙子幼小的心灵就打上了漂泊者的烙印。妻子在单位攀亲戚的样子在苏炜眼里就像鸟儿衔泥含枝忙碌筑巢垒窝。当周志杰这个坏蛋把故乡和家园比作大被窝时，苏炜第一个反应就是幸福自豪和巨大的优越感。大家听到周志杰这张臭嘴胡说八道都愣住了，苏炜的反应提醒了大家，也感染了大家。

陕西人特别鄙视被窝猫，窝里横，窝里称王称霸外边当孙子，陕西人最受不了这个，商鞅当年发现秦人勇于公战怯于私斗，成功变法，扫平六国统一天下，秦之前的周从边远小诸侯数万人马伐商纣开创八百年基业，后来的汉唐势力扩张到西域，前者扫匈奴，匈奴余部西迁摧毁了西罗马帝国，唐灭西突厥，突厥余部西迁攻克君士坦丁堡改为伊斯坦布尔，东罗马帝国灭亡。周秦汉唐都是从陕西发力，宋元明清以后这块土地沉寂千年。人们一边缅怀周秦汉唐的光荣与梦想，一边给那些家门口抢大刀窝里称英雄的家伙一个可笑的名称被窝猫，在陕西被窝猫比窝囊废孬种肉头更让人看不起。千百年来这个恶名大都用于街痞小流氓小混混，很少用于文化人，叔叔周志杰大概是第一个给文化人戴这顶帽子的人，大家发愣就是这个原因。苏炜成功地把被窝猫与大被窝引向家园与故乡。家园与故乡给人的温暖与恩情与大被窝的温暖和被窝猫的孝顺乖巧很难分得清，很微妙，人们宁肯往好处想也不往坏处想。叔叔周志杰的醒世警言就很容易沦为狂人呐喊，羡慕嫉妒恨嘛，酸葡萄心理嘛。如果不是他的陕西人身份，大家会认为他是恶毒攻击，是穷凶极恶。叔叔的反抗和愤怒统统被视为垂死挣扎，叔叔的狂人呐喊被当作杜甫的《茅屋为秋风所破歌》。这就反衬出大被窝们坚不可摧的心理优势。

故乡成为圣殿人们就会有恃无恐，痴心妄想，胆大妄为，不抓老鼠的猫最终把家园和故乡变成荒野。

终于有一个大被窝苏炜开始正眼打量叔叔周志杰了，其他四个大被窝就有了危机感。

最近苏炜热衷于业务就没精力跟大家走动，就不能维持正常的关系，大家主动出击，不能见死不救。大家认定苏炜走的是一条毁灭之路，死亡之路。当初大家都是高才生都有不俗的业绩和出色的能力，尝到大被窝的甜头后就没必要拼老命了。说穿了，这四位年龄大，经验多，看得透，苏炜老弟属于半不熟，大家好心好意劝。经常聚会的饭店火锅店茶舍，最后到家里，每家都去，每家都有拿手好菜，都有不轻易示人的好酒，最后是麻将桌，以前都是打通宵嘛。车轳辘话转来转去就一个道理：大被窝一本万利，这种好事不是谁都能碰上谁都能有的，周志杰削尖脑袋钻不进大被窝，你老弟可不要身在福中不知福呀！苏炜话很少，但苏炜很诚恳地告诉大家："我相信我有这个能力。"苏炜把能力这个词咬得很重，几位大哥就知道这位小老弟有一点点理想主义，也就不再劝了。尽了最大的努力了嘛，都把话说到这个分上了嘛。借着酒劲一位快退休的大被窝告诉苏炜："我们早都成没牙的老虎啦，再扒下这身老虎皮连狗都不如。"这就更坚定了苏炜迷途知返的信心。

大被窝被窝猫不再是传言不再是狂人呐喊，而是真实的存在。

业务能力的恢复让苏炜品尝到了创造的快乐，诚实的劳动成为一个真正有用的人。就像恢复了性功能再见妻子时喜悦中有内疚。苏炜进书房就是这种心情。书架上还是那些书。多少年了这书只是资料库，被他反复摘引反复排列组合成一本本所谓的专著，就是陕西人讲的老汉吃豆子原进原出，娶进来是姑娘到老太婆还是姑娘，没有发挥潜力的书跟一个守活寡的女人没有什么不同。拥有上万册经典就像皇帝拥有天下所有美女，皇帝并没有能力给这些佳人带来幸福，甚至不能让三千佳丽有一次真正的性生活，皇帝还要保持自己的尊严，就让三千佳丽在争风吃醋钩心斗角阴谋诡计中消磨生命与青春。书架上的经典就被如此折腾蹂躏受尽屈辱尊严尽失。一次次学术盛会上演的都是化了装的《人间词话》《红楼梦评论》《宋元戏曲考》《红楼梦新证》《隋唐制度史论稿》《万历十五年》《大国的兴衰》《菲利浦三世时代的地中海世界》。渭北市文学界就有点过分了，等于搞笑嘛，省城西安陕军东征五部长篇轰动全国，渭北市也刮起文学西北风，借鉴大师们的写作手法也就罢了，一时兴起连书名都不改直接挪用，大师都龇牙咧嘴了，都要从坟墓里跳出来了，拔大师屄毛大师死不瞑目哇！即使这个时候，大被窝苏炜都没觉得当一个被窝猫成为大被窝有什么不好，无耻文人这个说法从来都是针对文学艺术界的，学者还很庄严很受人尊重嘛。大被窝苏炜已经脸红得流血了。他有羞耻感了，他的良知在苏醒，他在一目十行地翻阅书架上的每一本书。每一本书都有体温都有生命，被冷落得太久啦，经常动用的都不是原著原典都是一些阐述性的二手货，不但苏炜这种拥有高级职称的专家学者把阐述类图书当命根子，研究生们更是如此，以此类推二级批发三级批发往下批发炮制学术垃圾。叔叔周志杰的一张书目单等于告诉大被窝苏炜无限风光在后宫，有点像汉元帝被毛延寿的画像所蒙蔽，见了真正的美人王昭君后悔不已。此时此刻书房中的苏炜就是这种心情，妻子几次来劝都无动于衷，总是用一句欠账太多来打发。

这种补偿心理也是苏炜的个人隐私，妻子一直都蒙在鼓里。苏炜有过两次外遇，头一次是跟女弟子，每次幽会回来都觉得对不起妻子就对妻子特别好，直到女子结婚，两人断了来往。第二次是跟外地一位异性同行，完全利用他，他甘当奴才，为其役使，拿出吃奶的劲给情人写论文写专著，情人顺利评上副教授正教授在学术界打开局面就跟他拜拜了，真是蛇蝎心肠啊，万恶的旧社会嘛，返回渭北市途中苏炜满脑子都是妻子的温柔贤惠，进门不顾一身灰尘抱住妻子又是狂吻又是喃喃自语，抒情诗人一样感动得妻子泪流满面，彼此拥抱再次发誓白头到老。这次打击给妻子带来永久性的回报，丈夫再也不起异心啦，小鸡鸡拧得紧紧的，真正做到了肥水不流外人田。妻子幸福得一塌糊涂。

苏炜显然把书架上不曾翻动的经典当成他美丽贤惠的妻子，苏炜对经典原著发誓要加倍补偿它们。苏炜毫不客气把那些翻烂了的阐述性二手货书籍打入冷宫，也就是堆在墙角过几天当废品卖掉。处理完这些二手货三手货，苏炜再次想起被窝猫和大被窝，没有原创性的阐述类图书不就是捂在大被窝里的严重退化的被窝猫嘛。

那四个大被窝马上纠正他的错误思想：老弟你中毒太深啦，你把大被窝当成故乡当成家园，你把被窝猫当故乡母亲最孝顺的儿子你就心安理得了。苏炜的脑袋已经从大被窝里伸出来了，就告诉那四个被窝猫和大被窝，家园故乡早就成了伤天害理的借口。人家就不再劝他。那眼神在告诉他：我们已经仁至义尽了。

苏炜自认为钻出大被窝了，不再是可笑的被窝猫了。其实他还没有真正脱胎换骨，在被窝猫和大被窝们眼里他这是披着大被窝来攻击大被窝。大家就有必要让他在大被窝外边站一会儿。

苏炜的自信是有根据的，在单位快二十年了，根深叶茂的一个大被窝，让他在外边风吹日晒仅仅是一个设想。

那段时间，叔叔周志杰把大漠草原幽默大师故事集视若神明，当枕边书也当护身符，蹲厕所都要翻几页，办公室就更不用说了。有心人就把这些故事集跟苏炜的异常表现相联系。这些书并不难找，从叔叔周志杰手里认个书名就行，很快找齐，从中挑出几则故事，以苏炜的名义贴在网上，冠之以大漠草原幽默大师经典研究。苏炜在叔叔周志杰那里见过这些书，误以为网上以他名义摘引的幽默故事出自叔叔周志杰，就误入另一种白虎堂。他还真从叔叔周志杰那里借阅了这些书，跟帖发议论，就弄假成真，全归他了。他恢复了基本的研究能力，有感而发就有些见地，主任也看到了，表扬了苏炜，苏炜笑而不语。人家该收网了：如此这般重新解读，这些幽默故事，就变味了。有几则故事一定要摘引的。

伯克老爷从狼口里救下一只绵羊，绵羊乖乖跟他回家，才到家里，伯克老爷就动手宰羊，绵羊拼命叫，惊动了隔壁阿凡提。阿凡提过来看，伯克说："这绵羊是我救的。"阿凡提说："它怎么还骂你呢？""它骂我什么？""它骂你也是一只狼。"

有人向阿凡提吹嘘新来的喀孜很有智慧。"可能的，"阿凡提说："因为他很少用他的智慧，所以他脑子里充满了智慧。"

阿凡提头上缠着筐子大的散蓝（有文化的人头上缠的白布），迎面来了一个人，求阿凡提："大学者，请您给我读读这封信吧。"阿凡提说："我目不识丁，信念不通。"那人感到非常惊讶："你头上缠着这么大的散蓝，难道真的连信都念不通吗？"阿凡提取下头上的散蓝，戴在那人头上，说："好！好！好！要是散蓝识字的话，我给你戴上，你自己念吧！"

　　阿凡提的笑声本身就带着泪带着愤怒，稍一发挥，事情就来了。研究院一直与渭北大学联手合作，两家又是邻居，一墙之隔，需要从研究院抽几个研究人员正式调入渭北大学，这种情况一般去的都是年轻人或在单位受排挤的人。最应该去的人是叔叔周志杰，叔叔最初联系过这所大学被拒绝了，好马不吃回头草，研究院指望他干活呢。圈定的人当中有苏炜，征求意见时他也可以拒绝，但他相信自己已恢复了业务能力，同时又不缺乏经营大被窝的能力，更重要的是要验证一下他不是被窝猫，不是大被窝，不会再拔别人的屄毛，给自己下巴栽胡子了。妻子相信自己丈夫很优秀，又不是去异国他乡，就隔一堵墙，妻子就支持丈夫。

　　苏炜就正式成为一墙之隔的渭北大学的教授。这个时候大被窝才发挥出其特殊功能。苏炜去渭北大学不到一个月就后悔了，自尊心不容他乱嚷嚷，全都闷在心里。人们看到的只是他的恐慌不安与萎靡不振，就像高山缺氧，无所适从。

　　刚开始妻子还很冷静，慢慢来，一点一点建立关系，从头开始，跟我们当初一样。但已经跟当初不一样了，妻子的处长亲戚早已退休，到美国跟儿子团聚去了，大家都遗忘了他们。苏炜在老单位大被窝里待了二十年啦，从穷到富易，从富到穷难上难，苏炜就是这种情况。叔叔周志杰给他讲海拔三千米以上的雪莲花凭着几百万年由苔藓地衣和细菌啃咬岩石培制的那么一点点土壤生根发芽，长出茎叶用绵绒编织细密温暖的小屋，生长六七年以后才开花；以前听这些故事备受鼓舞，现在听到雪莲花苏炜就万分沮丧。简直就是神话嘛，神话跟人有什么关系？跟俗人就更没有关系啦。苏炜只是拍叔叔周志杰的膝盖。

老单位的大被窝们来看苏炜时对苏炜说：你呀一误于周志杰，二误于太自信，原以为能在异乡另辟蹊径营造大被窝。苏炜瞪大了眼睛，苏炜听得清清楚楚他们正式承认大被窝被窝猫，拔别人尻毛给自己栽胡子。更让苏炜吃惊的是他们把一墙之隔的渭北大学视为异乡，苏炜就崩溃了。

苏炜在精神病院待了好多年。他们一家人都不恨叔叔周志杰，苏炜的妻子还劝叔叔周志杰不要听别人瞎嚷嚷，苏炜跟你在一起的那段时间是他一生最开心的时候。

叔叔周志杰都不敢去精神病医院看望苏炜。精神病医院也叫第二康复医院，位于渭北市北郊。渭河北岸向黄土高原裂开的一条大沟，沟底有一条金陵河，河两岸分布大小小的单位和千万户市民。这条大沟最深处快要进入高原腹地的狭窄地段就是第二康复医院，新渭砖厂、火葬场。第二康复医院全是精神病患者，新渭砖厂全是劳改犯，另一类型不健康的人，火葬场全是上天堂的。第一康复医院在对岸秦岭脚下清姜河畔，去一康就是正常人，去二康就是疯子，去新渭砖厂就是去劳改，去火葬场的全是死人，去西北角的丰庆建筑材料有限公司就是挣钱过日子的人。这就是渭北市民最基本的生活常识。苏炜教授在二康显然属于文疯子，刚进去就滔滔不绝给大家讲杜甫的名篇《茅屋为秋风所破歌》，越讲越激动就把自己的外套撕成好多洞洞，让浩荡的秋风破洞而入。叔叔周志杰告诉他：天下寒士都有房子住啦，别说秋风，冬风也刮不破我们的房子啦，暴风雪也只能在院子外边咆哮。苏炜就回敬道："你在跟我开阿凡提式的玩笑。"说阿凡提的时候苏炜就平静多了。

下次来的时候叔叔周志杰就带来了阿凡提故事集，毛拉则丁，巴拉根仓，沙格德尔，和加纳斯尔，米拉日巴，阿古登巴全带来了。这些大漠草原幽默大师的故事让苏炜彻底平静下来，他成为最受医护人员欢迎的精神病人。他还把这些幽默大师的故事讲给病友们听，最冥顽不化的神经病患者都发出笑声。病人们的脸形发生奇妙的变化，面部肌肉不再那么僵硬生冷，平缓柔和多了。医护人员试着去讲这些故事，效果很差，跟苏炜没法比。苏炜是教授是专家学者，苏炜讲这些故事总是临场发挥加进许多自己的所见所闻所感所思所想，等于详注，医务人员就望尘莫及了。医院的武疯子都安静下来啦。可以考虑让苏炜出院了，医院还真不想放他走，没办法，把正常人留这里不合适。

苏炜走进单位大门的一瞬间不由自主地就想到异乡这个词，太刺激人啦！苏炜就控制不住自己了。回家休息几天，妻子万般叮咛，妻子陪他去上班，墨镜都配上了，都进大门了，可是不行，进教学大楼时异乡这个念头跟潜水艇一样从脑海深处冒上来了。妻子去老单位，也就是一墙之隔的研究院，老单位不计前嫌人道主义地接纳苏炜。那四个大被窝被窝猫拔屎毛高手，也跟苏炜重归于好，也不再忌讳周志杰那张臭嘴满嘴喷粪喷出来的大被窝被窝猫和拔屎毛。回老单位等于回到故乡，回到家园回到温暖的大被窝嘛，攥一把屎毛等于戴一双手套嘛，大被窝有什么不好？志同道合都有一个通俗说法穿一条裤子嘛，与裤子相比大被窝宽敞多了，暖和多了，也舒服多了。严子陵当年跟汉光武帝刘秀躺一个被窝，严子陵睡到酣畅淋漓时大腿还伸到天子的肚皮上呢，归隐山林的严子陵总是给江湖高人回忆这一段美好时光。大被窝们重归于好就边吃边谈，谈这些千古奇闻，文人雅事。

妻子不让苏炜插手外边事情，两个单位虽然一墙之隔，调动手续一系列杂事挺多，妻子大包大揽，妻子连丈夫办公室都布置好了，还是原来那间办公室，配备的还是苏炜用过的一套办公用品，桌椅书柜连纸篓都没变，好像苏炜从来没离开过。妻子还是有些不放心，陪着丈夫来上班，丈夫进了办公室，端起茶杯喝茶，翻看报纸，妻子才悄悄离开。

开业务会议时出事了，轮到苏炜发言苏炜刚开始讲得挺好，讲着讲着就讲开了阿凡提，毛拉则丁，沙格德尔，巴拉根仓，和加纳斯尔，阿古登巴和米拉日巴，听得大家捧腹大笑，笑着笑着就觉得不对劲，这都是幼儿园老师讲给孩子们听的，苏炜把大家当小孩子了，大家就坐不住了。叔叔周志杰紧张得要命，只有叔叔周志杰知道苏炜在二康给精神病患者讲这些故事，大家要是知道这个秘密还得了哇！叔叔周志杰到走廊给苏炜的妻子发短信。妻子及时赶到带丈夫回家，才没出大乱子。

苏炜的妻子找叔叔周志杰仔细询问苏炜在单位的每一个细节，连一句话都不放过。叔叔周志杰就觉得这个女人神经过敏，至于吗？女人就告诉叔叔周志杰：他回到家里还是滔滔不绝，把老单位都说成异乡他乡了，领导和同事会怎么想？这可是他领工资医疗保险的地方。叔叔周志杰就告诉她：苏炜在大家跟前没有说过单位是异乡是他乡，他一直在讲故事，大家脸色都变了，我就给你发短信，你来的时候他还在讲故事嘛，他没来得及临场发挥即兴评点嘛。女人就放心了。

苏炜又回到二康，看望他的除过家人就是叔叔周志杰了。精神病院里的苏炜冷静理智很正常，叔叔周志杰就说：我想帮你没想到害了你。苏炜就告诉叔叔周志杰："这可不是知识分子说的话，你让我在大被窝里捂成蛆呀，就像易牙竖刁对待齐桓公小白那样满身生蛆就有人情味啦？"现在苏炜的兴趣完全集中在尊者米拉日巴身上。他找来《米拉日巴传》《米拉日巴故事集》《米拉日巴颂歌》，以通俗的语言向病人们讲解藏族密宗大师米拉日巴。苏炜常常把六祖慧能圣僧济公的故事糅进去，大家听得津津有味，好多病人痊愈出院。医院已经把苏炜当心理治疗专家了，给他发津贴的。苏炜跟叔叔周志杰谈论米拉日巴时把这位藏族大师跟六祖慧能做了比较，以米拉日巴的原话做引子："我是一个博地凡夫，此生此世因刻苦修行而得成就。"米拉日巴是西藏"实践佛法"的代表，与汉地禅宗大师六祖慧能一样，他俩都少谈理论，注重实修，说法平直通俗，易为众生所吸收理解。米拉日巴最令人钦佩的地方便是终生不建庙宇，不集僧众，做一个洒脱自由的游方行者，专注于报化，不重法身。六祖慧能不谈报化，直趋法身。苏炜的见解独到而深刻，叔叔周志杰就问他为什么不写成文章投寄任何一家权威期刊都能发头条，苏炜就笑："我明白你的好心，你接下来就会动员我离开这里，外边的世界更精彩，平台更大。"叔叔周志杰就急了："你不能老待在这里，这里不是家呀，咱不回单位，咱不能不回家呀！"苏炜就告诉叔叔周志杰："精神病院就是我的家，精神家园。"叔叔周志杰吃惊了吧，叔叔周志杰都结巴了，脑子还没乱，还能清晰地表达自己的思想："文化人的精神家园是文化不是这个地方。"苏炜比叔叔周志杰更冷静："我刚才讲米拉日巴时已经告诉你了，不重法身只要求报化修行，这里就是我的修行之地。你如果只有你老婆的《萨吾尔登》歌舞你迟早也要来这里。你少小离家，跟游方僧一样从西域归来几乎就是玄奘和米拉日巴的修行过程，我缺这个过程，我在补课，补课就是修行，你看我治好了多少精神病人，一边救人一边救自己，这么好的归宿不是家园是什么。"

叔叔没坐公共汽车，跟骆驼一样沿金陵河踽踽而行。几十公里长的黄土大沟越到市区越宽敞，高原大风跌入沟底就狂叫起来。通往千阳陇县的车辆就像逆水而行，大风中的叔叔都迈不开双腿了。深秋的高原狂风冰凉如水，远远超出杜甫诗中的秋风，叔叔周志杰就小声吟诵《茅屋为秋风所破歌》。没人能听见他这么小的声音，而且还是吟诵诗歌的声音，从他身边来来往往的车辆和人流都听不到他的声音，我们就知道叔叔的吟诵完全是自言自语，一首催人泪下的长诗，如此反复吟诵会远远超过外边的大风；如此深沉的吟诵把心都震碎了，把胸膛都震裂了，心灵的风暴和高原长风合力相击，叔叔就这样被开了天窗，整个人都凉透了。

2

刘军的母亲快七十岁了才肯给自己做寿，奶奶是方圆几十里有名的老寿星，九十多岁高龄，大家都众星捧月捧着奶奶，母亲甘愿当孝顺媳妇，一再拒绝子女们的孝心，大寿星在，所有的孝心都献给奶奶吧。母亲六十九岁了，再也推托不掉了，勉强答应给自己做寿，老习惯七十大寿在六十九岁这年做。母亲至孝，再三强调有奶奶在，不要太铺张不要太张扬，来的都是至亲。周健受到邀请，刘军把他当哥们儿了。

张海燕半月前就做准备。周健的母亲知道得晚，母亲悲喜交加，喜悦之情与张海燕相同，难受的是跟自己相比刘军母亲太委屈自己了。一般都从五十九岁开始做寿，直到离开人世，每年一次的寿宴是少不了的。周健父母健在，父亲比母亲大三岁，做寿也早三年，两口子的寿宴做得天经地义，体面风光，父亲寿宴做了十几年，母亲的寿宴快十年了。都是为人父母，听到另一个母亲快七十岁时才做寿，这个母亲中年守寡，一个人带大一帮孩子，周健的母亲就流下泪，仔细检查寿礼，上年纪的乡下老太太早都落伍啦，哪能置办这么好的礼物，儿子小声说都是海燕买的，我也不会，母亲的泪中有了喜悦，母亲只添了一件红褂子，纯一色红布大褂，乡村老人寿宴的必备品，人们只知道扎红腰带避邪，披红大褂却是人生的盛宴，比长寿面喜庆吉祥。农村娶亲挂红，盖房立木挂红，做棺材挂红，寿星也挂红呀！周健带去的这份寿礼让人一看就赞不绝口，礼不在重，在一份心，老的心到了小的心也到了。刘军母亲笑呵呵地问候了周健的父母，也问了周健："我娃乖的，我娃有媳妇了没？"周健就实话实说："还没订哈哩，正谈着哩。"刘军就给哥们儿加油："娘，这份礼都是周健女朋友在渭北市大商场给你挑哈的。""这么好的礼儿子娃挑不出来，肯定是个乖女娃挑哈的嘛，周健娃，下回带上你对象让姨看看，姨要看看这个乖女娃。"周健就满口答应。

全中国这个年纪的父母都经过大苦大难，农村父母就更多灾多难了，孤儿寡母的艰难几乎无法言说，也没有诉说苦难的习惯，这种习惯为文人所长，老百姓把苦难视为平常，都以平常心待之。跟爬山一个道理，再苦再累不敢停留，松一口气也不行，更不要说哭爹喊娘了，到了终点所有的苦难全都淹没在巨大的喜悦中。中国人做寿一般从六十大寿开始，进入老年的标志，儿女们成家立业，甚至抱上了孩子，硕果累累，这个时候该歇一歇了，寿宴就是把苦难转化为喜悦的大舞台。寿宴上人们一边给寿星祝寿一边回首往事，寿星的每一次受难都成耶稣受难后的复活，都是以喜悦的心情和赞美诗的口吻谈论寿星的一生。六十年一甲子，生命的春夏秋冬四季轮回该人们评说了。周健就听到了许多有关刘军母亲的故事。许多故事跟自己的母亲跟自己的亲人以及村子里的老人没有区别，但每个老人都有其过人之处。刘军的母亲经历的就不是一般人所能想象的那种艰难了。

刘军母亲中年守寡，大约四十出头吧。孩子一大帮，最大的上高三，初中一个，小学两个，刚会走路的一个，丈夫病逝，丈夫知道自己患的不治之症，瞒着家人，直到生命的最后关头，倒在建筑工地上，抬进医院，医生说："这种病能活到现在很了不起啦。"工头还不错，给家属一笔钱。丈夫至死没花家里一分钱，临死还带回一笔钱，老板给的安慰钱，良心钱，也没多少。死因是病嘛。都说女人早年守寡多苦多苦，早年守寡年轻，孩子少，还可以再嫁，还可以创业，孩子小拖累少，中年守寡只有一条活路，咬紧牙关带一帮孩子活下去。刘军的母亲不但要让孩子们活下去，还要活出人样来，考大学，至少也得学一点技术，城市母亲都很难做到，这个农村母亲熬过来了，五个孩子，前三个上了大学，老四上了职校，老五刘军懂事的时候，哥哥姐姐们已经能挣钱养家了，这个家兴旺起来了，全家都娇惯这个小弟。小弟刘军老长不大，懂事的过程相当漫长，宠物狗一样大熊猫一样，贪玩不爱念书，见书就头疼，但也不给家惹事，不乱花钱，已经算是好孩子啦。玩到二十岁不好意思玩了，该做点事了，先在县城做，然后到渭北市来做。订婚以后，小算盘拨得哗啦啦响，心智不在哥哥姐姐之下。娘高兴啊碎娃都长大了嘛。农村父母赞美孩子，老大看本领，老小看心眼，皇帝传长子，老百姓传幼子，治天下不同于养老。刘军目前的困难是职校毕业的老四谋划要养老，跟他这个小弟争夺养老送终的权利，其激烈程度不亚于皇宫里众皇子争太子位进东宫做储君。同事周健每次给娘带来好心情确实给老五刘军增分不少。汉高祖刘邦当年在太子孝惠与幼子如意之间犹豫不决，孝惠召商山四皓下山，高祖知道孝惠羽毛丰满便立孝惠为太子，这些帝王家事在关中妇幼皆知，大家就很容易把周健比作幼子刘军的商山四皓。周健也不负众望，给寿星碗里夹长寿面说祝福的话，给长辈们敬酒点烟，最后回到刘军那些堂兄弟表兄弟中间，又散一圈烟，陕西最好的红好猫香烟。关中农村办酒席大多都上五块钱左右的白沙烟，十几块一盒的猴王就已经上档次了，刘军母亲这次寿宴上的太白酒猴王烟，相当不错了，在外工作挣钱的公家人彼此敬烟都是云烟三五、蓝好猫红好猫，周健给大家敬红好猫，大家就把他当兄弟，又是喝酒又是划拳，热热闹闹很有气氛。

　　长辈们谈论刘军母亲贤德的往事时，喧闹声就会停下来。长辈们的述说时断时续，喧闹声此起彼伏很有节奏，日常生活的凡人琐事在这一天会成为波澜壮阔激动人心的民间史诗，长辈们个个都是身怀绝技的民间艺人，述说到动情处就声情并茂，绘声绘色，一幕幕场景一个个细节回环往复栩栩如生，他们抚养子女侍候老人历经千难万险有着跟刘军母亲相同的体验，他们也在给年轻人传达生活的道理。很快就进入漫长的故事中，喧闹声完全消失了，连碎娃们都安静下来了，所有的人都成为圣徒虔诚恭敬，眼睛神光闪闪，已经不是某一个长辈的声音了，上天在讲述那段感人的往事……

丈夫去世五年后母亲的身体也垮了，就硬撑着，能撑多久撑多久。农民父亲母亲都有这种硬撑的功夫，撑不住的时候胡乱吃几颗药，以为药是粮食，咽到肚子里就能增加能量就能继续抗争，也不管这药能不能治病，农民没有对症下药的概念，也没有名医庸医的概念，在他们眼里，所有的医生都能看病，就像所有的农民都能种地一样，理所当然，地里的粮食都能养人，你就会明白，江湖郎中庸医在农村有多大的市场。我们的农民父亲母亲我们的农民兄弟姐妹吃下去多少假药，造就了多少富翁。刘军母亲这种古老的扛病战略不能持久，庸医假药治不了病反而把病养肥了。刘军母亲就倒下了，据说倒下的姿势都跟丈夫一样，先是眩晕，打趔趄，然后腹部中弹一样慢慢弯下身子，一直弯到地上，蜷成一团，又猛然伸开四肢，彻底地摊开在地上。不同的是丈夫倒在建筑工地，刘军母亲倒在自家地里。这回该吃点镇医院医生开的药了，而不是街头小店买的来历不明的药。有来历的药就比较贵。这也是农民千百年来宁死不吃药的原因。子女一般不敢告诉病重父母买药花多少钱，农民父亲母亲的心理承受能力一般在十块钱左右，十块钱以上他们就觉得在剜身上的肉，上了五十块他们就默不作声了，一百块钱基本上就崩溃了，彻底放弃治疗，绝不配合。刘军母亲倒下去那年，老大大学快毕业了，老二马上要考大学了，老三正在读高中，老四读初中，老五刘军小学快毕业了。母亲首先想到的不是病而是不争气的身体。再扛上几年，老大工作了，而且工作好几年有点积蓄了再倒下嘛。母亲在镇医院的病床打吊针时就咬牙切齿咒自己不争气的身子，打完吊针第一个举动就是抓自己头发，拧自己大腿，把医生护士吓得够呛。吊针不敢再打啦，那么一个大瓶子肯定很贵，就开点药，挣扎着回到家里，不争气的身体还是不能下地干活，还得继续用药。在外地上大学的老大老二多少年后才知道母亲曾大病一场，母亲不让打扰老大老二，大家严守秘密，街坊邻居来看望，村里的人都来了，母亲什么时候惊动过大家呀，母亲不再恨不争气的身子。谁都能看出来，这个刚强的女人垮掉了，鬼捏了一样，整个人就像一只乌鸡，能活下来就不错了。大家来看她的时候都不空着手，蔬菜瓜果鸡蛋，条件好的人家就带着营养品，几户发了财的人家，就直接给些钱劝她好好养病，缺什么药就买什么药。母亲活到这把年纪什么时候让人这么关心过？母亲就不再吃药，缓过一口气就等于有了硬撑的资本，母亲恶性循环式地又进入古老的抗争病魔程序……上天就这么平静地讲述一个乡村母亲的艰苦历程，母亲就这样，母亲超越了苦难，而且救苦救难，成为传说中的菩萨。从第一次寿宴开始，子女们就发现他们的母亲无论美丑都有了菩萨相，刘军兄妹五个就后悔给母亲做寿太晚。

周健很感动，一个人让你看自己母亲显露菩萨相，那是多么难得的机会，就不是宴席这么世俗的意义了。周健还记得十年前给母亲做寿的情景，那时他还是中学生，哥哥姐姐们都说这是咱娘最美的一天，长辈们都说是娃他娘最有福的日子，农村人把老人的生日都叫好日子，就是大富大贵的意思，也就是人们常说的显露菩萨相的日子。女人一生三个好日子，出嫁做新娘的那一天，生孩子做母亲的那一天，孩子长大有出息的那一天，喜气福气贵气齐全了，人就活这么一口气。周健把这些想法发短信告诉张海燕，张海燕马上回信："太伟大了，我真想见见这个伟大的母亲。"周健就告诉她："老人家也很想见你。"张海燕告诉周健："那我得好好准备。"又不是见自己的公婆有什么好准备的？周健家已经去过了嘛。女孩子的心思不好琢磨。

周健在家待了两个时辰再返回渭北市。他给母亲讲另一个母亲。母亲就告诉他："刘军没把你当外人，他娘把你当自己的娃，天大的好事嘛。"周健讲到刘军的娘大病一场，不肯吃药残了一条腿成了半残废。娘就停下手里的活望着周健，娘的声音慢了半拍，却更清晰了，娘告诉周健："一个半残女人把一伙碎娃养大，上大学的上大学，上职校的上职校，上中学的上中学，一个都没耽搁。"周健的眼睛就湿了。可娘的声音很冷静，娘告诉周健："刘军他娘继续吃药就能把病治好，不吃药硬撑把自己弄成半残废，三天两头扶着墙拖着草耙，去看看刘军他八婆，就等于守住了上甘岭。"地道战地雷战南征北战上甘岭打击侵略者渡江侦察记加上八个样板戏都是农村家喻户晓的经典影片，母亲信手拈来，成功地借用了上甘岭。母亲告诉周健："守住上甘岭，全村人都得出力，儿女们就能得到最好的帮助，上大学的上大学，上职校的上职校，上中学的上中学，一个也耽搁不了。刘军他娘那场大病得到了大家从来没有过的帮助。大家都情愿帮一个残废也不愿帮一个健康人，世道就这么个世道，人心就这么一个人心，刘军他娘把世道人心看透啦，她就想延续这种帮助，事半功倍嘛，她就把刘军他八婆当上甘岭一样守着。"周健他娘就这么平静地谈论刘军他娘，就像一个老兵谈另一个老兵的战斗经历。周健很不自然，他娘才不管他的神色变化呢，他娘继续开导儿子："娃呀，要把世道人心看透透的，你才能有出息。"周健已经相当反感母亲这样谈论另一个母亲的口气了。周健就不打算告诉母亲刘军他娘想见张海燕，更不能告诉母亲张海燕也想见刘军他娘：还把刘军他娘称作伟大的母亲。

回渭北市的班车上，周健有点恍然大悟的样子，以为娘小心眼，儿子在娘跟前讲另一个人的娘有多好多好，等于在自己女朋友跟前赞美另一个姑娘，女朋友能不生气吗？他和张海燕之间好像没有发生过这种事情。他就不会把母亲对刘军母亲的看法告诉张海燕。周健觉得自己又成熟一大步。

周健给张海燕重述刘军母亲的故事，张海燕都听不下去了，哭了好几次，一包纸巾都用完了，幸好他们坐在渭河大堤下边的树林子里，河堤上的人以为他们互相怄气，把女的气哭了。他们没工夫理人家，他们沉浸在故事里。这么悲惨的故事听下去是不可能的，时断时续，还是讲完了，张海燕难受了好久，终于说话了："母亲太伟大了，做母亲太不容易了。"张海燕就回忆自己的父母，在她的记忆里，父母很早就过生日，城市父母不会等到五六十岁，也不会请那么多人，都是小范围，订蛋糕，点蜡烛，许愿，大家一起唱祝你生日快乐，懂事的孩子用英文唱。张海燕很小就用英文唱生日歌曲。城里父母不但给自己过生日，更看重子女的生日。城里父母看重夫妻的结婚纪念日，金婚银婚什么的。张海燕的父母给乡下的爷爷奶奶外公外婆过乡村式寿宴，张海燕已经记不清了，张海燕懂事的时候，乡下爷爷奶奶外公外婆已经去世了，她就成了真正的城里娃。她才对周健重述的刘军母亲的寿宴和故事感到那么惊奇。

分手后，她就给周原县城的父母打电话，又是问寒问暖又是赞美感叹搞得父母很紧张，老问她出了什么事，电话打到《渭北晨报》向我询问张海燕的近况，知道女儿什么事都没有，父母放心了，反而感谢我这大哥哥关照得好。我跟张海燕的亲哥哥是大学同学，张海燕一直把我当大哥哥。我的话她父母是相信的。张海燕肯定在回忆父母一生的点点滴滴。张海燕甚至给心上人周健发出这样的短信："我爸我妈在我眼里都变得伟大起来了。""你爸你妈来渭北市啦？""每天都来呢，你就这么没想象力，父母的影子能离开儿女的生命吗？"周健就傻了。张海燕马上告诉他："我还是想看一眼那个伟大的母亲。"

他们正做准备，刘军给周健捎来一包玉米糁子，农村的家常便饭嘛，周健没多想，张海燕也没多想，他们带上这包玉米糁子去叔叔周志杰家。

叔叔周志杰还以为是周原老家亲人捎来的玉米糁子，周健就说是同事给的，都是周原乡党，叔叔周志杰就说："你俩关系不一般。"张海燕一下子就明白了，张海燕就说："他俩跟亲兄弟一样。"叔叔周志杰连声称好，"你比碎爸有出息，碎爸在新疆收到过陕西乡党的玉米糁子小米大枣，收到过甘肃乡党的炒面洋芋，草原人把你当兄弟就一起喝酒，送你酸奶疙瘩和馕，关系就不一般啦，回到陕西，碎爸就再也没有这种待遇了。"跟金子一样细细的玉米糁子从叔叔手指缝滑下。金花婶婶手脚麻利，很快煮一锅香喷喷的玉米糁子稀饭，新疆人把玉米叫乌麻什，金花改不过口，就招呼大家吃乌麻什。

三天后周健和张海燕就上了原。张海燕一定从朴素自然清香扑鼻的玉米糁子受到了启发，张海燕一身朴素自然的打扮，教师职业本来就衣着朴素，从来都是淡妆，这回张海燕完全素面朝天，碎花布上衣，白裤子白旅游鞋，全是马家巷自由市场的便宜货，可那种气质改不掉，反衬得更厉害了，缓缓走来时周健的眼睛瞪那么大。张海燕在他头上敲一下："想哪个大明星啦？啊？"张海燕就故意报出一长串海内外的漂亮女明星，周健就咧嘴傻笑。礼物就比较讲究了，有给老人的有给小孩的。理所当然备了两份。

按计划在周健家待一会儿再去十几里外的刘军家。太不巧了，周健他娘到女儿家去了，父亲在家。父亲一个大男人没想那么多，聊一会儿，喝两口水，周健照旧去邻居家借人家的摩托车，驮上张海燕往刘军家赶。张海燕平生第一次坐摩托车，还是乡村坑洼不平的沙石路，跟小时候公园里坐过山车一样。渭北市街上有摩托有摩的，都是打工者的便利工具，一般市民都打出租车，张海燕只有坐出租的经历。周健就告诉张海燕："跟了我你得做好坐摩托的准备。""我还想坐自行车呢。"过了一道梁，高原的大沟大壑把张海燕吓坏了。县城长大的张海燕第一次来周健家里就惊得目瞪口呆。一个县上，城里城外差别这么大，到了边远乡村简直两个世界，周健家与刘军家同属一个乡相隔十几里，又有这么大差异。摩托车上沟下梁，翻飞如鹞鹰，张海燕都要跟周健贴一块了，张海燕还是告诉周健："没有自行车的时候你愿意背我吗？""我太想当猪八戒了。"

刘军和未婚妻在家里等候周健和张海燕，他们一起去老人屋里。一帮老太太围着他娘拉家常，一帮碎娃跑来跑去都是老太太们的孙子孙女，进来几个年轻人就加几个小板凳。刘军他娘从寿宴上周健带来的礼物就已经对张海燕有个大概印象，张海燕真出现在她跟前她还是吃惊不小，这个城里娃细花花布衫子，脖子挂一串贝壳项链，农村碎娃才挂这种玩具一样的首饰，大人哄小孩的把戏嘛。老太太拉住张海燕的手就闻到张海燕身上天然的体香，没有香水味道连粉都没搽，身上没有脸上没有眼圈上也没有，可城里娃那种罕见的细皮嫩肉叫人心疼得不得了，老太太拍着张海燕的手就嚷嚷："这么心疼的乖女子，咱也抓养儿女哩，咱就抓不哈这么心疼的乖女子。"农村人把生娃叫抓娃，天地间抓来的一条命跟抓鸟一样。一帮老太太跟老母鸡一样围着张海燕这只毛茸茸的小鸡又是摸头发又是摸衣服。村子里好多年都没见过穿细花花布衫的大姑娘小媳妇了。农村娃跟城里娃已经看不出差别了，农村娃甚至比城里娃还洋气还时髦，首饰一样不少，有个中年女人就纠正老太太，那白的不是银子是白金，比黄金还贵。戴白金项链白金钻戒黄金手链的没过门的儿媳妇刚开始就用奇怪的目光打量张海燕，张海燕不但没有像样的首饰，连衣服都不上档次，不小看她都没办法。老太太们很自然想到自己过门的和没过门的儿媳妇，三金四银名牌服装想方设法地折腾婆家，一个媳妇娶进门没十万八万下不来。这些年，又兴起了在县城买洋房的时髦风尚，定亲时就说好，一定要在城里买房，乡下老家的房不算房，一砖到底的大房甚至楼房都不行，城里买房孩子可以在城里上学，从幼儿园开始，为孙子为下一代，婆家无话可说。老太太们就问张海燕："你这么心疼的乖女子，周健娃得给你买多大的房子？"张海燕就脱口而出："我们俩按揭买房子，不要父母掏钱。"老太太们都愣住了，愣完以后就心疼自己的儿子们："我娃不当当的，为买房把命都搭上啦。"刘军他娘想起两个上了大学的儿子在城市的艰苦历程，再想想那些能折腾人的儿媳妇们，也忍不住叫起来："我娃不当的，不当当的。"刘军就觉得这些老太太们有些过分，就给周健和张海燕递眼色，几个年轻人就出来了。刘军未婚妻不以为然，对张海燕说："妹子，你不要少见多怪,我见多啦。习惯啦,动不动就我儿不当当的,都啥年月了,有啥不当的,把咱这号瓜女子哄进门,要啥没啥,说翻脸就翻脸,那时候不当当的人就是咱这号瓜女子啦。"关中西部不当当既有可怜的意思,又有不当自家人对待的意思。

周健他娘已经从女儿家回来了,知道儿子跟张海燕一起去十几里外的刘军家,周健他娘就抱怨周健他爸为啥不把张海燕挡在咱家里,"周健一个人去嘛,带海燕弄啥哩吗?"周健他爸以为老伴心疼未过门的儿媳妇,十几里乡村沙石路骑个摩托车突突突能把人骨头颠断。"我劝来,娃不听嘛,城里娃图稀罕想看风景哩,想看叫她娃看去,年轻人骨头嫩不怕颠。"老伴就来了一句:"不怕路颠单怕人颠,路颠人一身汗,人颠人要命哩。"

周健他爸显然把事情想简单了,这个世界是女人们琢磨出来的,男人就是个粗坯子胡尿整。周健他爸那张胡子拉碴的嘴让老伴塞了一个玉米芯芯,严严实实地塞住了,就出去找人胡编解气。周健他娘自言自语半天,到猪圈跟猪说话:"周健娃,你还不如猪唠唠,猪唠唠走哪达都能留哈一堆屎,周健娃给娘一句话都不留就把媳妇引上满沟里乱窜,北山到处是沟,北原到处是崖,周健娃你这么乱窜就不怕把肠子撅断了吗?"

周健和张海燕回来时母亲没有听见,两人走到后院就看见母亲跟猪说话,张海燕捂住嘴没叫出声,周健就告诉张海燕:"我小名叫猪娃,我娘心慌就跟猪说话。"张海燕赶快退到前院,周健走到娘跟前:"猪娃他娘想猪娃猪娃回来啦。"惊得他娘手脚乱抖:"海燕呢你把海燕弄丢了得是?"张海燕那张脸就在石榴树后边露出来,两棵石榴树,跟墙一样隔开了前后院。周健娘拉住张海燕不停地拍打,张海燕身上没尘土,老太太还要拍打一阵。深秋季节，原上全是成熟待收的庄稼，野地里长满蒿草，崖畔全是金灿灿的菊花和蓝色的星星花，张海燕身上就散发出淡淡的植物气息。"我娃穿得太朴素啦，去生人家里要穿排场。""人家把周健当自己人咱就不能见外。"周健娘心里就嘀咕："瓜女子，那是人家一句客气话，你就把锅当针哩把神当兴哩。"这话在周健娘心里翻个跟头周健娘自己都不相信了，张海燕这么伶俐聪明的女子哪能这么瓜？张海燕就告诉周健娘："周健在原上的乡党同事十几个，就刘军对周健最重要。"张海燕和周健都不会告诉老人家那个要命的搅拌机和刘军与搅拌机的关系。老人家最多只能想到刘军或者刘军的亲戚管着儿子周健。老人家还是绕来绕去套周健和张海燕在刘军家里的情况。张海燕话不多，周健给他娘背课文一样一字不落地重述几小时前刚刚发生的事情。周健就兴致勃勃重现当时的情形，当周健模仿刘军他娘长一声短一声地嚷嚷："我娃不当的，我娃不当当的。"周健娘就神色大变，手都抖起来了，张海燕赶快扶住周健娘。"快去叫医生！"周健刚跑到门口他娘就喘过气："我没病我要喝水。"周健折回来倒开水，太烫对凉开水，娘喝了几口能站起来了，就责备儿子："动不动就叫医生，娘又不是纸糊哈的。"

张海燕也没看出周健娘有啥不对劲，张海燕以为周健娘太爱儿子，听到别人的娘这么心疼自己的儿子，她就急成这样子。

返回渭北市的路上，张海燕就说："你娘这么护你，我以后可不敢惹你。"周健就摇头晃脑："没办法，猪娃他娘爱猪娃。"张海燕眉头绾成疙瘩："你小时候真的叫猪娃？这么难听，你爸你妈咋能这么叫你？"周健就告诉张海燕："我们农村人给孩子起个猪娃狗娃羊娃牛娃，贱了好生养，养大再起正经名字，哪像你们城里人从小就白雪公主青蛙王子，王子公主命运坎坷多灾多难，贱命好养贵命艰难，就这么简单。"

几天后家里捎话叫周健赶快回来，周健以为家里出大事了，就请假往回赶，来不及给张海燕打招呼。从请假到上原进家门，不到三小时。家里啥事都没有，娘有话要说，娘拉住周健的手语重心长："娃呀，你找哈这个张海燕是个知书达理的乖女子，是我娃的福也是我娃的祸。""你说啥哩？娘！你说啥哩？"周健又是跳又是抱头。娘就给他慢慢说："你千不该万不该带海燕去见刘军他娘，你知道刘军他娘为啥喊叫我娃不当的，我娃不当当的，要是我我也会这么喊叫，比她叫得还厉害。刘军他娘可不是一般人，刘军他娘停了药把自己拖成半瘫，就是因为看透了世道人心，世道人心就是重贱不重贵，海燕这么心疼这么懂事明理，你带这么一个乖女子过去你不是欺负人哩嘛，你还叫人家活不活呀！人家为啥喊叫他娃不当当的？"周健快要爆炸了，他娘不会叫他爆炸，他娘准确及时地掉转话题："你娃要好好待海燕，你能遇上这么乖的女子，是你娃的福气，可你把这么好的女子带到不该去的地方福气就会散光就会招来灾祸，我娃记牢，记牢牢的。"娘双手拉住周健的手叮咛了一遍又一遍，松开手时好像要失去这个儿子似的，周健就给娘再下一次保证，娘才放他走。

下午赶回渭北市。张海燕都不知道周健不到半天飞毛腿一样转了一圈，周健也不会告诉她回家的事情，周健只是劝张海燕穿排场些，张海燕就问出啥事啦？"我喜欢你穿好一点。"张海燕就笑："你就不怕我跟人跑了？""哪个人值得你跟他跑你就跑。"张海燕拧住周健的耳朵，周健就跟猪唠唠一样叫唤开了。

第六章

　　我就是做梦都想把张海燕拐跑的那个人，《渭北晨报》新闻部主任，著名记者。张海燕哥哥的大学同学。我是土生土长的西安人，张海燕的哥哥从关中西府周原小县城考到西安一所大学，我们同班，同宿舍，一见如故，都爱打乒乓球都能弹吉他，多次合作上台合奏《爱的罗曼史》。大一入学一个月后国庆节张海燕的哥哥就邀请我去他们家，吃岐山臊子面吃八亩沟面皮去周公庙给麦王爷上香。你也就能猜出来张海燕的哥哥是我们家的常客，每个周末我都要带张海燕的哥哥去我们家。我们全家都喜欢这个来自西府小县城的朴素的小伙子。我是家中老小，上边有哥哥姐姐，张海燕的哥哥是家中老大，下边一个上初中的妹妹，说实话，我要有妹妹的话一定要她嫁给张海燕的哥哥，气味相投的同学成为一家人多好啊。我敢肯定张海燕的哥哥也这么想。我们跟亲兄弟一样。我比这个老同学大几个月，我理所当然成为兄长，到了他家，他父母早从儿子的信中知道有我这么一个铁哥们，他父母跟我父母一样喜欢儿子的同学。

　　当时正上初二的张海燕见到我就叫大哥哥，她的亲哥哥屈居第二。我没有想到这个小妹妹从第一次相见就把我定位为大哥，我后悔的时候一切都来不及了。当时我高兴啊，这么一位小天使大哥哥叫个不停你能不开心吗？只要我到她家她就缠着我打乒乓球弹吉他，以前亲哥哥教她，有了我这个西安大哥哥亲哥哥就备受冷落。亲哥哥佯装生气，天真的小妹妹乐得哈哈大笑，终于占了亲哥哥的上风。整个假期我们就在周原小县城里晃荡。两个大哥哥中间一个小妹妹挎着吉他走遍县城的大街小巷，很快就到郊外的田野上。城北就是冯家山水库放下来的一渠清水，也是游泳的好地方，七八里以外就是黄土高原伸向关中平原的岐山，凤鸣岐山以兴周的地方，连自行车都不用骑，我们一路狂歌到山顶。这种美景在西安很难看到。我上高中才跟一帮同学去秦岭翠华山见到了真正的山，不像西府周原上山这么容易。我敢肯定初中生张海燕暗中的追求者一定不少，我这位来自西安的大学生哥哥的出现无意中成了这位小妹妹的保护伞，她在大街上就这么肆无忌惮地一口一个大哥哥，跟我的跟屁虫一样，那些小男生能不绝望吗？

像我这种多才多艺学习又好的男生，中学时就跟好几个女生有过感情纠葛，有喜悦有苦恼，父母严加管教，学习总算没受影响。父母也很开通，上大学可以交女朋友。我也憧憬着上大学后光明正大堂堂正正地跟女生们交往，中学时那种地下游击队似的小打小闹既兴奋又提心吊胆做贼似的真不是人过的日子。进大学不到一个月，那些女大学生们还都是一团模糊的影子，连她们的面孔都没看清我就跟同学来到关中西府周原小县城见到了天使般的张海燕，那些女大学生们没显形就黯然失色啦。

多少年来我一直琢磨我的情感生活，我为什么如此着迷小县城长大的张海燕，她既有城市女孩的活泼大方，又有乡村女子的纯朴自然，小县城正是城市与乡村的奇妙结合。从周原小县城这个小妹妹身边回到省城西安，再去哥哥姐姐们表哥表姐们堂哥堂姐们生活的北京上海天津广州武汉这些大都市，见识过许多大家闺秀权贵名媛，她们身上的大家风范背后总透着一股难以抹去的矫揉造作，更不用说那些令人毛骨悚然的美人心计。张海燕更让我心动的是她身上竟然没有小城女子那种小家碧玉气息。

有一次我搭朋友单位的车去周原。从西安到关中西府有三条公路，南线沿渭河南岸秦岭脚下，中线贴渭河北岸陇海铁路与火车并行，北线就是丝绸古道过咸阳武功上北原。朋友的车就走北线，可以尽情观赏沿途美景。关中平原沿渭河由西而东呈扇形展开，西高东低，扇柄握在秦岭与高原两条巨臂间。车子沿北线上原，一路全是台阶状高原，一个台阶接一个台阶登天梯一样。每上一个台阶，风就呼地一下，气温跟水一样越来越凉，开始出现深沟大壑，还有无数巨象似的高原，大地上的万物毛发竖起，长风呼啸，丘壑纵横，大气磅礴的万千气象油然而生，车子跟昆虫一样。我在加油站给老同学家里打电话，接电话的正是我期待的张海燕，我都忘了喊她小妹妹了，我太激动了，电报式的语言告诉她这种罕见的长风呼啸丘壑纵横大气磅礴的万千气象，她竟然也忘了没叫我大哥哥，她也很激动，她告诉我："天还是那个天，地还是那个地，是你变啦！""我变啦？""你变小啦！哈哈。"

回到车上，我再也不碰我的吉他了，高原上弹吉他太可笑了，纯粹是酒馆咖啡馆解闷的小玩意儿，高原最合适的乐器应该是排山倒海的钢琴。周原县城出现的时候，我才发现张海燕是这土地的一部分，跟这气象万千的高原融为一体。我都不好意思从车上拿那把跟随我多年的吉他，我让朋友带回去。我远远地望着走过来的张海燕，高原成为她的背景，如影相随，张海燕又是招手又是嗨嗨，我都傻了，她都走我跟前了我还那么深情地看着她和她背后的高原，她的小手毫不客气地拍打我的腮帮子："大哥哥，哪位姐姐把你魂勾走了，心在西安身子跑到我们周原小县城，后悔得想要哭你就放声大哭吧，妹妹陪你哭。"我不想笑都不行，我笑出了泪，我平生第一次这么深情地看一位少女，我的眼睛都湿了，难道她没看出来？她刚上高一，还是个中学生，等着她上大学吧，很快就会到那一天，有点耐心。我给自己发誓。我有过恋爱的经验，我知道真正的爱情应该有一个较长的生长期，长结实一点，籽粒饱满，情感充沛，一年四季二十四节气缺一不可。

我大学毕业那一年，张海燕考上了渭北大学。我可以留在西安市，政府部门新闻单位都是很好的选择，张海燕的哥哥就分到了市政府。我选择去渭北市，张海燕的哥哥对我说了一句："老兄委屈你。"我就打断了他的话，我们彼此心里清楚，我多么爱他的妹妹。我没去渭北大学，我选择了《渭北日报》，后来《渭北晨报》创刊我又去《渭北晨报》，报社原班人马，多挂个牌子。报社与大学隔河相望，饭后散步半小时过渭河大桥就到校园。我七月份到报社上班，张海燕九月初从小县城去渭北大学报到，报社真给我面子，我用报社的车子接张海燕报到，她父母很高兴有我这个大哥哥送女儿去上学。

从入学那天起张海燕的同学就知道张海燕在本埠报社有一位了不起的哥哥。我每周去看一次张海燕，要见她太容易了，我负责文教这一块，渭北大学是我报道的重点。采访完我就跟着张海燕去学生食堂体验刚刚结束的大学生活。周末她才肯跟我去逛街去吃馆子。校园里她就想彻底学生化。我再次充当了张海燕的保护伞，我的频频出现足以使渭北大学的男生们望洋兴叹。我等待瓜熟蒂落的那一天。张海燕的哥哥与嫂子都是我的大学同学，都有可能成为我的哥哥嫂子，两个老同学比我还着急，老是问我进展如何。好几次两人要给这个情窦未开的小妹开开窍，要么干脆把话挑明了，我拒绝了他们的好意，我甚至挖苦他们俩大学四年就没好好学习整天卿卿我我，毕业不到两年就急吼吼结婚，很快就做了孩子他爸他妈跟封建时代早婚早育有什么区别。他们就放心了，我的魅力风度他们又不是没有见识过。我在报社，在渭北市都是异性关注的目标。相当长时间我都沾沾自喜于这些虚幻的美景。

张海燕可不是个傻姑娘，她有意无意中在宿舍的床头摆了一堆外地同学来的明信片、贺卡，那时我就知道了周健。周健的贺卡不是摆在床头，而是插在墙上跟马拉多纳并列，我就多看了一会儿。张海燕打开相册，让我看她高中毕业照。那是一张全班合影，这种照片全中国都是一个模式，第一排坐着校领导和老师，第二排站学生，第三四排站凳子上，张海燕站最后一排，她身边就是男生周健，她给我指一下周健，满脸幸福的样子我就明白怎么回事了。大哥哥就大在这个地方，处变不惊，胸中万丈波澜而面不改色，谈笑风生。我的目光又投向跟马拉多纳并列的那张贺年卡，这回我看清楚了这个周健的地址：西安某工业大学。从毕业照上可以判断出周健来自农村。我不想乱猜下去。我匆匆告辞。我的控制力有限。我心乱如麻，再待下去会露馅，那就有失大哥哥风度了。

我再也没有心情沿渭河河堤步行两公里再穿过渭河大桥回报

社。那是一条绿树成荫群鸟乱飞的幽径，大学生们都喜欢沿这条路步行上街，也是我与张海燕的必行之路。我再也没心情走这条路了。我在校门口乘八路车到火车站，没急着回单位，而是进乱哄哄的马道巷自由市场。这是典型的记者职业病。我刚工作两年就喜欢上这个职业。地级报社就有这种好处，不到一年就对各县区了如指掌，市区就更不用说了，在人海中乱窜对我们记者来说是一种享受，肢体碰撞如同水浪拍岸绝不会引起争斗。具有这种功夫的除记者外就是小偷与特务了，茫茫人海最安全最可靠也最能找到富矿。挤出一身臭汗，洗个澡，就不恨这个小妹妹了。

下周末还去找她，她见面就问："不生气啦？""我生气了吗？""没生气就好，还是我的大哥哥。"我就这样无可奈何地在虚幻的美景中苦苦挣扎。

张海燕的哥哥和嫂子开始相信我和张海燕的关系进入新阶段，嫂子问小姑子时，小姑子的矢口否认被嫂子误认为是害羞是伪装。张海燕的父母也被我和张海燕的假象蒙在鼓里。我当然不会死心，过不了多久张海燕就会迷途知返，我把这个时间确定在她大学毕业以后，走上社会，学生习气消散她就会重新选择，她的目光就会改变，那个中学同学周健会变成美好的回忆。我的自信来源于张海燕四年大学生活，只收到周健的贺卡与明信片，一封信都没来过，更不用说本人亲自从西安来一趟渭北大学了。她的同学都相信她的男朋友是《渭北晨报》英俊潇洒才华横溢的名记者。她的任何解释统统被视为狡辩虚伪。

张海燕大学毕业的时候国家已经不包分配，自谋职业，渭北大学要比西安的高校更难找工作。我已经是报社的骨干记者，新闻部主任，根本不用张海燕的父母和哥嫂操心，半年前就帮她选好蓝天幼儿园，渭北大学幼师专业毕业生能进这么好的单位凤毛麟角。我理所当然成为这家幼儿园的常客，我也理所当然地被张海燕的同事们当作张海燕的男朋友。不管张海燕大哥哥长大哥哥短地叫，亲哥以外的任何哥哥还能是什么？我的自信水涨船高，自尊心也不允许我去打听那个跟张海燕同一年毕业的周健。

工作后的张海燕两个人一个宿舍，宽敞多了，可以摆放好多姑娘们喜欢的东西，桌子的玻璃板下边压着高中时的毕业照，大学毕业照不会摆出来，那个叫周健的家伙一如既往地给她寄贺卡和明信片，地址游移不定，单位更是五花八门，小伙子的境况不太好。傻姑娘在等小伙子混出名堂的那一天。我一副甘愿奉陪的样子，你还能怎么着？这种局面不会持续多久。我大学毕业已经四年了，二十六岁了，父母都是知识分子不干预子女的婚姻一切由子女自己做主，但二十六岁也该有女朋友该订婚了。张海燕的父母也多次暗示，不能让我这个大哥哥娇纵他们的女儿，我使出浑身解数也只能再撑两三年，两三年后戏就演不下去了，张海燕小妹妹那时候你得做出选择。

三年后，二〇〇五年夏天，那个叫周健的小子出现在张海燕身边，这个臭丫头肯定把我的照片通过手机早都发给这个小子了，周健看我的眼神完全是老熟人的架势。张海燕还是那么没心没肺，要周健叫我大哥哥，周健这小子就叫我大哥，感谢大哥对海燕的关照，我只好硬着头皮装好人啦。然后眼睁睁看着这对狗男女相拥相依沿着蓝天幼儿园到市区的幽径越走越远，你还能怎么样？

我还是老习惯，饭后沿河堤向西不用过桥，走两公里就是蓝天幼儿园，我还没到幼儿园门口就看见张海燕和周健相依而出。

理智告诉我该结束了，我甚至产生过离开渭北市的念头，以我在新闻界的影响进西安任何一家大报都不是问题，我反复问自己如此纠缠于这个地方不仅仅是因为张海燕吧？打动我心灵的还有给张海燕做背景的丘壑纵横气象万千的高原，离开张海燕我却离不开这块土地。我和张海燕更多的时候都手机短信问候，她还那么没心没肺地叫我大哥哥，也许就是第一次见面时这个讨厌的大哥哥永远把我们隔开了。那时候她还是个初中生。后来我知道她在高中时才认识周健，我这个大哥哥完全是她的亲人甚至家人。

我还是忍不住走进熟悉的蓝天幼儿园。张海燕不在，我跟张海燕同宿舍的胖姑娘方静聊了一会儿。方静还真是张海燕的好朋友，方静告诉我："你不要放弃海燕，海燕现在猪油蒙心，她稍有点脑子就会选择你。"方静甚至断定张海燕跟周健保持不了一年："以前不在身边，期待呀想象呀，迷迷瞪瞪就把对方神话了，真的来到身边一年半载就大失所望。"方静就这么等待过前男友，等了两年回到身边了，一下子失望至极，非其所愿，年底结婚的这位男友在渭北市渭滨区政府工作，自己真正的归宿。"我给海燕讲了好几次她还死倔，能倔得过命吗？跟命过不去那就惨到家啦。"离开的时候方静还是那句话："海燕玩小孩过家家哩，你不要在意，几年都过去了，再等等她。"方静还告诉我："周健在丰庆建筑材料有限公司上班，哪能跟报社比呀，海燕跟小孩一样，幼儿教师可不能把自己教成小孩呀。"

我一直负责文教，工交不归我管，但我知道丰庆建筑材料有限公司在渭北市名气很大，能在这家企业上班应该不错。记者职业病加上情感的因素，我去了一趟渭北市西北角的丰庆建筑材料有限公司。我老远就看见身穿工装的周健骑着自行车往搅拌机跟前奔，我就知道他干的是机械维修，工科大学毕业干这种工作完全是牛刀宰鸡嘛。平心而论，这是个能吃苦的好小伙子，记者这职业就他妈这么客观，公正地讲这么个好小伙子不出几年就能在这家企业干出名堂。也许他才是张海燕无穷魅力的那辽阔高原的一部分。我只是个旁观者，只能欣赏这丘壑纵横气象万千的美。我点一支烟，悄悄离开。

　　我很快就看见值班编辑送来的稿件，二审过后副总编终审签字就可以发排印刷了。我这个二审主任权力很大，决定稿件的存活，过了我这一关，终审一般不细看，终审主要把政策关。我就看到一组有关工伤事故的报道，有机床工伤、电梯工伤、锅炉工伤，还有搅拌机工伤。我把搅拌机工伤的报道看了好几遍，好像我的胳膊腿咔嚓一下折断了。我圈定了搅拌机工伤和锅炉工伤，报道这两个新闻足以引起有关部门和读者的重视。无论从哪个角度考虑都是对周健善意的提醒。后来我才知道这两则消息给周健和张海燕的关系急速加温。七月份发的消息，九月初我就收到张海燕哥嫂联名发来的短信："海燕把一切都告诉我们啦，说她国庆节带男朋友回家，哈哈我们终于成一家人啦。"我只回了一个："国庆节见。"我再次进入虚幻状态，连她父母都相信这个未来女婿是我。好在这种持续好多年的虚拟状态快要结束了，那时我就彻底解脱了。我再次问自己，你还期待什么？你没有任何机会了。我给自己的心理安慰是：慢慢苏醒，猛醒心脏受不了大脑也受不了，会心理失常。我就把这一个月当成休眠阶段。百无聊赖懒洋洋六神无主，我就是这个样子。

　　也许我们都生活在一场幻境中。

　　八月初我在文化宫门口碰到张海燕和金花，我才知道金花是周健的婶子。我曾采访过周志杰也采访过金花，对金花的《萨吾尔登》舞蹈还做过跟踪报道。我就有兴趣进去观看张海燕如何跳《萨吾尔登》。我的自信开始崩溃。周健是周志杰的亲侄子，这就意味着张海燕开始进入一个新世界。我太了解《萨吾尔登》了，当年为了报道《萨吾尔登》，我按金花提供的线索专程去新疆巴音郭勒蒙古自治州和静县巴音布鲁克草原寻找原生态的《萨吾尔登》，去过天山的人都会明白，天山母亲的怀抱会把你与天空大地万物永恒的生命连在一起。沉浸在《萨吾尔登》舞蹈中的张海燕完全变了一个人，完全摆脱了大学幼师专业教给她的程式化舞蹈，新生命在她身体里诞生了。《萨吾尔登》把她跟周健连在了一起。《萨吾尔登》也使我多少有了一点草原人的胸襟和大气。有一天张海燕会给周健跳《少女萨吾尔登》，那是《萨吾尔登》的顶峰，也是一个女人对心上人爱的最高境界，即使夫妻，丈夫也不一定能得到妻子一曲《少女萨吾尔登》。张海燕那样子好像婚礼上就会给新郎跳《少女萨吾尔登》。要命的是金花就是这么教张海燕的。

金花最早引起媒体关注是家长来信来电反映，我派去的记者回来后兴奋得不得了。先发一个消息，读者反映强烈，主编都注意了，就派我这个大牌记者写大文章报道。后来又收到一些读者反映，都是一些孩子家长。家长们反映孩子们学了《萨吾尔登》都变成小绵羊，太善良了，跟同学发生冲突不敢出击，家长甚至怀疑金花不是蒙古人，蒙古人多厉害呀，征服过世界呀，蒙古苍狼呀，这是一个该出手就出手毫不手软的时代，孩子这么善良还得了哇。我就告诉家长们：我去过蒙古大草原，蒙古人很善良，把天鹅和雪莲花当神灵，善良才是他们的天性。学《萨吾尔登》

的孩子少了一大半，金花坚持不懈给剩下的孩子传授《萨吾尔登》。就有必要再次大幅报道这些剩下来的孩子，我做了大量案头工作，介绍卫拉特土尔扈特蒙古人的历史、民俗以及悲壮的东归过程。专门采访了金花，她回答记者提问时的一段话我至今还记得清清楚楚：《萨吾尔登》已经成为我们卫拉特蒙古人的精神家园，只要我们活着我们就有《萨吾尔登》，有《萨吾尔登》我们就有家，《萨吾尔登》就是跟我们如影相随的帐篷。我也采访过金花的丈夫陕西乡党周志杰，周志杰就深沉得多，他把自己定位成故乡的异乡人，他的一句话很让我吃惊，他告诉我：故乡成为一种文化，浓郁的乡愁就产生了，也就意味着永远也回不到家了。当时还没意识到这句话的分量，现在可爱的张海燕小妹妹用一声声大哥哥终于让我也成了故乡的异乡人。

一直没有跟周健单独相处的机会。昨天上午我从外地采访回来，在车站跟周健相遇，我问他："没带张海燕？"周健就笑了："我怎么给你这种印象？""我的印象中你们形影不离嘛。""我来渭北市才两个多月，这么多年你整天跟海燕在一起呀。"狗日的会反唇相讥了。我们互相望了一会儿，还是去了饭馆，边吃边聊。两人都饿坏了，吃了一半有精神了，周健就说："对不起大哥，我知道你也喜欢海燕。""我让你说对不起了吗？我告诉你小子不管到什么时候我永远是海燕的大哥。"瞧瞧到这时候了我嘴还这么硬。周健多聪明，马上就说："你也是我的大哥。"我就拍这小子肩膀："兄弟呀，能找到海燕这好的姑娘是你的福气。"这个工科大学生就用他那专业所特有的精确冷静客观地告诉我："我一个农村娃，大学给了我生存，海燕给了我生活。""生活万岁！"我们碰杯喝生啤。不管什么酒，只要是酒，就能让人更坦诚。一扎啤酒下肚后，周健就说："希腊人说了，人不能同时踏进两条河流，我在同一时间踏进了两条河流，按农村人的说法，步不能跨太大，太大就把裆扯破啦。"我就用筷子敲他的头："不要一口一个农村人农村人，你考上大学那天起就不是农村人啦，不用拿农村人给自己的软弱找借口，你跟张海燕没有距离，你们在同一片蓝天下。"周健就偏着脑袋告诉我："城市是未来的我，乡村才是现在的我。"周健的眼睛就湿了，我的眼睛也湿了，后来我才知道周健刚刚被母亲传唤回去面授机宜，周健是带一肚子心思回来的。

第七章

1

刘军也觉得他娘有点过分，就找机会把周健的损失补回来。刘军他八婆到渭北市来了，八婆是刘氏家族的长辈，九十六岁高龄，也是全村以至方圆几十里的长寿老人。八婆的三儿子刚刚从副市长位子上退下来，八婆就要来看三儿子。八婆每年春夏回周原老屋，秋冬到城市儿女们家里看重孙子，尤其是冬天，农村没暖气，干冷，风大，不如城里。城里的儿女们都争着要八婆去自己家，不管到谁家，春节必须回老屋，老先人的坟在村子西头，坟搬不走，还有老先人的牌位，都摆在老屋，要上香祭奠烧纸祈祷，这些庄重的仪式在城市不合适。儿女们都很有出息，老家的房子盖了又盖，修了又修，不管再怎么折腾，八婆住的那间老屋不能动，典型的关中西府厦厦房。

三千年前古公亶父率周人翻越岐山落脚周原时就盖这种厦厦房一直延续到现在，黄土夯筑下宽上窄的墙壁，黄泥掺和麦草糊抹屋内，再以河沟里挖出的白土浆水粉刷，黄土打成的土坯砌锅灶砌火炕，再砌隔一间间小屋，讲究一点的人家，土坯砌内墙时下边会加几层砖，基本上是黄土到顶的土屋。

八婆清贫时住厦厦房，儿女们出息了也不离开厦厦房，厦厦房就围在红砖大房中间，后来又围在小洋楼中间，土筑厦厦房快要塌掉了，儿女们得翻修厦厦房，八婆就坐小板凳上看着，不能伤筋动骨。在省城当副厅长的老二专门找的文物建筑队来完成这项工程。文物大省的专业文物建筑队维修过十三朝古都皇宫，他们翻修这栋民居时油然生起一股庄严和虔诚。加了砖加了钢筋，但外边看不见，专家告诉老太太就跟给心脏搭个支架一样。厦厦房固若金汤，八婆放心了，儿女们也放心了。有一年，在渭北市当区长的老三在厦厦房里接待了上边来的副省长。副省长也就六十出头，九十岁的八婆跟副省长越谈越投机，八婆母性大发就摸着副省长的头说："我娃乖的，我娃圆头实脑。"陪同副省长的一行官员目瞪口呆。副省长一言不发离开村子，上了车，也不吭声，车开动半小时后副省长捂着脸的手才松开，副省长已经泪流满面。副省长幼年失去双亲，爷爷奶奶抚养他，后来爷爷去世，奶奶一个人供他上中学上大学，奶奶去年去世，八婆一声狗娃就让副省长绷不住了。离开渭北市时副省长拉住老三的手说："兄弟呀，我的好兄弟，你是天下最有福气的人，九十岁的老人家，你们把她服侍得这么好！"八婆的小儿子留在八婆身边，从生产队长干到大队书记，放弃许多升迁的机会，大队改村他就是村支书，他只有一个信念，守在母亲身边。当年刘军他娘停止用药，八婆亲自来看望这个刚烈的女人，八婆就给当支书的小儿子一句话：军军他娘的事情就是你的事情。刘军他娘只朝拜八婆一个人就行。刘军就实话实说："把我八婆维哈就等于维了十个我娘。"

刘军叮咛周健："到我八婆跟前千万不要说普通话。"关中农民并不忌讳普通话，标准国语农民也爱听，农民忌讳的是农家子弟吃上公家饭或当几天兵回到家乡撇一口半生不熟的普通话显示自己见过大世面，老父亲会当众脱下鞋追打这些可笑的子女们。八婆的二女婿当兵二十多年一直在大西北，乡音未改，八婆待这个二女婿比亲儿子还亲。后来二女婿部队换防到南方，部队官兵也以南方人为主，升任大校师长的二女婿又多次入国防大学深造，口音就改了，讲一口流利的普通话，回到周原老家，亲爹亲娘也不好意思给这么争气的儿子下马威，忍受乡音全无的儿子中央人民广播电台播音员一样问寒问暖拉家常，大校师长看过亲爹亲娘，马上去看望老岳母。大校师长刚开口八婆就双手发抖："酸死啦酸死啦我老婆子牙根酸哩，你赶快出去把舌头摆顺再进来说话，当兵吃粮吃几十年啦吃了些啥嘛话都不会说啦。"大校师长满脸臊红退到院子里，大舅哥们就单兵操练一样教大校师长恢复语言功能，理所当然都是土得掉渣的关中西府方言，刚猛生冷硬，不出两三句就让大校师长脸红脖子粗热血沸腾，八婆这才眉开眼笑："我娃不当当的，在南方当兵吃的都是大米，吃不上小麦吃不上辣子醋，老三媳妇老三媳妇，臊子面侍候。"大校师长回故乡之路基本上是一条岐山臊子面大比武，走亲访友，一家比一家的臊子面做得好，一路吃下来不得不承认老岳母家的臊子面水平最高，八婆的几个儿媳妇三媳妇臊子面远近闻名，讲究的人家过红白大事都请三媳妇帮灶，专做臊子面。大校师长松了三次裤带，完全放下军人架子，有点凉女婿的憨态了。关中西府笑话，凉女婿看望丈母娘，丈母娘问我娃吃饱了没？凉女婿撩起衣服拍打圆溜溜的肚皮：哪个我儿没吃饱！大校师长就吃成了这个样子。八婆还要当教师的老四给大校的媳妇八婆的亲女儿写信，照老娘的原话写不要文绉绉那一套，八婆说一句，教师老四写一句，秉笔实录：卖狗子翠侠你听着，你丢娘家的人哩嘛！啊！你出门几十年啦连女婿都不会侍候啦，连臊子面都不会做啦？你还是周原人吗？啊？……信挂号寄给女儿，不叫大校师长带，大校师长带回去也不会交给媳妇，辣子和醋要带上。老岳母还叮咛大校师长："辣子不敢停，男人不吃辣子就会变成太监，女人不吃辣子就会变成妖精。"八婆也有开通的一面，那些有出息的子女每次出国都要先回故乡见见八婆，八婆就告诉他们到了国外可不要惦记臊子面，男儿嘴大吃四方，放开肚子吃外国的好东西。他们理所当然地带国外的好东西回来孝敬八婆，八婆好像自己出国一样眉开眼笑。八婆真是好记性，子女们反复讲在国外的生活，成田机场希思罗机场这些洋名词就常常出现在八婆嘴里，八婆每次就如此告诫他们："中国饭就在中国吃，可不要到了成田机场希思罗机场吆喝咱臊子面腰带扯面。"啤酒刚兴起时农村人把啤酒当马尿，到了夏天八婆就吆喝着要喝马尿，马尿苦涩解暑，哪一味中药不是苦的？

周健给八婆带了三斤小米，自家地里产的。周原北乡跟北山交界处，沟壑纵横，地貌土质优于陕北，产的小米也优于陕北。母亲装了小米，还扎了十几把谷叶；农村只有六七十岁以上的老太太还保持着古老的煮粥妙法，谷子成熟，深谙谷子奥妙的女人们就把谷叶捋下来扎成把晾起来，谷秆既是牲口饲料又是好柴火，每次熬小米粥，先把谷叶洗干净放锅里煮，煮出一锅黄金水，捞出谷叶再下米煮粥，煮出粥浓香醉人，跟吃面喝面汤原汤克原食一个道理。窸窸窣窣柴火一样的谷叶带城里去周健不情愿，娘就骂他："学生娃懂卵子，听娘的没麻达。"照例给周志杰也带这么一份。金花婶婶是周氏家族少数几个采用谷叶煮粥的晚辈。张海燕就跟听天方夜谭一样听这种古老的烹饪妙法，金花婶婶操作，她打下手，喝到小米粥时张海燕叫声不断。

周健就带了小米和谷叶跟着刘军去拜见八婆。八婆见过周健，一眼就认出来了，这么大年纪眼神很好使，接着就听见窸窸窣窣的谷叶声，就不让保姆走，保姆也是刘家的一个远房亲戚，二十来岁的小媳妇，八婆不把她叫住她会把塑料袋里的谷叶当垃圾扔掉，八婆指一下袋子，保姆就掏出一把小谷叶，一把把地插着有十几把跟扫炕笤帚一样，八婆见到谷叶就拍一下膝盖连声叫好！好！好！咱刘家失传啦还有人记着这土方子嘛。八婆就拉住周健的手，周健就说："我娘备下的。""你娘懂我这老婆子的心，老二媳妇。"副市长的夫人就过来了，八婆摇拨浪鼓一样摇着谷叶，"你也是咱周原农村出来的，进了城就把这土方子忘啦。"市长夫人光笑不说话。好多年前，副市长当中学教师的时候，民办教师二媳妇最拿手的就是谷叶熬米汤，把八婆侍候得跟神仙一样。市长夫人笑眯眯望一眼周健："到底是咱周原北山根的乡党这么懂事。"市长夫人拉起八婆的手摇了摇："娘，今儿午饭我下厨，保姆给我打下手，恢复革命老传统。"八婆眉开眼笑。八婆叮咛刘军和周健要常来，下回来要空手两吊，生人带礼，自己人带嘴。

周健以为八婆说的是客气话，金花婶婶就告诉他："你不要胡思乱想，老人家没把你当外人。"叔叔周志杰就感慨："我这凉侄儿比我有出息。"

这段时间前妻田晓蕾与现妻金花频频通电话，叔叔周志杰不好插嘴，出出进进还是能听出些只言片语，两个女人竟然围绕着《红楼梦》争论不休，叔叔周志杰就问金花："田晓蕾想当红学家？""《红楼梦》又不是专家学者的后花园，凡夫俗子就不能谈《红楼梦》了？""电话里能谈多少内容嘛，要么你去西安要么她来渭北你们彻夜长谈爱怎么谈就怎么谈。""有些话电话里好谈见面不好谈。""田晓蕾出啥事啦？""才知道啊？再这么迟钝下去我要拿刀子捅你啦，放两盆血不信你没动静不信你没反应。""王长安不是给她一个幸福的家吗？她还不满足？""她不断地在设想林黛玉要是能生孩子的话就不会产生悲剧，她把林黛玉的饮食起居吃喝拉撒都仔细研究了，得出的结论是林黛玉既没有持家能力也没有生育能力。""她对《红楼梦》迷成这样？""我原以为《红楼梦》是她的精神家园，没想到她会用《红楼梦》求生存，这不是把《红楼梦》当大被窝吗？她把成吉思汗黄金家族的传人清朝末年蒙古族文学家尹湛纳希的《泣红亭》和《一层楼》都看好几遍，与《红楼梦》有关的书她都不放过，她快走火入魔了。""我明白啦，"周志杰叫起来，"她想要周晶晶。"金花告诉周志杰："田晓蕾是周晶晶的亲妈，她想要咱们就得给，我都主动给她提过，她没这个打算，晶晶跟这个亲妈关系很融洽，跟王长安和王长安的父母姐妹们就很难说了，田晓蕾还真没这个打算。"周志杰安静了，周志杰就有心情反问金花："难道她还想生一个？"金花就说："她又不是没生过，再生一个很容易的。"周志杰惊讶得说不出话，金花一副若无其事的样子："你在新疆待过你应该知道伊犁河谷长大的田晓蕾跟哈萨克人跟蒙古人没什么区别，你不就担心计划生育政策吗？田晓蕾变成蒙古人不就行了吗？按政策我这个正宗蒙古女人可以生两胎，我有巴图和晶晶很满足了，就让一个让田晓蕾去生吧。"女人就这么对付这个复杂多变的世界。

周志杰眼睁睁看着金花给田晓蕾打电话，田晓蕾在电话那头兴奋得直叫，金花就做如下安排，马上跟远在新疆和静县的哥嫂联系，必要的话再去伊犁霍城县找周志杰的叔叔，一路改下来田晓蕾就成为巴音布鲁克草原蒙古牧民的女儿抱养在伊犁汉族人家里，陕西这边该王长安出面了，田晓蕾就有了自信："西安这边对王长安来说还不是碎碎的一个事情。"金花告诉田晓蕾："从现在开始节欲养身体，国庆节过后就可以取掉节育环停止一切避孕手段放开手脚纵马驰骋吧，哈哈哈哈。"

周健和刘军在一起就聊那个了不起的八婆，八婆的媳妇们分两派，一派是农村媳妇，一派是城市有文化有知识的洋媳妇。洋媳妇回到周原老家，八婆就让农村姐姐用家乡饭招待城市姐姐，豆豆米汤，玉米糁子，酸拌汤，臊子面，瓢皮子，擀面皮，蒸面皮，烙面皮御凉粉，玉米面搅团。

北京、上海、广州这些国际性大都市的洋媳妇第一次吃搅团都不敢相信糨糊能当饭吃，陕西关中西府农民千百年来就吃这种饭食，制作过程简单原始得让人不可思议，仿佛回到原始社会，回到非洲黑人部落和美洲印第安人部落。一口大铁锅，水烧开，先用麦面打一点面芡，然后就一边往锅里撒玉米面一边用木棍搅，木棍入锅的那头有个八字杈，大都是坚硬的洋槐木，撒够玉米面，开始用软和的麦草火，要不停地搅动，时快时慢顺时针然后反时针。金花婶婶远嫁关中周原一下子就喜欢上打搅团，草原上的女人就这样用木杆连续几小时地搅动圆木桶里的牛奶，连捣带搅，时快时慢，错落有致，女人们搅着搅着就哼起小调。草原女人竟然跟高原上的汉族女人一样有这么相似的劳动方式，做出来的都是诱人的美食。结了婚生养了孩子的女人会把搅奶桶和打搅团跟男人雄壮的生命在女人生命里翻江倒海联系在一起。那也是过来人对年轻姑娘生动传神的性启蒙。女人们最终被搅团彻底征服。最简单的吃法，只有盐辣椒加醋浇到热搅团上直接享用。讲究一点或受不了辣子刺激，就佐以西红柿炒鸡蛋，炒韭菜，芹菜佐以浆水也不错。有整碗的，有分成几块的。最受欢迎的是用筛子筛成鱼鱼状的，热搅团从筛眼里落入凉水盆里就成一群小鱼。男人们使坏会告诉女人看看这群鱼鱼像不像精子，女人贪吃搅团等于吃男人的命根子。城里媳妇回到周原进门就嚷嚷吃搅团。勤快一点就给农村妯娌打下手，亲手握光滑如镜的洋槐木棍左搅右搅，火山岩浆一样的搅团噗噗吹着气泡。天地玄黄，宇宙洪荒不就是一团混沌吗？盘古不就是这么用力撬开天和地吗？

农村妯娌到城里，城市妯娌就在最好的饭馆请大家吃本埠最好的菜，城里女人跟男人一样忙着挣钱养家，上班一族，做饭制衣都一切从简，城市女性大都穿休闲装留短发，就是为了行动方便。一句话，城里人忙，一年四季都处于夏收秋种的忙碌状态。待客都是在饭馆，结婚过生日给老人做寿也都在饭馆里。农村妯娌就发誓要子女好好念书，成为城里人。农村妯娌唯一自豪的是那些乡村美食到了城里全变味，高级宾馆的大厨也做不出乡下婆娘随随便便做出来的臊子面面皮拌汤，城里人把拌汤叫疙瘩汤，打出的搅团还真是糊墙贴广告的糨糊，满嘴粘牙，难以下咽。把城市媳妇跟农村媳妇连在一起最终还是这一锅搅团。八婆就这样管教她的媳妇们。再大的矛盾纠纷，一家人坐一起一人一碗搅团吃完，心里的疙瘩搅散了，亲人间的裂痕糊住了，粘牢了。生活是个啥？就是一锅搅团。石油工人钻石油发生井喷，最好的法子就是往井里灌水泥沙子搅拌的灰浆，搅拌机打出的工业搅团嘛，地球戳了个洞洞，那么大的眼子都焊住啦，人有多大的眼眼还焊不住？在克拉玛依油田当钻井队长的小女婿给老岳母介绍钻井队，老人家就把石油跟搅团扯在一起，地底下有这么一锅搅团，老天爷才能保证大家有饭吃，还冻不死。

八婆也有遗憾，城里的子女生的都是女子，农村的子女生的都是儿子，八婆就警觉起来："城市养女人不养男人，这还得了啊！"八婆一年大半时间守在周原老家就是这个原因。

刘军和周健第二次去看八婆时就吃到了副市长夫人做的搅团。满满一屋子人，都是在渭北市工作的周原乡党。丰庆建筑材料有限公司的一位副老总也在其中，刘军跟这位远房亲戚打个招呼，也介绍了周健，副老总跟周健握握手，问了周健几句，知道是学工科的大学生，负责机械维护，就说："你的工作很重要。"周健和刘军就坐到边上。

从闲谈中能听出来这些中年人都是市上的局长副局长，区长副区长，中学校长，医院名大夫，公检法的中层，企业的老总副老总，文艺界名人新闻媒体名编名记，都是从农村走出来在城市混出了名堂的成功者，也都是周健刘军这些年轻人毕生追求的目标。这些享受着城市文明的成功人士聚在一起就异口同声讨伐大工业和城市化的种种弊病，在他们眼里城市就是地狱就是垃圾场就是人类应该毁灭的罪恶的渊薮。

各种形状的搅团上来了，一片呼噜声。周健吃了两碗浆水鱼鱼，味道很正，在渭北市还真吃不到这么好的搅团。这些成功人士小时候都痛恨搅团，痛恨一切粗粮，做梦都想去城里顿顿吃白米细面，乾坤倒转，当年厌恶之物如今成了解馋的美味佳肴，人生就这么王八蛋你有啥办法？

一位学识渊博的特级教师告诉大家：当年八国联军进北京西太后带着光绪皇帝逃到西安，皇家威风不倒，不叫逃难叫西巡，关中老百姓不知道啥叫西巡，迎驾的陕西官员就哄关中百姓：老佛爷和皇帝体恤民心，到咱关中拾麦来啦，正是麦收季节嘛，唐以后关中上千年再没来过皇上，关中百姓就说："光绪爷和他娘不是拾麦是散心哩。"这个故事关中人人皆知，特级教师这么一说，大家碗里的玉米面搅团自然而然就成了名人逸事，要进入民间传说野史杂谈的。

周健脸上的表情怪诞而滑稽，那一刻他脑子里不断涌动起卫拉特蒙古人沙哑苍凉的《我的母亲》，旋律没变，歌词是周健即兴发挥的：

挖苦嘲笑城市的都是在城市混得如鱼得水的我的乡党，
一门心思留在农村的都是亲人在城市混出名堂的我的乡党，
只有我等失败者把城市当作天堂，想起天堂心里无限荒凉。

周健的眼睛就湿了，人家还以为搅团打动了他，又给他加一碗，这一碗搅团跟泥浆一样把心里的荒凉严严实实糊住了。周健就静静地听这些成功者挖苦城市人。

咱们拿胡胡蛋（土块）擦狗子的时节城里人拿纸擦狗子，咱们拿纸擦狗子的时节城里人拿纸擦嘴，世事就这么颠来倒去。大规模的城乡交融应该是几千万知识青年上山下乡，让农村人见识了有知识有文化有理想朝气蓬勃的城市娃。"文革"后期，国家慢慢走上正轨，农村开始悄悄地搞副业，最早的一批农村能人成为村办企业的骨干，当时就叫采购员，来往于城乡之间，他们也是最早一批见识了城市文明的农村人，他们长了见识也带回来许多城里人的故事。最荒唐的故事就是城市住房紧张，男女交往都在大街上，最佳地点当然是公园，长椅上，树丛里常常会看到激情男女，夏秋季节夜幕下大街上就搂抱在一起，忘乎所以，很容易得出这样的结论：城市小孩都是在街头公园造下的。怪不得城里娃那么大方那么狡猾，娘胎里就见多识广，父母造他们的时候身前身后就是火车汽车轮船自行车，更不用说高楼大厦电灯电话，甚至电影院看电影时就在做这种事情。这些胡编乱造荒诞不经的故事给农村人带来极大的心理优势。几十年后，乾坤倒转，城里人还是城里人，农村全变了，变得比当初大家嘲笑城里人的事情更荒诞更让人接受不了，都是城市惹的祸，男男女女出外打工把城里的坏风气全带回来了，而且变本加厉自由发挥胡屌整。痛心疾首啊！出现短暂的停顿，大家喝茶抽烟。刘军的机会就到了，刘军告诉大家："我公司请专家讲《菜根谭》《朱子治家格言》《弟子规》讲好几年啦，公司风气好得很，每次都是王总陪专家讲座，员工都得去。"大家眼睛一亮目光转向刘军的远房亲戚丰庆建筑材料有限公司的副老总王总。王总高兴啊，但王总很谦虚："公司董事会的集体决定，我只是引荐了一哈，企业文化嘛，没文化员工就是一盘散沙。"刘军乘胜追击随口说了几句："入则孝，出则悌，泛爱众，而亲仁，见人善，即思齐。"大家频频点头，赞许的目光再次投向王总，王总微微一笑。刚刚离职的副市长连声称好："《菜根谭》《弟子规》一直在校园里讲，进入企业还很少见。"王总不能再这么客气了，王总就说："目前的企业文化都是一种形式，假大空，大而不当不具体没实际内容，我在渭北大学参加成人高考辅导班的时候听了一场穆教授的学术讲座，激动得不行，当场就邀请穆教授给我们公司做讲座，没想到这么成功。"副市长就说："《弟子规》规学校，规企业，规得好哇！"副市长就表扬了本家子弟刘军："军军这个中学毕业的员工说起《弟子规》跟喝米汤一样轻松，这个教授不简单，传统文化大众化了嘛。"刘军就顺杆子往上爬："伯，好东西应该大家分享，兄弟姐妹们人人有份嘛。"副市长不但点头而且摸下巴，大家知道刘军把话说到副市长的心里去了。"《弟子规》规到学校规到企业再规到家里，好哇好哇！"副市长抬起头满心欢喜难以掩饰："《弟子规》的精髓就是父慈子孝兄弟友爱，军军得了好处就立马想到大家，咱老刘家要兴旺发达非《弟子规》规一哈不可。"副市长就笑眯眯望着王总说："你是咱老刘家女婿，都是一家人，你诚心诚意请一哈穆教授，方便的时候抽空到咱周原给咱老刘家讲讲《弟子规》，规到家才算到家嘛。"王总连说："没问题没问题，穆教授这人我了解。"

王总当场给穆教授打手机，穆教授第一句话就是："《弟子规》进入寻常百姓家是一个创举嘛。"穆教授连讲课费都不要只有一个条件，每讲一次管一顿岐山臊子面。大家都笑：教授放开肚子吃，吃饱，走时带上肉臊子和挂面醋。大家都争着预订教授讲座，王总一一录入手机。副市长就做总结性发言："这顿搅团吃得好，《弟子规》规到家，给教授做了广告，也给教授打开了新的学术道路，教授下乡就会发现臊子面以外还有搅团，吃到搅团就接上地气啦。"

八婆就是八婆，八婆把这次聚会推上高潮，八婆就笑大家："个个都是搅团嘴，搅团以外还有糊汤，你们都忘了你筶帘把高的时节你们地上爬的时节，你们的娘奶水不够只能给你们喝糊汤，喝完麦面糊汤喝玉米面糊汤喝桃菽面糊汤，粗粮不好喝，又没有菜。你们的娘就哄你们这些碎猪娃，我娃喝糊汤长大了当县长，有出息的娃娃地上爬的时节筶帘把高的时节就懂事啦，就懂了娘的心思就跟猪唠唠（小猪）一样喝得呼呼响，你们的娘就有了指望。你们的娘就提上拌笼背上背篓提上铲铲镢头跟野狐一样一条沟一条沟地搜腾一道崖一道崖地搜腾，蔓根灰条忍汗菜蓿儿薹都是养人的好东西，把你们这些猪唠唠养大了有出息了，老婆子们不管是躺在阙（墓）里还是窝在家里心里都烫噜噜的。"

西北高原暖人心的不是酒，是八婆说的糊汤。

刘军收获最大，离开副市长家刘军就告诉周健："这回把老四给截住啦，老四眼眼稠得跟筛筛一样，谁跟他打交道他就把谁筛成粉条筛成饸饹筛成搅团鱼鱼，亲兄弟都不例外，这回咱请专家给他娃好好上一课，啥叫孝和悌，他是兄我是弟，他就没有兄弟情谊这根弦，我就不信《弟子规》把他娃的眼眼焊不住，给他娃补不上兄弟情谊这根弦。"

刘军跟老四相争好几年一直占不了上风，交了周健这么个朋友势头有所好转，但也起伏不定难以把握，这回在八婆跟前扳回一局，应该是决定性的一局。"八婆都急啦，我们老刘家子弟在城里的都生女子，在农村的都生儿子，老四在西安混得好好的，把手伸回周原老家弄啥呀吗？老四娶的西安女人，生的女娃，为了生儿子最近偷偷地把老婆户口迁回村里，城里户口变农村户口就能多生一个娃，你说他贼不贼？狠不狠？"周健就说："你嫂子怀得上怀不上还不一定，怀儿子怀女子就更不一定了。""多了一种可能嘛，多了一个机会嘛，老四那么狠，农村习惯你又不是不知道，B超一查，儿子留女子刮，还有啥一定不一定，肯定是儿子。""有父母在哩你怕啥？""父母是咱们的上帝咱们的天，可咱的父母只有上帝的权威只有老天爷的威风，却没有上帝的公道没有老天爷的公道，人心都是豌豆心，上下左右八面滚，谁用力大就往谁那边滚，这几年老四跟我扳筋斗就是父母那颗心一会儿东一会儿西没个准。"周健就觉得刘军不简单，刘军就实话实说："兄弟不复杂不行啊，死守几亩地只能填饱肚子找不哈媳妇，哪个姑娘愿意嫁给只会务庄稼的农民？是个人都得出门打工，只要离开村子一年半载稍不留神你就成了异乡人，除非你彻底离开农村。我大哥我二哥我姐跟你一样上了大学在城里扎下根，还得维屋里人，维哈了你就在老家有根，维不哈你的根就断啦，有亲人在城里混出头的人就把农村老家看得很重，老四就跟我争这个，你没看见咱公司我老刘家这些本家兄弟，老四占上风时就离我远，老四占下风时就离我近。"刘军拍一下周健的肩膀："老哥，远和近就是世道人心，远和近关系到把你当外人还是当自己人，把你当家乡人还是当异乡人。"周健已经让异乡人这个字眼刺激得浑身发抖，刘军竟然都成了异乡人，周健紧张得出了一身汗，刘军就告诉他："你跟我犯一个病，这回咱把病根连根拔，日他妈还远呀近呀？亲呀疏呀？这回咱叫他长成咱身上的皮，跟咱皮肉相连，血肉相连。"

　　下午上班气氛就不一样了，员工中那些周原乡党跟往常一样跟刘军和周健打招呼，聊天，但眼神不一样了，目光热辣辣的，肩膀上拍一把，后背上拍一把，胸膛上砸一拳，发出的力劲道有弹性，给你这么说吧，就是方便面与手擀面的差别。人们甚至把手擀面设想成气功师发功的过程，和面成形反复揉搓，擀开又揉成团再擀开，身上的力气全用进去了，等于把生命的能量投放进去了，手擀面那么筋道那么耐嚼有滋有味耐饱养人哪。从手擀面开始，哪一样乡村美食不是手工做出来的？手工做出来的都加入了生命的能量，自己人肯定有共同的气场。小米玉米糁子都是抓在手里一把一把撒锅里反复搅动，酸拌汤里那些面疙瘩都是反复揉搓搓出来的，跟面条一样发青发黑有弹性把面粉的筋丝拉开了，就像当初小麦生长出一大团根须一样，小麦小米玉米高粱都有很庞大的根，有心人才能在它们成为食物的时候再次打开它们的生命，唤醒那些沉睡的能量，重新发芽生根抽薹长苗拔节开花结果，就不再是果腹充饥的一般食物，而成为真正的美食。周原乡党就这样心贴心地待承刘军和周健。天地间无限的能量注入他们的生命，他们就神气起来啦，跟充足气的轮胎一样，坐不住，也不想上街，就在公司里走来走去。照亮天地的不是太阳，是人心和人的目光；温暖人心的不是太阳，是人心和人的目光；万物生长靠的不是他妈的太阳，是人心和人的目光。太阳就是老天爷的卵蛋嘛，离人心还远着哩。两个神气十足的家伙伸手摸揣老天爷的卵蛋，跟他们身上的卵蛋一样不大不小是一对。事实雄辩地证明卵蛋不是独独一个，是一对是一双，可它们又连成一体像兄弟，一颗心分成两瓣就是卵蛋，卵蛋就这么悌，这么朴素这么简单这么实在的道理就长在自己身上。直接给娃讲真理等于捏娃的卵子，娃以为欺他哩辱没他哩，自己的卵子自己捏，人总会到捏自己卵子的那一天，那一天他才明白卵子是两个蛋，俩蛋一体是兄弟。

两个神气十足的家伙午饭后就没休息就像磨道里的驴一样在公司的院子里逛过来逛过去。谁一看都知道狗日的遇上喜事啦。

周健逛得更久，刘军回宿舍后周健就上了坡。坡上连着土崖是老砖厂，坡下河滩是扩建后专门制作水泥砖的工作区，生活区夹在中间。周健五月初进公司，当天就找张海燕，张海燕就像笼里的馍馍从高中等到大学，大学毕业又等他三年，他们只有明信片与贺卡交流，没有任何承诺，凭着心心相印一直等待着。这笼馍馍蒸了七八年，五月，西北高原火热的夏天，周健忐忑不安地到蓝天幼儿园揭开了笼盖，立马就被浓烈的芳香迷醉了，然后神气十足地去上班。这种神气持续到七月，进入大火燃烧的伏天，周健就蔫了。不是七月流火，是《渭北晨报》的工伤事故报道，他朝夕相处的搅拌机成为定时炸弹，他再也神气不起来了。这种恐惧高烧不退一直持续到现在。现在他又开始神气起来了。他神气十足地走到半坡，穿过兵阵一样的一道道砖坯，来到五号搅拌机跟前。走到一百多米的地方他停下来，仔细打量这台让他百感交集的机器。他从来没有这么平心静气地看过它，它不再那么面目狰狞张牙舞爪如同鬼魅，它就是一台机器，而且造型美观工艺精湛，线条流畅，简直就是一件艺术品，徐州建筑机械厂二十世纪八十年代中期的名牌产品，雄踞在关中平原西端，刷一层土黄色油漆，跟黄土高原浑然一体，如今漆皮脱落许多，那副饱经沧桑斑驳陆离的样子已经接近青铜器了。这里就是青铜器之乡，青铜器都有美观典雅的铭文，这台机器的铭文全在手片大的灰白色铝合金牌牌上，机器的型号功能生产厂家生产日期商标全在上边。周健擦掉铝合金牌牌上的尘土，仔细看了上边的文字，然后揭开搅拌鼓的盖子钻进去，机器没有故障，他还是一一检查，二十多年的老机器，性能良好，就是故障多一点，还能使用好多年。他不急着出去，他就静静躺着，金属黄土和煤灰的混合气息再也不呛人了，有一种人间烟火的气息，有一种暖洋洋的感觉。他把搅拌机想象成坦克，他就驾驶着坦克在黄土高原上驰骋；他把搅拌机想象成潜水艇，他就开着潜水艇在海洋深处游来游去；他把搅拌机想象成坚不可摧的地堡，他就放心地躲在里边毫不理会炮火轰炸。一切想象都是虚妄的，机器就是机器，就是农民手里的镰刀锄头就是工人手里的工具，他，西安工业大学机电专业的本科生就是一名机械维修工，人人羡慕的技术人员。他就从搅拌鼓里钻出来，跳水运动员一样一跃而下，一步一回头地看着他的搅拌机，我的搅拌机，应该这么称呼。

下午下班周健走到蓝天幼儿园门口才想起给张海燕打电话，他掏出手机就愣了一下，整整一天没有给张海燕发短信，中午去看八婆的成功没告诉张海燕，下午上班后的好心情也没有告诉张海燕，走到蓝天幼儿园门口马上要见张海燕了他就不想告诉了。他就收起手机，边走边摇头。

从七月到九月他高度紧张处于恐惧状态，张海燕就没有安静过，他的每一个信息无论好坏都能让张海燕忙碌起来。该安静下来啦。

周健敲了两下门，张海燕在里边就叫起来，周健推开门，张海燕和两位女同事包括方静看陌生人一样看着周健，周健笑眯眯地站在门口，还有那么点矜持，张海燕走上去捏捏他的胳膊捏捏他的肩膀还摸一下他的脸，告诉大家："是他，没错，是这狗东西！""都动手动脚了，哇！"女同事们都跑掉了。张海燕就把脑袋贴在周健胸口听他的心跳，然后抬起头，摸他的眼睛，那宁静的目光抓在手里，麦粒一样饱满成熟醇香扑鼻。张海燕就说："终于盼到了这一天，他们像我爱你一样爱你了。"周健的下巴顶在张海燕的头上，紧紧搂着张海燕。

"谁的爱都不如你，都代替不了你，何况他们都是男人。"

"我要每一个人都爱你，全世界所有的人，一棵草一朵花一片树叶一只虫子都爱你。"

"《萨吾尔登》把你跳成这样子啦。"

"算你猜对啦。"

张海燕退后几步，跳几圈《萨吾尔登》。周健看得眼花缭乱，但他还是看出来不再是以前那些鹰呀鸟呀牛马羊驼波浪长袖绸巾之类，张海燕再次表扬他眼睛有水，看出了名堂。

有情人心心相印。今天中午，就在搅拌机成为周健亲密的伙伴，成为他想象力自由驰骋的辽阔空间时，张海燕的舞姿也为之一变，金花婶婶突然停下来一动不动地望着张海燕，金花婶婶打手势让张海燕不要停继续跳，金花婶婶不再像以前那样指点她而是用微笑鼓励她，用点头表示赞赏。张海燕自己都感觉到她捕捉到了《萨吾尔登》舞蹈某种神秘的力量，跟天地间一股洪流一样带动起她所有的生命旋转奔腾跳跃舞动，她终于看到金花婶婶满脸的惊喜和眼瞳里闪动的火焰，那神情在告诉张海燕这就是你孜孜以求的《少女萨吾尔登》。

五月初跟周健重逢的第二天周健就带张海燕去叔叔周志杰家，张海燕就见识了金花婶婶和《萨吾尔登》，张海燕就被《萨吾尔登》迷住了，这套来自天山腹地的草原舞蹈彻底颠覆了她从小学三年级开始在少年宫学到的表演性舞蹈和大学幼师专业学到的程式化舞蹈。草原舞蹈不是表演，而是真实的生活方式，是一种自由无羁豪迈勇武的生命意识。张海燕靠的不是她的天资聪慧，更不是那些苍白无力的舞蹈基本功，而是她对周健的爱。金花婶婶跟听童话故事一样听他们漫长而简单的爱情故事：两个少男少女，高中一年级就彼此有好感，没有情书没有约会，从古老的以目传情到亘古不变的心心相印，后来他们上大学，一个在西安，一个在渭北市，恰好是关中平原的两端，他们的关系仅仅升格到互寄贺卡和明信片。周健这个穷小子没有女生追可以理解，张海燕这么好的姑娘，要身材有身材要长相有长相，而且多才多艺性格活泼可爱，光凭她口口声声对周健没有任何承诺的爱能安安静静度过大学四年？张海燕确实心无旁骛，毫不理会男生们的围追堵截。张海燕告诉金花婶婶心里有人别人就毫无办法。张海燕当然不会告诉金花婶婶那个对她百般呵护的《渭北晨报》记者保护伞一样让她身边的男生们望而却步，最终也把这个记者拒之门外。张海燕还反问金花婶婶：你不就是在高中一年级爱上周叔叔了吗？你们可是师生恋哪，周叔叔已经有女朋友了，后来都结婚了，你都矢志不移，从天山来到陕西你难道不相信爱情的力量？金花婶婶就相信了张海燕，金花婶婶告诉张海燕："情歌里才有这样的爱情，好好珍惜吧。"

金花婶婶的舞蹈班只收孩子，大多都是小学生，也有少量初中生，没有高中生，也没有成人。孩子身上有神灵，《萨吾尔登》本身就充满万物有灵的原始萨满教气息。张海燕打破了舞蹈班多年来的惯例，家长们以为张海燕是金花的助手。十二套《萨吾尔登》张海燕一个多月就掌握了，金花就说："你童心未泯，神灵才能附体。"《少女萨吾尔登》就比较艰难，不是她不会跳，是她得不到金花的认可，金花总是说你会成功的。张海燕冰雪聪明，她用舞姿告诉金花婶婶："我心中有爱，心上人就在我身边，我们朝夕相处这还不够吗？"金花就用纯正的《少女萨吾尔登》校正她。此时此刻金花婶婶再也不需要告诉她什么了，已捕捉到《少女萨吾尔登》精髓的张海燕完全读懂了金花婶婶眼睛里的火焰。爱不是想出来的，爱，不仅仅是信念，不仅仅是思恋，爱是有生命的，经过一年四季二十四节气，经过发芽扎根长苗展叶抽茎拔节开花结果，一个人的生命在另一个人的身上成熟了。就这么简单。

　　当年卫拉特土尔扈特蒙古人离开亦勒的河（伏尔加河）转战几万里回归天山母亲的怀抱途中，大批大批的牲畜倒毙，大批大批的老人孩子死亡，大批大批的骑手阵亡，女人们就用《萨吾尔登》舞蹈复活那些亡灵，幸存者就从《萨吾尔登》舞蹈中看到更多的牛羊，看到更多的老人和孩子，看到更多勇敢剽悍的骑手，宇宙天地间所有的生命都过来了，都加入到土尔扈特人的行列，浩浩荡荡的生命洪流势不可挡，再也不会有战争，再也不会有灾难，再也不会有死亡，生命跟日月星辰一样无法消失，进入天山腹地时与他们随行的天上的白云全化作雪莲和天鹅。在草原人古老的意识里，万物有灵，灵魂不灭；灵魂离开躯体就像肺腑吐纳而出的白色气体，升到天空成为朵朵白云。劫后余生的人们就很容易把天山腹地土生土长的吉祥的雪莲花和天鹅看成亡灵再生。少女们神灵附体一般从十二套《萨吾尔登》舞蹈中创造出崭新的《少女萨吾尔登》，从飞禽走兽花草鱼虫天地万物中创造出草原少女对草原英雄刚烈如火柔情似水的爱，从那以后草原少女那颗青春如歌的心总是从飞禽走兽花草鱼虫天地万物的爱开始去爱一个男人。

金花婶婶不再用眼神赞许张海燕，也不再用击掌鼓励张海燕，张海燕出现在文化宫舞蹈班的大教室时，金花婶婶就一展身子翩翩起舞，张海燕随之而动，不用语言不用任何暗示，身体就是语言，身体直接用舞蹈交流。孩子们在中间跳《萨吾尔登》，两个美丽的女人在两边跳《少女萨吾尔登》，孩子们一会儿成为花的草原，一会儿成为欢乐的羊群，就这样不断地变幻着宇宙天地间无穷无尽的美好生命。金花婶婶告诉张海燕：我终于有舞伴了，再有两个礼拜《少女萨吾尔登》就扎在你身上啦。

两个礼拜后是国庆长假，张海燕准备带周健回周原县城见父母。为了给父母一个惊喜，特意强调带男朋友回去，却不告诉父母男朋友的名字职业以及家庭背景。《萨吾尔登》提供的无限辽阔的生命空间会抹去心上人所有的外在条件，只有两颗相爱的心。

金花婶婶告诉张海燕：《少女萨吾尔登》快要在你身上成熟了，你要成为吉祥的雪莲和天鹅了，美好的感情让你们从中学爱到大学爱到现在，《少女萨吾尔登》会让你们从生爱到死，死亡以后依然相爱，反复轮回永不止息。

从周一到周五，两个相爱的人老远会看见对方印堂那么亮，从印堂到整个面孔，到全身都放出一团光芒。他们慢慢地走过去，走进那光里。

从周一到周五，周健再也不用去蓝天幼儿园了，他直接去文化宫，孩子们在大厅中央跳《萨吾尔登》，十二套舞曲从飞禽走兽到花草鱼虫到波浪衣袖绸巾幻化出宇宙天地万物永恒的生命，两个美丽的女人引导着孩子们，从《萨吾尔登》到《少女萨吾尔登》。周健看到的张海燕把十二套《萨吾尔登》的剽悍与温婉，迅猛与从容，豪放与沉静成功地转化为《少女萨吾尔登》的纯粹的女性之美：温柔、端庄、委婉、恬静，喷薄而出的青春气息，跟孩子们的天真烂漫活泼融为一体。

2

不断有好消息传来，渭北大学的穆教授到周原农村老刘家讲《菜根谭》《朱子治家格言》《弟子规》很成功，报纸电台都做了报道。公司上上下下议论纷纷，讲座是从公司开始的，扩展到原上啦，进农家小院啦，大家兴奋的劲头好像公司的围墙把整个周原县都圈进来了。周健照样不会把这些事情发给张海燕，他们的生活已经正常了嘛，没必要关心这些杂事。

周五上午一切都很正常，午饭也好好的，下午快下班时风云突变，大事不妙，就不对劲了。刘军先感觉到的，失了神，到处乱窜，乱窜的结果只能一一证实他的判断没错，他跺脚赌咒时，才引起周健的注意。周健一点感觉都没有，问刘军出啥事啦？刘军就把周健拉到没人的地方。"你没看见咱们那些周原乡党眼神怪怪的，问又问不成，最贴心的本家兄弟都打乱话应付我，再问，嘴里就像把尿噙上啦一声不吭，我媳妇这卖皮子打麻将打疯啦半天不接手机，接上手机还尿刺狗子装睡着一点警觉都没有，发生那么大事情还一个劲地说："没事没事。""周健都急了："到底出啥事了吗？""老四这贼尻把穆教授策反到西安去啦，去给西安的农民工讲《菜根谭》讲《朱子治家格言》讲

《弟子规》。"周健就说："好事情嘛，农民工更需要精神食粮。""你咋跟我媳妇一个口气，你们就不动动脑子，我四哥啥人？包工头，刮农民工的油毫不手软，你能相信他给农民工的精神面包？鬼都能看出来他这是给人灌洋米汤哩戴木头眼镜哩，打人甭叫人呻唤，日鬼甭叫鬼叫唤，你们这些大学生都把书念肚子里去啦，都跟女人一样个个睁眼睛，电视台记者在咱周原老家采访穆教授你在电视上没看见我四哥抢镜头，你没听见他对记者说的话？说啥听了《菜根谭》顿顿吃海鲜，听了《朱子治家格言》有钱花不完，听了《弟子规》一辈子不吃亏，他把圣人言当成亏人占便宜的法宝秘籍，穆教授的狗子叫我老四都日烂啦还一个劲地给老四竖大拇指头，知识分子咋都是这号货！"周健半天说不出话，刘军就说："咱周原乡党的那副嘴脸看着叫人恶心，我本家兄弟也是那副嘴脸。"半小时前周健刚刚跟周原乡党打过招呼，周健就说："他们都好好的嘛，又是打招呼又是开玩笑。""你没往深处看，你眼睛稍睁大一点你就会看出他们热情背后冷飕飕的东西。""他们已经把咱当自己人啦，心贴心啦。""等一会儿你再出去一趟感受感受你就会明白狼是麻的，眨眼之间你就成了外人，心就贴不上心啦。"刘军不生气了，平静下来了，话却更尖刻了："出门不要超过一个月，超过一个月你就生分了，在外待久了，就没有内外之别，出门靠朋友嘛，每次回到老家，就得重新确定内外之别，重新加固家族血脉，就这么反复折腾，烦屎死啦。世界是个啥？世界就是个皮！你日得大它就大你日得小它就小，就没个哈数（规矩），就没个准。"刘军一口一个皮，说女人的生殖器就跟喝豆豆米汤一样轻松，周健就劝他嘴上积点德，他就说："凭这话就知道你还是个唐僧，

242

跟张海燕交往这么长时间还保留在搂搂抱抱亲嘴摸奶头的原始阶段，兄弟再次警告你，赶紧趁热打铁把张海燕的活做了，你把女人日了女人才跟你贴心，你把女人日了，你才知道世界是咋回事。外国人选总统一定要有家有室，单身汉就没竞选资格。"周健就说："兄弟你气糊涂啦，你不要在乎周原乡党，也不要在乎你那本家兄弟，你媳妇没进门就把一切交给你啦，这个世界上至少有一个人跟你贴着心嘛。"刘军吸口冷气："我听出来啦，你已经把张海燕的活给做啦，你还这么看这个世界？"

周健就有意识地往人多的地方走，主动往周原乡党跟前蹭，人家还是那么热情那么随便跟他开玩笑，他还是明显地感觉到热情后边的冰冷。

周末是舞蹈班最忙的时候，叔叔周志杰跟杨白劳躲债似的躲一些尴尬之事，周健就陪着叔叔去散步。初中生周晶晶已经是个小大人了，弟弟周巴图归她管，姐弟两个在家里做作业，有人敲门姐弟俩就隔着防盗门告诉人家，大人不在。

最近找叔叔周志杰的人多起来了。都是叔叔的幽默感惹的祸。叔叔不像个学者，更像古代一个手持木铎四处漂泊的乐府诗人，乐此不疲地采铜民间，在被窝猫大被窝拔屎毛栽胡子之后他又成功地借用民间俗语：屎刺狗子装睡着。前者讽刺挖苦利益小集团拿别人的屎毛给自己栽胡子冒充姜太公和关公，后者则是自我解嘲自己开自己的玩笑，叔叔的学术成果总是被忽略被贬低，更让人气愤的是视而不见。正对应了老百姓的说法：屎刺狗子装睡着，即对现实视而不见，对眼前的事实视而不见，对别人的成果视而不见。叔叔无可奈何连连叹息：我周志杰就是把喜马拉雅山搬过来人家还是屎刺狗子装睡着。这些话说不到桌面上，但能说到饭桌上，酒桌上，茶座上，私下聊天胡诌时就这么说，纯粹属于挨了鞭子叫唤，日破狗子乱跳踹。好心人就劝他改改新疆人的脾气吧，你嗓门越大人家就越想刺激你，直到你嗓子变哑。叔叔我行我素，结果就是把民间用语提炼成特定的文化概念。叔叔每发一篇论文每出一本专著大家就本能地联想到彼此相连的被窝猫大被窝拔屎毛栽胡子，最终落脚到屎刺狗子装睡着。每一个学术成果后边都连带着一大群抄袭剽窃的寄生虫。他们拿叔叔的屎毛栽自己下巴上就成为道貌岸然的专家学者甚至获奖升官获取种种好处，叔叔就孩子一样尖叫人家就对他的成果敷衍了事，年终给一点点奖励等于打发叫花子。那些学霸们只看见大被窝里养得肥肥的被窝猫和他们拔别人屎毛栽上去的飘飘欲仙的长须，对原创者叔叔的成果视而不见。他们知道屎毛与胡子的内在联系，他们也知道屎刺狗子装睡着的感觉，他们几乎都成了同性恋者，沉迷于美妙的快感难以自拔。叔叔就惨了，叔叔的愤怒没有给人家难堪反而带来无尽的欢乐和快感。适得其反嘛。叔叔还不厌其烦地重蹈覆辙。

如果保持原状顶多是叔叔自己难受。问题出在部门主任身上。主任上任后叔叔的境况稍有好转，大格局没变，年底总结的时候会给学术界一个交代嘛，不停地给中层主管部门做工作，第一线业务部门既是全院的支柱，也是业务骨干与大被窝被窝猫集中的地方，经常发生拔别人屎毛给自己栽胡子的事情影响研究院形象嘛，新主任就稀泥抹光墙，叔叔得一点点装饰性好处喘口气但还是抬不起头直不起腰，处于半死不活的状态。上天弄人，谁也想不到屎刺狗子装睡着的经典谚语会落在主任身上。主任的宝贝女儿先后谈过两个男朋友，对现代小青年来讲太正常了。主任女儿的前男友在分手两年后又二返长安，也不走正门，而是当采花大盗抑或模拟于连·索黑尔夜袭穆儿小姐，肯定不是原创，典型的剽窃抄袭嘛，典型的拔别人屄毛给自己栽胡子嘛，还真让他给得手了，每夜从窗户进入主任女儿闺房，天亮前溜走。主任住三楼，一楼二楼窗户有铁栏，就给小伙子当梯子用了，艺高人胆大，一而再，再而三，到第七天，上帝休息的那天，巡夜的保安刚到楼下，有神兵从天而降，落个正着。小伙子落网后先被当小偷对待，很快就供认偷情。传问主任女儿时，姑娘矢口否认，她睡得很死，根本不知道有贼入室。姑娘认为前男友是贼是有道理的。现任男友在美国读博士快两年了，学业繁重，课余打工挣学费，只能跟女友打越洋电话，前男友就想乘虚而入，显然是没有结果的冒险性幽会。败露后姑娘是不会认账的。一个咬定偷情，一个咬定睡得太死。又不是什么大案，罚钱写保证书完事。小伙子的父亲是杂货店小老板，小市民气浓重，觉得儿子太亏，四处张扬姑娘不是东西，偷情取乐是两个人的事情，吃饱了就不认人，睡得太死，明摆着屎刺狗子装睡着嘛。街谈巷议爆笑不断，市民们却不知道研究院里屎刺狗子装睡着的经典段子，叔叔周志杰就成为街区里的明星，造访者不断，叔叔能躲就躲，出门就匆匆穿过街区到郊外游逛。

渭北市这样的高原地级市几十万人口，几条大街，步行几十分钟就到了郊外，农民的菜地庄稼地果园让人赏心悦目，是散步的好地方。叔侄两人都走到秦岭脚下了，可以俯瞰市区了，叔叔就笑自己成了丧家之犬，游食狗，一辈子都没安宁过，老婆娃也跟上叔受罪。叔叔再次寄希望于侄子周健："海燕是个好姑娘，你俩以后的日子要比我和你婶婶好得多。"周健就告诉叔叔周志杰："我和海燕做梦都想过上你和金花婶婶的生活。"叔叔周志杰就笑："凉侄儿，我都不想让晶晶和巴图过我们这种生活，咋能让你跟海燕过这种生活？"叔叔周志杰严肃起来，"我和你婶之所以把你从西安叫回来，把你安置在咱西府渭北市，就是要你不要重蹈叔叔的覆辙，当个异乡人终生没着落。叔当年在伊犁听过一首民歌：宁愿在家乡做一名靴匠，也不愿在他乡当一个国王。"

周健永远也不会告诉叔叔周志杰，自己就是故乡的异乡人，连家门口的刘军都成了故乡的异乡人，真正守望故乡的大概只有老鼠和蛇了。

周健这么想的时候，草丛里真有一条灰黄色的菜花蛇爬过来了。周健退后几步。叔叔周志杰却一动不动，等蛇爬到叔叔跟前时，叔叔迎接老朋友一样蹲下去，手里的烟都扔掉了，蛇视烟味如粪便，遇烟即退。叔叔连呼吸都屏住了。蛇一屈一伸地匍匐前进，蛇跟土地一个颜色，好像一股泥土的波浪在起伏，叔叔就蹲在黄土的波浪上，那波浪一直涌到叔叔胯下。周健吓得直哆嗦，碎爸碎爸叫个不停。蛇最容易从人的裤角钻进去，蹲着的叔叔两边裤角张成了喇叭，蛇可以轻松地钻进去。蛇穿过叔叔的裤裆继续向前。叔叔原地一转，继续欣赏蛇的一屈一伸。皮带那么粗皮带那么长的菜花蛇，脑袋扁平，属于蛇中的善类，无毒，就像土地的皮肤，如果原地不动，根本看不出来，这正是叔叔所欣赏的。叔叔就这么羡慕地看着蛇，蛇仿佛受到了鼓励，一直爬到土崖底下。深秋季节，崖畔的野菊花一直垂落到半崖金灿灿小蜜蜂一样耀眼，崖根长着一丛丛肥大的同样开着黄花的突昌花，整个崖面风吹日晒饱经沧桑，起了一层厚厚的毛茸茸的土毡，黄土绒毛最丰润的地方有一个洞，那是蛇的家，蛇钻进去的时候就像大地在咽一根香蕉，大地舒坦开心满脸幸福，把叔叔羡慕死了，叔叔都自言自语了："这才是大地上最安稳的家，比杜甫向往的大庇天下寒士的广厦千万间温暖得多。"叔叔点一支烟长长吸一口慢慢吐出来，烟雾呈蛇形在空气中一起一伏，叔叔还是一动不动地凝视着蛇洞，叔叔又开始自言自语："贴近大地，深入大地，与大地融为一体，人死了才能做到这一点。"周健问叔叔："新疆最贴近大地深入大地与大地融为一体的是什么？"叔叔就告诉周健："蛇、老鼠还有旱獭，它们甚至能毁了草原。""草原人愿意变成老鼠变成蛇变成旱獭吗？""那里的男人向往雄鹰骏马，女人向往百灵雪莲和天鹅。""金花婶婶把你当大英雄，你就不要想着做地头蛇啦，算是阿凡提式的幽默吧。"叔叔就笑了："男人再刚强也有软弱的时候，到我这年龄你就明白啦。""也不能软成蛇嘛。""说得好说得好，凉侄儿，人到啥时候也不能软成这个样子；软弱不可怕，可怕的是衰弱，人的衰弱，才是真正的死亡。"

当天晚上周健就梦见了蛇。他躺进被窝的时候那蛇早就到里边了，他回来很晚，宿舍的人都睡了，他轻手轻脚去水房洗漱，也没忘洗脚。秋夜那么黑，窗外天上只有星光一闪一闪萤火虫一样，遥远而深邃，屋子里就更黑了，像塞满了黑棉絮，另三个人好像不存在似的，全被黑棉絮裹严实了，窗户上的那么一点点亮完全来自遥远而微弱的星光，窗户就像盲人的眼睛还带有那么一点神秘而怪诞的微笑。

周健拉灯后在床边坐一会儿，从后来发生的事情看这么傻坐片刻就很可疑。他褪掉拖鞋，身子往床头一仰，下半身就上了床，用脚挑起被子，身体躺下去的同时被子也水浪似的从脚到头覆盖上来，还没等他躺平他就感觉到一种可怕的冰凉，蛇跟被子同时抵达他的脖子；西北高原深秋之夜已经很冷了，睡觉都要把被子拉到脖子上顶着下巴，蛇也一样，与被子同步越过胸口覆盖肩膀紧紧裹住脖子跟大围脖一样。与被子不同的是蛇有力量，蛇更不像大围脖，蛇更像胳膊，搂住他的脖子他连声都出不来，就不要说巨大的恐惧了。恐惧到极点人就会助纣为虐，为虎作伥，做出适得其反与愿违的事情。刚开始他还很清醒，双手使劲地撕拉抓扯给蛇造成很大麻烦，蛇就拼命抖动，用它光滑圆溜的身子对抗化解他的双手，他很快就崩溃了。他的手还不死心，还在搏斗，那已经不是解脱自己，而是与蛇一起捆绑自己。蛇勒住他的脖子以后就开始勒他的全身，他的手就紧紧抱住蛇，跟蛇一起对抗自己。蛇对付人有两种办法，咬和缠，咬很容易，被蛇咬过几秒钟人就会气绝身亡，缠住人等于慢慢地折磨人，文火炖肉一样，慢条斯理有条不紊把人活活憋死，完全是猫玩老鼠的把戏。周健就这么被蛇折磨着。他的呼喊别人听不见，梦魇里的任何声音都形同哑剧。好几次他都睁开眼睛了，大睁双眼目睹自己的难受过程后果很严重。蛇开始更恐怖的折磨手段，蛇溜到地板上，向外爬去，跟一股激流一样从松开到溜下床再到屋外，一气呵成，周健被挟裹而去。周健再也睡不着了，眼睁睁看见另一个周健被蛇拖到野外。如其所愿，蛇向大地上的洞奔去。他会被带进大地深处与大地融为一体。蛇所到之处，那些洞就开始变大，变宽，从蛇洞变成窑洞，变成一条大沟，不但可以容纳周健，几百几千几万个周健都能进去。西北高原的任何一条深沟大壑都有几十个上百个村庄，沟底都有季节河，夏秋河水泛滥，漫长的冬天就干枯如旱原，春天则花草遍地庄稼齐身。蛇就像一柄大犁，犁开了千沟万壑，然后掉头向南往岩石累累草木茂密的秦岭奔去。群山里的蛇洞在蛇奔到跟前时就成了又宽又深的山洞，山洞继续变大就一分为二裂成大峡谷，峡谷里容纳的不仅仅是一个周健或者千千万万个周健，飞禽走兽花草鱼虫一切生灵尽在其中，峡谷底部的河也是四季长流，水势浩大。蛇借水势开天辟地，水滴石穿，这样冲刷出一条条山谷。蛇还没有放走周健的意思，在大地上奔波。已经没有蛇洞可钻了，地鼠洞都没有了。天亮的时候蛇腾空而起到云雾里去了，抛下周健一个人孤零零枯坐在地上无洞可钻，连一条缝都没有。

同宿舍三个人看到周健在床上乱摸，就问他找啥呢？梦里丢东西说明你要得到东西，快去找张海燕吧。

周健没去找张海燕，他给张海燕发个短信：加班，他就上了北原。从原顶居高临下，整个关中西部尽收眼底，一边群山一边高原，中间夹一条河川，活脱脱一个女人叉开两条腿嘛。渭河从大腿根流出来，没完没了地流啊流，流出肥沃的关中平原，越往东越大，出了潼关就大到天上去了，大成整个世界了。世界是个啥？刘军这个大瞎尻把世界说成皮，世界还真是个皮，要不停地日哩。周健就这么认同了刘军的胡说八道。周健的目光投向秦岭，每条大峡谷都是一双叉开的腿，腿中间奔腾着一条河，从西往东，一条山谷接一条山谷，一条河流接一条河流，一字排开，千姿百态。这会儿他就站在原上，高原同样叉开一双大腿，那些深沟大壑比秦岭峡谷更深更大，沟底的水却少得可怜，一年大半时间河床裸露，往下挖才能挖出一点点水，可高原深井里的水甘甜可口如美酒，每一条大沟都能裂到大地深处，进入大地最柔软的地方。

　　下午见张海燕时张海燕问他做了什么见不得人的事？周健就说他梦见了蛇。张海燕就刮周健鼻子，"没出息，想媳妇啦？急成这个样子，给你说了嘛国庆节带你回去见我爸我妈，我哥我嫂子也要回来，他们愿意不愿意我都是你媳妇，你急啥哩？"张海燕弯下腰偏着脑袋嘴里的热气一团一团喷在他脸上痒酥酥的。"你要着急我现在就给你。""你把一切都给我了。"张海燕就揪他头发："装什么傻呀？给你的是我的心，身体本姑娘还留着呢，今天本姑娘高兴，你想要什么就给什么，敢不敢要？""这不成蛇了吗？我可不想爬着进去。"张海燕就亲他一下："堂堂男子汉，好样的，知道尊重女性。"张海燕又亲他一下，兔子一样跳开，退到门口时满脸羞涩："瓜尿，尊重女性的方式很多。"说完就跑掉了。

　　大地的形态只是对女性的简单对应，周健要是动真格的张海燕不会拒绝。他都不明白他这么强烈地渴望深沟大壑渴望山谷深渊渴望地洞的目的何在？他一边追问一边疾行。刘军的摩托车刚加好油，周健就赶过来了，刘军也不问周健借摩托车干什么就把钥匙给周健，把头盔也给了，走开时只叮咛一句用完放老地方。

　　渭北市基本是一座山城。老城区位于渭河北岸，渭北高原到这里形成狭小陡峭的高崖，商业区在老城区，对岸秦岭山前台地依然是丘陵纵横河流出山即入渭河，河道狭窄水流湍急，新兴工业区全集中在秦岭脚下。陇海铁路在这里岔出通往大西南的宝成铁路，两条大动脉从市中心穿过岔开，整座城市高低不平又昼夜喧闹，二十世纪九十年代又岔出一条通往宁夏银川的铁路，城市北郊那条通往高原深处的大沟被重新组装开始喧闹。关中平原在这里彻底消失。

　　周健骑着摩托慢慢驶出公司，起伏好几次过福临堡铁路大修厂和焦炭厂，整个市区完全展现在眼前。他完全可以沿引渭渠边的大道到老火车站路口向北直接进群众路，到了群众路往北就是高原向市区袒露的那条大沟，金陵河在沟底奔流，秋天汛期河水暴涨灾难不断。此时此刻，金陵河水稀稀拉拉一副皮笑肉不笑的样子。周健只在引渭渠边窜了两公里就从西关中医院下坡向南进入繁华的经二路。

　　周健蛇一样在人群里扭来扭去，两只脚蹬啊蹬完全是学自行车的动作完全是划船的动作。到汉中路口他又拐进人流更密集的马道巷。步行的人都寸步难行，推自行车就让人为之侧目，摩托车就要挨骂甚至挨揍了。头盔隔开了一切。不停地有人踢他捶他，主要是背和腿。有几下出手很重，是用硬物砸的，等于行凶啊，摩托都刹住了。他没有生气，他还听见自己很舒坦地嗯嗯了两声。人家要是知道他是这种感受会加倍揍他。他对拳脚相加来者不拒，他反感人家使用铁器或木器。不是他怕疼而是因为铁器和木器本身。有武功的人拳脚远胜刀剑，他情愿武林高手把他暴打一顿。

　　他那副样子怎么能不惹人生气？许多击打他的人出手后就后悔不迭，打的是橡皮嘛，是沙袋嘛，简直是自取其辱。马家巷自由市场以铁路为界分道北道南，道南卖百货，道北全是小吃，全是吆喝声吵闹声，各种炊具乒乒乓乓喧闹声吵破天，进入这个地方等于跳进炒锅被爆炒一顿，什么都不吃走一圈出来自己都成一道美味了。周健喝了一碗滚烫的油茶，吃了一碗熊熊燃烧的炒凉粉，肚子里立马大火四起，五脏六腑都成了炒锅里吱吱乱颤的炒凉粉。这时候手机响了，张海燕回的短信：干吗呢？他回复：跳

《萨吾尔登》。张海燕就乐了，回他："真聪明！我们一起跳吧！"周健脑子里就闪过张海燕的翩翩舞姿。此时此刻张海燕正在文化宫二楼大厅里跟金花婶婶一起跳《少女萨吾尔登》，孩子们在两个大人之间从雄鹰到牛羊马驼到波浪长袖绸巾，孩子长大以后都会加入《少女萨吾尔登》的行列。生命中的剽悍与温婉，迅猛与从容，豪放与沉静从小时候培养，长大后就会散发出温柔端庄委婉恬静的青春气息。周健就笑了。这么美好的生命离他如此之近他都不敢相信这是真的。他就掉转车头重新穿越汪洋大海般的马家巷，从道北的小吃城到道南的百货城。

进入百货城等于重新挨揍。这里是步行街，禁止机动车辆，包括自行车，驮运货物的商贩除外。从开始人家就把他当成摆摊的商贩了。可他的车技确实让人不敢恭维，也就是大街上奔跑的水平，还做出走钢丝的样子。只有那些小商贩长年累月在人海中练出一身杂技演员才有的特技本领，在人流中自由穿行。重新穿越百货城的结果是让他挨了暴雨般的拳脚，没人能看出来他把这些拳脚视为亲密接触。头盔把一切都挡住了。他大汗淋漓出了马家巷，到了经二路东端的金陵桥上，他卸下头盔，回头再看马家巷，仿佛刚刚穿越一条漫长的隧道。

金陵河穿越大桥汇入渭河，站在桥上向北瞭望，就是北方高原豁然裂开的那条十几公里宽上百公里长的大沟。周健和摩托车在桥上停了十几分钟，把一切都看清楚了，他就从报社大楼东侧向北穿越曲里拐弯的小巷出老火车站口进入群众路再也不用拐弯了；从群众路开始往北就是金陵河劈开的高原大沟。他把头盔放好。他再也不用掩饰什么，摩托成了真正的摩托，不用匍匐蛇行，摩托叫得那么欢快，时不时地突突蹦跳，跟小马驹似的，不是路面不好，是狗日的太兴奋啦。

渭北市的人不愿意到这里来，这里有火葬场，有第二康复医院即精神病医院，有陕西省最大的劳改砖厂。此时此刻，叔叔的同事苏炜教授正在用草原大漠幽默大师们的作品调教精神病人，把他们引向健康正常的生活。周健的摩托从这里经过时特意放慢速度。他考虑是否去看望苏炜教授，他甚至产生了聆听苏教授训导的想法。摩托突突跳两下提醒他该走啦。叔叔周志杰也可以教他嘛。叔叔周志杰够幽默了，不管叔叔的学术成就如何，叔叔大肆渲染的被窝猫大被窝拔别人屌毛给自己栽胡子这几项就已经是相当了不起的文化贡献了。

市区越来越远，通往市区的公交车的终点站也远去了。摩托车越来越快。刘军当初购买摩托的目的很明确，就是赶回周原县城会女朋友。刘军跟女朋友交往不到两个月，女朋友就把一切交出去了。刘军那张臭嘴弄得大家都知道他把女朋友的活给做了。刘军不想赶班车了，刘军就咬牙购买摩托车，既方便又省事，周末就赶回去会女朋友。半年后订婚，基本上算自己女人了。平心而论刘军是个不错的小伙子。抽烟喝酒打麻将理所当然，但他绝不去泡小姐。黄碟三级片跟大家一起看，看得性起，就骑上摩托车连夜赶回周原跟未婚妻解决问题，恪守农民朴素的做人原则：肥水不流外人田，一旦跟女人有了婚约，身上的每一滴尿都属于这个女人。对女人好女人才会对你好。死心塌地的好。这也是周健肯跟刘军交朋友的原因之一。周健回渭北市前那几年等于浪迹江湖，见识过许许多多乌七八糟的事情，他之所以洁身自好就因为心里装着张海燕，即使得不到张海燕，他也很感激这个姑娘，毕竟她给他的生活一种希望。他们重逢后他就这么给她说，张海燕使劲点头，张海燕眼睛都湿了。

刘军的摩托车总是从市区向东过金陵桥过卧龙寺从虢镇拐个之字上原过凤翔到周原县城，也是四十分钟左右，来回不到一个半小时。每当刘军的摩托车驶出公司大门，大家就说狗日的打洞去了。两三个小时回来了，大家就说狗日的从洞里出来了。大家愿意把刘军想成老鼠也不会想成蛇。老鼠打洞天下无双，蛇显然不是打洞高手。蛇慢，但蛇深入，蛇也不需要积攒粮食，老鼠的本性就是打洞攒粮，蛇一次吃饱半年不饿，甚至可以整年不食，跟修行的高僧一样整个大地就是它的寺院，入静入禅，那种贴近大地深入大地与大地浑然一体的境界正是周健所向往的。

周健和摩托车就到了原上。深秋季节，大地空荡荡，麦子已经种上，高原上空的太阳就像个金光闪闪的棒槌，更像一个从天空腹下伸出的大锤子，在农民眼里活脱脱一个大驴屌，把大地日了个遍。农民给地里撒种的时候不觉得是自己在劳动而是太阳的大驴屌在做大地的活，撒进泥土里的麦种就是太阳大驴屌射出来的屄，又稠又厚跟糊汤一样跟搅团一样，人不可能有这么多屄，只有太阳拥有江河湖海一样的屄，太阳借人的手使唤牛使唤犁使唤拖拉机播种机，那是人的福气，把大地娘娘整治好了，人才有饭吃，天上飞的地上爬的才有活下去的希望。太阳是希望中的希望。狗日的刘军骑上摩托从虢镇拐之字上原，高原上空的太阳就用大驴屌引导他去日他的女人，日完女人返回时自豪兴奋得想把太阳叫爸，太阳就是他的引路明灯。他跟周健说话三句话不离皮和屄，他知道周健有知识有文化还是个童子鸡，他给周健解释过：日过女人的男人和没日过女人的男人区别很大，等你日了张海燕你就不会用这种眼神看我啦。刘军三番五次煽惑周健把张海燕日了把张海燕的活做了，周健被逼到墙角就告诉刘军张海燕把心都给我啦我急啥哩我不急。刘军就在地上画一个点，就一个点，是张海燕的心也是张海燕这个人对吧？周健点头，刘军就用石头在那个点外边画一个圈，问周健这是啥？大学生好好看睁大眼睛看。周健就说是洞，不是洞是啥？刘军踢他一脚，把女人压倒就是日，女人给你一颗心，你把心拿手里捏来捏去啥事都没弄女人还是个⊙；是个⊙谁都能往进钻，只有进去一个人把她压倒，大学生你仔细看日中间这一横是个啥，平平躺的一个女人嘛。你再不开窍就骑上摩托车到原上跑一圈，看看太阳这个大驴屌咋日天日地哩。周健就笑：我跟你一样都是原上人，原上的太阳看过千遍万遍，太阳从古到今从南到北从东到西从来都是个圆，还能是你画的那种圆柱体？宿舍其他人这回没有站到周健这一边，他们有家有室，他们全都认可刘军的胡说八道，他们告诉周健坐班车骑自行车都看不出太阳的变化，日他娘骑上摩托上了原太阳就像大叫驴见了女人明光橛橛的大锤子就吊下来啦。这些有家有室的已婚男人还告诉周健，过去女人都不敢在太阳底下晾衣服，女人衣服尤其内衣内裤都晾在屋里太阳照不到的地方，名义上怕有伤风化，实际上是老风俗，太阳照你就是太阳日你，怀上娃咋办？算是谁的？他们就这么煽惑周健骑摩托上原。

高原的太阳此时此刻在周健头上真的成了棒槌一样的大驴屌。周健相信这是速度的原因，摩托就像飞蛾扑火一样追赶太阳，太阳能不变形吗？周健已经不想刘军的胡说八道了。周健没有直接往北边的千阳陇县跑，而是掉头向西追赶太阳，就彻底摆脱了刘军和同事们有关太阳的种种传言，周健只相信眼前这团熊熊燃烧的火焰，周健很快把自己想象成传说中的夸父。夸父逐日就是从西北高原一路向西；太阳向西跑的时候追它的男人越来越像男人，太阳自己就成了女人，女人是要被日的，夸父逐日就是最原始的男人追女人嘛，在西北之西在戈壁滩上夸父把太阳压倒在地醋畅淋漓地日了一回。那地方太干旱，日女人是个很累的活，夸父射完最后一滴尿，虚脱了，喝不到一口水，就渴死了。太阳可不是尘世女人，太阳是天神，把尿射进天神的生命，就是死了也不同凡响。死后的夸父头发化为草木，肉体化为泥土，血液化成江河，眼睛化成湖泊，骨头化成山脉，身上的精华卵子锤子和尿全给了太阳成为永不枯竭的生命。周健向往的就是夸父这种贴近大地深入大地与大地浑然一体的境界。

　　周健到了渭北高原和秦岭交界的地方，黑黝黝的群山与黄土高原双腿交叉纠结一团，它们在拼命夹击渭河，发源于甘肃通渭县鸟鼠洞穴的渭河在群山与高原之间左突右冲反复回环数百里终于在这里打开一个缺口，渭河从此呈扇形展开形成八百里关中平原。现在周健就站在平原发芽的地方，引渭工程在这里打一道拦水坝，大半河水被引上渭北高原。陇海铁路从大坝北侧伸向群山与高原，火车从这里开始钻山洞，这些山洞把周健引过来了，通向甘肃青海新疆以及中亚腹地直达欧洲大西洋岸边鹿特丹的火车全从这里穿过，一列列火车，黑皮货车绿皮银灰色加红道道的客车长蛇一般钻进山洞。周健从林家村站下来，把摩托寄存在扳道工人的小房子里，就钻山洞去了。巡道工叮咛他戴上头盔，火红色的头盔等于信号灯。洞子有长有短，短一点的洞子就像防空洞，十几分钟就出来了，长洞就接近矿井了，好像往地心里钻，这正是周健所向往的。过了凤阁岭就是甘肃天水。铁路两边山坡上全是花椒树。他又返回那个最长的隧道，他再次体验深入大地心脏的感觉。火车过来时他就躲进侧洞。

一个小时后周健就到了另一条通往成都昆明的铁路隧道。这里的山洞比陇海铁路隧道长得多，也复杂得多，好多隧道呈8字形，回环往复，火车往往首尾相接屈体而行。蜀道难就难在这里。以前是栈道，火车要过，对不起，变成蛇钻地而行，还要盘来盘去，盘起来的蛇才是真正的蛇。火车过来时周健蜷缩在隧道侧洞里，完全是胎儿在母腹里的姿势，根本不是蛇在洞里的样子。

第二天事故发生的时候周健在搅拌机的鼓筒里就是这种蜷缩如胎儿的状态，而不是他梦寐以求的盘成一条蛇。按惯例，接到五号搅拌机故障通知，周健十分钟内赶到。维修很顺利，叶片弯曲如蛇比张飞的蛇矛弧度更大更符合周健对蛇的想象。跟以前不同的是这回他整个身体钻进叶片之间，伸胳膊按住带动叶片的轴，那样子就等于跟搅拌机股尾相交。修完后他身体后倾，双腿跟叶片夹在一起，等一会儿再仔细检查一遍把每个螺钉拧紧。搅拌鼓既不是他想象的蛇洞，也不是火车隧道，搅拌鼓就是搅拌鼓，就是机器的部件。按操作要求，机器停止使用时，应拉闸断电并锁好开关箱，以确保安全。五号搅拌机的小组长刘军最近好像感觉到什么，把这些操作要求都要强调好几遍，大家都不敢松懈。他的本家兄弟不知是出于逆反心理还是不再把他这个小组长当回事，偏偏没锁开关箱。后边的人见开关箱开着，以为都检查过了，上来就拉闸，就听到一声惨叫。大家奔过去断电停闸抢救里边的人。搅拌鼓打开的时候周健胳膊腿跟叶片缠在一起，很快就瘫软下去，手脚很不情愿地滑落，然后蜷缩成胎儿状。蛇一样盘绕的时间极其短暂。他被捞出来时呻吟不断，脸上全都是兴奋和喜悦。

下卷 少女萨吾尔登

第八章

1

　　周健从手术室出来，就被亲人们围住了，有叔叔周志杰金花婶婶哥哥嫂子姐姐，他的目光在寻找张海燕，张海燕就被他的目光从哥哥嫂子中间拉过去，所有的人都看见张海燕靠近周健时周健的身子微微侧了一下；刚出手术室还躺在推车上，麻药还未散尽，病人刚刚清醒，根本不能动，侧动一下算是大动作了；大家都不知道他需要什么，张海燕明白了，拉住他的手弯曲一下又轻轻放平，周健就笑了，护士推着周健进病房，大家问张海燕周健要什么快说，张海燕望着大家什么都不说，大家进病房她最后才进去。周健的姐姐拉住周健的手，模仿张海燕的动作，可手不听使唤，弯曲不了，硬来病人受不了，病人满脸歉意望着姐姐。金花婶婶劝姐姐不要这样。姐姐瞪着张海燕，嫂子也瞪张海燕，姐姐声音不大吐字却很清楚："我兄弟都成这样子啦，她不会嫁我兄弟她装啥装哩嘛。"嫂子连声附和："就是的，就是的。"金花婶婶就问她们："你愿意待候你不嫁的男人吗？不嫁周健就不能在周健身边待啦？这是他们两人之间的事情，我们谁也别乱掺和。"

张海燕已经被周健的目光引到床头了，张海燕给他一勺子一勺子喂水喝，手术后病人第一天不能吃东西只能喝水。金花婶婶给周健竖大拇指，你做得对！好样的。金花婶婶就对周健的姐姐和哥哥嫂子说："你们也看到了，手术很成功，费用公司管，周健有海燕和我们，你们待两天就回去吧，让老人不要急，下周再来。"

两天后哥哥嫂子姐姐回去了。张海燕和金花婶婶轮流看护周健。初中生周晶晶带弟弟周巴图来看周健，周健已经能转动身体了。初中生周晶晶每天只要从冰箱里取出妈妈包好的饺子馄饨下锅煮熟就可以了，弟弟听她指挥。

一周后，周健父母由哥哥陪同来渭北市第一康复医院看儿子。父亲还能挺住，母亲大哭不止，忍上一阵，又哭，反反复复就一句："我娃不当当的，我娃以后咋办呀？"金花婶婶就说："你给咱周健添乱哩，你这么哭个没完周健这一辈子别想出院。"母亲就止了哭声却止不住咒语般的："我娃不当的，我娃不当当的。"念叨一句就看一眼张海燕。张海燕心里发毛脸上很平静。金花婶婶就不客气了："嫂子，你是学人家刘军他娘哩！"金花婶婶一口地道的关中西府方言，一句话就把周健他娘问住了，金花婶婶就乘胜追击："咱周健是工伤，有啥话要跟公司协商，在医院咱就给周健治病，胡思乱想没有用。你这么哭哭啼啼周健的腿保得住保不住就不好说了，病人心情很重要，咱全家加一起也顶不上海燕一个人。""我是他娘，他是我奶大的。"周健他娘把周健的头抱怀里就像抱个婴儿，护士吓坏了："放开放开，病人腿上打了石膏。"周健他娘就不敢乱动了。张海燕轻轻地扶正周健的头，把枕头往下压了压周健舒服多了。周健看张海燕的眼神周健娘以前见过嘛，此时此刻娘就觉得很刺眼，娘就黑着脸，娘跟周健的姐姐和嫂子一个心病：周健现如今不是瘫子就是跛子，张海燕还待周健身边纯粹给自己找心理平衡哩，没有结果的事情就该早早断。张海燕已经是外人了，你娘你姐你嫂子不如个外人吗？儿子没把人家当外人，人家也没把儿子当外人。娘心里一抽一抽的。金花竟然劝老人家回去。"他爸回我不回，我是他娘我经管我娃呀，娃出院我就回。"娘很坚决。

娘多待了一周，插不上手，医生护士不爱跟娘打交道，有事找金花找张海燕商量，有话也找她们说。后几天，娘的生活起居还要张海燕和金花照料，娘终于明白自己是多余的人。儿子的伤势一天好过一天，娘就回去了。娘临走时拉住张海燕的手："闺女，姨心事重话不好听你甭往心上去，周健指望不上啦，你尽了心啦，你甭把自己耽搁了。"张海燕笑笑没吭声，把老太太送到医院门口，周健的哥哥来接老太太。

张海燕刚回病房周健就问："我娘走啦？""走啦。""我哥走啦？""走啦。""我姐姐走啦？""你姐没来。""这会儿没来等会儿就来啦。"张海燕忙出忙进，刚歇下来，周健又问他姐。得到肯定回答后，周健又问嫂子来了没有，张海燕的回答他不全相信，如此反复好几次，得到肯定的回答，他就不追问了。

病房共有四个病人，两个老头一个中年人。其中一个老头就告诉周健："想亲人了吧？你娘你哥你姐你嫂子在你跟前的时候你烦人家，人家回去了你又心慌得不行，亲人就是亲人，割不开。"中年人告诉周健："打仗亲兄弟上阵父子兵，血浓于水，媳妇生娃亲娘侍候坐月子，婆婆小姑子嫂子同床共枕的丈夫都不行，你看侍候我的几个都是亲儿亲女。"周健就说："我看最辛苦最贴心的是你们的妻子。"张海燕找护士去了，不在跟前，几个病友就骂周健："你娃瓜得响哩，人家是你女朋友，连婚都没订，不是你媳妇你娃把事情搞清楚。""我清楚得很，麻药早散了。""散个屁，麻醉师的麻药比不上你的麻药，你给你自己打麻药哩，自己给自己打麻药一辈子都醒不了。""让人一辈子醒不了的麻药是麻药吗？"几个病友愣了半天，一起反击："是仙丹。""是灵丹妙药。"一直没有吭声的另一个老头是个退休中学教师，老教师一针见血："明明是张海燕嘛，啥药能比得上这么俊个娃？"中年人不服气："女娃能陪他几天？出了院散得比麻药还快，那时候腿上伤好啦，心可伤得血糊流啦，到那一天看你娃喝药呀上吊呀。"周健笑眯眯地告诉大家："只要张海燕一口一口给我喂，她喂啥我喝啥。只要张海燕把我往绳套上挂，我就权当荡秋千哩。"噎得人家翻白眼。中学教师就笑："这就是现在年轻人的活法，跟着感觉走，还牵着你的手，过好一天算一天。"那几位病友一下就把枪口对准中学教师："娃娃伙不懂事，你这么大年纪啦你白活啦，你老颠懂啦，纯粹一个老二屎老无耻老没出息。"中学教师笑呵呵地自己不生气也劝大家甭生气："职业习惯没办法，整天跟娃娃伙打交道，满脑子都是娃娃伙的时髦想法。"中学教师退休好几年了，满头黑发，红光满面，牙口很好，在好几家私立学校兼职，那么哈哈一笑，大家全都意识到自己的苍老和不如意，中学老师就不失时机加上一句：

"心态很重要，不管多老，心不能老。"中学老师言传身教，按一下床头的呼叫键，点名要三号护士。三号护士护校刚毕业，年轻活泼，活脱脱一个中学生模样。小护士小鸟一样蹦蹦跳跳进来了。她已经挨过护士长好几次批评了，住院部要绝对安静，医护人员永远要心如止水行如轻风，不要蝴蝶一样翩翩飞舞，不要小燕子一样蹿来蹿去。中学教师就仗义执言：病人需要安静更需要活力，一团死水闷都把人闷死了，护士长不在的时候，小护士就成为蝴蝶和小燕子。病房气氛果然为之一新。真正的燕子当然是张海燕了。碰巧的是侍候那三位病人的都是中年人，只有周健身边不是年轻姑娘张海燕就是美丽少妇金花，连医护人员见了她们都眼睛一亮，医护人员啥没见过。

吃饭时间到了，十一号病房的四个病人每日三餐都有人送，送的饭菜也大同小异，不是骨头汤就是炖鸡炖鸽子。中学教师下楼时摔了一跤膝盖骨碎裂，烟厂退休老人晨练太早，路边下水道井盖被人撬走老工人落入陷阱，断了三根肋骨，中年人在政府某部门当科长，出车祸断了胳膊，因为是夜间个人行为，跟因公搭不上界，出事地点又不宜张扬，来看望的人极少，估计封锁消息，来的都是近亲和心腹。周健的伙食都在叔叔周志杰家操办，金花婶婶和张海燕要从桥北过河到秦岭脚下的第一康复医院，骑自行车得一个小时。其他几家也差不多是这个时间。

病友们每天就有一个来小时的自由论坛。刚开始周健不习惯。中年科长就告诉周健："旅途中病房里都是中国人说实话最多的地方，除此之外别想听到一句实话。"看到周健吃惊的样子，中学教师就说："旅途说假话怕回不来，医院说假话怕出不来。回到老家就可以为所欲为。"周健从小到大没吃过药没打过针，都没感冒过，第一次生病就断了一条腿要住好几个月院，旅途奔波的经历则不堪回首，不管是火车还是汽车，都是人挤人人压人连厕所都上不了连饭都吃不上连气都喘不过来，至今他都在想象卧铺车厢，也只有在卧铺车厢在飞机上在每人都有座位有空调的大巴上旅客才有心情开怀畅谈。他想告诉人家，他没说过假话，他更没有能力在家乡为所欲为，他还是把这些话咽到肚子里。

烟厂老工人喜欢吃女儿送的饭，不喜欢儿媳妇的饭。都是排骨汤，大女儿二女儿送的，老人啃完骨头喝完汤，还要舔舔饭盒。大儿媳二儿媳送的，象征性啃两块骨头喝两口汤，中间还加几声咳嗽，有时干脆不动筷子，吃过了不饿，回去吧，就把大儿媳二儿媳打发走了。不像喝两个女儿送来的排骨汤，喝两口就长长地啊一声，啃两块肉就啧啧称赞女儿厨艺大长。喝鸡汤喝鸽子汤还是这架势。中学老师就大发感慨："昏君哪昏君活活一个大昏君，从住院那天起大家都眼睁睁看着两个儿媳妇忙出忙进闷头干活，你那两个宝贝女儿动嘴不动手就围在床头陪你说话。儿媳熬的排骨汤闻着就香，你只尝两口，排骨又酥又烂都是上等大排你也就啃两口，鸡是农家土鸡，鸽子是地道的灰鸽子。女儿给你炖的排骨一看就是下午五点以后肉铺的处理货，鸡也是又肥又大的肉鸡，鸽子也是纯白色鸽子，你吃得多欢哪，你天生就长一张吃猪狗食的嘴吃不了山珍海味。"烟厂工人哈哈一笑："看把咱猪屎（知识）分子急的，人的嘴都一样没有高低贵贱之分都能尝出屁臭麻花儿香，吃闺女的是吃心情，粗茶淡饭野菜剩饭都大嚼大咽，闺女才肯孝敬老父亲，嫁出去的女儿泼出去的水，她不做老父亲也没辙，儿媳就不一样了，不做也得做，做得再好都不给她好脸色，做到她老都觉得自己没过关，自己在这个家没根基，她才一次一次用尽心思加倍努力。"中学教师就笑："你折腾人家闺女，你闺女也在婆家受折腾，这不是打乒乓球嘛。"烟厂老工人就告诉他："我家俩儿媳妇，一个是中学教师的女儿，另一个是小学教师的女儿，知书达理懂规矩，我俩闺女嫁的都是中学老师，姑爷全听我闺女的。"中学教师噎得翻眼睛说不出话。中年科长就说："你老汉也就是待烟厂好企业，退休金高，还有原始股，还有流氓无产阶级的无赖秉性，你要待十里铺陕棉十二厂试试？加上你那两个满脸流氓相的儿子你也翻不起多大浪，你那两个儿媳肯定是你两个儿子先奸后娶。"烟厂工人不生气，嘿嘿笑："谁叫我命这么好哩我也没办法，我先人都没办法，这年头说你是流氓等于说你是贵族，等于说你上了牛津剑桥镀了金身。"中年科长走南闯北见过大世面，既是美食家又是营养师，口特别刁，光凭闻就能闻出饭菜的质量，有时还会不客气地指出这是哈喇油，这是地沟油，这次不错用了玉米油橄榄油，土榨汉中菜籽油，送饭的人心惊肉跳。中学教师算是看出名堂啦："你这不是搞阴谋诡计挑拨离间制造矛盾吗？"中年科长哈哈一笑："职业习惯，职业习惯。""还有这种职业习惯？""人家叫你猪屎分子没白叫嘛，知识分子真是死脑筋，我这种职业习惯另一种说法叫领导艺术。"活了大半辈子退休好几年的中学教师终于明白领导艺术就是人为制造矛盾。中年科长就说："现在才明白是你的福气，早几十年明白的话你也就跟那些看望你的老同事一样不到四十岁就头发全白牙齿脱落形容憔悴两眼呆滞，你看你退休好几年了头发还这么黑黑的，牙齿还好好的红光满面。"中学教师就直接说自己没心没肺。中年科长感叹："没心没肺是一种境界，你离那种境界还差得远呢。"中学教师一下子成了小学生："我就这么没水平？"中年科长一定想起来好多年前的某一种失误，这种失误造成的后果就是从三十岁当上科长到四十五岁还是科长，老科长像是安慰自己又像是开导中学教师，声音很轻却很清楚："制造矛盾挑拨离间阴谋诡计都是小儿科，颠倒是非颠倒黑白也马马虎虎，高手都是把生人变成熟人再把熟人变成生人，翻来覆去地倒腾，这就叫翻云覆雨，实际上翻的是人。翻牌洗牌，生人变熟人容易，熟人变生人等于过鬼门关，再把炮制过的生人变熟人等于……"老科长差点说出搅拌机，老科长望一眼周健，周健就知道他想说这个敏感的词，周健脸上没动静。当老科长说到"长夜孤立寒风中，双手拍门门不开"时周健就想到叔叔周志杰耿耿于怀的大被窝，周健就闭上眼睛。老科长继续开导中学教师："生人变熟人，熟人变生人这么反复折腾烟厂师傅就会这一手。"烟厂老工人很谦虚："平头老百姓都会这一手，不要以为当官的有多么了不起，什么权谋什么领导艺术，世界上最难的就是做平头老百姓。颠倒是非不是本事，颠倒黑白也不是本事，颠倒熟人生人才是大本事。"中学老师就问："我也是平头老百姓我咋就不会这一手呢？"中年科长和烟厂老工人异口同声告诉他："你是猪屎分子，知识分子缺少生存智慧，智慧就是猪都会，知识分子不会。""知识分子怎么啦？知识分子讲公道讲公平。"中学教师对有血缘关系的子女和没血缘关系的儿媳妇姑爷一视同仁，一切以饭菜质量和厨艺为准，跟批改作业评判考卷给学生写操行评语一样客观公正，毫不留情。烟厂老工人就说："没有贴身小棉袄嘛，亲儿子都让你养成学生啦，越养越生疏越养越遥远，这不是往河撒糖往大海里倒酒嘛。"中年科长干脆一句话："没有死党孤家寡人。"中学教师马上纠正："这叫独立意识。"中年科长拿鼻子笑:"明明就是丧家之犬游食狗嘛。"中学教师的杀手锏也相当厉害:"二位满肚子阴谋诡计满肚子文韬武略胸有城府居心叵测工于心计精于计算机心太重,有道是相由心生,看着自己那张脸,阴险狡诈肉都是横的硬的,再看看自己的眼睛,里边全都是炸油条炸油糕炸到最后剩下的焦黄发黑的油根,斑斑油渍都溅到脸上啦,一点祥和之气都没有。"那两位就哈哈一笑:"承蒙夸奖,换个说法应该是饱经沧桑充满智慧。"

这种肆无忌惮的自由论坛实话实说节目每天都要持续一个多小时。周健基本上是个旁观者,有时会用微笑和点头表示赞赏,更多的时候沉默不语,面无表情。这种心如止水的平静反而让三位老江湖暗暗吃惊。周健在他们眼里还是个孩子,他们的孩子都成家立业了,周健还没娶媳妇呢,没娶媳妇谈再多女朋友在中老年人眼里还是没成熟嘛,还是个娃嘛。他们这种坦率直爽口无遮拦既有倚老卖老炫耀经验之意,也有好为人师给年轻人指点迷津的意思。再不行就当故事听嘛,比狗屁电视剧精彩多啦。他们显然期待周健频频喝彩粉丝一样热切,那种微微一笑轻轻点头跟个小大人似的,无形中的激将法嘛,老同志大受刺激就更来劲了。护士会提醒他们声小点,但不会制止,可以转移病人的注意力,活血化瘀有利于治疗嘛。

相当长时间三位中老年病友把金花当成了穆斯林。周健第一顿饭就是鲜美的羊肉汤,三位中老年病友的饭菜一下没滋没味了,美食都讲色香味嘛,光那香味就夺人胃口嘛。周健连喝三天羊肉汤,第四天开始吃揪片子,陕西人叫撅面,把面撅成指甲盖那么大的碎片直接丢进锅里,陕西做法是往开水里丢,再加些菜,讲究一点的就加肉末或烂好的臊子肉。金花婶婶则是典型的新疆做法，直接往羊肉汤里揪碎面片，再加洋葱黄萝卜西红柿，羊的后腿肉和肋巴五花肉是少不了的，跟碎面片煮在一起，稠嘟嘟的，已经接近关中农村人常吃的搅团了。周健吸溜吸溜大嚼大咽的时候，那种浓烈的香味真叫人受不了。饭盒打开的一瞬间，团团散开的香气就已经让人晕头转向了。从第三周开始周健开始享用炖羊肉，手把羊肉，里边加了青萝卜黄萝卜冬瓜和黑木耳。羊肉有这么多吃法。三位中老年病友家境都不错，吃喝都比较讲究，算不算美食家不知道，谦虚一点说他们还是吃过许多好东西的，凭嗅觉他们都闻出来一股醇厚的清香。他们的家人在他们难看的脸色和风言风语刺激下做了种种努力，尽了最大的可能，饭菜质量确实上去啦，可那都是过度使用香料的结果，香味确实扑鼻了，可让人的肠胃受不了，更不利于治疗。到第四周来看望中学教师的同事中有一位中年教师跟金花一起开过会，熟人见面聊了半天，大家才知道金花是重点中学的英语教师，还是个舞蹈家，新疆长大北京上学的蒙古族，大家就想起来几年前在电视上报纸上报道的教小孩跳蒙古舞的那个漂亮女老师，在大家面前晃了快一个月了，就是跟媒体联系不起来。中学老师就请教金花老师你那羊肉咋做的？咋就那么香呢？咋就香得跟我们不一样呢？金花告诉大家：内地人做肉下料太多，把肉原来的芳香封死了，完全是香料强加进去的。下锅前还要反复清洗，加碱清洗，都把肉洗脏啦。把肉洗脏这个说法太出人意料了。金花告诉他们：动物身上的血和肉是很干净的，水却会受到污染，带许多细菌。直接从动物身上割下来带血的肉最干净，如果不干净动物就死掉了，动物没病，一切都很健康，直接把带血的肉放锅里煮，水也要生水，与肉一起烧开，去掉血沫子，再慢慢炖，扔两片姜就可以了，肉天然的香味就慢慢发出来了，从里到外，不受任何约束，毫无保留地坦露自己的芳香，肉熟以后再加盐加剁碎的洋葱，肉和汤都鲜。我们草原的吃法，连盐都不放，直接取肉片蘸椒盐食用那才叫鲜呢。

中学老师的家人率先尝试，均告失败，内地人做肉不管家里还是饭店，离了香料寸步难行，腥膻味自己都受不了咋好意思给病人吃。金花就把三位病友的饭盒带回去，让他们品尝手把羊肉羊肉汤煮揪片子，他们就尝出来这不是陕西羊肉。金花就告诉他们不是关中羊肉是陕北羊肉，陕北有她的大学同学，给她捎来一只大肥羊，我们自己宰掉冻冰箱里，一百多斤呢，吃完周健就可以出院了。

周健也会吃到大肉，大肉排骨汤的水平跟大家没大区别，周健吃大肉排骨汤的时候大家就心平气和多了。连医生都说羊肉比大肉养人。补救的办法是有的，去天下第一碗饭庄买羊肉泡，既解馋又有营养，羊肉泡花样不少嘛，一口汤、干拌、水围城、宽汤，花样翻新百吃不厌。受大家影响，周健也吃了许多次羊肉泡，张海燕去买的，换换口味。

从饮食开始大家就觉得周健有许多让人琢磨的东西。大家还记得周健做完手术醒来后的第一个举动，所有的亲人都茫然不觉，只有张海燕心领神会，周健的手臂弯曲了一下嘛。三位中老年病人回忆一个月前发生过的事情，就像刑侦专家反复查看监控录像，当时被忽略的许多细节重新审视时就有了新意。大家发现金花和护士在时周健就很安静，跟其他病人一样喝水吃饭吃药打针上厕所。张海燕一出现，周健就开始弯曲手臂。两周后受伤的腿打石膏不能动另一条腿活动自如，可以侧身，他就弯曲整个身子，很吃力很痛苦，他还这样做，张海燕只好依他。他侧身后就竭力蜷缩。起初大家以为这是典型的与女人同床动作，可从张海燕的神态看，她是个真正的姑娘，眉宇间和身体上明显有一股清纯气息。女子不管成婚与否，只要与男人发生性关系眉宇间就丧失这种清纯，身上就散发出浓郁得让人眩晕的气息。风月老手在大街上能分辨出良家妇女与明娼暗娼甚至与众多男人有染的女人，这跟老刑警在大街上一眼可以看出小偷与逃犯一个道理。我们就知道三个中老年男人用那种目光琢磨张海燕时，张海燕有多么不自在，以为碰上了流氓，而且是无耻的老流氓。所幸的是这种黏糊目光没有持续多久就恢复正常了。张海燕就知道男人有多么复杂，他们时而正人君子时而魔鬼。当周健沉睡时她凝视着周健就想：过几十年周健会不会这样子？周健真的成这样子她就伤心死了。那可比伤残更可怕。也就在这一瞬间张海燕发现周健最可怕的不是搅拌机搅断的那条腿而是他反复做出的蜷缩动作，他还沉浸在搅拌机里，那个圆形鼓筒，张海燕想起来就浑身发抖。搅拌机一定把他搅成那样子了。让张海燕难受的是周健竭力蜷缩时一点也不害怕，周健能侧身时做出的蜷缩姿势更标准。

张海燕回宿舍休息时刻意蜷缩而眠，果然很舒服。其实她大多时候都是这种胎儿在母腹中的睡姿，她小时候就这样，妈妈这样说她，大学同宿舍的同学这样说她，蓝天幼儿园职工宿舍的女同事也这样说她，跟婴儿一样蜷成毛茸茸的一团。张海燕总给人一个毛茸茸的感觉，头发又长又细又蓬松，眼睫毛也是长长的细细的毛蓬蓬的，个子细高，在被窝里蜷成一团跟大熊猫似的。人家这样说她，她就拿少林寺武僧坐如钟行如风睡如弓对付。蜷缩成一团已经把弓折圆了。她自己的标准睡姿出现在周健身上她还是觉得不可思议。搅拌机把他搅成这样还是他原来就这样？周健开始侧身蜷缩起来时张海燕就发现周健眼睛里的兴奋和喜悦，张海燕以为是幻觉，眨了一下眼又擦了一下眼，周健眼睛里的兴奋和喜悦是真实存在的。

刘军是第一批赶到现场抢救周健的人，刘军也是第一个看到周健一边大声呻吟一边脸上流露兴奋和喜悦，刘军以为这是人疼到极点的极端反应，刘军把这个秘密告诉张海燕他发誓他不会告诉第二个人，太恐怖了。刘军回去就把拉开关闸的本家兄弟痛打一顿。张海燕也相信周健痛苦到极点才出现这种极端反应，那是一场噩梦。手术完后的这种反应应该是噩梦的惯性延续。

张海燕就积极配合周健侧身蜷缩，她的整个身体挡住周健的脸，直到兴奋和喜悦从脸上消失。周健另一条腿能动了，可以翻身可以下床拄拐杖自己去上厕所去走廊晒太阳，张海燕就不再用大半个身子遮挡周健脸上的兴奋和喜悦。病人到这个时候都会流露出兴奋和喜悦。三位中老年病友祝贺周健恢复得这么好。刘军来看过周健好几次，以前的兴奋和喜悦被张海燕隔开了，现在刘军看到的是可以下床行动的周健，当然不会把此时此刻出现在周健脸上的兴奋和喜悦与事故现场看到的兴奋和喜悦联系在一起。这种怪诞的兴奋和喜悦也不会出现在金花婶婶面前。

真正感到恐怖的只有张海燕。张海燕一次次地凝视周健脸上的兴奋和喜悦，无论是从正面面对面盯着他的脸，还是扶他到院子里散步时从侧面观察，他的兴奋和喜悦完全出自内心。在张海燕看来这种兴奋和喜悦来自搅拌机。张海燕小心翼翼地试探周健："你恨那台机器吗？""你说搅拌机呀，我恨它干什么？我凭它工作凭它吃饭，可惜我再也不能动它了。""你好了以后还可以干别的工作。""哪能跟搅拌机比呀，我都可以躺在里边睡觉了，还没睡踏实他们就把我抬出来了。"周健的眼睛里又流露出兴奋和喜悦。张海燕奔到卫生间不停地用凉水洗手洗脸，最后把手伸在水龙头下让凉水哗哗地浇着好像给烧红的铁块降温。出出进进的女同胞把她当神经病，女护工过来问她没事吧？她拧上水龙头，用纸巾擦干手，往出走的时候腿软脚软地板软。她还是迎着周健的微笑走过去，周健说："你病啦？脸色这么难看。""拉肚子，吃了羊肉喝矿泉水都怪我图一时痛快。""要喝热茶，喝点酒也行。"他们往回走，上楼时周健说："谢谢你跟我谈搅拌机，公司里的人怕跟我谈搅拌机，怕我伤心，我伤心的不是我这条腿，我伤心的是我再也不能动搅拌机了，顶替我的人得费多大劲啊。"张海燕再也忍不住了，但她还是忍住了，她拉着周健的胳膊："你不要想别的，只想你自己，你才是最重要的。""好好好，我听你的，看把你急的。"周健又笑了："不管谁顶替我，要达到我跟搅拌机熟悉的程度比登天还难。"

张海燕都不知道她怎么离开医院的。回宿舍裹紧被子抖了好半天，方静回来吓一跳。她鞋没脱就趴床上了。方静心疼地一边替她扒鞋子一边抱怨："也不能把自己累成这样啊，快起来，放松放松。"张海燕钻被子里一动不动："这是最好的放松。"方静揭开被子："自从周健住院你就没跳过舞。"张海燕爬起来了："每天上班都要领着小屁孩们跳都要跳疯啦。""不是娃娃舞，是《萨吾尔登》，给心上人跳的《萨吾尔登》。"方静的话跟电闸一样给张海燕通上了电，张海燕一下子就绷直了，直直站床上，方静以为张海燕要把床板当舞台："下来跳，穿上鞋跳，我陪你跳。"张海燕还跟通了电一样那么亮，可张海燕慢慢蹲下去，坐在枕头上抱住膝盖，方静马上就感觉到张海燕身上波动的《萨吾尔登》旋律，张海燕随着音乐轻轻晃动，更美妙的乐曲回旋在心里，张海燕脸上的兴奋和喜悦如果跟周健脸上的兴奋和喜悦并列在一起，会把两人都吓一跳。

星期四是金花婶婶跟张海燕交接班的时候，两人都在单位调了课，金花婶婶从周一到周四上午，张海燕从周四下午到周日。周四下午金花婶婶扶着周健下楼散步，看见张海燕远远走过来，金花婶婶就看见张海燕身上波动的《萨吾尔登》旋律。她们一起陪周健回病房，护士开始挂吊针。张海燕送金花婶婶下楼，金花婶婶对张海燕说："我教你《萨吾尔登》不知是帮你还是害你。""婶婶这话什么意思？""周健出了院你算把心尽到啦，你就不要再跳《萨吾尔登》了。""我跳下去会怎么样？不再跳又会怎么样？""不再跳你就会慢慢忘掉周健，你们这段感情会成为一段美好的回忆，你还有更好的生活，你已经做得很好了。""哈哈！"张海燕就乐了，"怪不得这一个多月你不再约我去文化宫跳《萨吾尔登》，原来《萨吾尔登》这么可怕。""我不想你们以后过悲惨的生活。""你能告诉我什么是不悲惨的生活？《萨吾尔登》扩大了我的生命，也扩大了周健的生命，它把我们的生活跟飞禽走兽跟花草鱼虫跟宇宙天地万物连在了一起，婶婶你真会想办法，先让我停止《萨吾尔登》，釜底抽薪，我和周健就自行解体，你把我们当什么啦。"看着金花婶婶无奈的样子，张海燕跟长颈鹿一样脖子伸长长地把脑袋伸到金花婶婶鼻子尖上，眼睛对眼睛嘴巴对嘴巴，两个人都是一米七五的高挑女人，这下她们都成了长颈鹿，张海燕一个字一个字地吐给金花婶婶："你骨子里总相信天山才有真正的爱情，内地全是势利小人对不对？我告诉你，在周健出院彻底恢复健康后本姑娘还要跳《少女萨吾尔登》呢，你说过，《少女萨吾尔登》不是教出来的，是从生命里爆发出来的，我的生命我做主，到那一天你无话可说，也不会有任何心理负担。"然后推开金花婶婶："你可以走啦。"金花打张海燕一拳："臭丫头，得理不让人啦，这么训我，吃豹子胆啦。"张海燕不依不饶："你伤着我啦，比周健断一条腿还厉害。"金花婶婶愣住了，张海燕就说："我知道你用的不是激将法。""你说我用啥啦？""实话。""唉，实话伤人呢！"金花婶婶就走了。

两小时后金花婶婶发来短信："臭丫头，好好跳吧！"张海燕回复："我还没想好呢。"金花婶婶就回复："你的心在跳。"同事方静提醒她跳《萨吾尔登》那一刻起她身上就开始波动《萨吾尔登》旋律了，她的心她身上的血液全都随着《萨吾尔登》所包含的宇宙天地间万物的生命一起跳动。她停顿的片刻金花婶婶就洞悉了一切，金花婶婶再发一则短信："《萨吾尔登》把我们卫拉特土尔扈特部蒙古族几十万人的灾难和创伤都医治好了，你和周健的灾难不算什么，好好跳吧臭丫头。"张海燕就回复："这才像婶婶说的话。"

周健那独特的兴奋和喜悦不但出现在侧身蜷缩的时候，也出现在张海燕到他身边的时候。张海燕知道周健感觉到了她身上的《萨吾尔登》旋律。张海燕还知道周健侧身蜷缩的姿势就是事故发生时他在搅拌机里的姿势。张海燕一次次用眼神告诉周健搅拌机很危险不是睡觉的地方。周健也用眼神告诉她：我靠它工作靠它吃饭，我们已经很熟悉很密切了。张海燕就用眼神告诉他：搅拌机已经跟你没关系了，不要再想它了。周健吟了一首诗：

鸟有巢，兽有穴。

年轻的心多么痛苦，

在我向家乡告别，

离开故土的时候！

心在悲伤而激越地跳，

在我背着破旧的背囊，画着十字，

走进租来的别人的屋子的时候！

诗的好处就是含蓄而形象，只有吟诵的人和心心相印的人知道其含义，旁观者茫然不知所云。张海燕后来知道这是俄罗斯作家蒲宁的一首诗。新疆伊犁有俄罗斯族，先辈都是十月革命后逃难来中国的白俄贵族，蒲宁是当时逃离俄国最有名的小说家和诗人，其作品一直流传在流亡世界各地的白俄中间，边陲小城伊犁也不例外。叔叔周志杰在伊犁就喜欢上蒲宁，上大学时收集了蒲宁许多作品，回陕西后成为枕边书。朗读蒲宁作品和跳《萨吾尔登》成为叔叔周志杰一家的主要业余生活。周健刚开始抄在本子上，后来就记在心里，埋藏太深，这个时候才脱口而出。张海燕再次用眼神告诉周健："搅拌机是租来的屋子，不是我们的穴也不是我们的巢更不是我们的家园。"周健就像个无助的孩子用眼神告诉张海燕："我在里边睡得很踏实，我从来没有那么踏实地睡过觉。"张海燕的眼睛就湿了，周健一下子哭出了声，很快就用枕头捂住脸无声手枪一样用几乎听不见的声音在哭。三个中老年病友告诉张海燕："不要劝，哭出来好，叫娃好好哭，好端端一个人断了一条腿不哭不正常嘛；你可不能哭，你要跟上哭就把娃害惨了。"张海燕的肩膀一抖一抖把自己控制住了。过了两个小时，周健扒开脸上的枕头，就像洗了个澡，头发都是湿的，整个人轻松多了。

三个中老年病友的人生经验受到严重挑战，好长时间他们无法对周健这个年轻的病友做出判断，周健整天沉醉在自己的世界也很少介入三位中老年病友肆无忌惮的自由论坛与实话实说节目，基本是一个旁观者。他们还记得周健住院的前两周不能下床，接屎接尿都是叔叔周志杰来做，周健的父母接过一周，哥嫂来后哥哥也接过几次。能下床后就全靠金花婶婶和没订婚的女朋友张海燕，原计划国庆长假张海燕带周健回周原县城见父母，突发事故回不去了。国庆长假张海燕在医院侍候周健，医护人员嚷嚷着出外旅游，互相调班加班，张海燕恍然大悟，赶紧给家里打电话，当然不敢实话实说，张海燕在走廊编谎话骗父母的话全让上厕所归来的烟厂老工人听到了。大家就知道两个人的关系还没有得到父母的认可，张海燕能侍候男朋友这么长时间很重情义了。按常理推断他们的关系春节前就结束了，也就是三个多月的时间，二○○六年元月二十九日大年初一，二○○五年九月底住院的病人差不多在十二月底新年元月初出院，伤筋动骨一百天。周健也能赶在春节前出院，哪个病人都不想在医院过年，除非重病患者。大家很容易把周健的哭号理解为跟心爱的姑娘分手。出院那天就是他们分手的时间，失去的又是这么好的姑娘，有情无缘，这就是命啊，一点办法都没有。

两个年轻人自从痛哭一场后无话可说了，要么对视，要么忙这忙那。忙的当然是张海燕，张海燕忙的时候，周健就闭上眼睛想心思，张海燕忙完就悄悄过来坐周健跟前，周健的眼睛就睁开了。唯一没变的是周健侧身蜷缩的姿势，总是一个方向，受伤的右腿在上，没伤的左腿在下，打石膏的右腿笔直如船桨横在床上，其他能动的部位就竭力收缩，这个举动从开始就受到护士和医生的制止，互不相让，妥协后约定每次蜷缩不超过半小时。这种奇怪的姿势只发生在张海燕看护的时间，金花换班周健就一切正常。医生就有必要找张海燕谈话，核心问题是病人是否受过什么刺激，有道是三分医术七分心情，患者情绪以及隐秘的内心世界很重要，尤其是年轻人，情感世界和内心秘密全方位由心上人看管，家人亲朋好友统统拒之门外。从张海燕嘴里肯定得不到意外收获嘛。张海燕又不像失身女子，医生就断定周健的蜷缩姿势是跟张海燕的拥抱姿势，典型的女高男低，激情中搂搂抱抱男人很容易蜷缩起来。张海燕一米七五，标准模特身材，医生目测可以做出判断，周健一米七二的身高记录在病历上。医生就很人道地留给周健半小时蜷缩姿势。

十二月中旬，入冬以来第一场大雪给周健和张海燕带来生机。周健望着窗外纷纷飘落的雪花，嘴里不停地念叨："雪，雪，雪。"满脸陶醉，闭上眼睛，好像雪花一片一片落到他脸上，那种兴奋和喜悦因为雪的滋润不再怪诞而显露出罕见的安详。张海燕扶周健到走廊的拐角，那里是住院部大楼与门诊大楼的连接处，没有风挡玻璃，雪花可以飘进来，风又很小，张海燕就扶周健到这里沐浴第一场雪。不是梦不是想象，雪实实在在落在他脸上，他享受了一会儿雪的温柔又睁开眼睛，眼皮眨都不眨，一只只雪花蝴蝶一样飞入眼瞳化作泪水又流出来。周健终于流下了喜悦的泪水。群山高原河谷全成了雪花盛开的园地。周健喃喃自语："雪地里盛开的是什么花？"张海燕就告诉他："雪莲花。"周健还在喃喃自语："花都要结果子的，雪莲花结什么果？"张海燕就告诉他："白天鹅。"

此时此刻，大雪覆盖的秦岭山脉和渭北高原在周健眼里成为母亲温暖的怀抱，山谷消失了，深沟大壑消失了，雪花把群山和高原装饰得圆滚滚的，个个都像慈祥的菩萨，有一个声音告诉他，这才是休息的好地方。雪一下子就停了，天空空得出奇，大地也静得出奇，大地母亲的胸脯臂膀全都显露出来了，她是那么柔和温暖。

"以前我没有见过大地真正的形象。原来，她就像一个怀抱孩子的女人一样。我渐渐地懂得了事物的母性，那俯视着我的山峦也是一位母亲。每到傍晚，薄雾就缭绕在她的肩头，戏要在她的膝前。现在想起了溪谷，溪底的流水给荆棘遮住，远看不见，只听得见它潺潺歌唱。"

张海燕扶周健回病房，周健很快入睡，他侧身而眠时只是微微弯曲身子成弓形，睡如弓，不再是让人头疼的脑袋顶着膝盖的蜷缩姿势了。张海燕知道这将是周健最踏实的一次睡眠，天黑之前不会醒来，她还是拜托了那个很崇拜她的小护士。小护士为张海燕和周健的爱情而感动。整个医院都把张海燕当傻瓜，小护士是张海燕在医院唯一可以信任的人。张海燕往回赶的时候就想起这首诗。张海燕教小班孩子们跳舞唱歌，也开始教大班孩子识字，大多是很幼稚的儿歌，也会加些简单易懂的唐诗宋词，张海燕就找到一本智利女诗人米斯特拉尔的诗集《柔情》，完全由《萨吾尔登》舞蹈那种柔韧而来。《萨吾尔登》中的剽悍迅猛豪放最终化为柔韧，受《萨吾尔登》舞蹈熏陶的孩子都很善良平和，绝无狰狞暴戾之气，有些家长反对，甚至给学校领导投诉。

几年前金花婶婶的文化宫舞蹈班就遭遇过这种事情。张海燕毫不退让，在《萨吾尔登》舞蹈之外加上了米斯特拉尔的《柔情》。她在旧书店见到漓江出版社二十多年前出版的诺贝尔文学奖作家丛书之一的《柔情》就眼前一亮，《柔情》这个书名就把她打动了。她是一边翻书一边走回去的。

离天黑还有五六个小时，张海燕在网上查询雪莲和天鹅的资料，受叔叔周志杰和金花婶婶的影响，查找这些资料很方便。哥哥嫂子送她的笔记本电脑有了大用场。

周健一觉醒来就看到了天山雪莲，他本能地望了一眼窗外，天快黑了，秦岭山脉的雪光把天空的顶部照得很亮，周健的目光又回到笔记本电脑的屏幕上，天山正是八月初，三千米雪线以上雪莲花开得正旺，白色火焰在雪地飘动。周健对文字对旁白都不感兴趣，他只看雪莲花。雪莲花盛开的地方紧挨着巴音布鲁克草原，天鹅在练状湖面缓缓而行，就好像雪莲花盛开的湖上的雪花、雪莲花、天鹅彼此转化很容易让人看成同一种生命。很快出现一朵雪莲大特写，花蕊中密如蜂巢的小房子如同仙境，从湖面起飞的天鹅向着高山之巅向着雪莲花盛开的地方飞去；天鹅的飞翔从来都是舞蹈的姿态，大地上的少女最爱跳的就是那个叫《天鹅湖》的芭蕾舞，而真正的天鹅湖在巴音布鲁克大草原上，飘带一样的练状湖泊只是天鹅起飞的舞台，雪莲花里的那些小房子才是它的巢穴，天鹅从来都是一群一群的，雪莲花就给天鹅建造那么多小房子。有个声音告诉周健不会再有搅拌机了，雪莲花才是你要去的地方。周健就抬头看张海燕，张海燕毛茸茸的脑袋、毛茸茸的眼睛，连那静静的目光都带着雪莲才有的纯白的绵毛，很快就覆盖了周健的脸。他们拥抱亲吻的时候张海燕的头发和眼睫毛天鹅绒一样蹭他的脸，这种感觉又回来了，他脸上流露出兴奋和喜悦，这种兴奋和喜悦不再有怪诞的成分，完全是雪莲花和天鹅的羽毛滋润出来的。张海燕离他那么近，张海燕在静静地削苹果，苹果的芳香从她手上散发出来就跟她身上散出来的一样。

周健就完全被笔记本电脑吸引住了。

三个中老年病友也各有所爱。中年科长听MP3，都是时髦歌曲加红歌，烟厂老工人和中学老教师都是小收音机，戴耳机，喜欢听秦腔听新闻，中学老教师还喜欢俄罗斯歌曲。他们高兴的时候会哼哼几段，等于转播MP3和收音机节目。周健的注意力开始从图片扩大到文字。好多年前他就读过这些文字，也见过有关巴音布鲁克草原的天山雪莲和天鹅的图片。叔叔周志杰从遥远的伊犁给老家亲人寄过自己亲手采摘的雪莲，都是干的，泡酒治病。在病床上重温这些图片好像在医治自己的创伤，感觉特别清晰真实。他情不自禁地念出那些文字。

雪莲种子在气温零摄氏度时就能发芽，零下三至五摄氏度生长，幼苗能经受零下二十一摄氏度严寒，能在较短时间内迅速发芽生长，开花结果，在不到两个月时间里它的高度能超过其他植物五至七倍，虽然它六到八年才能开花，实际生长天数只有八个月。

周健内心独白：雪莲从种子发芽到长苗开花其剽悍迅猛豪放与温婉从容沉静与《萨吾尔登》舞蹈的风格如出一辙。

资料文字继续：雪莲种子成熟时天下雪，收集难，发芽率低，繁殖不易。雪莲扎根的土壤靠细菌苔藓地衣分解岩石而成，需要经过几百万年的缓慢过程，采摘时不要连根拔起，否则会使很单薄的土壤丧失肥力。

周健内心独白：就像我的腿，我生命的土壤被毁掉这么大一块。

住院三个多月了，周健第一次用手摸打石膏的残腿。病房里一下子安静了，三位中老年病友戴耳机听戏听歌呢，他们连耳机都拔下了。张海燕只是静静地从侧面看着周健。周健的手从腿上收回来，继续操作笔记本电脑，继续小声读那些文字。

雪莲花从种子萌发到抽薹开花，生长期长达六到八年，最后一年七月到八月开花，在零下四五十摄氏度严寒与空气稀薄缺氧中傲霜斗雪顽强生长；雪莲表面黄绿色，叶密状如白色绵毛宛若棉球，绵毛交织形成无数小屋，能保暖御寒防止水分蒸发。绵毛又能使雪莲肌体免遭辐射。

周健内心独白：雪花飘落天鹅起飞雪莲花盛开不正是《少女萨吾尔登》吗？

周健抬头望张海燕一眼，张海燕就站起来走过去，周健开始触摸画面上的雪莲花，一下一下地捋着，雪莲花越捋越大，他把张海燕的手都抓住了他还使劲地捋着。谁都知道，雪莲花形越大品质越佳。

2

周健恢复得很好，先拄双拐，后来单拐。拄单拐时回周原老家住了一个月。返回渭北市后住叔叔周志杰家精心疗养。金花婶婶娘家的远房亲戚是个有名的蒙古大夫，周健刚住院蒙古老人就从遥远的天山腹地带两个徒弟来过几次，让内地汉族医生见识了蒙古族独特的骨科疗法。出院后按蒙古大夫的办法进行后期保养。时间不长单拐就不常用了，买了一辆摩托来去方便。

二〇〇六年春天周健已经能上班了。当然不能再当修理工，只能去看仓库。带一大串钥匙，骑着天蓝色摩托，还要备一把不锈钢拐杖，上坡下坡时还是得用一下拐杖，平地可以独立行走，但摆动很大，怎么看都是一个跛子。天蓝色底子银灰色横道的摩托让人想到蓝天幼儿园，去过新疆的人会想到天山雪莲，雪莲表面黄绿色，冬天冰雪皑皑就仿佛燃烧在雪地里的神秘火焰，剽悍迅猛豪放而又温婉从容沉静。

张海燕依然与周健形影不离。大家就把这一切当成对周健的最后安慰。高海拔的美景毕竟难以适应平坦的大地，恢复得这么好，公司又尽了最大努力安置了周健以后的生活，在大家眼里张海燕有情有义，可以坦然地离开周健了。张海燕还不断地出现在公司的大院子里，大家有点不习惯了。

更不习惯的事情就发生了。事故发生后公司确实做了很大努力，120急救车以最快速度把周健送到渭北市最好的第一康复医院，找最好的外科大夫，基本上是专家会诊专家上阵。公司副老总专门出面交涉，这个副老总就是刘军的本家，周健的周原乡党，副老总在医护人员面前把周健称乡党称我兄弟而不是公司员工，让大家很感动。工伤事故，理所当然公司包揽医院所有费用。周健恢复后又安排到比较轻松的后勤部门去看管仓库。乡党副老总代表公司保证，公司存在一天就有周健兄弟一碗饭吃。周健上班后不久，公司办公室主任就找周健谈话，问周健公司对你咋样？周健就说了一连串好话。主任很满意，主任就说：知道公司有恩于你就好，说明父母没白养活你，大学没白教育你，公司没白栽培你，说明你不但有技能而且有良知。周健频频点头。主任就说：我也是咱关中西府人。主任没说他是陕西人，主任毫不客气地把陕南陕北切除了，把关中东部也切除了，只留下关中西部，相当于电影特写镜头，主任就不失时机地重话淡说，很不经意地说："咱西府人实在厚道，实在人厚道人都要讲个知恩图报。"周健很爽快："公司有恩于咱，咱肯定知恩图报好好为公司做事。"主任连称好好好，这才是咱西府人的风格，咱可都是周公的后人。主任是西府凤翔人，凤翔与周原相邻，连畔种地，也算是乡党，可周原兴周凤翔兴秦，主任应该是秦始皇的后人。主任就开始一一道出公司的打算，乡党你来公司快一年啦，公司的情况你已经很熟悉啦，咱公司在渭北市名列前茅，在全省也是响当当的企业，公司希望你配合媒体把咱公司好好宣传一哈，咱公司的企业文化很有特色，其精髓就是把《朱子治家格言》《菜根谭》《弟子规》里的"入则孝，出则悌；泛爱众，而亲仁。能亲仁，无限好；德日进，过日少。见人善，即思齐。"与现代管理理念有机结合，公司上下亲如兄弟，就像一个大家庭。像你这次工伤事故，公司从老总到员工，大家跟自己断了手足一样，兄弟如手足嘛。公司就想利用这起工伤事故来宣传咱们的企业文化。主任对自己的陈述很满意，喝了一口水，笑眯眯地望着周健。周健连说好好。好就成，马上行动，明天省上的市上的媒体都派记者来。主任起身就走不敢久留，刚走几步周健就叫了声主任，主任身子不动，扭头问周健：还有啥事？周健挠后脑勺："我现在不是一个人，我得给海燕打个招呼。""哈，没结婚就让媳妇拿住了，自己的事自己做不了主？""我身边毕竟还有一个人嘛。""呵呵。"主任看周健的眼神很怪诞："下午下班前给我回个话。"主任边走边笑："狗日的把自己当健康人比健康人还健康啊，做梦做到这种程度让人笑都没法笑。"

主任还真笑不出来了。周健讲了三遍张海燕才听明白这个伟大的创意，张海燕手中的杯子哗的一声落地而碎。张海燕这么心潮起伏是有道理的。张海燕上中学的时候，同班一位男生既不是天生也不是家境贫穷而是看了《流浪者》和《少年犯》，就被电影里的小偷迷住了，电影里的小偷自由自在还有漂亮姑娘倾心相爱，这个男生就走火入魔，偷遍全城的商场超市，进了少管所成为真正的少年犯，并没有哪位女孩倾心于他，每约一个女孩都要花很多钱。这个男生后悔得要死，管教起来就很容易，很快就改邪归正了。可是走上正途以后的滋味很不好受。管教干部和学校班主任把这个男生当作成功的范例，带着这个回头浪子到处做讲座，上媒体，管教干部与学校老师不断轮换，回头浪子成为展示业绩的平台，上去亮相的人都受到程度不同的表彰和重用。回头浪子每次讲座都要从头重述犯罪过程，从心理活动到行为动机到一系列翻墙入室的细节，引人入胜，精彩至极，口才之好直逼刘兰芳袁阔成讲评书。跟刘兰芳袁阔成讲古代传奇不同的是这个中学生讲自己的亲身经历和切身体验，讲到最后这个少年满脸的无所谓一副死猪不怕开水烫的样子。跟同学相遇会流露出浑身的不自在。后来他就从县城消失了。县城北边北干渠里常常捞出无名尸体，他母亲都要跑去大哭一场。昔日的同学都不愿提到他，可大家谁也没法忘记他，那是所有同学心中之痛。张海燕浑身发抖，语无伦次，只能勉强说出："不行！不行！坚决不行！"却无法心平气和地说清楚为什么不行。周健就给她水喝，一会儿热茶，一会儿矿泉水，冷暖交替喝了一刻钟张海燕才平静下来。周健就说："我受伤住院也没见你这么紧张，至于吗？""比毁掉你的腿厉害多了，等于揭你的伤疤，反复揭！"周健回过味了，摄像机照相机不光光对着他的脸还会对着他的腿，那等于大炮机关枪朝他那条残腿开火嘛。他很感激张海燕的提醒，张海燕用微笑告诉他："你还不是猪脑子。"他就给公司办公室主任打电话："上镜头上讲台那些风头我就不想出了，我只想过平静的生活。"张海燕朝他竖大拇指。

　　不到十分钟主任就赶到周健看守的大仓库，看见张海燕也在，主任就知道这个妖精把事搅黄了，主任不理这个妖精，只跟周健说话，主任也很会说话："肯定要考虑到你的特殊情况，其他事情办公室同志都替你做好了，你露个面就行了，实在不行，咱不搞现场直播咱就在室内搞，你只去一次，制成录像转播就行了。"张海燕就说："电影电视变成了皮影，还是拿周健说事嘛，周健是学机电专业的不是电影学院戏剧学院学表演的。"周健马上说："我没有任何表演才能，天生就不是演戏的材料。""你们咋能把企业文化当作演戏？公司可没有亏待你周健，你周健就不想给公司做点事情？""我不是在上班嘛，上班就是做事嘛，你以为我要猴哩抢环哩？"主任气恨恨地走了。张海燕给周健竖两个大拇指。

　　几天后渭北大学穆教授的妻子来找张海燕。渭北大学是张海燕的母校，穆教授的妻子是张海燕当年的班主任，老师看学生，张海燕受宠若惊，又是上水果又是上热茶，同宿舍的方静就出去了。师生两人谈校园往事，笑语不断。

　　班主任其实比张海燕大不了几岁。张海燕入学那一年，班主任正好从西安一所大学毕业分配到渭北大学，一边教古典文学一边当班主任，刚出校门的毕业生跟刚入校的新生形同姐妹，跟学生关系很融洽。班主任西安长大西安上学，据说是追同班一位男生离开省城西安来到陕西最西端的渭北大学。她心仪的那位男生没有与她一起进渭北大学而是去了报社，就是张海燕那个记者大哥哥。记者大哥哥来渭北大学专找张海燕，见了班主任老同学只是礼节性地打招呼。有段时间校园流传班主任与女学生、报社名记者的种种流言，张海燕一副没心没肺的样子，班主任老师就很尴尬，几年后跟同一个教研室的同事穆老师结为夫妻。流言归于平静。西安名牌大学的毕业生嫁渭北大学的留校生穆老师有点才女下嫁的意思。好多年后穆老师另辟蹊径，绕开浩如烟海的中国古典文学，选取中国传统文化经典，也不是"四书""五经"三坟五典，而是古代少儿的启蒙书《朱子治家格言》《菜根谭》《弟子规》。刚开始妻子也没当回事，这不是小儿科吗？谁料想穆老师硬是成为儿科专家，把《朱子治家格言》《菜根谭》《弟子规》整得风生水起。他先在校园里搞讲座，大受学生欢迎，从渭北讲到渭南从陕南讲到陕北，到甘青宁新都走了好几圈。接着走出校园走向社会。丰庆建筑材料有限公司先声夺人，首先聘任穆老师为企业文化策划人。穆老师的职称也由助教讲师到副教授，一路下来就短短几年，两次破格。妻子也沾了光，丈夫这么成功，身后就是悍妇也贤得不得了，何况人家不是悍妇，一标准淑女。当年流言蜚语正盛的时候人家对张海燕都很和气，张海燕当过两次三好学生，毕业时操行分在全班排名第五，班主任要跟她过不去的话她会很难受。穆老师用实绩证明她没嫁错人，她不但在渭北大学抬起了头直起了腰，在西安的亲朋好友面前也扬眉吐气了。我们就知道这次师生相会，班主任老师很快就把自己放到幕后把先生推向前台，已经频频提及《朱子治家格言》《菜根谭》《弟子规》了，已经反复谈及丰庆建筑材料有限公司了。张海燕还是不能把班主任老师的话题跟周健联系到一起。

看你装到什么时候？

班主任不着急，班主任继续谈丈夫穆教授的最新成果。关中西府周原一位农民企业家在西安事业有成后，专门回故乡聘请穆教授去西安给农民工兄弟讲《朱子治家格言》《菜根谭》《弟子规》，你们的穆老师呀真有他的，他仅仅在周原农村给农民讲了三场就把周文化跟《朱子治家格言》《菜根谭》《弟子规》联系起来啦，周公姬旦可是儒家文化真正的开创者，你们的穆老师算是接上地气啦。

穆教授生长在与周原相邻的陈仓县农村，登上古原的机会很少，功成名就后来到周公制礼的地方等于浴火重生，学术成就果然上了一个大台阶。周人当年就先立足岐山脚下的周原，建立中国历史上最早的国都京当，然后挥师东进，建造古长安的前身沣京与镐京，合称沣镐。现在你们的穆老师就沿着当年周人的路线东进西安，成功地把周文化与《朱子治家格言》《菜根谭》《弟子规》合为一体。班主任老师眉飞色舞差点要模仿宋丹丹那句经典的："那是相当的成功。"班主任老师已经是专讲宋词的副教授了，知识分子骨子里的创造欲及时制止了她对宋丹丹的模仿而改用当时最火爆的明星学者易中天和于丹。副教授班主任放慢语速压低嗓门告诉学生张海燕：西安的听众在记者采访时说穆教授讲《朱子治家格言》《菜根谭》《弟子规》一点也不比易中天讲《三国》于丹讲《论语》差，完全可以上中央电视台《百家讲坛》嘛。副教授班主任喝一口水，轻描淡写地来一句："中央电视台已经联系穆老师啦。"张海燕惊呼："好啊好啊，穆老师上中央台太了不起啦。"副教授班主任微微一笑："现在已经不是穆老师一个人的事情，也不是渭北大学和丰庆建筑材料有限公司的事情，而是我们周原大地的整体形象，穆老师就是这块土地的形象大使。"张海燕还是好啊好啊太让人兴奋了。副教授班主任老师告诉张海燕："穆老师走向成功的关键一步就是跟丰庆建筑材料有限公司的合作，他是公司企业文化策划人嘛，公司的利益与他紧密相连，这次工伤事故给周健造成了伤害，可公司上下团结友爱给周健最大的帮忙和最好的治疗，就像在抢救帮助自己的兄弟，《朱子治家格言》《菜根谭》《弟子规》的精神体现得淋漓尽致。"张海燕就知道副教授老师要说什么了，张海燕在老师说出之前重复了两天前给公司办公室主任说过的话："周健是学机电专业的不是学表演的，天生就不会演戏。"

"周健听过穆老师讲座对吧？你也听过对吧？"

"老师，我们已经很维护公司形象了，事实的真相是公司员工违规操作造成工伤事故，再要我们去为公司唱歌我们成什么啦？"

"这确实是一场灾难，可在救人抢险中涌现出那么多可歌可泣的动人事迹也是事实吧？一次地震一场洪水一次火灾，那些抢险英雄不值得人们去学习吗？"

"老师，天灾与人祸是两码事。"

"你虽然是他最亲密的人，可你当时并没有在现场，你要是在现场你一定会被感动的，周健受伤那么重都被感动了。"

老师的手机上有当时现场视频，有人用手机拍下了当时的情景，老师一边按键一边说："看看周健脸上的神情，你就知道《朱子治家格言》《菜根谭》《弟子规》在公司员工身上体现得多么成功，易中天和于丹算什么呀，事实胜于雄辩嘛。"手机屏幕上出现了周健被抢救出来的镜头，周健血肉模糊，可脸上眼睛里充满兴奋和喜悦。海燕哇的一声就哭了，手机着火了似的，她再也不敢看手机了，她哇哇大哭什么都不顾了。老师劝没用，同宿舍的方静回来了她还在哭，趴被子上一起一伏地哭，方静问老师："发生什么事啦？周健住院她也没这么伤心呀。"老师说："她被感动了，她看到了周健最动情的时刻就激动成这样子。"老师让方静看手机屏上周健带血腥的兴奋和喜悦，方静尖叫一声捂住自己的嘴，老师就说："你也被感动了，这么经典的镜头无动于衷，除非你是铁石心肠。"

张海燕清醒后的第一个举动就是抓住方静的手直喊："他们还在伤害周健。"同事方静就提醒她："人家完全可以绕开你们俩，用PS技术处理掉周健脸上的血腥和怪诞，就能得到他们想要的兴奋和喜悦。""那他们还找我们干什么？""当然想动员大活人啦，实在不行就用手机拍下的镜头瞎凑合。"张海燕急了，方静就说："找报社你那个大哥哥吧，记者路子野或许有办法。"

找《渭北晨报》新闻部主任算是找对了。大哥哥名记首先表扬张海燕才思敏捷想到了新闻媒体，别说大哥和本人，随便找一位记者他们都能把手中笔变成孙悟空的金箍棒搅得周天寒彻，其次表扬张海燕第一时间找媒体，时间是新闻的生命嘛，错过最佳时间就成马后炮了。大哥哥记者断定人家正在用PS技术加工处理那张唯一的镜头呢，再跟穆教授的讲座与公司的众多员工图片巧妙组合，所期待的效果就出来了。

大哥哥记者连夜奋战，没有天灾，全是人为事故。事故发生后很荒唐地产生一批先进模范集体与个人。读者跟帖网评，哈哈，比处理核废料还厉害，因祸得福呀，坏事变为好事呀，比古人寓言故事还精彩……两天后各地晚报晨报刊登类似的文字报道和评论，《渭北晨报》只转载不评论，态度中立。大哥哥记者给大学同班同学和穆教授笔下留情，敲山震虎也够丰庆建筑材料有限公司与穆教授紧张的。记者大哥哥乘胜追击，再加一条刑事案例，真是点石成金之笔。事情是这样的，南方沿海连续发生一系列恶性盗窃杀人案，现场总是留下凶手行凶后聚餐的痕迹，甚至点了红蜡烛，犯罪现场成了临时家园。罪犯落网后的交代也证实了这一点。先作案，然后就地享受，完全像回到自己家乡一样，用被害人家里的蜡烛餐具食物美酒好好享受一番，就差一点唱家乡小调了。露出马脚也是因为抓捕他们的警察来自家乡，一口家乡话让他们放松警惕反应迟钝，来不及掏凶器，束手就擒。这种案例一般记者不会在意，大哥哥的神来之笔把它与丰庆建筑材料有限公司的工伤事故联系起来，典型的波普拼贴艺术嘛。无论是穆教授还是丰庆建筑材料有限公司只能装聋作哑，另辟蹊径。

　　叔叔周志杰和金花婶婶也遇到同样的情况，理所当然一无所获。这么好的创意实在不忍心草草收场，于是就在张海燕身上做最后的努力。换个方式以关心爱护的名义通过同宿舍的方静转达给张海燕。连方静都觉得张海燕不能不考虑这个问题，就说明这是一个值得思考的问题。丰庆建筑材料有限公司以孝悌为本，以仁爱为管理理念，对那些不配合公司的员工不会马上解雇，两三年以后就可以仁至义尽地辞退他们。对社会对个人都有个交代。张海燕就告诉方静：两三年后我们也有条件自谋出路，公司想留我们，我们还不愿意呢。两三年时间一个人可以做多少事情？周健这么聪明能干，还养活不了自己？方静就说：那可是一种没有保障的生活，他又回到大学毕业后那种朝不保夕的状态。张海燕还没听出来方静话中有话，就说："那时候他单打独斗，男人的自尊心作怪，混不出名堂，没有稳定的工作就没有自信就不敢向心上人表白，现在好了，有我呢。"方静得直言相告了："那你就很难离开他了。"

"我离开他？谁说我要离开他？"

"总有那么一天，现在他还有机会跟公司合作，可以永远过有保障的生活，离开公司自谋生路有多么艰难你知道吗？那时候你们分手你就得承担道义与情义的压力，作为女人那时候你选择的机会也少得可怜，你那个记者大哥哥不会等那么久的。到了那一天，最悲惨的还是周健，你得面对现实，周健残废了，不是原来的周健了。"

张海燕就喘不过气来了。

方静劝她："你真心实意地爱过他，哪一个男人有这么一段刻骨铭心的爱情都会终生难忘，你已经做得很好了，很了不起了，我见证了你们的相亲相爱，我跟大多数人一样总以为刻骨铭心的爱情都发生在电影里小说里，生活中不可能发生这些事情，你和周健让我看到了生活的另一种可能，可能的生活终归不是长久的生活。周健以后面临的是求生存而不是求生活。你要开始新的生活。"

张海燕喘过气了，张海燕搂住方静亲一下她的额头："谢谢你，你说得对，我要开始新的生活。"

黄土高原的春天，先绿起来的肯定是柳树，刺槐杨槐杨树椿树桃树这些杂树都还黑铁似的僵硬在残冬的寒气里，柳树就在河滩在深沟大壑，甚至浅浅的壕沟和山坳里抢先吐出嫩芽，慢慢蠕动，像破壳而出的蛹一样在寒风中打战，很快就成为蹿动的火苗；燃烧状态的嫩芽更像无数支小蜡烛在柳树枝头摇啊晃啊就把柳树的枝条抻长了抻软和了，已经在风中翩翩起舞了。接着绿起来的是迎春花，瀑布一般的藤条披挂在悬崖峭壁，那里都是高原血气旺盛的地方，更像阴毛黑森森一大片，浓墨重彩，嫩芽烟花一样在枝头爆裂，很快蔓延到整个枝条。迎春花生长的地方适合打窑筑屋，还能打出水，瀑布一样的迎春花覆盖高原的时候桃花开始泛红，一颗颗结实的小花红宝石一样闪闪发亮。迎春花在野外，桃红柳绿进入市区，公园里更盛。周健的摩托后边带着张海燕，他们在野外看够了迎春花和桃花柳树，进入市区就沿河堤缓缓而行。河道干枯，堤岸上下的柳树全是一片嫩黄，河湾地带有大片桃花。然后他们到河滨公园，湖边的柳树更密，公园的假山两侧全是桃花，公园里还有大片大片的松柏，路边有白色的玉兰花，花形很大，跟路灯一样很不真实，他们却看得津津有味。

公司的人看着周健的天蓝色摩托带着身穿白色羽绒服和花格呢裙的张海燕缓缓而过，羽绒服领子里的碎花绸巾柔软而鲜艳，头发稍稍烫了一下，显然是精心打扮了的。大家都认为这是一次美妙而凄凉的告别。

周健看管四个大仓库，左侧全是木料，右侧全是钢筋水泥，中间就是周健住的地方，从两个大仓库之间辟出的这么一个单间，空间很大，摩托车可以开进来，关上铁门很安静。天黑前张海燕就把这里布置好了。女人就像个大蜘蛛，任何地方她们都能迅速结网成屋，原来的床单被褥窗帘被换成新的，旧的塞洗衣机清洗过了，天黑前就晾干了，收起来了。半新不旧的办公室桌上铺了镂花桌布，两把椅子加了坐垫，窗帘换成纯白色，台灯是粉色的，几个菜，屋子芳香弥漫。点上蜡烛，关掉电灯，炉子成了灯笼，整个屋子就成了洞穴，充满无限的神秘气氛，然后他们互相祝福，喝交杯酒的时候周健还以为他们是在玩小孩过家家。美酒加火炉，屋子很暖和，他们就脱掉外套，拥抱在一起。张海燕还记得去年五月底，他们再次相逢拥抱在一起时周健那么疯狂，把她紧紧搂在胸口，下巴顶在她的头顶反复回旋，她比周健高，这么让他搂着她就得弯曲身体，几乎是半跪，甜蜜幸福中有一点委屈。跟同宿舍的方静互报心里秘密时方静就笑她："第一次你就服软啦，你大概要委屈一辈子了。"方静已经订婚，未婚夫在区政府当小干事，十足一小官僚，比方静高半头，但方静牢牢攥着他，包括第一次拥抱第一次亲吻他都没占上风。"他甘心吗？""他跟周健不一样，他属核桃要砸着吃。"这个小公务员还没一官半职，只管两个后勤人员，上软下硬那一套官场基本功已经练得炉火纯青，未婚妻就很容易骑在他头上。"他天灵盖没封顶还是软的，可以当马鞍可以当椅子当板凳，我这辈子就是他了。"方静一脸菩萨相，俗称旺夫。真实原因是俩人相识不久，去金台观抽签，老道背过方静给男朋友耳语一句：此女旺夫。俩人就立马订婚，半个月后成为科室临时负责人，向权力迈出关键的第一步，下一步就是副科长了，带上长，便进入正轨，青云直上指日可待。方静提醒过她好几次，一定要扳过来。每次拥抱亲吻都身不由己呈屈膝弯腰状态。有几次她主动出击，还真把周健捂自己怀里了，狗东西跟小孩子一样那个乖呀，张海燕全身都酥了，就在她酥软的一刹那间狗东西喜马拉雅山一样勃然崛起，整个大地都起来了，高原如猛虎，彻底覆盖了她。其实也就是他两条胳膊紧紧搂住她把她捂在滚烫的胸窝里。这么雄壮的男人搅拌机拧断他右腿时把他整个人都拧成一团，还拧出那么血腥那么怪诞的表情。张海燕就发誓用她的生命把搅拌机烧成火炉子，把周健钻过的深沟大壑铁路隧道全烧成火炉子。就像我们现在这样。她狠狠地啃周健的额头。周健用同样的热情在她的脖子上用牙齿告诉她：就像我们现在这样。她就揪周健的头发，那头发全带着火焰，她对那黑色火焰说：你是人不是蛇，你发誓你不是蛇。周健的大嘴巴就成了暴雨倾泻而下。这种回答让张海燕心花怒放。张海燕就啃周健的耳朵，咬牙切齿地告诉他："我喜欢你在高原上奔跑的样子，你跟蛇一样钻洞我很难受。"周健那张大嘴巴就跟狗熊一样啃到张海燕的胸口，张海燕就把毛衣撩到肩头，大狗熊周健就像进入大林莽撼动了整个大地。这种回答让张海燕心花怒放。张海燕就用拳头砸周健的后背，那拱起来的背跟高原古老的牛皮大鼓一样，张海燕的小拳头就成了花梨木鼓槌，把那牛皮大鼓擂得天崩地裂。张海燕用跳动的心告诉周健："你在原上骑摩托狂奔的样子就像夸父逐日，那是最古老最原始的男人追女人的方式，造物主太阳都被夸父追成了女人，女人被追的时候魅力无穷，我喜欢你用这种方式追我，夸父就是跨到太阳背上的男人，就是骑太阳驰骋天地的人。"周健就不动了。张海燕抓住他的手，轻轻地抚摸着，告诉他："你最感人的举动就是在医院里触摸电脑屏幕上的雪莲花，你很喜欢雪莲花。"周健颤抖着点点头。张海燕就告诉他："图片上的雪莲花是水中之月镜中之花，你应该拥有真正的雪莲花。"张海燕的身子直起来，就把周健的手拉到她裙子下边，那是雪莲花生长的好地方，雪线以上海拔三千多米，周健开始艰难地跋涉。张海燕浑身哆嗦手脚发凉，整个人跟冰块一样，全身的抖动很快就把冰块震裂了，白色火焰从裂缝里蓬勃而出；雪莲花的生长过程就是这样，种子在雪地发芽，在岩石的缝隙找到一点点地衣苔藓和细菌就拼命生长。气温降至零下四十摄氏度的那种生长就是一种燃烧了。燃烧起来的张海燕把周健推到床上，裙子脱掉了，张海燕一边动一边告诉周健："雪莲花中间有许多房子，我给不了你那么多房子，十二间房子够了吧？"周健竖起一根手指头。张海燕就说："我会把你那个一理解成一个家，我们的家至少也得十二间房子，《萨吾尔登》有十二个，我每天就用一个《萨吾尔登》造一间房子。"

春天十二个美妙的夜晚就这样开始了。在这一夜一切听从张海燕安排，张海燕领舞，周健伴舞。就从《袖子萨吾尔登》开始吧。张海燕如同风吹杨柳，坐跪弯腰轻柔至极，周健眼睛里流露出兴奋和喜悦时张海燕就紧紧贴上去，俩人脸对着脸，呼吸对着呼吸，《袖子萨吾尔登》的旋律一波接着一波从张海燕的身上涌起，风过杨柳一样吹掉了周健脸上那经典的兴奋和喜悦中的杂质，这正是张海燕所希望的。

张海燕在周健房里过了夜，第二天早晨大大方方穿过公司大院去蓝天幼儿园上班。大家应知道他们的告别仪式不是一天两天，不是吃个饭那么简单，都上床了嘛。这个年代很开放了，没有婚姻关系的同居大家都能理解。可陷得这么深要分手就得更麻烦。也有人持乐观态度：激情男女如同森林大火，总有烧尽的那一天，到那个时候，一切都归于灰烬；就灰头灰脑随风而散。不用人劝，一口气都能把他们吹散。

第二天下班张海燕从大家眼前走过时还是让人感到吃惊。张海燕不用周健骑摩托接送，自己乘公共汽车过来，还拎着采购的水果蔬菜一副居家过日子的架势。

春天第二个美妙的夜晚，张海燕选择《绸巾萨吾尔登》。张海燕身上的毛衣换成一块粉色羊绒大披巾，好像黄土高原的桃花全落到这块大披巾上了，把她整个人衬托得俊俏无比。眼睛里的笑告诉这个世界她有多么兴奋、有多么喜悦。一进门她就亲周健一下："我的兴奋和喜悦都是你给我的，我还想要。"还是两根红蜡烛，还是那种温馨的气氛，张海燕抖着羊绒大披巾跳《绸巾萨吾尔登》。这是男女双人舞蹈，边跳边唱：

> 头巾就是头巾，
>
> 中间有花儿的头巾呀，
>
> 如有爱心，
>
> 那么好的那米吉力呀，
>
> 把头巾举到天窗看一看，
>
> 曙光一样好看呀，
>
> 并坐身旁，
>
> 那么好的那米吉力，
>
> 把头巾举到门槛前看一看，
>
> 镜子一样发光的头巾呀，
>
> 坐近看一看，
>
> 那么好的那米吉力！

唱完后张海燕就问周健："我好不好？"周健亲她一下，她就说："你把我做了！"跛子周健只能躺着，每次都是张海燕主动。白天从大家跟前走过时，张海燕就听有人议论："周健健康的时候没做张海燕，成了跛子却把张海燕的活给做了，狗日的用了啥绝招？"没人能回答这个问题。张海燕却把这个问题记下了。张海燕贴着周健的耳朵告诉周健："你好好做我，你要把我做了，做我就是给你做哩，你在我身上挖穴筑巢安家哩，啊——你做开了，你做开了，你这么好，你把我做成房子啦。"就说不下去了，就长长叫了一声，叫到一半时她就看见周健眼睛里的兴奋和喜悦，她就用粉色大披巾擦周健的脸，周健眼睛里的兴奋和喜悦蔓延到脸上时就没有血污和怪诞了。

第三天是周末，他们有足够的时间去野游。他们沿着渭河南岸秦岭的每一个山谷溯流而上。这里有清姜河，有嘉陵江源头，水流清澈湍急，浅山桃红柳绿，深山林莽绿光闪闪，火焰般跳跃在草木枝头，枝干还一片苍茫，阴坡积雪累累，寒气浓烈。秦岭山地任何时候都那么湿润。林莽中有林妖，水聚处有水妖，他们找到了林妖也找到了水妖，他们就回去了。

晚上的节目就选定《水浪萨吾尔登》。动作大，依然是男下女上，张海燕跟女巫一样在高潮来临时念叨一种神秘的咒语，那种狂喜更接近传说中的女萨满，频频作法，驱使诱导周健进入狂迷状态。周健眼睛里流露出兴奋和喜悦时她就狂吻周健的眼睛和脸颊，也在不断覆盖周健眼睛里的兴奋和喜悦，那种兴奋和喜悦反而更强烈了，她就一口一口地哑一口一口地吮，完全是被毒蛇咬了以后的舍命相救，哑吮出毒液，伤者才能躲过一劫，可哑吮毒液的人在劫难逃；张海燕什么都不顾了，她成了真正的女巫，她成为真正的萨满，她连法器都不要，她的身体就是法器，直到周健死而复生，从眼睛里流露出来的兴奋和喜悦不再有血污和怪诞。这一夜他们没有说一句话，可持续的时间最久。

第四天还是周末，他们在屋里待了一天。前半天整理房子，打扫卫生。午饭后好好睡了一觉。醒来后彼此的眼神都在问对方想什么呢？然后就闭上眼睛握着对方的手考虑晚上的事情。晚上的节目是《解绳萨吾尔登》。他们已经很熟悉对方的身体了，他们第一次赤身裸体做爱。依然是关掉电灯后的朦胧烛光，加上微弱的炉火，整个屋子如同洞穴。他们反而没有前几天那么肆无忌惮了，真的成了伊甸园里吃了智慧果的亚当与夏娃，为彼此的赤身裸体而害羞却渴望对方的身体，他们就小心翼翼地触摸对方的身体，竟然从手指开始到手腕到手臂到肩膀到胸到腹，再绕到背，腿脚也开始盘绕，双臂到达对方的后背时，真正的《解绳萨吾尔登》开始了。他们已经把对方捆绑起来了，那么缓慢那么从容不迫是为了捆得更结实。然后互相盘绕。解开又纠缠。绳索就是这样，绳索更多的时候处于捆绑状态而不是被解开丢在地上或挂在墙上。男女双方如果成为正式夫妻白头到老这支《萨吾尔登》就够用了。他们的脖子脑袋上的所有器官都纠结在一起了，他们蓬勃而起的生命进入对方的生命了。当周健的脑海里出现洞穴这个念头时，张海燕的生命就把他淹没了。张海燕用她的生命告诉周健那不是洞穴，那是帐篷那是毡房，你不要把圆形建筑都当成洞穴，你的生命里不会再有洞穴了。张海燕就把周健引向生命的海洋，在大海深处周健成了一条鱼，周健流露出的兴奋和喜悦是被海水清洗过的，再也没有血污和怪诞了。

第五天白天两人都很忙，下班很晚，回来时天已经黑了。这并不影响两个相爱的人继续做爱。这回是《灰褐色公山羊萨吾尔登》，来自一个神话故事。一群黄羊激怒汗王戏弄汗王的部下，牧羊少年用托布秀尔使暴虐的汗王恢复了人性，汗王奖励了牧羊少年，牧羊少年的托布秀尔把黄羊跳的《萨吾尔登》舞蹈带给了人类，人和动物、人和植物、人和宇宙天地间的万物亲如手足、亲如兄弟，彼此难以分离。《萨吾尔登》的另一种含义即跑丢的小马驹，动物失群只有死路一条，人也一样。《萨吾尔登》的精髓全在这首曲子里。张海燕不断地叫周健的名字，那么开心地叫着，既像呼唤孩子回家，更像心上人给她带来兴奋和喜悦，她一边叫周健的名字，一边用眼神告诉周健你已经回来了，你已经到家了。她的呼叫纯粹是一种口号，纯粹是给她自己加油鼓劲。这就让周健很感动。这个女人用他的名字就把他生命中最珍贵的兴奋和喜悦所夹杂的血污和怪诞清洗掉了。

第六天白天各忙各的，晚上相会，他们选择《房门萨吾尔登》。周健刚进入张海燕的身体张海燕就告诉他：生命之门是世界上最大的门。他们就进入激情状态。最激动的时候，张海燕的手在床上画日字，很古老的象形文字，画一个圆圈再加一个点。张海燕就告诉周健光有圆圈没点就等于这道大门谁也进不去，没人能进去的大门就是叔叔和婶婶愤愤不平了半辈子的大被窝，进这种门就是钻狗洞就是钻蛇洞，叔叔和婶婶宁断不弯冻得发抖都不钻这个洞，你也是好样的，你也没钻这个洞，你钻深沟大壑钻火车隧道钻搅拌机是为了到这里，这里才是你要来的地方，对不对？这里才是真正的大门，对不对？周健再次进入激情状态。张海燕就在床上画一个圆，在圆中间加一个点，夸父逐日，你把我的太阳逮住了，你把太阳压倒吧，张海燕仰躺下去，周健就成了传说中的夸父，从高原追到瀚海把太阳逮住了，太阳跟一条大鲸鱼一样拼命地动，夸父就把太阳这个巨大的生命压倒在地，张海燕就情不自禁地叫起来："你对我这么好，你把我日成了太阳。"被日着的太阳就成了大地上最美的女人，这个女人散发出罕见的芳香和光芒，这个女人就喊起来："我要死了，我要死了。"连死亡都这么辉煌，在女人的兴奋喜悦中夸父跟女人的生命融合一起，他的头发化为草木，他的骨头化为山脉，他的肉体化为泥土，他的血液化为江河湖海。已经分不清是女人幸福的呻吟还是太阳激情中的抽搐，有一个声音在喃喃自语："以前我没有见过大地真正的形象。原来，她就像一个怀抱孩子的女人一样。"周健脸上的兴奋和喜悦被太阳清洗过了，再也没有血污和怪诞了。女人就用手指轻轻地在他胸口画一个圆，然后飞鸟归巢一样加一个点，生命的大门就打开了。激情后的两个男女静静地躺着，烛光给他们的微笑镀上了金。

第七天生命的狂欢进入稳扎稳打的状态，他们不约而同选择了《拖布肯萨吾尔登》，即《稳重萨吾尔登》，动作缓慢扎实，彼此在对方的生命里仔细琢磨不放过任何一个角落，从容不迫自信高昂，用细致入微的动作化解兴奋与喜悦中的血污和怪诞。

第八天就加快了速度，进入《快步萨吾尔登》，动作迅猛，灵活自由，完全是一种生命狂欢后的大放松，在流水般的自由散漫中周健脸上的兴奋和喜悦中的血污和怪诞无形消散。

第九天必须面对现实。他们骑摩托车到渭北市最繁华的经二路，张海燕强迫周健走下摩托拉上单拐。行人纷纷掉头看他们，单个拉拐杖的跛子人们最多扫一眼，与漂亮女性同行的跛子就成为焦点。张海燕紧紧抓着周健打拐杖的那条胳膊，张海燕的手指成了钢琴大师，充满艺术细胞的手指在琴键上灵活自如地滑动，周健打拐杖的手臂就是一架钢琴，张海燕用手指告诉周健："拐杖不是你一个人的，我也需要它。"周健就镇静下来了，周健就抬起头迎着人们惊讶的目光，一步一步走过去，走得很慢很艰难。张海燕用手指告诉他："你已经从深沟大壑里出来了，你已经从地洞里出来了，你已经从搅拌机里出来了，你是一个堂堂正正的男人，你不是地头蛇，你也不会做地头蛇。"周健就对着那些向他投来惊讶目光的人们微微一笑，那些惊讶就消失了。张海燕的手指在赞美他："好样的，你真了不起。"周健就用微笑化解一个又一个惊讶的目光，直到那目光归于正常。

他们行至经二路与汉中路交叉地段时，一个小孩走到周健跟前，仰起脑袋叫声叔叔你好！看着孩子清澈纯洁的眼睛，周健就摸一下小孩的头："小朋友你好！"小孩的爸爸妈妈用微笑跟周健打招呼。周健开始主动接近那些小孩，世界上最容易接近的就是孩子了，周健就从孩子开始，从经二路到汉中路到中山路到马家巷自由市场华通商厦到人民商场，周健摸了无数孩子的头，理所当然得到孩子们无数个："叔叔你好！"连那些胆小的孩子都敢慢慢地靠近他，从他的拐杖看到他的那条伤残的腿再看到他的脸上，孩子就笑了，就叫他叔叔了。从孩子开始周健可以大大方方跟大人们打交道了。人们的目光还是那么惊讶，不是因为他是个跛子，而是因为与他同行的漂亮姑娘。张海燕就用手指告诉他："人家这么看你完全是因为你魅力无穷，连我这样美丽漂亮的姑娘都被你吸引过来了。"张海燕用手指还告诉他："谢谢你让我如此美丽。"

晚上的节目就很精彩，《索伦萨吾尔登》就是蒙古族与达斡尔族鄂温克族的融合，蒙古的原始含义是柔弱，从柔弱走向强壮，打破人与人，民族与民族，种族与种族间的隔阂，蒙古族成为中国北方唯一一个走向世界的伟大民族。生命吸引生命，他们面对面坐在床上，互相剥对方的衣服，然后亲吻，从胸脯开始，到肩膀到脖子到脸上，暴雨般的亲吻就永久地停留在脸上了；他们的面孔就像港湾，无数远航的船只都要进入港湾，舌头嘴唇还有牙齿变成了海洋动物在生命的激情中自由驰骋；他们都忘了做爱没有，狂热的亲吻一直没有停止，他们甚至把亲吻当作做爱了；周健脸上流露出的兴奋和喜悦中的血污和怪诞全被暴雨般的亲吻冲洗干净了。

第十天他们骑上摩托戴上头盔在市区兜一圈就上了高原。沿渭北高原的边转一圈，然后掉头南下到秦岭山下把山前地带逛个遍，最后沿西宝高速公路狂奔，过了卧龙寺到虢镇才转回来。晚上的节目就是《圆形萨吾尔登》，所有的小动物欢聚一堂蹦蹦跳跳欢乐无比，帐篷和毡房就是快乐大本营，就是整个世界。他们开始做爱，张海燕就问周健："你快乐吗？"根本不需要回答，她本人满脸的兴奋和喜悦，她一边问一边摸周健脸上的兴奋和喜悦，一次次地得到确认；周健脸上的兴奋和喜悦是真实可信的是毋庸置疑的，她就告诉周健："你太了不起了，你的活做得太漂亮了，你在我里边盖的是天堂，不是平平常常的小房子。"张海燕就扳住周健的肩膀咬住他的耳朵告诉他："那是我们的天堂，我们哪儿都不去，我们永永远远住在里边。"然后她就一遍一遍地抚摸周健的脸，她的手指纤细光滑充满激情像羽毛一样清理周健脸上流露出来的兴奋和喜悦中的血污与怪诞。

第十一天就到了《黑走马萨吾尔登》。草原上是否算得上一个出色的牧人其标志就是能不能训练出一匹好走马。先选出良马，给马的前后腿绑上绊索，马背搁上沙袋，把马牵到沼泽地和细沙地，精心调教，直到马能走出舞蹈一样的快而均匀的碎步而马背平稳如床，牧人可以在马行走时酣然入睡。牧人们相遇比的就是随身而行的走马，一匹好走马总是给牧人带来尊严荣誉和巨大的声望。张海燕就把自己摊开在床沿上，用眼神告诉周健："来做我吧。"周健就成了黑走马，在张海燕美妙无比的身体里一会儿是快而均匀的碎步，一会儿是迅如疾风的快步，然后是快乐无比的一蹩一蹶带着羁绊的舞步，最高境界全是纯一色的跳跃动作，蹦蹦跳跳的时候背部安稳如床，真是一匹好马。周健情不自禁地为自己感到自豪，他脸上流露出来的兴奋和喜悦中的血污和怪诞全被那强烈的自豪淹没掉了。

第十二天，也是最后一天，张海燕再次把自己摊开在床沿上，她再也不用鼓励周健，周健就开始《鹞鹰萨吾尔登》。高原和瀚海的鹞鹰从来都是上天入地的高手，时而迅如闪电，时而大起大落神光四射，最壮烈的时刻鹰会悬在空中一动不动，那也是太阳最暗淡的时刻，神鹰目光炯炯照亮天空与大地。周健眼睛里流露出来的兴奋和喜悦再也不需要清洗了，那完全是雄鹰的兴奋与喜悦。张海燕闭上眼睛在心里欣赏她的鹰。当这一切结束后，新的生命历程开始了，张海燕跳起《少女萨吾尔登》，张海燕用优美的舞姿告诉周健《少女萨吾尔登》贯穿了所有美好的日子，每时每刻我们的生命里都回荡着《少女萨吾尔登》，少女的温柔端庄委婉恬静和青春从来就没有离开过你，我的雄鹰你太了不起了，与你相随我才如此美丽。当这一切结束的时候张海燕告诉周健："你把我的活做了，你把天上的活做了，你把地上的活做了，你把全世界的活都做了，没有你做不了的事情，为你自己自豪吧！"张海燕搂住周健连亲带吻没完没了。

第九章

我开始反思我的过去。我在西安出生，在西安长大，在西安上大学，为了张海燕我来到陕甘川宁交界的渭北市六年多了，我在张海燕身边一直扮演可笑的角色。去年国庆节，张海燕准备带周健回周原县城见父母，以突然袭击的方式逼父母就范造成既成事实。那是我最伤心的日子。我得知张海燕带男朋友回家的消息就很滑稽。我的老同学张海燕的哥哥嫂子从西安发来短信："国庆节老家见，未来的妹夫，我们终于成一家人啦，哥嫂于西安。"我当时就蒙了，老同学为他们升格为哥嫂而沾沾自喜，我则是自食其果。七年前张海燕考入渭北大学，我自愿从西安来到渭北日报社，他们家就把我当成张海燕的准男朋友了。我每次去周原县看望张海燕的父母，那些亲朋好友也用这种目光看我。夏天，周健出现在张海燕身边，我就应该结束这段不明不白的感情纠葛。

张海燕并没答应我什么，一直把我当大哥哥；她还是个中学生的时候一口一个大哥哥就让我有不好的预感。噩梦终于变成现实。我开始远离张海燕。沉浸在与周健热恋中的张海燕连家都很少回了，我的疏远根本引不起她任何注意。

国庆节前夕，张海燕最要好的同事方静给我打手机我才知道周健出事了，我还知道张海燕没法给父母一个交代，方静就动员我当个好演员，大哥哥可不是白当的。我就冷笑："这已经不是当核保护伞当电灯泡，这是充当作案工具。"冷笑完之后，我就从容不迫去周原县拜见张海燕的父母。张海燕的哥哥嫂子我的老同学也回来度国庆长假，实则与我这个他们设想中的未来妹夫相会，也算是别具一格的订婚仪式吧。来了许多亲戚。我的演技达到卓别林的水平，虚构了张海燕的儿童舞有多么出色，要在市委大礼堂给领导表演，歪打正着，张海燕在医院给家里打来的电话说有极重要的事情回不来了。这大概是我认识这个丫头以后仅有的一次配合默契。我的大名常常见诸《渭北日报》《渭北晨报》，甚至省城的各大报纸，我在亲朋好友面前很给张海燕父母长脸。张海燕的父母和哥哥嫂子对我和张海燕的谎言深信不疑。

我从周原县城赶回渭北市就立刻去医院看望周健。过渭河大桥时我还很镇定，我还有心思看桥东侧水波浩渺的金渭湖。西北高原干旱缺水，市政建设的一大举措就是毛主席老人家期望的"高峡出平湖"，在干旱地区的城市出现江南风光的湖区那是何等景象！渭北市就夹在铁路大动脉和渭河两边，南有清姜河，北有金陵河，在金陵河与渭河交汇处修一条大坝，拦腰截住河水，形成一个水面辽阔的人工湖，芦苇杂树很快覆盖浅水区，把堤坝都遮盖了，还招来大群的鸟时起时落。三条渭河大桥长卧水面，每次过桥都在画中行。过了大桥，向西南拐进秦岭山脉的山前丘陵洼地，桥南的大小工厂社区都分散在丘陵间的洼地里。到医院门口买一大花篮，进病房，张海燕就奔过来，这个臭丫头什么时候都是一口一个大哥哥，出这么大事她依然如故："大哥哥，你可来了，妹妹有依靠了。"那双毛毛眼就湿了。"快把眼泪擦了，你这么哭哭啼啼，周健怎么办？"臭丫头还真听话，乖得像猫，不停地朝我点头。我的心在一抽一抽，心绞痛大概就这个样子。我说了一句："家里都很好，你不要操心。"

那几位病友也真把我当成张海燕的哥哥了。周健刚做完手术不到一周，还不能动，静静地看着我。我相信我那些安慰话都是真诚的，劫后余生的病人听这些话大概都听腻了，而他们自己说出的话却真实得不得了。周健就告诉我："我的生活就这样，我又被打回原形，为生存而奋斗。""你身边有海燕这么好的姑娘，你的生活会很幸福。"周健就笑："那将是很悲惨的生活，大哥，你不希望海燕过那种悲惨的生活吧。"我相信我不是演戏，记者的表演才能一般不会比演员差，可记者跟演员一样在某些方面绝对真诚。我就这么默默地看着周健，傻瓜都能从这个毁掉一条腿的患者嘴里听出来他对张海燕的爱，这种状态下他都没有放弃张海燕。我就告诉他："悲惨的生活也是生活，再悲惨的生活也胜过大富大贵的生存。"周健的手抓住我的手使那么大劲，这种感谢方式就让我很感动。

张海燕送我到楼下。"大哥哥你送的花真漂亮，病房里一下子有了喜气。""你喜欢就好。""还有你给周健说的那些话，说得那么好。"这个臭丫头不顾身边的行人就冲上来在我脸上吧吧亲两下，然后就摆摆手："谢谢大哥哥。"跑掉了。我愣在那里，我甚至伸手摸了摸脸上的兴奋和喜悦，我都有点不敢相信，我的手告诉我我的眼睛我的脸确确实实充满了兴奋和喜悦。后来张海燕的同事方静给我描述手机拍下的周健被抢救出来时脸上的兴奋和喜悦，我就知道我的兴奋和喜悦里没有血污没有怪诞，有那么一点点苦涩，跟咖啡一样，一生都回味无穷。

一个月后我又去医院看望周健，他已经能下床活动了，精神状态不错，金花陪他。我就跟金花聊了一会儿。周健吃了药睡着了，我们在走廊聊。金花这种蒙古族的直率总是让人防不胜防，一开口就这么直接："你的情敌成了这个样子你有什么想法？"好多年前我就爱上张海燕了，我从来没表白过这种感情，这个臭丫头在我眼前总是一副傻乎乎的长不大的样子，她的家人那么热烈地期待我们能成为情歌唱的那种哥哥和妹妹，她的家人给我们提供了种种条件，但谁也没有捅破这层薄得不能再薄的纸，金花一下子就把我的心理防线击个粉碎，跟她的祖先横扫欧亚大陆征服世界似的，我也只好承认我爱张海燕，张海燕爱周健，就这么回事。我一下子就放松了。都这样了，也无所谓了。又是蒙古式的正面突击，我没想到金花又来这么一下："照你看他们还能相爱多久？"我都无所谓了，我想什么就说什么。"海燕已经做得很好了，按常理周健出院她就可以跟周健分手，可实际上他们一时半会儿分不了手，也许永远也分不了手。"金花就笑了："谢谢你这么理解他们，海燕真是好样的。"我没想到我会这么冲动："都是《萨吾尔登》把她弄成这个样子。"金花又笑了："很少有人这么赞美《萨吾尔登》，你真这么看待《萨吾尔登》？"金花都忘了几年前我采访过她，而且对《萨吾尔登》舞蹈进行追踪报道，远赴天山腹地巴音布鲁克草原，考察整个卫拉特土尔扈特蒙古人。我见到了金花的哥哥嫂嫂，见到了她的父母、姐姐和弟弟。巴音布鲁克草原水草丰美，开都河穿过草原，草原深处一连串几字形的天鹅湖更是美不胜收。那里地处天山腹地高寒地带，每年严寒季节长达七八个月。金花就在这美丽寒苦的草原长大，从小学到初中她都要攀岩走壁倒挂在滑索上通过好几条冰河，再穿过乱石地带，她就这样上完草原小学、上完初中，到和静县城上高中才结束那种训练特种兵生存极限的生活。我和我的同伴在那里待了两个多月，从七月到八月雪莲盛开。金花的弟弟带我们攀到三千米雪线以上，再高我们就上不去啦，三四千米已经没有雪莲花了，被人们采光了，我们还可以看见六七千米冰川上的雪莲花，我们用长镜头拍摄用望远镜观赏，我们实在想象不出如此美丽的花朵能在冰雪和岩石堆里生长。当我想起金花与周志杰的爱情，我就告诉我的同事，生长在这个地方的草木都是王者，产生在这个地方的爱情一定是石破天惊坚不可摧。我告诉金花："《萨吾尔登》接通了天地万物的生命，张海燕和周健被纳入这么庞大的生命体系，我相信他们的爱情石破天惊坚不可摧。"金花再次赞扬了我，说我是《萨吾尔登》的知音，渭北市真正理解《萨吾尔登》的人没几个。我就以守为攻反问她怎么看待张海燕和周健未来的生活，金花就告诉我："作为陕西媳妇，海燕应该跟你在一起；作为草原的女儿，我愿意他们成为《萨吾尔登》歌舞中最动人的篇章。""他们的生活会很艰难。""这才像大哥哥说的话，海燕从一开始就把你定位为大哥哥，乾坤倒转是很难的，你以为初中小女生傻妹妹一个，情窦未开，含苞待放的时候百花盛开的草原美景就在小女生心中了，懵懂中的直觉近乎神灵，你这么优秀，大哥哥的角色确实委屈你啦。"这个蒙古女人赞美你的时候也是那种开膛破肚宰大肥羊一样干净利落惨酷无比。我再次想起傲霜斗雪的雪莲花，那种苦寒那种艰难对海燕是不公平的，金花洞悉我内心的一切，金花告诉我："天下的女人都一样，感情难以割舍，感情是男人世界的一部分，却是女人的全部，要是能劝得动海燕我早就这么干啦，我不知道傲霜雪付出的代价？《红楼梦》里不是写了吗，为情而生为情而死的林妹妹过的全是一年三百六十五日风刀霜剑严相逼的日子。感情是有生命的，发芽长叶开花结果，许多感情无疾而终没有结果，周健和海燕顺其自然能结出丰硕的果实太难得了。"

我已经适应了金花这种开通和直爽，我们再次谈到天山雪莲。不再是雪莲美丽的花朵而是它扎根的土壤，苔藓地衣和细菌经过几百万年在岩石缝隙里才形成那么一点点土壤，要毁掉它却那么容易。我采访过金花三次，采访周志杰仅一次，那一次给我的印象太深了。整个研究院如临大敌，周志杰倒是坦然相待，采访很顺利，但我却有入虎穴的感受。高级知识分子明显跟中小学生知识分子不一样，采访金花可以一而再、再而三，中学教师也跟孩子一样有朝气，宣传一位老师，大家脸上都有光，进校园跟进百花园一样，不仅仅是金花人缘好，中学那种环境，那种气氛相当重要。从金花所在的省重点中学到市研究院基本上等于从热水区进入冷水区，从暖温带进入寒带。我开周志杰玩笑："你们夫妻阴差阳错，金花不应该来你这，你应该去她那里。"周志杰琢磨半天觉得我说得有道理。高级知识分子既有高深的钻研能力，也有令人恐怖的洞察力和防患于未然的预测能力。我的采访稿件还没写完，告状信告状电话就把我们老总搞得惶恐不安，我辛辛苦苦写好的五千字的长篇通讯最终以区区二百多字在文教版末尾刊出，让我见识了什么叫虎头蛇尾。老总这样劝我：那些来信来电没有任何事实根据，否则连消息都发不了。在学术界业内对周志杰这种潜力极大的专家都不会采取一般的封杀而是特定的铅封。老总说出铅封这个概念我就什么都明白了，这是处理核废料的办法，只有铅能封住核辐射。研究所就很少上我们报纸，广播电视也很少上，大多是报道宣传整个单位，很少突出个人，而研究所推荐来的个人太平常了，业绩还不如一个中学老师，我们干脆不理，有新闻价值的他们又受不了。我完全以个人身份去单位找周志杰，我们聊天的时候门口不停有人过往，也不断有人进来问这问那又匆匆离开；不离开不行啊，我和周志杰不说话了，就望着不速之客直到他尴尬到极点快快而去。我早就听说周志杰创造的一系列经典段子：大被窝，被窝猫，拔别人尻毛给自己下巴栽胡子。这些经典段子在渭北市知识界传得比黄段子还快。我们聊天的时候周志杰刚刚刮过胡子，我就开他玩笑："胡子叫人拔光啦，人家可都成美髯公啦。"周志杰就哈哈大笑，以阿凡提式的幽默改造了关中人笑话中有关理发师傅的段子，原段是这样："老王技术高，剃头不用刀，一根一根拔，拔出电光臊（sà）。教授技术高，科研不用搞，一篇一篇抄，抄出众英豪。"玩笑归玩笑，面对现实我必须提醒周志杰："咱尻毛茂如森林，说明咱生命力旺盛，说明咱有巨大的创造力，可咱不能让人家把咱的尻毛拔光，黄河长江源头的植被被毁了大半，据说要恢复起来得几十万年，尻发可不是头发，头发拔光还能长起来，就是个光瓢也不影响啥，尻毛拔光影响就大啦，尻毛就长在咱命根子上，命根子上的任何一根毛毛子都关乎人的生命，都关乎人的创造力。"谈到黄河长江源头时周志杰还很镇定，谈到天山雪莲根部那么一点点由苔藓地衣和细菌几百万年时间在岩石缝隙形成的土壤时周志杰就下意识地摸一下裤裆，我就告诉他："人家不但拔你尻毛给自己下巴栽胡子，人家已经用你的尻毛给自己做

312

眉毛做眼睫毛啦。"周志杰就抓住我的手，抓了好半天，终于吐露了心里的烦恼："一次次误入白虎堂，白虎堂越来越宽敞越来越漂亮，我这么过下去算屎啦。"他说的那种宽敞那种漂亮无非就是年终奖多起来了，年终总结甚至上报材料时有关他的业绩会提上那么一两句，也几乎淹没在远远不如他的那些拔了他屎毛给自己栽胡子给自己做眉毛做眼睫毛的平庸之辈的后边。我就笑他："那就等于拔了你的屎毛及时抹了消炎药、止痛药，典型的日鬼甭叫鬼叫唤嘛。"这些烦恼他都没办法给妻子金花说。更大的烦恼还在于：他实在不甘心那些货真价实的课题，完全靠自己单打独斗暗中进行，言下之意人家拔去的屎毛都是边角料，真正有价值的真货他都自己搞。"就是很累，很消耗自己，说边角料其实是不得已，每拿出一块好料，人家就勾兑出一条河。我的研究速度就慢下来了，在我有生之年做出几件漂亮活，对自己对妻子有个交代。"他还真像天山雪莲根部那些脆弱的苔藓地衣和细菌用几百万年时间在岩石缝隙创造出的土壤发芽开花结果。为什么强大的生命总是得不到肥沃的土壤？或许那些苦寒的环境与脆弱贫瘠的土壤就是另一种意义上的沃土？作为资深记者，我常常碰到一些人把一点点成绩摊煎饼一样摊那么大的人，已经薄得不能再薄了，还要往大里摊，快摊成地毯了，都不是煎饼了。我也常常碰到平庸之辈拥有的研究条件之优越，那些欧美发达国家诺贝尔奖获得者都难以企及，他们却轻而易举地得到了。这已经不是拔别人屎毛给自己栽胡子给自己做眉毛做眼睫毛那么简单，这等于调换五脏六腑调换血液，只保留原来的躯壳，如此高明的手段非神仙莫属。这都是成仙成道之人所为。相比之下，那些拔人家屎毛，生态保护意识还是要有的，应该提醒他的妻子金花，我就从天山雪莲演绎到周志杰的成果屡遭强盗式的掠夺，金花就告诉我："周志杰已经很勉强自己了，他都要钻老鼠洞钻蛇洞钻地穴里搞研究了，他真要变成老鼠变成地头蛇我会伤心死的，他是一只鹰，他不该这么委屈自己。""没办法，这是个人情社会，连曹雪芹都知道世事洞明皆学问，人情练达即文章，你要理解周老师。"金花就昂然起立："世事洞明到极点，人情练达到极点就会丧失最基本的人性。"

我人生中最关键的时刻到了。春节前周健出院，先回老家周原跟父母过年，年后回渭北市在叔叔周志杰家疗养一段时间再去上班。这就意味着春节前后张海燕要和周健分开一段时间。这段时间张海燕会受不了的。学校已经放假，同宿舍的好友方静早回家过年去了。报社越到年底越忙，我不能天天去看她，即使有时间也得克制，不要让张海燕误以为我有其他想法，毁了我这个大哥哥形象。我就打手机提醒她孤独的时候千万别一个人待在空房子里，要到人多的地方去，去金花婶婶家给周晶晶和周巴图辅导作业吧。她就高高兴兴地去了。她给周原县城的父母说自己给校长家上中学的女儿辅导功课，父母就放心了，还夸她懂事了，知道人情世故啦。

春节前两天，我和张海燕就像地下党扮演假夫妻，我们一起回周原县城，我们配合默契，毫无破绽。当天下午我赶回西安跟父母一起过年。我们继续假戏真做，除夕夜打手机互报平安互相祝福，也给她父母哥嫂们聊几句。我的父母哥嫂们就误以为我这个浪荡子终于有固定女朋友啦，都跟人家女方家人拜年问好啦。这些年我就一直这么哄骗我的家人，带临时交的女朋友回家安慰他们；这种缓兵之计让他们很厌烦，认为我行为放荡，三天两头换女朋友，都快三十岁了，还没固定女朋友。这回他们放心了。我答应他们五一节就有结果啦。这就是我和张海燕的关系，假戏真做的时候我们才有默契，才心心相印。初一、初二、初三我们每天都有手机短信。我知道她和周健有更多的短信，有更多的问候，有说不完的话，我还是从这短暂的交流中体验到一种前所未有的幸福。

机关都是初八上班，我们报社初五就上班了。我初四去周原县城张海燕家，我受到隆重接待，下午我就跟张海燕回渭北市。学校开学还早呢。周志杰和金花过了十五才能跟周健一起回渭北市，张海燕跟我有两个礼拜单独相处的时间。我有所期待，但这种期待很可笑。这段时间我们朝夕相处，她高兴的时候揪我耳朵扯我头发捶我的胸和背，她伤心的时候靠着我的肩膀，我就感到自己很强大，地质学里的造山运动大概就是这种样子吧，筋骨嘎巴响不断有群山崛起，生命中全是群山和高原，没有平原没有盆地，连丘陵都没有。我跟女性有过接触，从来没有这种感觉，我知道这就是他妈的对一个女孩真正的爱。当生命中的群山和高原崛起到不可抑制的时候，我使出吃奶的劲保持了大哥哥的形象，这个形象他妈的真不是人做的。这个臭丫头还以为我病了。"你脸色这么难看，你别动。"我又不能当强奸犯，这种时候只能顺其自然。眼睁睁看着过了正月元宵节，周健回来了。臭丫头给我鞠了三躬，嘴甜得像冰糖葫芦："谢谢你陪我度过了最艰难的日子。"臭丫头这回没叫我大哥哥，我很感动。

二〇〇六年的春天，乍暖还寒变幻多端。周健从老家周原回渭北市住在周志杰家，张海燕又开始跟周健形影相随。我去看过他一次，从张海燕的眼神可以看出他们比以前更密切了。我不宜久留。我也无意回报社，能推的工作尽量推给别人。我还能控制自己的情绪。实在推不掉的工作我会干得很好。我就是不能在屋子里待。这种变幻莫测的气温弄得我头晕脑涨。

河堤往西行人稀少，去那里的人都情绪不稳。常常碰到陌生人在这里吵闹打架，不等警察过来他们自己就抱头痛哭甚至抽自己嘴巴，还有人用头撞地撞树，警察反而要安慰他们，警察都成医生了。我很同情这些人。我拍照，我的记者职业病又犯了。有些人不理我，任我拍照，有些人就追过来要砸照相机。我扭头就跑。我告诉你记者的奔逃速度不亚于小偷，我刚进报社不久就练出来了，摆脱这些情绪激动的人跟玩似的，并不是说情绪激动的人跑得不快，他们激情澎湃，比闪电还快，可那种快全都是轰炸机横扫地面目标的那种快，直来直去拐不了弯，再疯狂再快也不用怕嘛，快追到跟前突然横向左再横向右，就把他摆脱了，这些疯狂而激情的人就会号啕大哭，我真想让他们成功一次，暴打我一次。我还是不给他们机会，很惨酷地回去了。

晚上我就一张张翻着这些镜头，资深记者都用尼康数码专业相机，抓拍效果极好。当那些激情而疯狂的人出现在镜头时我常常发愣，我知道我在看我自己。我想删除但下不了手，这些资料以后写书要用。我开始对自己惨酷起来。

白天我还去那个地方，我竟然碰到方静，我们都心知肚明，遇上麻烦啦。方静肯定跟朋友吵架啦。方静是我苦恼的见证人。方静就说："张海燕高烧不断，一时半会儿温度降不下来。"方静把男女相恋称为发高烧，高烧中的爱情不算数的，退烧后还能在一起就永远在一起了。方静中师毕业分到原上一个小县城教小

316

学，只好跟中师同班同学初恋情人分手。在县城谈了另一个男朋友，开始第二次高烧。不久有机会来市教育学院进修，认识了现在的男朋友，政府机关小公务员，权不大，却有能力把她留在市里，幼儿园也行，教小学生跟学前班没多大区别，关键在于渭北市是陕西第二大城市，方静很满足了，就跟小县城的男朋友分手了。第一次与初恋情人分手大病一场，用方静的话说那次高烧都快烧成肺炎了，有了那一次，以后的高烧烧成灰都不怕。可方静还是劝张海燕轻易不要放弃第一次。失恋一次等于打一次胎。方静就这样对张海燕说。方静对目前这个男朋友吵闹不断却不分手，还是她的打胎理论，我都打两次胎了，第三次一定要保住，否则以后就怀不上了。方静苦心经营她的第三次，同时指导张海燕如何保住第一次，周健成了跛子都在所不辞。方静就问我："你恨我吗？"我就告诉她："你的打胎理论很有道理，张海燕跟你住一屋真是她的好福气。""这应该是周健说的话，你说出来怪怪的。""改变不了什么，就顺其自然。""真聪明，这么想就对啦，实在难受就到这里来看看那些情绪失控的人，就时时提醒自己，千万千万不要走到这一步，很丢人很伤自尊的。"我就笑："干脆进二康算了。""那是确诊，这里还有回旋的余地。"我几乎脱口而出："这里就是三康，对，三康。""你要写文章上报纸呀？"方静叫起来："跟周志杰一样发明新名词，三康，太可怕，二康以外还有三康！"渭北市的一大特色，一康治正常人，二康治精神病人，三康其实就是亚健康，我这么一嚷嚷把方静吓得够呛。

我披露的那些把人为事故演变成庆功盛典的新闻得罪了丰庆

建筑材料有限公司，也坏了穆教授上中央电视台《百家讲坛》的好事，穆教授的妻子我的大学同班同学丁惠不会放过我的。我实在不想见到丁惠。每次见面我们都会旧情复燃，完事后后悔得要死，后悔的那个人当然是我。

当年为张海燕我从西安来渭北市，丁惠锲而不舍地尾随我到渭北大学。我每次去渭北大学都是找她的学生张海燕，跟她只打个招呼。无论她到报社找我多少次，都无功而返，最残酷的莫过于一个钟情于我的女记者当众羞辱了丁惠。学校里本来就流传她与学生同追一个报社记者，她处境很尴尬，不久就跟同一个教研室的穆老师结婚。我参加了他们的婚礼，新郎新娘逐桌敬酒时，我看到了新娘丁惠眼睛里的幽怨。几年后一次同学聚会，丁惠喝高了，我扶她去休息，我也喝得有点发晕，我们就有了第一次。回渭北市后，总是她主动找我。我软弱的一面在丁惠跟前暴露无遗。其实我们一年当中幽会的次数不多。她常常嘲笑我拿她当应急的工具。她知道我喜欢张海燕，她不止一次提醒我，张海燕这个小丫头不简单，心里早有人啦。我总是一笑了之。直到周健出现，丁惠的提醒得到了证实。张海燕也一脸无辜地告诉我这个大哥哥，她上高一时就爱上周健啦。比我认识她晚一年，我认识她时她上初三，完全是个孩子。这个年代，高中生相爱已经不算早恋了。何况他们总是以目传情，连约会都没有。

老实说，周健的出现对我刺激很大。我破天荒第一次约丁惠，那也是我们交往以来最疯狂的一夜，丁惠品尝到了一个男人由怨恨而产生的激情与冲动。我很快就后悔了。我在大街上碰到张海燕时我就知道我有多么后悔。我们打个招呼就匆匆分手。张海燕进入热恋状态，那正是夏天，臭丫头就像高原上空燃烧的太阳。我望着她的背影，感到无限怅惘。我知道我跟丁惠的每一次幽会都是不可救药的一夜情，而不是建立稳定的情感。我知道真正的男女间的幸福是爱，与所爱的人成为一体的亲密感、安全感和稳定性。我总是用《萨吾尔登》所昭示的宇宙万物的生命来审视我和丁惠的关系，我们甚至不如周志杰所嘲笑的大被窝，大被窝里很臭，但钻进去却很安全，肮脏的亲密也是亲密，我和丁惠的交往无法建立任何关系，进入不了关系就意味着死亡，谁都知道这一点。我们每一次相会都让我后悔沮丧，我对丁惠只有依赖，更多的是歉意。穆教授刚刚跟丰庆建筑材料有限公司合作时我做了专题报道，几张大特写，几十家报刊转载，穆教授一夜走红，成为渭北市十大杰出青年。我怕丁惠受刺激，我充当幕后推手，跟同事闲聊时旁敲侧击，一个好的创意和选题就出来了，媒体人都是人精，私下闲聊出这么好的策划，几天不见你动静，人家就不客气啦，给了你时间嘛。我甘愿当活雷锋，那哥们儿欠我一笔人情，下次好好配合我就行了。

从一开始丁惠就以轻蔑的口气谈论丈夫穆老师的讲座，大学老师不好好搞科研，搞讲座能搞出什么名堂？不是十三经不是李白杜甫曹雪芹，都是古代的小儿科嘛。丁惠说到伤心处把家庭隐私都抖出来了。丈夫被妻子轻蔑到这种程度真够呛。在丁惠的叙述中丈夫穆老师给系主任家割两年麦子才拿到教研室副主任。其实系主任早在城里安家，农村老家只有一个弟弟，种几亩麦子，靠近山区的坡地，收割机上不去，甘肃麦客很少来陕西了。大学助教穆老师另辟蹊径，不再跟同事们一样好烟好酒去孝敬系主任，而是直捣黄龙，坐汽车到小县城，转两次车，再搭乘农民黑烟滚滚的蹦蹦车，翻越渭北高原的深沟大壑，赶到当年古公亶父率周人颠沛流离翻越的岐山脚下，从包里取出关中农民割麦子的专用农具肘肘子，一种可以取下刀刃的剃头刀一样的镰刀，这个细节就把系主任的弟弟震撼了，农家子弟穆老师少年时代用惯了肘肘子，割起麦子不比甘肃麦客差。第二年系主任就坐不住了。确切地说穆老师把系主任打动了。得到的回报就是教研室副主任。穆老师的第二举动是下乡支教，一直下到陕甘交界的深山老林，学校连住处都没有，就借住老乡家里，房东老大爷行动不便，儿媳都不愿侍候，穆老师给老汉端尿盆，一个月后教育局局长下来检查工作，惊为天人，仔细询问，穆老师脱口而出《朱子治家格言》《菜根谭》《弟子规》。穆老师荣任教研室副主任后才发现，他要在古典文学领域取得一点点成就几乎没有任何可能，教研室的十几位同事都在名刊大刊发表过论文，他只在本校学报上发表过两篇论文，勉强转正成助教，讲师对他来讲遥如山河，更不用说副教授、教授了。中央电视台《百家讲坛》于丹讲《论语》如醍醐灌顶让穆老师茅塞顿开。确切地说，给系主任家割麦子就是从《朱子治家格言》《菜根谭》《弟子规》得到的启示。滚滚麦浪中炎炎烈日下穆老师脑海里闪现的全是古代程门立雪、郭巨埋儿、王祥卧冰、庾黔娄尝粪的伟大形象。我们可以想象渭北市教育局局长握住穆老师的手时有多么激动。教育局局长当场邀请穆老师给全市中小学老师做一场中国传统文化蒙学经典讲座。也该穆老师出头啦。多少年来渭北大学的专家在渭北市口碑不佳，重要的原因是全市只有这么一所大学，省教育厅管，属于驻市单位，比较牛气，也比较封闭，大家都盯着名牌大学，北京、上海，至少也是西安，高校老师嘛，没有一点科研前瞻性很难在学术界立足，大家的目光不投往渭北市是有道理的。穆老师打破常规，就让全市上下刮目相看，第一个吃螃蟹的人嘛，水平高低已经不重要了，重要的是态度。我们可以想象穆老师给全市中小学老师的讲座有多么成功！讲的不是深奥的三坟五典，是古代的儿童启蒙书，很容易引起中小学老师的共鸣。教育局局长趁热打铁，给本家兄弟丰庆建筑材料有限公司副老总引荐穆老师，穆老师开始走向社会大舞台。那段时间穆老师夫妻关系紧张到极点，妻子丁惠的父母都是西安科研单位的高级工程师，典型的知识分子家庭，丈夫的一系列作为让丁惠目瞪口呆，大吵大闹改变不了丈夫的执着，就苦口婆心劝丈夫，保持知识分子的底线，身段不能放太低，不求官不求名利，甚至不要狗屁职称，就过我们的小日子怎么样？《渭北日报》《渭北晨报》专版介绍穆老师，而且评其为渭北市十大杰出青年，校领导专门拜访了穆老师，妻子丁惠还是无法接受这种荣誉与成功。该我劝劝这位老同学啦。我就介绍了宋明理学奠基人关中大儒张载的《西铭》。让你先生讲《西铭》嘛，区区三百字，民胞物与，大仁大爱，生态思想都有了，冯友兰《贞元六书》反复讲张载的《西铭》。穆老师钻研了一番张载，退缩了，太深奥，无法深入浅出，"大君宗子"不成基督教了嘛，穆老师坚守《朱子治家格言》《菜根谭》《弟子规》这一亩三分地也够吃的了。丁惠第三次给我吐苦水时，我就告诉她要理解穆老师，咱们都是省城西安长大的，温室里的花草嘛，到了下边都这样。我就拿我开刀，我的同僚都高升了，我一直干中层，报社上上下下一致公认我的能力，但也都明白，我不可能进入核心，副老总都没门儿。好多年前，我就犯傻，市委领导来报社调研，离开时大家送领导到大门口，领导已经上车，车子都动了，大家朝车子摆摆手，领导也在车里朝大家摆摆手，我的一位同僚突然奔向车子，大家一愣，我就犯傻，不但发愣，还发问车子已经走了，他跑啥呢？领导又不会停车带他走，大家都朝我笑不吭声，上楼时一位哥们儿小声告诉我："他可没白跑，他给领导表忠心，我是你的人，跟你跑的人。"该我吸口冷气了。那小子很快就升上去了。这种创意我永远学不来，也慢慢理解了。我常常见到这种古老的表忠心表孝心的现代版故事。我专门听了几场穆老师的讲座，我不得不承认他的忠诚，我采访他时特意提到了古代的二十四孝，《孝经》《女儿经》《百孝图》，穆老师对这些故事了如指掌，信手拈来，超常发挥，我很策略地问穆老师，为什么像郭巨埋儿、王祥卧冰、孟宗哭竹、庾黔娄尝粪、黄家瑞割股、曹娥投江、董永卖身的故事在乡村有那么丰厚的土壤，而在城市不会发生这些事情。穆老师斩钉截铁地告诉我：城市人情冷漠，道德滑坡。我就进逼一步："你热衷于这些惨酷的古老神话时想没想过基本的人性？"穆老师眨巴着眼睛开始琢磨人情与人性的区别，估计他从来没想过这个问题。我就不想为难他了，我赞扬他讲得很好，很感人，我就提到德日进，穆老师打断我的话，连珠炮一样来了一段《弟子规》："能亲仁、无限好、德日进、过日少、不亲仁、无限害、小人进、百事坏。"我告诉穆老师，法国有一位学者叫德日进。穆老师撇撇嘴："法国人跟中国有什么关系？跟中国传统文化更没关系了。"我告诉穆老师，这个法国德日进跟中国可不是一般关系，民国时来中国，"北京人"化石的发现与鉴定者之一。穆老师就傻了，我告诉穆老师，德日进不但跟中国有关系，跟穆老师也有关系，你不是讲中国传统文化讲二十四孝吗？德日进是个古生物学家，也是天主教神父，宗教哲学家。中国的孝子相当西方的圣徒，父母就是中国人的上帝。德日进认为上帝不在天上，不在大地深处，也不在教会和寺院，上帝就在人类和宇宙的各个方面。上帝希望我们爱他，不是只在我们内心，对别人的苦难漠不关心，而是要把他的仁爱和四海之内皆兄弟的原则普及到人类的日常生活中。这才是德日进的本义。我拍拍穆老师的肩膀："在城市打开局面你就真成功了。"我还真对穆老师有所期待，我建议丁惠让穆老师练练乒乓球、围棋，或者去健身房学几招，去省城西安会大有用场，这些把戏你都很熟悉，要耐心提高穆老师，他是你丈夫你先生。丁惠的建议不入穆老师的法眼，穆老师进军西安时那些乡村战术全部失效，不等于穆老师服输，穆老师再次另辟蹊径专找省城工作的渭北乡党，专找有农村背景的各界人士，很快就柳暗花明了。妻子丁惠大瞪双眼观摩丈夫在省城西安上演王祥卧冰、孟宗哭竹、董永卖身、庚黔娄尝粪，她气急败坏地讽刺丈夫：你曹娥投江去呀！丁惠甚至把菜刀塞到丈夫手里："割股呀，不是有黄家瑞割股吗？幸亏我没生孩子，你没法郭巨埋儿。"

张海燕与周健已经同居一个礼拜了。你们就知道这一礼拜我有多么难受。我甚至硬着头皮去蓝天幼儿园，方静在校园里就告诉我张海燕一周前已经去周健那里过夜了。方静告诉我："张海燕快把自己烧成灰了。就让她烧吧，我们静观其变吧，出了事我们再去帮她，没出事我们就祝福她。"我实在提不起神祝什么福，我有点难以自制，方静就提醒我去河堤西边，那里全是情绪冲动的人，不要太压抑自己。方静怕刺激我，没有提三康。我可要刺激一下自己。我就给丁惠发短信。

我在桥南有一栋房子，与情人幽会不宜去单位住宅区，更不宜去宾馆开房。这也是受《萨吾尔登》的影响，与异性交往总是无意中把性看得很神圣，总把性与爱扯到一起，这就造成我无法去宾馆跟情人开房。我这个单身汉买私房就相当安全了。我第一次问自己丁惠是情人吗？我如此看重稳定安全的两性关系，丁惠应该算是跟我交往最长久的女人了，我开门的时候把丁惠定位为情妇。答案正确。没有多少感情的性关系就应该定为情妇。这么叫丁惠不公平，不公开叫就是了。我冲了澡，打开电视。丁惠就来了，也进去冲澡。然后女主人一样去厨房弄几个菜，冰箱里东西很多。我这人这点好，情感多少那是心里的秘密，面子上绝不马虎，很绅士，丁惠来我这绝对是一种享受。老实讲，我待她很好的，她老公这几年讲《弟子规》才发达起来，才有能力给丁惠买东西，前几年相当艰苦，家在农村拖累很大，不像我这个资深记者，又没家庭拖累，我给丁惠买东西很大方的。丁惠总是告诉我：我们在一起很般配很幸福的。我就笑笑，告诉她：这个样子我已经很满足了。天亮后丁惠问我晚上还来吗？这个聪明的女人已经洞察了我的内心。第二天天亮离开时就不用再问。晚上我肯定等她。从后来发生的事情来看她比我还了解我，这就是我的悲剧。

不再是一夜情了，夜夜相连，整整一个礼拜，我们都很吃惊，这种持久的情感如果稳定下来前景是相当可观的。我并没有跟她做夫妻的打算。我敢肯定我这个闪电般的念头也被她捕捉到了。从她的自信中可以看出来，她都有点扬扬得意。

我并没有意识到第七个夜晚会是我们的结束，我清楚地记得那一夜她提前进入房间，前一天我把钥匙交给她她就可以提前进来，家庭主妇一样做一大桌菜，我进来吓一跳，要请客吗？要举行婚礼吗？十几公里以外的渭北大学还有你一个家。她这么不顾一切很让我感动。我不知道我如此感动的时候为什么没有提出要她离婚要她嫁给我的想法。她就把电灯拉灭了，点上蜡烛，复式结构的房间成了洞穴，烛光朦胧，她唱起那首有名的英文歌曲《昨日重现》。我记得不错的话那位原唱女歌手患绝症去世了。我有点感动，配合她唱起来。然后我们开始用餐，喝红酒，她还跟我喝交杯酒，我痛痛快快答应了，交杯酒喝下去脸就红了。我们相拥到床上，互相剥对方的衣服，然后面对面抚摸拥抱亲吻，难解难分时她开始耳语，刚开始都是说过好几遍的卿卿我我的缠绵之语，这是交欢的前奏，必不可少，渐渐地她就情不自禁说出了心里话，我相信她说的全是她最真实的内心世界，她告诉我，她很久以前就要对我说这些话了：每一次与你相会我都很后悔，我后悔这么多年一直下不了决心。我快三十岁了，该下决心了，我丈夫这么宽容我，婆婆全家把我当公主敬着，容忍我，我这么放纵这么任性，丈夫无怨无悔，诚心诚意地待我和我的家人，他在亲朋好友中的口碑那么好，远远超出我的想象。他讲《朱子治家格言》《菜根谭》《弟子规》的时候我还嘲笑他，讽刺他挖苦他打击他，他从校园讲到社会，从渭北讲到渭南讲到陕南陕北讲到了甘肃新疆，都讲到西安了，我的父母我的老师同学都为他而自豪。我开始反思我的一生，我才感到我的丈夫太了不起了，言行一致在他身上得到最好的体现。丁惠一边疯狂一边独白，这些誓言让她疯狂，更让我疯狂，她竟然背出大段大段的《弟子规》"入则孝，出则悌；泛爱众，而亲仁。能亲仁，无限好；德日进，过日少。"背到"德日进"时我们同时达到高潮，那是我们的交往以来从未有过的高潮，我们都发出可怕的叫声，到了咬牙切齿的程度，她啃咬我的胸脯，快要拉断我的脖子了，我都能感觉到我脖子上的筋暴老高，我都感觉到我脸上的兴奋和喜悦有多么强烈。那个法兰西神父德日进告诉我们：神与人同在，人类的尘世希望，包括对天堂的向往，应该在这个世界上得到实现。我不知是上天安慰我还是我自己安慰我自己。

她当晚就走了，还不到十点，她离开时拍拍我的脸颊："你累成这样，你从来没有这么卖力过，好好休息，这是我们最后一夜，回去我就去掉节育环，我该怀我们自己的孩子啦。"她就轻手轻脚拉上门走掉了。我彻夜难眠。这个妖精，去掉节育环太伤人了。好多年前我们幽会时我要戴套套她就说不用了，她戴了钢盔，当时把我乐坏了，她竟然把节育环叫钢盔。有钢盔做掩护我和穆老师就不用受橡胶的折磨啦，那种切肤之感是货真价实的。一想到那么多激情全倾泻在钢盔里倒进抽水马桶就让人不舒服。更让人不舒服的是我最终败给了穆老师，这个优秀的丈夫用坚忍不拔锲而不舍精诚所至金石为开水滴石穿的功夫把《弟子规》规到妻子情感世界的深处，我败得心服口服。我就把刚刚结束的这一切归入人生最美好的记忆。我就从书架的罗丹雕塑《沉思者》后边取出自拍照相机。我又不是傻瓜，我前一天就已经预感到这是我们的最后一夜，我特意给了她钥匙。但我不会告诉她有镜头偷拍，女人在镜头下无法淋漓尽致地展示生命的全部，而我的目的不是性变态，更不是犯罪，只想保留一段人生美好的记忆，我甚至悲观地认为我不会再交往任何女人了。丁惠和张海燕已经把我分而食之。相比较丁惠还是不错的，给了我女人最真实的一面。

太阳已经升起，光线柔和而朦胧，我打开相机，很快就看到最恐怖的那个镜头：我们进入高潮时丁惠啃我的胸膛，我拼命提高我的脖子，我脸上的兴奋和喜悦中有那么多血污和怪诞，跟方静两天前给我描述的周健被抢救出搅拌机时的神情一模一样。

第二天，我的手机和伊妹儿里收到十几条谴责我的信息，长短不一，主题就一个，我不仁不义，坏了人家丁惠先生的好事。结论全都是我是个卑劣小人。这些信息全来自我的大学同学。大学同学都知道丁惠如何追我，一直追到渭北市。连张海燕的哥嫂都亲自打电话责备我不该对丁惠这样。丁惠是我们的大学同班同学，我们上的大学是教育部直属211重点大学，丁惠的先生穆老师毕业于陕西省教育厅属下的地方普通高校，丁惠属于下嫁，属于牺牲自己。相当长时间丁惠都不好意思带先生在西安公开露面，总是悄悄进入西安，看望父母时也直不起腰。这种压抑的生活不好受。同学们很容易把我当成罪魁祸首。丁惠的先生穆老师好不容易找到一个事业的突破口，而且卓有成效，薄薄的几本《朱子治家格言》《菜根谭》《弟子规》搞成这种规模实属罕见，不到三十岁就破格升为副教授，可以带妻子巍巍乎荡荡乎安禄山一样逛长安了，在娘家人面前，在西安的亲朋好友面前，在老同学面前可以扬眉吐气了。人家都要上中央电视台《百家讲坛》了，可以跟易中天、于丹坐一条板凳了，你狗日的来这一手不叫卑劣小人叫什么？老同学们骂得越狠我越轻松，我越能理解丁惠的苦衷。岂止理解，我都由衷地钦佩起这个了不起的女人了，我们的最后相会，她简直是传说中的贞烈女子，以上刀山下火海的决心与毅力报复性地表达了对丈夫的忠诚与爱，进入癫狂状态时的长篇独白，把我都挟裹进去了。我也疯狂起来了。我脸上充满血污和怪诞的兴奋与喜悦再次证明丁惠的正确。

我用PS技术对镜头做了精心处理，丁惠伏在我胸口的脑袋和她抓我肩膀的手被删除了，当然也删掉了我的胸和肩膀；幸好我当时脑袋抬那么高，脖子抻那么长，青筋暴起，毛发竖立，酷得厉害，脸上的兴奋和喜悦相当动人。

我让方静看这个处理过的镜头，当然是在手机上。方静哈的一声惊叫打我一拳，她看我的眼神完全是女人给男人放电，女人疯狂地爱一个男人时就是这种眼冒金星神光四射的样子，我的样子很傻但我还能说话。"发生什么事啦？""你是足球流氓！国力队在渭北市体育场比赛的那次。"我眼前一片黑暗，黑暗中看自己就很清楚。

那时我刚刚大学毕业，血气方刚激情澎湃，心爱的姑娘张海燕在渭北大学上学，我这个大哥哥角色扮演得有滋有味，但也痛苦不堪。中学生成大学生了可以大大方方恋爱了嘛，我竟然在这个臭丫头面前束手无策，当时我并不知道她心有所属，水中暗礁或浮冰把泰坦尼克号都击沉了，击碎一个人的梦想算什么？我狂躁不安，正赶上陕西国力队被罚不能在西安比赛，赛场移到渭北市，国力队的铁杆粉丝们拥到渭北市，渭北市就热闹起来啦。其实我对足球的热爱没有那么高，看看世界杯还凑合。我喜欢音乐会，喜欢歌剧，也不放过打高尔夫球。我很绅士，我不是狂热分子。这既是优点也是缺点，这也是张海燕在我的苦苦追求中鱼入大海一样自由自在的原因。男人爱女人不能太斯文太绅士。其实也不对。当周健出现后我发现这个农家子弟在社会底层摸爬滚打那么多年，依然不失斯文，甚至有点憨，但绝不是狂热分子。你就知道张海燕爱上这么一个人会让我有多么难受。我不知道在周健这个人之前命运之神就提前让我难受了。我的狂躁迎来了国力队和随之而来的洪水般的球迷。我跟足球完全是男女之间的一夜情，建立不起稳定而亲密的关系，既不像《萨吾尔登》那么高贵，也不像大被窝那么龌龊，你得承认高贵和龌龊都有亲密感和稳定性。我跟张海燕的亲密有限，一直被这个臭丫头控制在心灵的大门之外，稳定性是谈不到的。多少年来我就这么长夜独立寒风中，为谁伤心为谁愁？国力队给我这个心烦意乱的人送上了热枕头。我很容易搞到最好的门票，给张海燕七张票，等于请了她同宿舍所有的人。后来就发生了震惊全国的足球流氓事件，我大打出手，成为众流氓中的佼佼者。我可以这么告诉你当足球流氓的快乐，你如果当不了足球明星你就当足球流氓，球迷们就很容易把你当成足球明星的化身，球迷们无法接近球星可以接近你呀，可以跟你亲密接触呀，那些本应献给球星的热情全都暴风雨般倾泻到你身上；好多年后我从周志杰那里听到拔别人屎毛给自己下巴栽胡子的说法我都快羞死了，身临其境就会不顾一切掠夺人家的感情，屎毛也罢胡子也罢，栽下巴栽身上都能成为华贵无比的大氅。本来我的流氓手段很有限，把我推上风口浪尖完全是歪打正着。两帮足球流氓相持不下，互相不服气，就一致拥戴我这个生手，两股力量合力夹击由不得你自己，也正是在这个时候我竟然在山呼海啸中听到了张海燕的天籁之音，臭丫头激动坏了，不再喊他妈的那个大哥哥，她直接喊我的名字，不带姓，就名字，喊我的名字，多少年来我一直期待她把大哥哥改成我的名字，不带姓，就喊名字，被亲朋好友被全世界人喊叫多少遍的名字只有从心爱姑娘的嘴里喊出来生命才有意义！我耳朵可是音乐会熏陶出来的，我的心更敏锐，我听到了海燕的声音，从山呼海啸中，就像从德彪西钢琴曲的嘈杂声听出了优美的旋律，就像从斯特拉文斯基的混乱中听到俄罗斯大地的忧愁，我一下子就狂热起来了，我抓到两个酒瓶子，咬掉瓶盖把酒全部喝下去，我就燃烧起来啦，我做了什么都不知道了。醒来时警察正问话呢。警察边问边笑，记者都疯成这个样子。没办法，体育场的摄像镜头留下了我的影子，还不是一般影子，是个大特写，我那张脸被无数女球迷亲吻过，她们的口红跟鲜血一样把我涂成大公鸡，我脸上的兴奋和喜悦中绝没有血污和怪诞，那全是青春和热血。足球流氓事件太轰动了，上了各地生活类报刊的娱乐版，包括我那张脸。说实话也大大提高了渭北市的知名度。当是时也，渭北市的电冰箱洗衣机数控机床铁道桥梁石油钢管成了全国的名牌产品，啤酒厂差一点兼并西安汉斯啤酒，直取青岛啤酒也在筹划中，陕西国力队赛场移至渭北市，还发生这么轰动的足球流氓事件，等于给渭北市做广告嘛。想想当初发生在北京的足球流氓事件，欧美各大报这样报道：这起事件标志着中国进入国际现代化生活体系。有位作家专门写了纪实文学《5·19长镜头》。偏远落后的大西北，传统文化积淀太厚都快要把活人埋地底下了，晴空霹雳般出现这么时尚这么先锋这么前卫的足球事件，京津沪深圳广州这些大都市全都目瞪口呆，大西北的省会城市沉默不语，近在咫尺的西安心里酸溜溜的。处罚是免不了。写份检查，扣两个月奖金。老总心里乐呀，报纸发行量飙升，私下对我大加赞赏，这才是名记的素质。出校门不久就被老总定位为名记，我在报社的业务骨干地位算是固定下来啦。不能光看贼吃肉，还要知道贼挨打，女球迷把口红抹到我脸上，男球迷的酒瓶子全砸在我身上，胳膊腿胸和背青一块紫一块伤痕累累。当足球流氓就要扛打。也只能干这么一回。我这样在黑暗中飞速回顾辉煌往事。我终于出了暗道，我告诉方静："我就是那个足球流氓。"

"我就说嘛，刚见到你就觉得面熟，那时我正在教育学院进修呢，搞不到票只能看电视直播，你太了不起啦，海燕怎么搞的，偏偏认这个周健。"

"感情不能勉强没办法。"

"也就是，你这么优秀这么出色，我要在场我肯定在你脸上盖几个红印子。"

方静小心翼翼地问能不能给她留下这个难忘的镜头，我就愣住了，方静还是那么小心翼翼："你不愿意不要紧，当年报纸的图片是黑白的，听外地同学讲，南方的报纸是彩页，能看到你脸上的红印子。我保存的那张黑白图片的报纸让我男朋友毁掉了，我恨死他了。""可以可以，没问题没问题。"我把图片发到方静手机上，方静那么开心，看啊看啊看不够，把我这个大活人都晾一边了。她总算看够了，我就问她："你看我这样子跟周健被抢救出来时的样子像不像？""你想看周健被抬出搅拌机时的图片，在丁惠的手机上，丁惠发给海燕，海燕看一眼就崩溃了，我就把它删了，怕海燕受刺激，丁惠那里估计你要不来，也没必要，我看过，跟你在足球场上的疯狂劲差不多，也是那么兴奋那么喜悦，唯一的差别就是你的兴奋和喜悦是实实在在的，那么多女人拥抱你亲吻你，你脸上全是口红，不是血。周健从搅拌机里被抢救出来的时候血肉模糊，脸上的兴奋和喜悦完全是大难不死劫后余生捡了一条命，跟你没法比。"只有我清楚我脸上的血是我的血，只有我清楚丁惠从周健被抢救出来时的图片得到启示，又在我身上重新上演了一遍。我们幽会的最后一个晚上，刚刚做完爱，还不到十点，她就匆匆离开，我当时就笑她："你还燃烧着呢，就不怕有人报火。"她奔出去时丢下一句话："我这热身子要赶快去温暖被我冷落那么多年的丈夫，他被挡在门外触目惊心人要冻死了。"她就这么熊熊燃烧地走了，楼道火光闪闪，一直闪到楼下，闪过清姜河，闪过石坝河，半个渭北市都被烧红了，穆教授就是一块铁半小时后也会被烧成沸腾的锅炉。我呢？我会变成什么？

此时此刻我的脑子蹦出一个词：搅拌机，丁惠用她的身体做搅拌机把我收拾了一顿，就这么简单。我有点晕，匆匆告辞，方静问要不要帮忙，我摆摆手，我下楼的样子很滑稽，方静就说："美好的往事让他激动成这个样子，连路都不会走啦。"

第十章

1

张海燕是被周健送回蓝天幼儿园的。周健半年多没来蓝天幼
儿园了，那辆蓝底子加两条闪电似的白道的摩托车把孩子们吸引
过来了，孩子们很快发现周健那条残腿，一个顽劣不听话常遭父
母暴打的孩子就说："周健叔叔调皮不听话被张老师打成这个样
子，张老师会跆拳道，周叔叔你可要小心。"张海燕教孩子们儿
童舞，还教孩子们《萨吾尔登》，《萨吾尔登》舞蹈中的迅猛剽
悍豪放特别受男孩子欢迎，不少幼儿教师学跆拳道，孩子就认为
他们的张老师理所当然属于跆拳道高手。周健拍拍贴着摩托车的
不锈钢拐杖："叔叔不怕，叔叔有这个。"孩子们就叫起来了：
"哈，叔叔有金箍棒。"另一些孩子就说："孙悟空连师父的话
都不听就听观音娘娘的，咱们张老师是观音娘娘。"孩子们也就
这么闹一闹，同事们的眼神就很复杂。张海燕两个礼拜没回单位
职工宿舍过夜，白天上完班，就直奔西郊周健的住处，第二天一

大早直接奔单位上班。同事们叽叽喳喳了一个礼拜，说什么话的都有，第二个礼拜叽喳声就小下来，过了周三归于平静。平静了三天，张海燕被周健送回来了，再也不用匆匆奔忙了。还真像孩子们说的那样跟周健同居后的张海燕发生了所有女性从姑娘到女人的革命性变化，慈眉善目带几分菩萨相。同事们都过来跟他们打招呼，都说周健恢复得这么好都是海燕的功劳。话题这么一转大家都有话说，而且说得头头是道。

　　方静把张海燕的归来叫回娘家，终于想到娘家姐妹啦。她们一直以姐妹相称。"姐姐想死你啦，臭丫头有了心上人就忘了大姐姐。"她们跟亲姐妹一样纠缠好半天。周健坐一会儿就回去了。十点十分她们才有课，一个多小时的空余时间呢。方静就说："今晚他来接你就不用自己跑了，西郊那么远累死我这小妹妹啦。""晚上不回去啦，陪陪娘家姐妹们。"方静就知道张海燕做的是长远打算，同居两礼拜等于生米煮成熟饭，逼父母就范，然后堂堂正正举办婚礼入洞房，风风光光出娘家门。前期同居算是热身，这段时间白天上班，周末相会，晚上绝对回单身宿舍。有理有节有情有义滴水不漏。一般的激情男女重压之下，狂欢数日，把积压的感情排泄洪水一样放完，然后劳燕各飞，这个年代大家都很开通，都能提得起放得下。本来就是积堆起来的玩具蜘蛛编织的一层单薄的网，筑起来容易拆起来快，连皮肉都伤不了，伤心的话全在歌里戏里。"这个臭丫头在盖高楼大厦在盖宫殿。"方静跟她的名字一样静静地看着张海燕，方静相信大哥哥我说的话了："都是《萨吾尔登》把她弄成这个样子。"《萨吾尔登》的精髓就是接通宇宙天地间万物的生命，他们把他们的爱情纳入如此庞大的体系，什么力量能撼动他们？！人就活在关系中，否则就死路一条。张海燕在苦心经营他们的爱情。张海燕知道方静在想什么，张海燕就告诉方静："周健不用钻老鼠洞钻蛇洞钻大被窝了，他有家园了有故乡了。"张海燕拍拍自己的小肚子。方静吓一跳："你有宝宝啦？""那是几个月以后的事情，现在可以确定的是我们女人的子宫才是爱情的百花园，才是婚姻最好的宫殿。""哈，你这坏东西，真有你的。"

蓝天幼儿园引进外国先进的幼儿教育理念。孩子们进行早期性教育，已婚教师讲得马马虎虎，未婚教师除张海燕外全讲砸了。张海燕先不讲女性的生殖器，也不让孩子们看图片，她把孩子们带到校园草坪上，渭北市狭窄细长，任何一个地方都能清楚地看到群山和高原，都能看到大地的形象，张海燕就领着孩子们朗诵智利女诗人米斯特拉尔的诗："以前我没有见过大地真正的形象。原来她就像一个怀抱孩子的女人一样。我渐渐懂得了事物的母性，那俯视着我的山峦也是一位母亲。每天傍晚，薄雾就缭绕在她的肩头，戏耍在她的膝前。"然后是十分钟的默默凝视，时间到了，该回教室了，孩子们的目光还在秦岭的山谷间，还在渭北高原的沟壑间依依不舍。放学后也不再去游戏厅而是边走边看沿途的风景，原来他们生活的城市如此美好，秦岭就像油画，黄土高原就像水墨画，时时刻刻悬在眼前。回到家，看到妈妈，都会在门口叫一声妈，然后看啊看啊，妈妈从来没有被孩子这么看过，从孩子清澈的眼睛里妈妈第一次看见自己身上蕴藏的罕见的光芒。海燕给孩子们上的第二堂课是美国女画家奥基弗的画，视频投影打到银幕上，跟看电影一样，比原画视觉效果好。这位女画家把大地上的万物都跟女性的身体女性的生命联系起来，女性生殖器在她笔下会是盛开的鲜花，荒漠里的花最鲜艳，都是以盛开的女阴出现的，谁都会想到这才是生命的家园，人生的盛宴就在这里。孩子们的心里有了诗，眼中有了画，张海燕就让孩子们看人体结构图，张海燕只给孩子们讲一句："妈妈的生命里落入一颗爸爸的生命种子，妈妈就开花啦。"孩子们全都明白了，都喊叫起来了："结的果子就是王小林就是李晨就是张凯就是杜小娟。"开家长会的时候家长们见了张海燕就笑，不说话，光笑，跟孩子似的，张海燕都成他们的老师了。

方静就嚷嚷："那时候你就想着在你娇嫩温暖的子宫里给周健盖高楼大厦盖宫殿。"张海燕笑眯眯的："没那么奢侈，垒个房子。""春天十二个美妙的夜晚哪，不是一天两天。"方静偏着脑袋死死盯着张海燕的眼睛，张海燕声音轻轻的："真想知道啊？"方静都开始拧她挠她了，她就告诉方静："每天晚上盖一个小屋，十二个小屋子够我们住一辈子吧？"方静就听不明白了，张海燕打开电脑调出雪莲花，鼠标在花间绵毛编织的小屋里蹿来蹿去："看到了吧，雪莲花里的小屋有无数个，我们有一个就够了。"方静还愣着，张海燕就告诉她："雪莲花再好也是水中之月，镜中之花，两个人只要真心相爱再高的海拔都不是障碍。"方静什么都不说便把张海燕抱在怀里不停地拍张海燕的后背，她怕张海燕看见自己流泪。她的泪还是流下来了，把张海燕的毛衣都弄湿了，张海燕再也忍不住了，她们抱头痛哭，哭成一团，哭了很久，然后就躺着不动。天亮后好像什么事都没有发生，又说又笑。方静还摸了摸张海燕的小肚子。"不是摸你的宝宝，是摸爱情的宫殿。""不是宫殿是黄泥小屋。"张海燕一定要方静改口叫小屋。"我们以后的日子会很艰难，周健在公司顶多干三年，自己开个小店修家电，只能租最便宜的房子，过最艰苦的生活，高楼大厦宫殿都是大地上的风景，跟我们的生活没有任何关系。"方静摸一下张海燕的腮帮子："你在周健身边，他不会那么艰难，他会很幸福的。"张海燕就笑了，"这才是姐姐说的话。"

白天没课的时候张海燕就到西郊周健那里去，收拾屋子，做饭洗衣服。周健再把她送回去。刘军都感慨："你这狗日的，手脚齐全的时候健健康康的时候整天惶惶不安，就像身上带着定时炸弹，就像有人追杀，成跛子了反而过起正常日子了，张海燕一直在你身边嘛，你前后变化咋这么大？"周健就望刘军半天："天知道。"

张海燕的家人肯定听到了风声，张海洋打电话到报社要我告诉他事情的真相，他还要亲自来渭北市问妹妹张海燕。我就制造假新闻，但很策略，必须让人相信其真实性，就一定要讲一点点真话。我首先告诉老同学张海洋："我对你妹妹张海燕的感情永远不变，无论发生什么事她都是我最爱的人，这辈子我非她不娶。"张海洋就平静下来了，海面的滚滚波浪沉落下来，但涛声依旧。我开始细说，我先检讨自己忙于工作疏于对海燕的关照，最忙的时候一个月才见一次面，海燕被数十次冷落，跟大学时一位苦苦追求她的男同学产生了感情，责任在我，我责无旁贷，但我们不能急，这种时候千万要冷静，老同学你都成家有孩子了，我虽未成家，但也是老江湖了，我们大哥辈的人生经验，社会经验，海燕妹妹是不能比的，遇到这种事情最好的办法是冷处理，不要教训他们，指导他们，更不能给他们压力强行拆散他们，而是给他们宽容宽松宽待，那个小男生的缺点就会暴露出来，你应该相信我和海燕长达七年的感情吧，这么丰厚的感情基础，厚得跟西安的城墙一样，厚得跟黄土高原一样，任何意外事件还不是一阵风嘛，再狂的风都要从大地消失。我几乎成了莎士比亚戏剧里的人物，莎剧里的任何一个角色，上至国王贵族下至贩夫走卒全都有一副哲学家雄辩的口才。这一套还真管用，把张海洋给说动了，不来渭北市了，他答应不给张海燕打电话，不刺激这个不懂事的妹妹，更不能刺激周原县城的父母。

谎话归谎话，现实归现实，记者这个职业一大好处就是无论什么事都得拿事实说话，跟法律讲证据一个道理。我们都是极端现实主义者，浪漫情怀早已打入十八层地狱，甚至都不欣赏零度写作，我们都是零下四十摄氏度才提笔，差不多是天山雪莲的正常生长温度。在我的内心，周健和张海燕是没有未来的。不涉及感情，从记者和大哥的角度，确实如此。

我已经不方便去蓝天幼儿园了，我相信我会在渭北大堤西端行人稀少的地方，就是被命名为三康的地方碰到方静。只有方静能影响张海燕。我天天去那里，第四天下午下班后终于等到了方静。方静老远看见我，就跟熟人分手，匆匆赶过来。来这里的不一定都是情绪激动的人，不爱热闹的人也来这里。方静问我有什么事？我就问她张海燕退烧了没有？她就告诉我："你不但要失望，还会绝望；烧是退了，从脸上从身上退到了心里，跟岩浆一样在地底下沸腾，你想象地球的样子吧，海燕有长远打算，她要跟周健过一辈子。""打算归打算，现实归现实。""你怎么还不明白？已经是现实了。"我的猜测和那些传言都得到了证实。我刚刚被丁惠炮制锤炼过，心理素质之好出乎我的意料，我没想到我听到这个消息后没有晕倒，我下意识拍了一下我的大腿，我还能感觉到痛，我还一动不动地站在河堤上，垂柳不断地在我头上扫来扫去，垂柳不动的时候，就成了我和方静之间的帘子，更像古代皇帝皇冠前后小圆珠缀成的十二道冕旒，总是以支离破碎的目光看世界。我和方静近在咫尺，却看不清对方的脸。我早已过了激情澎湃的年龄，我早就习惯对任何事情处变不惊。我那么淡定，出乎方静的意料，我告诉方静："结婚后都能分手，同居几天太正常了，说明海燕是个忠于感情的人。""你这么说话，我都怀疑你爱过海燕没有。""我一直爱着她，现在还爱着她，不管发生什么事我对她的爱不会变。""我都看不透你了。""能一眼看透的是玻璃，不要说人，水都一眼看不透，要用显微镜看。""海燕没有你想的那么复杂，她很单纯。""她不复杂，她丰富，我爱她爱得复杂。""你不是复杂，你是怪，阴阳怪气的，你都快成女人了。""女人都是小心眼，我心眼可不小。""那就说说你的大心眼。"

我就拉方静坐长椅上，垂柳就够不着我们的脸和脑袋了，历代帝王那种支离破碎的目光也消失了。谈正事一定要坐下来谈，一定要清清楚楚看得见对方的表情，察言观色胜于嘴巴和舌头，从嘴里出来的话不大靠谱。靠谱的话都一定要跟脸上的神色做对比。我就告诉方静："周健和海燕一定得从大处说，他们俩的感情说不上惊天动地但绝不寻常，拿平常眼光看他们那是亵渎他们。"必须停顿片刻，看方静的反应，方静小孩子吃糖果一样，细细咂摸几下，咂摸出味道来了，打我一下："是这么个道理，大记者有点水平。"我可以扯开话题畅所欲言了，我就从《世说新语》讲起，一定要讲全中国妇幼皆知的书圣王羲之，提到王羲之方静就频频点头，王羲之的儿子王徽之她就不知道了，她知道王羲之就行，她肯定对王羲之的儿子有兴趣。我说讲王羲之的儿子王徽之有一天晚上喝酒喝得高兴就想起远方的朋友，乘着酒兴，连夜冒着风雪，溯江而上，天明才到朋友家门口，到了门口拍净身上雪花，突然不想进去了，已经尽兴了，就没打扰朋友，原路返回，这就是历史上有名的乘兴而来尽兴而归。方静听得津津有味，我就告诉方静，这就是古代文人的生活，叫风度，魏晋风度。方静上中师时听老师讲过魏晋风度。"但没你讲得好。"接着我就讲美学大师朱光潜的美学观念，登泰山爬华山上黄山不一定要到山顶，途中风景美不胜收，朱大师的名言就是：慢慢走，欣赏呀！方静的眼睛闪闪发亮，在她眼睛里的光还没闪射出来之前，我及时准确地告诉她唯一的答题：人生的意义在过程不在目的。她已经面露惊讶之色了，我赶紧抛出我自己，我告诉她："我追海燕虽然没有结果，虽然很艰难很辛苦也很痛苦，但你得承认海燕给我也带来了无穷的快乐，爱一个人本身就乐在其中，太功利目的性太强不好。"方静这回没哑摸，几乎跳了起来："大哥哥你真伟大，男子汉就应该这样子，胸怀宽广，有气度，海燕真是没白叫你大哥哥。""你也叫大哥哥了嘛。""我叫了吗？我叫了吗？""摸摸你的嘴巴，舌头还热着呢。""叫了怎么样，你这么出色这么优秀叫你大哥哥我高兴。"方静高兴之余压低嗓门问我："你真的不后悔这种没有结果的爱情？"我就告诉方静，中国是个人情社会，人人都活在关系中，否则就死路一条，为了海燕我离开父亲失去了亲情，为了海燕我从西安来到陌生的渭北市，我失去了乡情，为了海燕我得罪老同学丁惠，在同学中臭名远扬，失去了友情，这些关系我都断了，我只剩下跟海燕的爱情，我没爱出结果但我爱出了水平，无限风光在山顶，在途中，这些美好的往事值得我反复回忆。方静又开始叫我大哥哥。"大哥哥你太有思想了，早几年认识你就好了，我的初恋和第二次恋爱都不敢想，每想一次我就浑身发抖，我原来以为是我自己的毛病，拿他们跟你一比，他们连一根脚指头都比不上，我的第二个朋友跟我分手时连看电影的电影票都保存好好的要我报销，我的回忆都是噩梦，我见证了你跟海燕的相爱，无论你回忆海燕还是海燕回忆你都是那么美好，大哥哥你告诉我你和海燕为什么有这种素质和胸怀？我有时心眼小得蚂蚁都钻不过去，怎么会这样呢？"我知道给方静的迷魂汤灌太多了，吸鸦片一样上瘾啦，我只好硬着头皮继续胡说八道，我告诉她："个人很渺小，把个人放在历史的长河中用千年万年的目光上下打量，你的心眼就成了通天大道。"我甚至拿宇航员说事：宇航员从太空看地球，就是一个气团，太空中这种气团千千万，一瓶酒能把人灌醉，倒井里倒河里啥都不是。方静彻底被我灌晕了。

方静去就告诉张海燕：大哥哥是个圣人，他不但不恨你还告诉我你给他带来了无穷的快乐。张海燕就笑眯眯地问："大哥哥还说了什么？""无限风光在途中并不一定到山顶。"张海燕就说："大哥哥到底是大哥哥。""这才是大哥哥说的话。""大哥哥真有水平。""他对你的爱才有水平呢！""是吗？""哈，你就是这口气，你心里只有周健，一点也感觉不到别人对你的好，大哥哥伤心死了。""你不要告诉他他就不会伤心。""不告诉不等于他没感觉，他很在乎你，一个人要是在乎你，把你放在心上，你心里想什么他都会感觉到，何况你说的话。""他感觉到了也挺好，我这么夸他他会高兴死的。""有你这么夸人的吗？""那我换一种方式夸，反正我想什么他都能感觉到，我就在心里夸他啦。""海燕你没救了，你真的没救了。"方静睡着了，张海燕还醒着，后来连她自己都不知道她醒着还是睡着。

周末，周健和张海燕去叔叔周志杰家。他们半个月没去叔叔周志杰家了。金花婶婶一见张海燕就知道发生了什么事。春天的新鲜蔬菜下来了，两个女人忙半天做一大桌菜，叔叔周志杰拿出伊犁特曲酒，跟过节似的。酒喝到最高兴的时候，叔叔周志杰就弹起托布秀尔，周志杰正调试呢，张海燕率先唱起《大月氏歌》，一下子就把托布秀尔带向了苍凉和悲壮。在张海燕的歌声里大月氏人已经从伊犁河谷杀出一条血路，已经冲上西天山与南天山交界的无比壮美的托木尔峰和汗腾格里峰冰达坂，已经穿越整个南天山和帕米尔高原到达兴都库什山，成功地摆脱了强敌的合围追杀，在世界屋脊的西南侧兴都库什山波涛滚滚的崇山峻岭间找到新的家园，他们还在唱那首血与火之歌，他们满脸的兴奋和喜悦，没有恐惧没有仇恨没有愤怒，只有对上苍的感恩和敬畏，劫后余生的兴奋和喜悦是最真诚的。张海燕就这样唱着，所有的人都低声陪唱，然后跟她一起把《大月氏歌》推向高潮。

孩子，你要是渴了，不要饮河里的水，
河水里敌人下了毒，
你就喝敌人的血吧！
孩子，宁死也不要屈服，
死了，不要让我看到你睡在棺材里，
你的尸首一定要躺在盾牌上被抬回来。

这首古歌千百年来一直在游牧民族中传唱，直到一九四八年有个叫陈澄之的汉族学者把这首古歌译为汉语开始在汉人中传唱。这首古歌随传唱者的人生际遇而变化，总是从惨烈悲壮撕心裂肺的鏖战到夺路而逃时的恐惧，最后都要归结到落脚新家园后的兴奋与喜悦。唱到最后时都要击掌助兴。在欢快的掌声与歌声中金花婶婶从张海燕的眼神里看到她和周健已经有了家园有了安居之所，金花婶婶的眼睛就湿了，金花婶婶就把张海燕搂在怀里前后左右俯仰着身子反复高唱这首催人泪下又让人感激不尽的古歌。

中学生周晶晶已经相当懂事了，她已经十三岁了，父亲周志杰十三岁时就离开故乡离开父母去远方寻找出路，十三岁的少女从大人反复传唱的歌曲中已经感悟到生活的艰难，她就开始替大人排忧解难，她就在继母和海燕姐姐泪流满面的时候带着弟弟周巴图用清纯的天籁之音的童声朗诵杜甫的《茅屋为秋风所破歌》。"安得广厦千万间，大庇天下寒士俱欢颜，风雨不动安如山！呜呼！何时眼前突兀见此屋？吾庐独破受冻死亦足！"大人们就停止了流泪，托布秀尔就噔噔响起《萨吾尔登》的旋律，小动物们全都跑过来了，接着是马，牛羊骆驼也来了，大人们全被带动起来了，十二支《萨吾尔登》舞蹈把宇宙万物的生命跟人的生命连接一起，家园故乡大地母亲之外，还有生命的温暖自由和尊严。

周健不用张海燕陪伴可以独自上街，我们在街头相遇，还互相交换香烟，他用猴王换我的好猫，记者总有好烟抽，我刚从医药大厦参加一家企业新产品发布会出来，顺手牵羊揣了几盒好猫，见熟人就给，最后一盒送给周健。他肯定得让我一根自己的烟。好多年没有抽猴王烟了，在陕西猴王不算太差，中档吧，手头紧的时候买猴王应急。我们聊了一会儿，我知道他现在管仓库收入少一大半，利用空余时间学手艺，几年后能开个小店修家电就很满足了。我觉得这个愿望既实在也有可行性，应该不是很困难。大家都会帮你的。海燕对我已经非常警觉，而我又肩负着张海燕家人的重托，我拼命抽烟，烟雾几乎给我戴了面罩。抽烟有许多害处，唯一的好处就是能给自己打掩护，把整个世界置于朦胧模糊状态，就是在这种模糊不清的状态下，我都能看清楚跛子周健在张海燕的生命里建造起坚不可摧的家园。有过与女人交欢的经历，我马上联想到汉字的宫殿本身就是女人的子宫的引申和象征。引申过头就会丧失原义。人类现实生活层面的家园已经没有精神意义了。我已经脆弱到如此地步，我有许多话要对周健说，但这些话是说不出口的，我只肯告诉他我工作不顺很难受，想让他陪我抽一会儿烟，大街上抽烟不文明，河堤最合适。周健就跟我上了河堤，他坐下不方便就靠着长椅的靠背，我坐长椅上。周健安慰我，说他以前也有过这种情况，心烦得要死，又忍受不了孤独，就买包好烟请同事陪他坐一会儿，不说话就坐着抽烟。"说是一会儿，一包烟抽完要好长时间哩。"周健笑时牙齿很白，不像经常抽烟的人，整包整包抽烟大概是很久以前的事情了，他很能理解一个心烦意乱的人不愿意说话却一定要人陪着。他说完这些必不可少的安慰话，就一门心思抽烟。他绝不是一个贪婪的人，他抽得很慢很细致，轻轻呷一口，慢慢咽下去，在肚子里旋几圈，再慢慢吐出来，不是直直地鱼贯而出，而是轻轻冒出来，无风天气时烟囱就是这么冒烟的。一小口烟冒完之后，他会闭上眼睛品一品烟的芳香，一副陶醉的样子，烟卷在手指间沉入睡眠一样呼吸均匀，打着轻微的呼噜，文火炖汤似的。我担心烟要灭了，都气若游丝了，他才慢条斯理偏着脑袋轻轻呷一口，老头喝酒的架势。我从未这样抽过烟，我总是大口抽完，然后扔掉，一门心思写稿件，苦思冥想找突破口，常常把半截子烟扔茶水里，有时甚至扔汤里。烟在我们这种人手里备受凌辱，偏偏好烟不断。越不珍惜，糟蹋的机会越多。我该告诉周健人不是活在当下而是活在回忆里，留下美好的回忆是生命中最有价值的事情。现实生活中的家园故乡都是过眼烟云，人的精神故乡精神家园才是永恒的有意义的。犹太人几千年没有祖国没有故乡没有家园，在世界各地流浪，越流浪越有智慧，越流浪越聪明，越流浪越富有。他们把祖国故乡把家园全都提升到文化，提升到精神领域，他们生活的目标就是对精神生活永不遏止的追求。我一言不发地思考着，我脑海里的阵阵波涛会辐射到周健身上，我们挨那么近，都能感受到对方的体温，我相信我的这些想法会影响他。我三支烟抽完了，他一支都没抽完，他抽得很慢，但我脑子里雷电交加。

河堤下树林里的小提琴曲把一切都打乱了，考艺术专业的中学生常常在河堤下拉琴吹号，这个中学生扛一把小提琴，拉起萨拉萨蒂的《流浪者之歌》，显然把周健打动了，他连烟都不抽了，这也是我喜欢的曲子。我在音乐会上听过，听CD也不错，家里有音响。周健说他在收音机里听的，就是大学生入学报到时学校发的学英语用的小收音机。周健现在还用着。回渭北市之前，经常收听这首曲子，广播电台的音乐频道总是半夜三更放这首曲子，催人泪下又欲罢不能。我就告诉他：“这是人类难以消解的永远的乡愁，是一种高级痛苦。”周健告诉我：“许多农民工都爱听这首曲子，我就是一个吉卜赛人，越流浪越穷。我永远也流浪不成富裕而智慧的犹太人。”周健拄着拐杖笃笃笃地走了。这种节奏有点像《萨吾尔登》。

我的努力宣告失败。我没法给老同学张海洋交代，我不知道张海燕要把家里人瞒多久。除了上班我哪也不去，几乎成了宅男，完全丧失了记者的职业道德。也不敢上网，甚至不敢往电脑跟前坐，绿色金丝绒严严实实盖着。以前我总是在网上有聊不完的话题，点击率在渭北市名列前茅，博客就更火爆了。我怕泄露心里的秘密就如此冷落电脑。我跟囚犯一样在自己的牢房里无所事事。听一会儿音乐，就自言自语，疯话连篇，我相信一个人在房间里的独白不会有人知道。我不知道我有没有精神家园，却一门心思别有用心地给周健推销人类最美好的精神家园。我实在不想毁掉我在张海燕心中的形象。美好的回忆应该是对等的。我知道她现在怎么想我，即使周健不告诉白天我们在河堤上发生的那些事情，这个臭丫头也会知道我干了什么。幸亏我当时没有想得更远，真要胡思乱想起来就不可收拾了，你也就知道我当时掐灭了多少奇思妙想。这些伟大的创意刚露头首先把我吓坏了，幸好我那张脸罩在烟雾里，香烟不但掩饰人的恐慌，更重要的是让人冷静，一个冷静的脑袋远胜一个聪明的脑袋，更胜过一个激情的脑袋。现在一个人待在空荡荡的房子里可以让冷静的脑袋放松放松，给它一点点激情。昨天在河堤上跟周健在一起时的那个伟大创意就死灰复燃。在人生美好的精神家园里还有人类智慧的另一朵奇葩，那些不结果的智慧之花，其中之一就是有名的阿基里斯命题。这是古希腊哲学家芝诺提出来的，即阿基里斯追不上乌龟。阿基里斯是古希腊神话里的英雄，他健步如飞，能日行千里。芝诺语出惊人，他认为如果阿基里斯和乌龟赛跑，让乌龟在前，阿基里斯在后，那么，阿基里斯将永远追不上乌龟，阿基里斯要追上乌龟，他必须先跑到乌龟的出发点，而当他赶到这一点时，乌龟又向前爬了一段。如此类推下去，以至无穷，阿基里斯永远也别想追上乌龟。芝诺还提出飞矢不动的命题，他认为在空中飞着的箭，其实是不动的。芝诺的结论就是：人们感觉到的一切运动，都是不真实的，不存在的。没有结果的花朵才是智慧之花。

　　白天我再次在大街上看到夹着拐杖缓缓而行的周健，我没有勇气去跟他打招呼，我从他笃笃的拐杖声里看到的是那只跟阿基里斯赛跑的乌龟，乌龟不但在古希腊哲学里赢了飞毛腿阿基里斯，还在全世界儿童都知道的童话故事里赢了兔子。我就是输了的阿基里斯和兔子。白花花的阳光在我眼前成了万花筒。我眯着眼睛在茶色遮阳镜下嘲笑自己：痴人做梦到了这种程度。周健即使不知道古希腊哲学，不知道能跟人抬杠的悖论大师芝诺，他受过高等教育，机电专业的本科生绝对知道运动的连续性和间断性，对运动而言，空间应该是连续的，没有一半一半分开的空间。从高中一年级他和张海燕彼此有了好感，就以目传情，会心一笑，上了大学就互寄贺卡和明信片，毕业后都不曾间断，连续性保持这么好实属罕见。芝诺的这个阿基里斯与乌龟赛跑和飞矢不动的悖论困扰了人类两千多年，十九世纪初黑格尔用辩证法才破解了这两道难题。我要告诉周健的是这些不结果实的智慧之花有助于人对世界的认识，强化了人的思维，丰富了人的精神世界。我就这样站在大街上遥望着周健的背影高速运转我的大脑。不结果实的智慧之花在关中西府老百姓叫狗尾巴草骚轻不打粮。我咋就骚轻成这个样子。我对我一点办法都没有。

　　我到单位草草处理完公务。当个部门小头目就有这个好处，杂事缠身的时候分摊给下边人去做，遥控指挥就可以了，实在不行就推给最高领导，反正不是老总，上边有人担责任，下边有人做事情，舒服莫过于中层。所有的杂事都在脑子里都在心里。好多天我都没去单位的住宅区，我一直躲在桥南清姜河西岸的小区里。

清姜河和渭河的三角地带南临秦岭，北望高原，山环水绕，幽静至极。复式结构的大房子里就我一个人，花草疯长我都懒得理，我就躲在书房里，拉上窗帘，一片黑暗，墨绿色金丝绒窗帘隔光效果极佳，太阳就在窗外，但里边绝对是夜晚。我点一支烟，然后按亮台灯，我特意安装的萤火虫一样小号台灯，发出的光亮就一本杂志那么大，我总是把我喜欢的书放在这么狭小的亮光里翻看，书就像蛐蛐，在狭小的空间里斗出无穷的乐趣。现在我没有任何乐趣了。我把我的脑袋搁置在小巧精致的台灯下，一双无形的手开始给我做破颅手术。那双无形的手用锋利的手术刀告诉我，洞穴已经挖好了，可以进去了。我就进了很深的洞。其实洞并不深，里边太黑太暗给人一种深不可测的感觉。我必须背朝洞口，面向洞穴，我知道这是柏拉图有名的洞穴之喻，一个深不可测的洞穴，一群囚犯背向洞口，被捆绑在石柱上，无法转动脑袋，只能望着前方凹凸不平的石壁。囚犯的身后燃着一堆火，火光把影子投射到石壁上，囚犯竭力睁大眼睛想看清楚石壁上究竟是什么，一切努力都是枉费心机，在飘忽不定的火光下，那些影子变幻无常，永远也模糊不清。人们在现实中对事物的认识就如同洞穴里的囚徒看影子，一切都是不真实的，不确定的，不过是些摇曳不定的幻影。只有精神世界才是唯一真实可信的。柏拉图还有臭名昭著的恋爱理论即柏拉图式的精神之恋，单相思，比肉体之恋更真实。我一次次追问自己对张海燕的爱是不是精神之恋，那双无形的手用锋利的手术刀给了我似是而非的回答，这把手术刀在我脑袋里挖了一个柏拉图洞穴，我就成了我自己大脑中的精神囚徒，身后燃烧的火焰是我对张海燕的无穷激情，在激情的火焰照耀下，一切都成为摇曳不定的影子，连唯一真实可信的精神世界也变得不可信不确定了。

　　呼叫声把我惊醒。高档住宅区任何人进入都要经过保安查询，保安告诉我大门口有一位叫张海燕的女士和叫周健的先生来找您，可以放他们进来吗？我告诉了楼房号单元号和房号。我拉开窗帘，阳光跟囚犯放风一样狂奔而入，空间一下大了许多。一切恍如做梦。我到卫生间冲凉水清醒一下。我听见了摩托声。我到电梯口接他们。他们带了鲜花和水果，大厅里的阳光从囚徒变成仆人，围在鲜花与水果边上。他们是第一次来这里，张海燕也是第一次。张海燕嗷嗷惊叫不断："你该不会是贪官吧？"二〇〇七年以前西安的房价也就两三千元一平方米，渭北市也就一千多，两千元左右就算高档住宅了，让张海燕误认为我是大贪官的这栋房子二十多万，我好歹是报社新闻部主任，工作都七八年啦，在单位住宅区以外买这么一处商品房就让她惊讶成这个样子。我告诉她："大哥哥相当低调啦，大哥哥的同事可都好几套房子做投资呢，有钱存银行不划算。"周健就说："我们这辈子过不上这样的生活了，下辈子吧。"张海燕楼上楼下蹿了一遍，郑重其事地说："这么好的房子跟宫殿一样，就缺一个女主人。"我就在心里发狠："还能好过你在你身上给周健盖的房子？"这已经是狠中带酸了，有失大哥哥风范。我就告诉张海燕："有好房子没好女人，有好女人没好房子，世道就这么个世道。""太悲观了嘛，我们进来时都看到了，高级住宅区全是靓女，个个都像影视明星。""靓在脸上不叫靓，靓在心里才叫靓，那些靓女哪一个是心仪的女人。""那是大哥哥眼太高啦。""我没那么高雅。""那就是眼花啦，大记者走南闯北见多识广把眼睛练刁了，老鹰眼里就没有好鸟。"这话把我噎得气都喘不过来。还是周健厚道，周健说："老家人说法，女人就是煨房子的，只有女人才能把房子煨严实有烟火味有生活气息。"张海燕很干脆："你屋里人气不旺，有本事买房子，没本事娶媳妇，这算什么事？"

他们就这样同情我开导我怜悯我。可单身汉有单身汉的优势，一个人吃饱全世界不饿。在这种情况下我还得尽大哥哥的责任。

我亲自去西安，在家人跟前只待半天，大多时间开导老同学张海洋。海洋的妻子不作声，倒茶剥橘子认真旁听，她对小姑子的关心绝不弱于哥哥张海洋。我的弥天大谎几个月后就要露馅了，真到了那一天，我担心的不是海洋的父母当场晕倒送医院抢救，我担心海洋把握不住自己再打断周健另一条腿，那才叫悲惨世界。我开始演电影啦。你说我还能怎么着？海燕和周健来我屋里给了我机会，记者就擅长偷拍，记者跟特务区别不大。再进行PS技术处理，那个跛子周健彻底消失，高档住宅楼里就我和海燕，还有鲜花和水果。我专门提醒海洋：这是海燕亲自挑选的，各种鲜花，当然包括玫瑰，几乎是个百花园。嫂子都看出来啦，水果全是海燕爱吃的菠萝橙子香蕉。我忙说：我也喜欢我也喜欢。嫂子就说：我得指导指导海燕要顺着大哥哥的口味。更让人信服的是海燕的神色，典型的热恋中的女人嘛。我的老同学张海洋的妻子以女人特有的敏锐和直觉小声说道："海燕真的爱上你啦！她这么漂亮！她这么美！我都不敢认啦！这是海燕吗？"哥哥张海洋大脑袋晃了晃："不是我妹妹是谁？还能是谁？"一股寒流闪电般穿过我的身体，这不是周志杰所谓的拔别人屎毛给自己下巴栽胡子的典型案例吗？我后背发凉，已经不是寒流而是恐惧，我脸色肯定很难看。海洋的妻子就笑了："老同学激动成这样子，都是海燕妹妹的无穷魅力把你给震翻啦。"

我没有急着回渭北市，也没有回父母身边，我在西安长大在西安上大学，我对西安了如指掌，可在心里已经对西安很遥远了。我漫无目的地在大街上乱逛，离开我以前生活过的东门外八仙庵，不到两站路就再也碰不到一个熟人，到钟楼就完全成了异乡人。往南出文昌门，就更孤独了，人群里的孤独。我再也不会把我跟丁惠的那段婚外情当回事了，压得我喘不过气，事实证明，丁惠死心塌地跟穆教授过日子，丝毫没影响我对张海燕的爱，反而烈火喷油火势冲天，不惜继续制造谎言让张海燕和跛子周健瞒天过海。我就这么厚颜无耻地以爱的名义放纵自己，就像拥有故乡拥有家园的人可以有恃无恐蹂躏故乡以外家园以外的人类。就像孝敬父母热爱亲朋好友的人可以理直气壮地欺凌全人类。就像无限热爱全人类的人可以放开手脚虐待人类以外其他生命。《萨吾尔登》其实很简单，萨吾尔原本就是动物，噎噎噎是动物在跳，人也在跳，人和动物一起跳，人就会感觉到自己也是动物，人回到最初的生命状态，只有生命把生命当成生命的时候，生命就超越人类和动物就产生最基本的人性。我就给海燕发短信："大哥哥可以为你做任何事情。"海燕回道："那我就叫你一辈子大哥哥。"

2

希望变成现实，张海燕的身体有了反应，不是影视剧里经常演的呕吐，而是正常的女性生理现象，春天十二个美妙夜晚后的一个月，张海燕没有来例假。张海燕心头一喜，再观察几天，四十天都过去了，还没动静，就去医院做检查，确诊无误怀孕啦。春天十二个美妙夜晚的某一次跛子周健的精子冲破千难万险成功地进入张海燕的卵巢与卵子会合，生命的种子就开始发芽了。未婚妈妈，典型的高海拔发育，气温降至零下种子都能发芽，零下四十摄氏度严寒种子依然吐芽长苗，冰天雪地乱石滚滚就靠微薄的土壤傲霜斗雪越长越旺盛。拿着化验单往回赶的时候张海燕就已经感觉到小米粒那么大的小生命在茁壮成长。小宝宝快快长，长到三四个月把妈妈的肚子撑起来，就可以回周原县城逼外公外婆低头啦。这个没心没肺的臭丫头在公共汽车上就已经开始算计她的父母了。

　　她要把这个喜讯告诉周健，字都打好了，她还是没有发送。不是她想给周健一个惊喜，而是另一种兴奋和喜悦。她都不知道自己怎么穿过公司大院的。丰庆建筑材料有限公司大概是渭北市占地面积最大的单位，从北原延伸到渭河河滩，南北两个大门，一条大道从中间穿过，职工上下班不是骑摩托就是骑自行车，步行的人都是体育锻炼。张海燕从北门进去，健步如飞。周健正在洗头，她那么兴奋，周健偏着脑袋问有啥好事？"你先把你忙完。"周健草草收场，头发湿漉漉，一边用干毛巾擦一边问张海燕："快说呀啥好事？你涨工资啦？评上中级职称啦？"张海燕的毛毛眼神光闪闪："你再也不是跛子啦，老天爷给你加了一条好腿，比原来的腿还好，比梁山好汉神行太保的腿都好，比希腊神话里那个阿基里斯的飞毛腿都好。"周健愣好半天，从头到脚从脚到头反复打量张海燕，张海燕兴奋得浑身打战头发乱颤如在狂风中。"在我身上呢，你还不明白吗？"周健啊啊两声奔过去，到底是个跛子差点摔倒，也需要倒下去，他就顺势半跪在张海燕跟前，小心翼翼地摸张海燕的肚子，然后慢慢起来，把张海燕轻轻放床上，垫上枕头："不能再疯啦不能再累，小宝宝就像一根火柴那么嫩，一定要保护好，发育好，这不是我的一条腿，是我这个人，小周健。你好好躺着别动，我出去飙上一阵。"

　　周健骑上天蓝色白道道摩托就出去了。从西郊沿引渭渠向东到老火车站口向北拐向群众路，过火葬场，过二康（精神病医院），过劳改砖厂到县功镇向西上原，他就成了传说中的夸父，他不用抓捕太阳，更不会把太阳压倒在地酣畅淋漓地日，他已经把太阳日大了，用关中西府农村人的说法给太阳把羔打上啦，他只要盯着太阳呵护着太阳让太阳把胎保住就行。他的摩托那么疯狂纯粹是高兴，也让太阳高兴，他时不时把摩托头提起来，就像骑手勒住马缰让马扬前蹄，马一边奔腾一边欢叫。太阳就叫起来了，太阳一会儿发出苍老而浑厚的母马嘶鸣，一会儿发出小马驹那种昂扬清纯的欢叫。太阳再也不用惊慌失措地奔逃了，太阳在天上撒欢哩，四月的黄土高原油菜花金光闪闪，太阳都分不清天高地厚了，天地一片金黄，太阳就在黄金堆里打滚，落在油菜花里的太阳就是个满地乱爬的光屁股碎娃，见人就叫爸。

　　被太阳叫过爸的周健就从渭河出峡谷的地方拐下来，拐到陇海铁路的隧道口，他再也不用钻山洞了，他不再是老鼠和蛇了，但他要到山洞口看火车钻山洞。火车长蛇一样吼叫着出出进进，人真变成蛇变成老鼠也没有啥。他就向南入秦岭沿清姜河到宝成铁路的隧道口，看那些盘成 8 字阵的火车吭哧吭哧钻山洞，蜀道之难难于上青天，翻越大秦岭不是一件容易的事情，需要两个火车头，一个在前开道，一个在后边推，常常首尾相接，跟真正的蛇一样盘行过山。周健看火车这个样子就不再厌恶蛇。

周健就进入市区，先在车流里穿行，然后进入商业区，把摩托存放好，夹着单拐步行。在人流里挤来挤去的感觉很好。真不可想象一个人能多出一个人，一条命能变成两条命，这就是爱情的力量。开花结果，相爱总得有结果，孩子是最好的果实。他一下子就有了。他嘿嘿傻笑，人家就问他是不是中了彩票？他就说："比彩票值钱多啦。""股票绝对是股票。"他就说："股票就更没法比啦。"他不能把关心他的人弄一头雾水，他给人家一根烟，点上，告诉人家："我做爸爸啦，化验结果刚出来，我老婆有啦。"那人抽一口烟，望他那条残腿："你老婆了不起，你是跛子生下的娃娃不管是男是女就不是跛子啦，恭喜你呀。"陌生人都理解了他，周健高兴得都不想回家了。

周健还是回去了。张海燕躺在床上笑眯眯地看周健进来。"我听见摩托上原啦，我听见你奔到山洞前看火车钻山洞，我听见你在大街上挤来挤去，你把全世界都跑遍啦。""我太高兴了，我就想让全世界都知道我有多么高兴，我都想抓一块胡基（土坷垃）啃上一口。""孩子地上爬的时候抓到什么就吃什么，大地就是他的食堂也是他的厕所。""哈，那不是我跑遍了世界是我娃跑遍了世界。"张海燕也被煽乎起来了，"明天我也跑去吧，我要亲眼看看我娃跑遍全世界。""你别乱动，你要好好休息，别动了胎气。""那是几个月肚子大起来以后的事情，现在没事，你骑摩托带我，累的是你不是我。"

第二天周健骑摩托带上张海燕上原，在一片金黄的油菜花地穿行，有麦田有菜地但都被油菜花的海洋淹没了，花香熏得人打喷嚏，地头坡坎边上的蒲公英也是金光灿烂，张海燕忍不住摘一大把蒲公英鲜嫩的花朵在渠水里洗洗大嚼大咽起来。怀孕的女人都很馋，她还没到发馋的时候，她完全是回到了童年，在乡下外婆家时村里的孩子就这么生吃野地里的蒲公英吃蓿儿蔓吃茇茇菜。菜花蛇一身金黄从油菜花丛中爬出来了，就像从黄金洞里流出来的一股熔化了的液态黄金，一直流到周健和张海燕身边，张海燕抓住周健微微颤抖："不要打它，我不怕，我喜欢它，它太美了。"被赞美的蛇一下子就站起来了，挺起半个身子一晃一晃原地跳舞，它背上的花纹黄中带黑黑中有红，胸腹间一片银白，脑袋有黑色花岗岩的坚硬的圈；大地深处隐隐约约飘来笛声，远处有人吹笛子，高原的深沟大壑常常被风吹响，大风带着雷声鼓声，那都是给善跑的狼豹子野兔和鹞鹰伴奏的，轻风微微如同叹息如同呼吸，就是悠扬辽远的笛子和洞箫了，蛇就会在笛子和箫的旋律中翩翩起舞，它的苗条的身材美丽的花纹确实能把大地的生命展示到极致。眼前这条菜花蛇时而颤动如火焰，时而摇摆如疾风，时而腾跃如骏马，时而回旋如鹞鹰，时而迅捷如狡兔，时而奔窜如老鼠，柔韧如绸缎的时候就是在展示自己张扬自我；然后原地消失，身下就有个洞，钻洞的样子完全是流水一样的汨汨而入，与大地融为一体。美妙的蛇舞把他们看得惊心动魄，张海燕就告诉周健："你就这样进入我的身体的。"周健那么惊讶，张海燕就告诉他："我怀孕的那天晚上梦见了蛇。"张海燕眼睛里全是笑，油菜花金光闪闪的花瓣在她眼睛里摇曳不定："梦见蛇怀的就是儿子，儿子来得真是时候。"

他们两个都变了，变得大家都认不出他们了。

刘军盯了周健好半天："有啥好事把你高兴成这样子？""啥

话嘛，我就不能高兴啦？"刘军绕着圈圈也套不出周健的秘密，刘军就刺激他："你找哈治腿的秘方啦，得是？""嗨，你是诸葛亮呀！你是刘伯温呀！你狗日的还真会神机妙算！还真让你狗日的说对啦，老哥我寻下治腿的秘方啦，老哥五一节就能撒下拐杖大步行走啦，五一国际劳动节，全世界的劳动人民那一天都能听见我周健两条腿稳稳当当走路的脚步声。"刘军被震得一愣一愣，眯着眼左看右看上看下看周健浑身上下除了高兴还是高兴，不由他不信，他就彻底相信了："这是天大的好事，也是爆炸性新闻。""搅拌机把我腿搅断才是新闻，我恢复正常人的生活算是新闻的话这世界也太王八蛋啦。""说的啥话嘛，谁想挂拐棍过日子？好事就是好事还能说成坏事？"

刘军就把这桩好事说给公司每一个人，上千号人呢，说到一半的时候，消息早传遍了，被大家反复掂量过了，人家就告诉刘军："你离周健太近灯下黑，你就没听出来周健话里有话。"刘军很吃惊，他这么精明的人听不出周健话里的弦外之音，人家就告诉他："周健说得明明白白，五一节就能撒下拐棍，就是说五一节的时候张海燕的肚子就捂不住了，就成喜马拉雅山那么高了。""啥？这狗日的！这狗日的！给张海燕把羔打上啦！给张海燕满满装了一窑砖嘛！""周健是跛子张海燕肚子里的娃可不是跛子，看把你瓜的。"

刘军跑到周健跟前，还是那么细眯着眼睛左右上下打量好几遍，然后就像电影里的慢镜头更像宇航员在月球上走路晃晃悠悠走到周健跟前："高！高！实在是高！兄弟服你啦！兄弟我是服得五体投地啊。""高个屁，一个跛子能高到哪里去？""射雕英雄传，你老哥把天鹅都射下来了，郭靖算个屁。"

这些天张海燕只要闲下来脑子里就是那条翩翩起舞的菜花蛇，老鼠出来都跳舞了，燕子麻雀七星瓢虫蜻蜓蝴蝶全都翩翩起舞，这都是《萨吾尔登》的前奏，当全部《萨吾尔登》结束后蛇舞再次登场，已经不是悠扬的笛子和箫，而是充满青春活力的《少女萨吾尔登》，张海燕就不由自主地动起来，那颗心在翩翩起舞，温柔端庄委婉恬静。她就忍不住摸孩子们的脑袋，她的手充满音乐，孩子们全都能感觉到，她把《萨吾尔登》传给孩子，也传给肚子里正在成形的小宝宝。孩子身上有神灵，孩子们终于发现了海燕老师的秘密，她的手唤醒了孩子们，孩子们从她的睛瞳里看到了摇摇晃晃的小人儿，孩子们看万花筒一样排队看海燕老师美丽的毛毛眼，细眯眯的毛毛眼特别聚光，神光闪烁但挡不住孩子们明亮清澈的目光，男孩女孩们凑近海燕老师就能看见海燕老师温馨明亮的眸子里晃动着一个小人儿，孩子们就喊起来："哈，我到海燕老师的眼睛里啦！"所有的孩子全都进去了，男孩女孩逢人就说。同事们就来凑热闹，一看就明白了，海燕有身孕了，海燕这么兴奋又不好问。典型的未婚妈妈嘛，也不知道怎么收场。海燕那副胸有成竹的样子她一定有办法。

公司的人对周健所说的五一节就能撤下拐棍有了新的理解，周健这狗日的不但吃到了天鹅肉，不但给天鹅打上了羔，还要在五一节的时候带着怀孕的天鹅去周原县城见天鹅她爸她妈，小外孙就在女儿肚子里装着，看你咋办？这才是跛子扬眉吐气的时候，狗日的跛子周健到了那一天岂止撤了拐棍，等于长了翅膀上了天嘛。天鹅飞多高他就飞多高，寥天大地跟天鹅比翼齐飞的不是鹞子就是鹰。怪不得张海燕那么爱跳新疆舞，新疆舞能把跛子跳成雄鹰。有人试探周健五一长假去哪达逛呀？北京上海还是杭州西安？周健就说："回周原。""跟张海燕一搭回？""一搭回。""有张海燕陪着阿达都是天堂。""天堂是人造哈的又不是偷哈的抢哈的。"可以肯定五一节就是他们回周原县城进天堂的日子。到了那一天闯都要闯进去，你看张海燕那满脸兴奋满身自信，再看周健那么从容镇定，活脱脱穆桂英杨宗保一对活宝在世嘛。大家就这么传来传去，传到办公楼上，办公室的人都说：撇下拐棍跟正常人一样好事情嘛。

公司上下都觉得这是个好事情，很少有人去细想两个没心没肺的活宝，给父母把话挑明会把父母气成啥样子，再露出大肚子威逼父母，父母有多么无奈，干瞪眼把气咽到肚子，半年六个月都难以消解。大家想好事的时候尽量好上加好。好到一定程度就上升到公司的风气。从古到今都是好事不出门坏事传千里，周健能这么短时间恢复身体，恢复对生活的热爱，还能过上正常人的生活，说明我们公司风气正风气好，一方面得力于公司领导有方，另一方面得力于全体员工的素质和修养。这么高的素质哪里来的？我们公司独特的企业文化熏陶的。归来归去还是归到穆教授，归到《朱子治家格言》，归到《菜根谭》，归到《弟子规》，父慈子孝，兄仁弟悌，泛爱众而亲仁，周健受惠于《朱子治家格言》《菜根谭》《弟子规》嘛，还感染了张海燕。周健不是梧桐树能引来张海燕这只金凤凰吗？梧桐树可是我们公司院子里长出来的。公司再也不会强迫周健和张海燕了，公司上下就是高兴，发自内心的高兴。周边的人都知道这个了不起的跛子过上了美好的生活。对一个跛子来说，正常人的生活就是他们的梦中天堂。

好事不用传千里，传到百里以外的周原县就行了。你肯定会想到记者大哥哥又得忙乎一阵子，从西安到周原县把张家的上上下下从头到脚蒙一遍，我觉得我已经不是记者，我已经成小说家了，坑蒙拐骗到一定程度把人蒙晕了蒙到快乐至死也就完成了记者到小说家的转化。不得不承认我已经陷进去很深了。我什么都不在乎了。到这种程度，我要灭火根本不用消防车，像《封神演义》里的妖道一样吐口唾沫就没事了。这些好事传到周原乡村老刘家，记者大哥哥就没办法了。那是教授的讲坛之一，那里的乡亲们已经把穆教授当文曲星下凡传上天福音的人，家家户户都把《朱子治家格言》《菜根谭》《弟子规》摆在祖先的灵牌跟前，祭祖上香的时候穆教授和他的大作都能分享其祖先的光荣。刘家最尊贵的八婆五一长假的第三天过九十五岁生日，周原人把老人的生日都叫好日子，过生日做寿就叫过好日子。刘家八婆特别叮嘱操办好日子的晚辈一定要请上刘军的同事周健，娃不当当的成了跛子能有啥好日子？把娃请来，给娃鼓鼓劲长长脸。

刘家在公司的那位副老总不好传话，就让刘军捎话。周健还愣着，张海燕满口答应，"九十五岁大寿，太给咱面子了，咱们一定得去。""那么远你能去吗？""六七月份肚子大起来想动也动不了，现在没事，还能借寿星老的福气保佑咱们的小宝宝呢。"

这些日子张海燕身上始终蹿动着一股暖流，一觉醒来就能感觉到从子宫蔓延到腹部到胸脯然后流遍全身，而且带着《萨吾尔登》的旋律和节奏，整个宇宙天地万物的生命都随着这个节奏和旋律反复回旋。她看到那些怀孕的母亲们在用莫扎特和奥尔夫的音乐做胎教，她就想给人家介绍《萨吾尔登》，人家都不知道《萨吾尔登》是什么，可全世界都知道莫扎特都知道奥尔夫。张海燕就不勉强人家了，张海燕就一门心思任由全身的血液和喷射血液的那颗心随《萨吾尔登》跳动奔腾，她给小宝宝的胎教可都是大自然里的大生命，让莫扎特见鬼去吧！让奥尔夫见鬼去吧！

也真邪了门了。张海燕去金花婶婶家时，金花婶婶正傻不拉唧地给田晓蕾介绍胎教经验。

田晓蕾在众人相助下成功地从汉族变成蒙古族，档案里多了一份巴音布鲁克草原的童年经历。西安人一直认为她不是汉人，在新疆生长的汉族疆二代疆三代差不多都带有西域胡人特征，高鼻大眼毛发浓密。田晓蕾把新疆方面的材料往单位一交，主管领导就嘀咕一句："本来就不是汉族嘛，认祖归宗好啊都是中华民族嘛。"这个时候丈夫王长安还蒙在鼓里。田晓蕾跟丈夫分床一个月，中年夫妻早已激情不再，分居也不是问题，王长安没当回事。分床是分床了，田晓蕾更关心他了，又是炖鸡又是炖鸽子，海参一买好几斤，一个多月养精蓄锐，两个人仿佛回到新婚，王长安误以为妻子制造浪漫情调重返新婚美好时光，那就积极配合吧！天山顶上下来的女人厚道得让人感动啊，新蜜月就开始了。王长安幸福得一塌糊涂。一个月后，田晓蕾递上一张化验单子，怀孕了，王长安还没愣过神，田晓蕾又告诉他：我是蒙古族，可以生两胎，这胎我要定了，你给个态度。王长安跟做梦一样，只管点头。怀孕三个月后，田晓蕾再次告诉王长安，B超结果出来了，是儿子。王长安就乐晕了，这么大的喜事得慢慢告诉父母。别看父母是中学特级教师高级知识分子，骨子里封建得很。当初前妻带女儿走，王长安全家没太强求，关键就是女儿不等于儿子。王长安基本上丧失了知识分子的气节，跟个庄稼汉一样抱住田晓蕾的腿："你是我们老王家的活菩萨呀，我们老王家的香火又烧起来啦。"王长安的父母得知这个消息，老母亲抓住儿媳的手："媳妇啊你现在不是你啦，老王家的血脉在你身上啊，你责任重大啊，你们就搬过来住，长安不来也行，他自己管自己吧。"父母彻底把亲生儿子扫一边去了，老两口把媳妇夹中间，把儿子呵过来呵过去。然后全家一起给爷爷奶奶上香告诉地下的王家祖先王家后继有人了。

娘家更是喜出望外，老母亲拉住女儿的手摇啊摇："这下你在老王家有根啦，我和你爸彻底放心啦。"田晓蕾告诉金花："我走在西安大街上就觉得我已经钻到地底下去了，宝贝儿子还没出生哩我这个妈就把根扎这么深，已经不是盘根错节的大树，都成大蟒蛇了，在大明宫常宁宫里绕来绕去，儿子对女人可是太重要了。"田晓蕾告诉金花："我公公婆婆搞了一辈子教育，胎教资料是挑了又挑选了又选，哪有《萨吾尔登》的立足之地。"公公婆婆的胎教资料里理所当然包括了伟大的神童莫扎特。张海燕刚刚嘲笑了莫扎特，张海燕只对B超检查感兴趣，女人们总想提前知道胎儿的性别。张海燕对生男生女无所谓，此时此刻她也跟田晓蕾一样强烈地想要儿子。田晓蕾早几个月怀孕已经确认是儿子，就像拿了奥运金牌已经功成名就，张海燕还在拼搏中，张海燕就很羡慕田晓蕾。

田晓蕾现在的苦恼不是她自己，而是王长安与前妻的女儿。就在老王家举族欢庆田晓蕾怀上儿子的时候，王长安的前妻带女儿回西安探亲，前妻恪守离婚时的约定，只要回国，就让女儿回父亲身边待几天。爷爷奶奶父亲叔叔姑姑这些有血缘关系的亲人突然有了某种隔阂，还是那么热情问寒问暖问长问短，只能感觉某些不对劲说不出来。女儿只讲给相依为命的母亲。母亲原打算不去前夫家，娘家人都应付不过来，母亲以为女儿多心，女儿上高中了，正是多愁善感的年龄，母亲就有必要来前夫家一探究竟。大人还是火眼金睛，马上就知道丈夫的后妻怀了儿子，母亲就告诉女儿："祝贺你孩子，你要做姐姐了，你有小弟弟啦。"女儿就告诉爸爸："我以后会回来看弟弟的。"吃饭的时候，女儿给爷爷奶奶夹菜，还特意给田晓蕾夹了两个大虾："阿姨一个弟弟一个。"大家都笑了。女儿一下子就长大了。女儿给大家唱了一首美国歌曲，朗诵了一首惠特曼的诗。田晓蕾还记得那首歌和那首诗。那首歌中唱道："都来吧，希望改变命运的扬基农民们。有足够的勇气走出土生土长的圈子，离开爸爸妈妈恋守的村庄。"惠特曼的《大路之歌》表达了同样的意思："你刚到达你要去的城市，还没有满足地安顿下来，你又被一种不可抗拒的呼唤，叫了出去。"爸爸王长安把女儿搂在怀里："这里是你的家，你随时都要回来。"女儿真的长大了，女儿指着自己心脏："家在这里，我每时每刻都在家里。"王长安一直把前妻和女儿送到咸阳机场，回来后好多天都提不起精神。

田晓蕾告诉金花："这孩子唱的歌读的诗对我还真有所触动，你跟周志杰待在渭北市不死不活想不想来西安？我这儿子一半是你的，王长安一定要你当儿子干妈，一定要报答你们，他关系重，跟周志杰商量商量在西安找单位不太难。"金花展一下腰："不用啦，外地也有单位主动来找，我们细细琢磨了一下，哪个单位刚开始都冲你的业绩冲你的才华，用完后就怕你的业绩怕你的才华，叶公好龙啊，动跟不动没啥区别，干脆原地不动。"

她们就到周志杰的书房去看看。周志杰正给研究生上课呢，打个招呼，她们就出来了。

周志杰最近在研究蒙藏关系史，重点是明末清初蒙古族学者罗布桑丹津的《黄金史纲》和萨囊彻辰的《蒙古源流》。周志杰从蒙藏一体的角度重新考察北方草原到西北瀚海复杂多变的民族关系。吐蕃和唐帝国最强盛的时期都深入中亚腹地，都信奉佛教，即使在中原地区，唐以前儒家没有后人想象的那么独尊，有唐一代，儒道佛并重，佛道一度盛于儒。十三世纪崛起于蒙古高原的蒙古民族，越过阿尔泰山横扫欧亚大陆，一直称雄于十七八世纪中叶，他们离开故乡时是战士，归来时全信了佛，与《西游记》相近，但比《西游记》辽阔雄浑。清朝后期在蒙古草原找一个行刑刽子手都很难，需要高薪从内地招聘。顺治出家信佛从另一个角度来看，也是武功盖世的满洲人入主中原后的绝妙一笔，天下一统，神州太平，人们刚从战乱中喘过气来，一位仁慈的小皇帝因情而伤心过度削发为僧，几乎是几千年前喜马拉雅山南麓那个叫释迦牟尼的王子放弃王位倾心佛法的翻版，有清一代，佛把满蒙藏连在了一起。当年卫拉特土尔扈特人回归天山，等于把吐蕃与大唐传播到中亚的佛教文明再次唤醒，天山母亲几乎成为中国人心目中观音菩萨的化身，甚至接通了《山海经》与《穆天子传》所记载的昆仑神话与西王母的传说，是一种新文明诞生前的一缕曙光。

《黄金史纲》开篇引言写道："最初，人类是化生，吃禅食，自身发光，依法术在空中飞行，有无限的寿命。那时候，他们中有一些人贪食美味，吃了大地上的'甘露'，人身上的光便消失了，变得一片黑暗。为了人类的生存，天帝之子——日月出现在空中照耀大地。从那时起，吃得多的人变得容貌丑陋，吃得少的人容貌变得俊美，于是人们之间有了'我的容貌俊美，你的容貌丑陋'的争论，相互间产生了鄙视。"被窝猫大被窝拔别人尿毛给自己栽胡子从人类之初就开始了，大概要与人类共存亡，而且处心积虑千方百计利用一切技术和手段努力达到既贪婪又俊美的双赢效果。周志杰一下子理解了与罗布桑丹津同时代的另一位学者萨囊彻辰。萨囊彻辰是成吉思汗黄金家族的后裔，鄂尔多斯浑台吉，精通蒙藏汉语，所著的《蒙古源流》澄清了蒙古人是苍狼和白鹿的后代这一胡言乱语，远古有位阿拉坦希热图汗有三个儿子，小儿子孛儿帖赤那跑到北方跟豁埃马阑勒结婚，成了蒙古部落首领。周志杰以前总不明白萨囊彻辰文笔委婉欲言未尽吞吞吐吐，与罗布桑丹津的《黄金史纲》对照着读时恍然大悟：英雄时代过去了，美好的事物都消失了，《蒙古秘史》是草原民族胜利的凯歌，而《黄金史纲》尤其是《蒙古源流》则是草原的哀歌，无限悲凉弥漫字里行间，也弥漫了周志杰的内心。

田晓蕾离开时对金花说："周志杰都快成唐僧了。"金花就告诉她："他吃禅食，身上发光，越老越帅。"

随着五一长假的临近我惶惶如丧家之犬，阴谋的主角张海燕和周健没事人似的，在大街上碰到这两个没心没肺的家伙他们还好意思问我五一长假为什么不去外地旅游。旅游个头！记者大哥哥去旅游你们这对狗男女还不叫人家宰了喂狗！心里气嘴上还得抹上蜜，笑眯眯地问他们怎么过五一长假。张海燕就告诉我回周原老家。我得搞清楚原子弹爆炸的具体时间，我好做打算，都他妈替你们打算！张海燕告诉我："五月四日去参加刘老太太九十五岁大寿，下午回县城见我爸我妈。"张海燕把周健的胳膊往怀里一搂，肯定要带这个活宝去喽。五四青年节正是个好日子，有人活到九十五岁，有人一天都活不下去，这个活不下去的人肯定是记者大哥哥，这两个浑蛋这一对狗男女会在五月四日下午准时把胖子和小男孩投向可怜的爸爸妈妈，谁家父母都会把未婚女儿肚子里的孩子当作美国人当年投向广岛的原子弹，那个跛子姑爷作为第二颗原子弹胖子当之无愧。

"大哥哥你笑得这么怪，领导批评你啦？"

那绝对是历史上最黑暗的一天。刚离开周健跟张海燕这对狗男女，就碰到早已断绝关系的老情人丁惠和她的先生穆教授。他们从妇幼保健站出来，丁惠肚子大得像航空母舰，满脸得意，丈夫穆教授则无比自豪。穆教授要打出租，丁惠不让："医生说了，要多运动，生产时就少受罪。"他们上了河堤向西边人少的地方走，那都是情绪难以控制的人去的地方，他们去那里干什么？我最应该去那里我却无法去那里了。

我要关上手机了。我会在五月四日上午八点对老同学张海洋进行最后一次欺骗，我会告诉他你妹妹是个多么好的姑娘，我们真心相爱，永结同心，她把一切都交给我了，她都有了我的孩子。由于我的不检点，我总是难以摆脱以前的旧情人，终于有一天被海燕撞见了。你可以想象海燕有多么伤心！她无法原谅我，又不肯做掉孩子，她给孩子找了一个新爸爸，今天下午她会带那个小伙子回家。我不会告诉周健的具体情况，我的承受力只能让我给老同学家里投放一颗原子弹，第二颗原子弹张海燕随身带着让她自己引爆吧。

在关上手机之前，我得安排我的五一长假。正好有一个外地采访任务，懂行的人都知道，记者跟警察一样节假日不但没假而且更紧张，外出采访就很舒服，自己掌握时间和行程，跟度假没什么两样。我的职务就有这个好处。

五月二日大清早我踏上开往杭州的火车。车过眉县时我就不对劲了。关中平原就像一个大葫芦，从宝鸡展开到眉县与岐山交界处又收一下，收得很紧，跟渭河出山的峡谷地带一样，眉县与岐山交界处就是诸葛亮与司马懿对峙的地方，诸葛亮在河对岸五丈原升天成圣。最近的一场恶仗是解放战争有名的扶眉战役，彭德怀与胡宗南马步芳决战，胡宗南一捏就碎，马步芳之子马继援的青海82军让彭德怀大将军吃尽苦头。我的心越收越紧，过武功杨凌时我一下子站起来，高原要消失了，关中平原在这里彻底摆脱了高原成为真正的大平原，一泻千里直到潼关，那可不是我要去的地方。武功杨陵往西属于真正的渭北高原，咸阳西安渭南以北至铜川与陕北相接的丘陵都不能跟关中西部的高原相比。我什么时候下车的我都不知道，列车在杨陵站只停两分钟，我回过神时已经在站台上了，我还记得我从座位上站起来时脑子里闪出苏格兰诗人彭斯的诗句："我的心呀在高原，这儿没有我的心……别处也没有我的心。"我就彻底清醒过来。

我去汽车站乘大巴重上高原。肯定是古老的周原。不走西宝高速，走北线过乾县，扶风，岐山。数不尽的深沟大壑，一会儿跌入沟底，一会儿越上原顶，大起大落跌宕起伏，车子成为汪洋中的一叶扁舟，西北高原本来就跟西北之北西北之西的沙漠戈壁连在一起，黄土都是长翅膀的。下车后我就处在高原大风的吹荡中，衣服跟旗子一样噼啪响，头发被大风揪起快把我揪上天了。我在县城一个朋友那里借一辆摩托车，采访包加上长沿遮阳帽加上墨镜，我现在成了真正的流窜于野外的采访记者。

我在渭北周原一带跑了整整两天，浑身酸疼，又黑又瘦，砂纸打磨似的，高原风擦身而过时总有一种在身上撕开一层皮的感觉。五四青年节上午，关环北线岐山与扶风交界处，我看见两辆摩托车，前边开路的是刘军，后边那辆摩托一男一女两个人，不用说就是周健和张海燕。我在五六米远的果园里，进入五月，麦子油菜果树气势汹汹绿得发黑，透过庄稼和树木茂密的缝隙，刘军周健和张海燕的一举一动尽收眼底。我与他们保持一公里的距离，不断有摩托车超过我。高原上的乡村大道起伏更大，拐弯更急，大马力摩托是最佳交通工具，比在高速路上飙车还要过瘾，高速路起伏有限，最多拐几个大弯，还是摆脱不掉沙盘演练的感觉，沟壑纵横的高原就不一样了，完全是一种上天入地的鹞鹰一样的飞翔状态，也只有战斗机飞行员能找到这种感觉。

我就没必要进村了，后来刘军告诉我当天发生在周原县老刘家，刘老太太九十五岁寿宴上的事情。

张海燕诚心诚意去赴宴的，带的礼物老太太很喜欢，一盒冬虫夏草，一顶自己亲手织的帽子，纯羊毛的，老太太往头上一戴雍容华贵跟英国女王似的。寿宴高潮时周健的同事，就是那个误伤了周健的刘军本家堂兄弟成了宴会的主角。小伙子是刘老太太的重孙子，一大群中老年妇女从小娇惯，勉强读完初中，上个职业学校，刘老太太多次发懿旨，当副市长的叔叔先后安排几处工作，都干不下去。副市长叔叔退居二线，在丰庆建筑材料有限公司当副总的远房叔叔接手呵护，安排在自己身边，堂兄刘军手把手都教不会，误伤了周健，副老总叔叔一边安抚患者，一边打通各种关系，把这起安全事故大事化小小事化了。小伙子还是觉得受了委屈。大家赶到现场救人时对他破口大骂，还推他，本家哥哥刘军竟然动手打他，连踢带打呀，他从娘胎里出来连骂都没挨过，挨打就更不可想象了，狗日的刘军就出人意料地把他暴打了一顿。刘军在寿宴上很低调，还主动讨好闯祸的堂弟，主动给堂弟倒水点烟，老太太连声称好：这才是好兄弟，家和万事兴，你们兄弟在一起和和气气比啥都好。

老太太叫周健，周健过去。老太太一手牵一个，把受害者和肇事者拉在一起："你俩也是好兄弟，都怪那个狗屁机器冷冰冰没人情味，把兄弟俩弄生分啦，婆把你俩拉扯一搭，你俩一日为兄弟，终生为兄弟。"张海燕还真的被感动了，她举手机拍下这感人的一幕。接下来的事情就让她吃惊了，家族那几个在外边混得有头有脸的副市长厅长局长区长副县长乡镇长——受到老太太的数落和嘲笑，他们全都唯唯诺诺大气不敢出。那个娇惯坏的刘军的堂兄弟坐在老太太身边，老太太把他揽在怀里，就像个宠物狗。张海燕周围都是村里来祝寿的外姓人，她们就叽叽喳喳发表议论："老太太把重孙子当心尖尖肺把把，出那么大的事故，娃连惊带吓，刚才刘军给娃赔不是都没把娃唤过来，把腿揽断的同事站他跟前，同事跛了一条腿受了那么大罪气色都比他好嘛，老太太就作践刘家这些功成名就的顶梁柱子，看给重孙子能不能把劲鼓上，我的爷爷娃还那么蔫瘪嘛，不知道老太太还有啥邪方子。"张燕海就听出了味道。张海燕自从怀上娃看待人和事就淡定多了，每一个怀娃的女人多少都有些菩萨心肠。张海燕只觉得农村水很深还真没多想。

最后一道程序就开始了。大家挨着去给老太太祝寿，说祝福的话。轮到周健时老太太再次拉住周健的手，重孙子就在她身边她却没拉重孙子的手她只拉周健的手："我娃不当的，机器搅你你疼呀不？"周健老老实实告诉老人家："啥都不知道了，醒来时已经躺医院啦。"老太太就摸周健的手："我娃疼糊涂啦，我娃不当当的，我娃这么不当！"

张海燕脑子飞速旋转琢磨这个不当。不当有可怜的意思，也有不把人当人的意思，也就是人家怎么对待你。《萨吾尔登》就是人把动物的命也当命，人像对待兄弟一样对待动物，动物同样把人当自己的兄弟，平等地对待人。孙中山在总理遗言里那么沉痛地告诉国人：团结世界一切平等待我之民族。近百年中国人受尽屈辱，时时刻刻盼望着欧美列强能平等待我中华民族，那是中华民族最不当的时候，不当当得很。每当中华民族到了最危险的时候，待和当就成为生死攸关的问题。中国人已经站起来了嘛，中国人不当当的时候已经过去了嘛。当前耳目下最不当当的是全人类不是周健。全人类不当当，不是周健不当当。张海燕就过去了，张海燕就甜甜地叫声老奶奶你看我乖不？老太太顺口就说："乖嘛，这么乖的女子心疼得很。""周健娶了我这么乖的媳妇周健有啥不当的？""他是个跛子嘛。""跛子配个七仙女跛子就没啥不当的。"老太太就眯起眼睛："有了媳妇就能不当？""奶奶说得有道理，有了媳妇怀不上娃，尤其是怀不上儿子娃，那才叫不当当。"方圆几十里都知道刘家老太太的心病：刘氏一族在外功成名就的生的全是女子，守在农村没出息的生养的都是儿子。当家媳妇就抛出杀手锏替老太太解围，这个身材高大的中年妇女冷笑一声："你是周健媳妇吗？娶进门没有？没进门的黄毛丫头一口一个怀娃娃你能怀娃娃吗？"张海燕就开始要无赖了："周家门槛高讲究多，怀不上儿子娃我连见婆婆的脸都没有。"张海燕抖一下手里的化验单子，"刚出的结果，儿子娃，给人家周家有个交代了。"中年妇女再逼一步："周家就是个庄稼人，揭起尾巴是个母的都能进周家门，你父母可是县城吃皇粮的公家人，婆家门好进娘家门不好出吧？"张海燕就哈哈一笑："娘家门好出得很，哪个父母看着女儿怀三个月身孕还硬撑着不让出嫁？"这句话横扫千军彻底堵上了中年妇女的嘴。

　　大家吵吵嚷嚷说啥的都有。趁乱刘军拉上周健和张海燕往外走。张海燕还不以为然，刘军说："等席散了你俩就走不了啦，瓜女子你把天捅破啦。"张海燕这才慌了。刘军带着他俩七拐八拐出了村。

　　刚开始刘军的摩托在前，过了两个村子周健的摩托就冲到前边，已经不是逃离，而是一种真正的飞翔，在他们后边不到一百米，大哥哥我的摩托车就紧随其后。确实有人冲到村口，破口大骂，跺脚诅咒，也有驾车追赶的，过了一个村子就不追了，他们发现在刘军后边的大哥哥我，我的行头把他们唬住了，黑社会一样的大墨镜，采访包很容易被看成秘密武器。我一直与刘军和周健保持一百米的距离。头盔和大墨镜把我藏得很深，我能认出刘军，刘军认不出我，刘军朝后看了两次就不看了，认不出大记者但绝对肯定我不是他们村里人。周健压根就不往后看，他后边有张海燕。张海燕搂着周健的腰，脑袋贴在周健背上，头发从头盔里飘出来被风拉得很长，风拉得更长的是她身上的咖啡色风衣和红纱丽，鲜艳无比的红纱丽一定是金花婶婶从新疆带来的，此时此刻在渭北高原的深沟大壑间红纱丽成了翅膀，咖啡色风衣成了翅膀，头发成了翅膀，张海燕满含着激情的带泪的眼睛和脸庞在头发与头盔间闪出一道道耀眼的亮光，跟闪电一样，张海燕就成了引领土尔扈特蒙古人从遥远的伏尔加河畔回归天山母亲怀抱的吉祥如意的天鹅，此时此刻，这只白天鹅带着跛子周健奔驰在艰难而幸福的道路上。数不清的深沟大壑，数不清的高山大川，西北之北西北之西，戈壁沙漠本来就跟黄土高原连在一起，这种地方盛开的爱情之花绝对鲜美无比！紧紧搂着周健后腰的张海燕就像这辆摩托车的发动机，不断地默默地给周健以极大的鼓励，得到鼓励的周健就把摩托车开成了飞机，数不清的沟壑一闪而过，数不清的群山深沟如履平地，高原，无数个馒头状的浑厚无比的高原晃动起来，黄土本来就有翅膀，黄土曾经有过山呼海啸般的飞翔，古老的神话般的扶摇羊角九里的飞翔，从西域瀚海到渭河谷底黄河谷地的飞翔，村庄田野不断地被甩到后边，飞翔的张海燕和周健突然定格在天地间一动不动，天地万物从他们身边一闪而过，无穷的时间和空间都与他们擦身而过，他们就这样进入永恒。很快就上了关环线，周原县城一闪而过。周健和张海燕没进周原县城，刘军急了，加大油门大喊大叫，我赶到刘军前边截住这个大喊大叫的家伙，我摘下墨镜卸下头盔，刘军还在叫，我就告诉他："让张海燕做一次天鹅吧，天鹅的飞行高度是九千米，让张海燕做一次雪莲吧，雪莲生长的地方在海拔五千米以上。"刘军不吼叫了，刘军就冷笑："不管九千米还是五千米，掉下来都得粉身碎骨。""你不要小瞧跛子周健，跛子周健能让天鹅飞起来，就能让雪莲花盛开。""他们到底跑哪里去了？""过了凤翔过了千阳过了陇县就回来啦。""回市里？""回市里。""不回周原县城？""暂时不会回周原县城。""不回周原县城见张海燕的父母他们的婚姻就很麻烦。"刘军总算明白了，满脸狐疑，"你这不是引火烧身吗？你能行吗？""都这时候了，行也得行，不行也得行。"

刘军这小子陪我到张海燕父母家门口就撑不住了，就溜了，活脱脱一个陪荆轲刺秦王的秦舞阳。这也不怪刘军，你们就不知道我敲张海燕父母家门的那种难受劲。好多年前我就是这家的贵客，现在我整个人都成了石头人，都成了木头人，我要在这里引爆一颗原子弹。我手指麻木毫无感觉地敲了两下，开门的是老同学张海洋，他妻子我的另一位老同学在他身后笑脸相迎，我只看见他们嘴在动说什么我全不知道，接着我就看见了他们可爱可敬的父母，也是那么笑眯眯地看我拉我的手，拍我身上的灰尘，多少年来他们一直把我当自己的孩子，他们一直把我当成他们未来的女婿。他们肯定问到了张海燕，海燕怎么没跟你一起来？他们就以为这个疯丫头在街上买东西晚一点回家。我的神色太恐怖了，大家都以为我累坏了，把我迎进张海燕的闺房。我一眼就看到墙上的西班牙吉他，好多年前张海燕还是个中学生时我送她的这把吉他，她就没怎么好好学，上大学都没带，好好学的话也不是现在这个样子。我不难受肯定是假的。我眼睛红了也湿了，我取下这把吉他，回客厅里，我没有弹奏，我舌头很硬，语无伦次地赞美他们美丽的女儿，接下来就是更美丽更动人的爱情故事，肯定与我无关，我必须面对，我无法逃避。我这个名牌大学毕业的名记者，把整个故事说得神秘莫测，越想说清楚越说不清楚。老同学张海洋听明白了，我就挨了张海洋的拳头和巴掌，我被打醒了，我的舌头有了活力，开始正常运转了，我就发现汉语表达如此深沉的情感相当困难，我手里的吉他就变成了托布秀尔变成了马头琴。必须用弹唱《江格尔》的艺术必须用演奏《少女萨吾尔登》的艺术来讲述张海燕和周健的故事。此时此刻，周健和张海燕已经过了千阳陇县，已经到了高原的边缘，再往前就是甘肃宁夏了，就是沙漠戈壁了，我应该从高原群山唱起，我就唱起了卫拉特蒙古人的《我的母亲》

　　　　用那清清的泉水，清洗我的衣裳；清洗我的衣裳，我想起了我的母亲。用那酸苦的泉水，清洗我的双手；清洗我的双手，我想起了我的母亲。

我泪流满面，我看见张海燕的父母自始至终没有说话，一直叹息流泪，现在两位还不太老的老人泪流满面默默地望着我，我的声音就清晰起来了。我当年去天山采访的本事全使出来了。六弦的吉他变成了两弦的马头琴和托布秀尔，就没有说不清的事情。我说啊说啊，不知道说了多久，说不动的时候，写这本书的念头就萌发了。

二〇一三年五月十二日至二〇一三年八月二十八日于西安

手术后休息中背着家人偷偷写就

从草原歌舞到关中神韵：我和我的主人公

简单的文学常识，小说主人公大都有原型，我的主人公们在作品手稿中都是原名，亲切生动传神，他们重现昨日时光，定稿时他们全进入化名，跟特务一样。尤其是长篇小说中的人物，其原型大都在身边晃动，我常常处于恍惚中。两个月前和妻子乘公交车上街，车过西安小雁塔妻子忽然看见长篇《生命树》的主人公原型边走边吃东西，当年在伊犁我们的陕西乡党，回陕西后很不如意，在宝鸡时来过我们家几次，迁居西安后就失去联系。我安慰妻子，可以在西安慢慢打听他的下落。不久，我们一帮中学同学聚会，其中一位从遥远的伊犁赶来，他告诉我《生命树》中那个主人公二〇〇八年已经去世了，那正是我动笔写《生命树》的时候，那年冬天我母亲也去世了。亲友的离世让我想念哈萨克人传说中的生命树，那永恒的创造天地万物的常青树上，每片叶子都有灵魂。我好久都不敢告诉妻子这个消息，《生命树》就像一个纪念碑。《西去的骑手》中那个维吾尔族诗人穆塔里浦，我初中时在《革命烈士诗抄》中读过他的诗，完全可以跟普希金相媲美的诗人，我总是把他的诗跟普希金的诗抄在一个本子上，多少年后我大学毕业西上天山，来到伊犁带学生实习时路过穆塔里浦的家乡尼勒克，蒙古语是婴儿的意思。穆塔里浦发表作品时的笔名"卡依那木—乌尔克西"，就是波浪的意思，《幻想的追求》中就有这样的诗句："我既然是情海深处的波浪，那渺小的池沼怎能遏制我的渴望？"我写《西去的骑手》时就把沙漠写成了海洋，这种小说只能写在天山脚下，只能以大漠瀚海为背景。尕司令马仲英和穆塔里浦这股神秘的力量把我从关中拉上了天山。长篇《乌尔禾》中我不经意间让陕西与西域连在一起，海力布叔叔其实就是陕西人刘大壮，抗美援朝的伤残老兵。我祖父就是抗战老兵，在内蒙古草原数年，抗战胜利后复员回乡，小时听他讲国军抗战，我一概不信，祖孙争吵不断，祖父讲蒙古往事我就无限神往。父亲是二野老兵，在青藏高原多年，我注定要役于边疆，汉人刘大壮几乎是祖父与父亲的翻版。自张骞通西域，陕西话就是丝绸之路上的国际语言，中亚哈萨克斯坦、吉尔吉斯斯坦陕西村的回民至今还说一口清朝同治年间的关中方言，还创造了一种陕西味的东干语，东干人即来自中原东岸子。长篇《好人难做》的主人公马奋棋算是地道的关中西府人，不管我西上天山，迁居宝鸡，再迁居西安，关中西府的周原是我的故乡，回乡就能见到可爱的马奋棋，让我悲喜交加。长篇《喀拉布风暴》大半内容已经是陕西了，"天山系列"扩展成"天山关中"丝绸之路文学世界，新疆人孟凯落户西安，陕西人张子鱼西上天山，张子鱼有我自己的影子。

我常常跟我的主人公纠缠不清，这部新书《少女萨吾尔登》

也一样，主人公周健应该是我诸多主人公中跟我关系最近的一位，我的发小，铁哥们儿。我们一起与邻村孩子打架，一起上北山摘杏掏野鸡蛋。北山就是横亘在关中平原与陕北高原之间有名的岐山，古公亶父当年率族人涉漆水逾梁山，过岐山主峰箭扩岭落脚周原成为周人。野鸡窝里常常蹿出蟒蛇如火焰，让人恶梦不断。有段时间因吵架我们不说话，见面招呼都不打。正好是夏收季节，晚上都要干活，吃晚饭时我负责看打麦场，他修电源，我转几圈过来发现他在地上打滚身上冒烟，我吓坏了，拿起木锨打断电线，喊人，大人们赶来送他去医院，抢救过来了，我们又成了好朋友。我上中学时，他不再上学，到几十里外的化肥厂当修理工，工厂在铁路边，火车不断，我很羡慕。我已经上中学还没见过火车，连自行车都不会骑，他就骑车驮着我跑几十公里去看火车，让我眼界大开。后来我上大学，又去新疆。新疆归来后，他也是村里第一个来看我的，不管我把新疆说得如何天花乱坠，他一律不信，长谈半天，末了来了一句宏科在新疆吃大苦受大罪啦，把人没吃的苦都吃啦。我无言以对，内地别说农民，大学老师听我聊新疆也是满脸迷惑，因为不符合他们对边疆的想象，人们总是把西域想象成月球一样荒凉，稍有人间烟火就陷入浪漫主义。从小玩大的伙伴如此待我我也无话可说，他跟大家都认为我"回来"了，回到天堂般的故乡。我这位可爱可敬的伙伴，当年在工厂当修理工时一位同事不慎拉开电闸，正在搅拌机里作业的他顿成残废。未婚妻没有落井下石，依然嫁给了他，算是人生最大的安慰。

我是农民的儿子，从小干农活上学后也是边念书边干活，是村里的壮劳力，上大学也是如此，开学时洋学生，放假就下地干活，晒成黑人，大学毕业好多年手上老茧还没褪完。工作后又是技工学校，带学生实习，对工厂企业又有所了解，见过许多工伤事故，从震惊恐惧百思不解到习以为常。回陕西后，见到伤残的伙伴，所有的记忆再次苏醒，融合成书中的周健，摇身一变成为走出校门苦苦挣扎的大学生。在最初的构思中，搅拌机扭断周健的那一刻就应该画上句号，故事的高潮戛然而止，富有戏剧效果，给读者留下想象的空间和极大的震撼。可我天性不具戏剧性，强烈的戏剧瞬间与过分匀称的结构往往会限制小说的艺术表现力，艺术跟人一样不能太做作，艺术是有生命的，有生命的生长过程，既应和大自然的生命节奏，又顺乎人物彼此间的和弦与旋律。这部小说动笔前我因病住院，医院对我曾经那么遥远，也等于给我打开另一个世界。出院后开始动笔，原先的构思统统作废，写到周健受伤那一节正是全书三分之二，更大的难度应该在后三分之一，我童年时的发小，我的乡党，这个时候我才体验到他当年受伤后面临的命运的挑战与难度。古老的周原不能医治周健，周健那个来自天山巴音布鲁克草原的蒙古族婤子金花用卫拉特人的歌舞《萨吾尔登》来医治周健，周健美丽的未婚妻张海燕就成了天山雪莲的化身。《少女萨吾尔登》把《萨吾尔登》歌舞推上生命的顶峰，在那里动物与人成为兄弟，天地万物融为一体。故乡周原曾是周秦王朝的发祥地，也是《诗经》《穆天子传》《封神演义》的源头。唐以后，重心移向东南，关中失去光彩，说白了关中不再是游牧民族与农业民族的大熔炉，跟西域断了血脉。这种断裂使得宋元明清（元除外）精致有余雄浑博大不足。

我曾多次写过西域各民族文化对我的影响，尤其是歌舞，包括天山阿尔泰山的原始岩画，那些生殖崇拜的画面让我明白舞蹈起源于男女交欢后情不自禁的肢体运动，中原文人只告诉你情动于衷而言于文，情怎么动？感发于天地万物，这些含蓄内敛的文字都不如岩画生动传神。生命的神秘美好庄严全在其中。我曾用许多西域歌曲做小说的主旋律，这次我采用了卫拉特蒙古人的《萨吾尔登》歌舞，在《诗经》那个年代，中原人如此歌唱过狂欢过，后来礼仪化了，理学化了，道学化了，难能可贵的是理学盛行的宋代，关中西府周秦故地出了一个大儒张载，也是关学的奠基人。张载最有名的话就是："为天地立心，为生民立命，为往圣继绝学，为万世开太平。"张载另一个重要的思想就是《西铭》中提出的"民胞物与"的"大同"世界，人人都是我的同胞，万物都是我的同伴，人人都是上天之子，连君主也是天地之子中的一员。我这个关中子弟在中亚大漠重温关学大师张载的《西铭》，甚至觉得关学的精髓尽在卫拉特土尔扈特蒙古人的《萨吾尔登》歌舞中。当年渥巴锡汗带领土尔扈特人东归天山母亲的怀抱，二十万人只归来七八万人，大多数人死于途中，你就能体会到《萨吾尔登》舞蹈中人与动物以及天地万物的兄弟情谊，那种弥漫天地的超越苦难与死亡的大爱用来医治周健的创伤再好不过了。那一刻关中少女张海燕成了卫拉特土尔扈特蒙古人的一员，翩翩起舞于关中渭北高原。

红柯

二〇一四年十月八日

图书在版编目（CIP）数据

少女萨吾尔登／红柯著. — 北京：北京十月文艺
出版社，2015.4
　ISBN 978－7－5302－1471－8

　Ⅰ. ①少… Ⅱ. ①红… Ⅲ. ①长篇小说—中国—当代
Ⅳ. ①I247.5

中国版本图书馆 CIP 数据核字（2015）第 045503 号

少女萨吾尔登
SHAONÜ SAWU'ERDENG
红　柯　著
*

北 京 出 版 集 团 公 司
北 京 十 月 文 艺 出 版 社　出版
（北京北三环中路6号）
邮政编码:100120

网　　　址：www . bph . com . cn
新 经 典 发 行 有 限 公 司 发 行
新 华 书 店 经 销
三河市三佳印刷装订有限公司印刷
*
890 毫米×1270 毫米　　32 开本　　12 印张　　265 千字
2015 年 4 月第 1 版　　2015 年 4 月第 1 次印刷
ISBN 978－7－5302－1471－8
定价：36.00 元

质量监督电话：010－58572393